白神の老殺し屋

白神の老殺し屋◆目次

Les Fleurs du Mal avec amour

第一章

一

鷹森八幡宮の本殿は檜《ひのき》の巨木の中でシンと静まり返っていた。

弦蔵は本殿の天井裏で微かに尻の位置を変えた。立ち塞《ふさ》ぐ檜の巨影の隙間を射るようにして差し込んでいる月の光が、本殿に奉られている神代の玉《ギョク》に微かに反射して、天井板の隙間を透し、弦蔵の尻を下からキラッと刺し貫いていた。ここが都心の住宅街である事など、弦蔵にとってはどうでも良い事だった。二十年以上白神山地で「一人マタギ」として獣を追い続けていた男は、人間の皮を被ったエイリアンを狩り出してから十数年、まさに幻の老殺し屋と言われ、既に伝説化されつつあった。

「木化《きば》ける」——大自然の懐深く潜り込み、動物を追い、待ちの姿勢に入る事を、「木化ける」とマタギは言う。人間が一本の木に成り切るのだ。人間の気配を完全に消し去るのだ。昔、山の民にとっては当たり前の狩の姿勢だった。

鷹森八幡宮は環七を縦軸に、目黒通りと中原街道を横軸にして、東横線、目蒲線、池上線に取り囲まれた閑静な住宅街の中にあった。

ポツンと小高い台地に数百年の樹齢を誇る檜が数十本立ち並び、本殿裏から四、五メートル下の空地には、これも樹齢七十年にはなると思われる吉野桜の大木が一本、満開の桜を神代の月の下に晒《さら》し、シンと息を潜めていた。

豪邸とは言え、都心の住宅事情にひしひしと詰め寄られるように家々が重なり、塀が連なり、幅足らずの駐車場に高級車がぎりぎり収められた住宅街だった。そんな中に弦蔵が見詰め続ける一軒の白亜の豪邸があった。弦蔵が木化けている本殿屋根裏から百八十メートルの距離だった。

弦蔵がこの屋根裏に陣取って四時間になる。尻をずらした分だけ、天井裏の埃を濡れ雑巾で拭いたような痕が残っていた。その上に、弦蔵が四十年近く使い続けてきた三十年式歩兵銃が、深海の中に沈んでいるように月の光を浴び、ズシッと、その存在感を露わにして横たわっていた。それはまるで、触れてはいけない神聖なる生き物のようであった。

辰巳弦蔵は、満開の桜が月光を浴びて一瞬銀色に光っては散って行く様を、白神山地でハルアセ（春の頃）に降るハデ（軽雪）を見るように目を細めた。無論、その先にアオシシ（日本カモシカ）の姿を追っていたのだ。

弦蔵は、己の腕を持ち上げるように、三十年式歩兵銃を無意識に持ち上げていた。

シロビレ（鉄砲）は、孫ジコ（祖父）から引き継いだ物で、勝手に「辰巳銃」と呼んでいた。孫ジコの時代、即ち明治の中頃からマタギの狩は、政府が払い下げた村田式小銃を使う事で、イタズ（熊）撃ちブッパ（射手）は、それまでの数倍の成果を上げられるようになった。しかし、三十年式歩兵銃はその村田銃を遥かに凌《しの》ぐ正確さと性能を持っていた。口径六・五ミリ、全長一二七五ミリ、全重三八五〇グラム、初速七五〇メートル。

この三十年式歩兵銃が開発される以前、日清戦争で使用された村田式小銃は、精密さにかなり問題があったが……、マタギにとっては、火縄銃や槍《ながさ》による狩に比べ、画期的なシロビレであった。しかし、村田銃は口径が十一ミリ、使用する火薬が黒色火薬である為、威力という点でもう一つ問題があり、射撃時に煙も上がり敵に目撃されやすいという難点もあるし、銃の小口径化と軽量化、そしてその結果、反動を抑えるという点でも改良の余地が沢山あった。

その問題を解決したのが、まず、黒色火薬ではなく、無煙火薬の使用であった。その為に、日本政府は明治二七年に板橋の火薬製作所で、無煙火薬の量産に踏み切り、口径六・五ミリの三十年式歩兵銃が完成したのである。

孫ジコ・五平は日露戦争でこの手作りに近い三十年式歩兵銃で見事にマタギの腕を発揮し、同時にこの三十年式歩兵銃の虜《とりこ》になってしまったのである。その後、政府はこの三十年式を改良して、いわゆる「三八式歩兵銃」を大量生産し、大東亜戦争の末期まで使い続けたのである。

しかし、三十年式歩兵銃の手作りに近い感触と個性は、孫ジコ・五平のような名人に使われ、ますますその性能が開花して行く逸品だったのだ。ましてや現在、二一世紀では、よほどのマニアにしかその存在すら知られていない骨董品である。

今、無意識に辰巳弦蔵が抱えている三十年式の「辰巳銃」には、日露戦争を掻い潜り、マタギに戻った孫ジコの魂が宿っているのだ。マタギの魂をオド（父親）が継ぎ、三代目弦蔵に死ぬ間際までとことんマタギの魂を教え込んだのだ。故に、マタギとしての辰巳家の誇りと執念がこの『辰巳銃』には込められているのだった。白神山地の目屋《めや》マタギも鰺《あじ》ヶ沢マタギも、ましてや、阿仁《あに》マタギや仙北マタギのツワモノ達も誰一人持っていなかった三十年式「辰巳銃」なのである。勿論、長い年月の間、トリガー（引き金）の取替え、撃鉄の肉盛り、シアー（逆鉤）の調整、銃身のベディング（台尻と銃身との密着度を正確にする物）など舐めるように手入れを繰り返し、孫ジコからオドへ、そして三代目弦蔵の手へと渡って来たのである。

そして今や、「辰巳銃」は弦蔵の手の一部と化しているのであった。それは、奇怪にも生きて呼吸しているかのように、深海の色を思わせる光沢を放ち、弦蔵の胸元で、他のどんな最新ライフルも近寄らせない迫力で息づいていた。

マタギである以上、弦蔵もマタギの厳しい掟に従い、十四、五名でシカリ（頭領）の指揮の下《もと》、巻き狩という手法で狩座《かりくら》をとり、勢子《せこ》（射手のいる方向に獲物を追い込んだりする役割の人）達が追い出す熊や鼬《イタズ》やアオシシに一番ブッパ（射手）として抜群の腕前も見せてきたが、やはり弦蔵は一人マタギで獲物を追う方が性に合っていたのだ。だから必然、一発百中を旨とされた。その為にも、弦蔵は、三十年式には勿論装着されていない最新のスコープを、この「辰巳銃」に特別に取り付けたのだった。小口径で弾丸も小さい為、最新のライフルより確かに威力は劣っているが、その分、弦蔵は月の輪熊の急所である胸元の白い三ヶ月を正確に撃ち抜く腕を磨いた。一メートル先も見えない雲海の中、追い詰められたアオシシが白い闇の中で振り返った瞬間の眉間を撃ち抜く訓練にも執着した。

そして現在、弦蔵は人間の皮を被ったエイリアン——獣は山神様が与える恵みだが、山神様が決して許さない、のっぺりした体毛のない二本足のエイリアンを狩るマチッパ（射手）として生きているのである。

弦蔵は獣側から見た人間の形の気持ち悪さを、己の姿と重ね合わせて痛切に感じていた。体毛は無い、二本足で不安定に立つ、裸にした時のノッペリとした肌、そして垂れ下がった二本の腕、不気味な鼻……。サラブレットや豹と比べようもなく、山のどんな獣達より、形は不自然で無様ではないか！　気持ち悪い生き物ではないか！　犬でも、体毛の無い犬は不気味であろう……。精神とか、知性とか、知恵とか言うけれど、獣達は連れ合いに保険金を掛けて殺したりは決してしない。

弦蔵は本能的に己を含めて、人間という生き物の始末の悪さを感じていた事だけは確かである。ましてや、子供を虐待する、人をむやみに殺す、悪知恵を駆使して、少なくともまともに生きようとしている同じ人間を騙し陥れる。

弦蔵がこの道……エイリアン狩を生業《なりわい》とし、山から都会の砂漠に獲物を求め出したのは、確かに深い理由はあったのだが今やそんなきっかけも忘れ、人間社会そのものにある種の怒りを覚え、己が人間である事の持って行き場の無い怒りに駆られ、己の存在自体の苦しさから逃れるようにエイリアン狩にのめり込んで行ったのである。

神殿の裏は南側から四、五メートル幅の道が走り、桜の大木を迂回して、東にカーブしながら目指す白亜の豪邸の前で突き当たり、左右に分かれていた。

桜の大木を切らない為の配慮であったのか、それとも神社の敷地内であったのか、桜の木を中心に小さな広場になっていて、昼間は子供の遊び場になっているのであろう、三輪車が一台ポツンと忘れられており、その向こうに色鮮やかなボールが今にも転がりそうにして月の光を浴びていた。

何処から現れたのか、こんな高級住宅街に不似合いのホームレスが一人、ベニヤ板で囲ったリヤカーを引いて、桜の木の下で立ち止まった。

大森方面から洗足を通り越し、環七を右折して七百メートルほど入り、白亜の豪邸の前を左折すれば、鷹森神社の裏手に入る道に繋がる。その手前百メートルほどの消火栓の前に、水道局濾水防止課とボディに黒文字で書かれた、白いライトバンが止まっている。白亜の豪邸の青銅の門扉《もんぴ》には、銅版の横文字の表札が鎖で掛かっていた。「麗香」……それが人の苗字なのか定かではない表札だった。門の中は、車が二台は十分に駐車できそうな玄関ポーチがあり、シルバーのポルシェが一台停められていた。その門前から振り返ると大きな桜の木は見えるが、神社の神殿はその桜の木に隠れ、屋根の一部しか見えない。そのまま、神社の方に曲がらず門を通り過ぎた所に、高い塀に寄り添うように宅急便の大型トラックがケツをこちらに向けて、ひっそり停まっている。

背広の男が二人、広場の左手の茂みから現れ、ホームレスと見紛《みまご》う男に近付いて、何やら押し問答の末、半分強制的に茂みの奥に連れ込んで行った。二人の男は明らかに張り込み中の刑事であった。

茂みの中で、無線のイヤホンを着けた細身の刑事が、小声で何処かに連絡を入れた。

応答したのは、宅急便トラックの中の宮川警部だった。トラックの中は整然としたオフィスになっていた。中央にソファの三点セットが固定され、壁に沿ってパソコンが二台、テーブルに配置され若い刑事が二名座っている。イヤホンと超小型のマイクでの無線の交信が飛び交っていた。

勿論、室内の防音と空調は完璧だった。ソファに座っていた宮川警部は、思わず口元の超小型マイクに向かって声を荒げた。

『黒澤だって！　なんでこんな所をうろついてるんだ?!』

宮川は振り返って、上司の背中を見詰めた。トラックの後ろの壁には、小さな隠し窓が二つ付いており、その一つから外を覗いていた緒方警視の背中が、神経質そうにピクリと動いて振り返った。

一瞬にして事態を察し、突き上げるような怒りが、細い目の奥で光った。

『黒澤?!　またか！　こんな時に、邪魔者以外の何者でもない！　今夜だけはうろつかせるな！　最寄りの署に連れて行け！』

緒方警視の声はその怒りほど怖さが無く、怒れば怒るほど、声にボリュウムが無くなり、高音の耳障りな声になっていくのだった。宮川警部はイヤホンに救われながら、

『しかし、黒澤も警部です、それなりの理由があると思いますが……』

『理由は判ってる！　居もしない殺し屋を追っているのだ！』

緒方警視の苛立った声に、オフィスの中にいた若い二人の刑事も、無言で顔を見合わせた。

弦蔵は「辰巳銃」に新しく取り付けた、タクティカル・スコープにおもむろに片目を押し付けた。屋根裏の千

鳥格子から銃を突き出すと、特殊部隊が使用するスコープと暗視装置を組み合わせたレンズから、白い豪邸の窓が手に届くほど間近に迫ってきた。女は確かにいた。レースのカーテン越しに、二度ほど女の横顔が浮かび上がった。男はいない。弦蔵が狙っている男は、他人から依頼された標的ではなかった。ただ、弦蔵が固く取り決めた、狩人のルールの一つを無視した男なのだ。許せない事である。

その男の名は、志賀正志。かつては、振り込め詐欺、オレ、オレ詐欺、ワンタッチ詐欺、などのグループを幾つも操り膨大な利益を上げていたが、マスコミであまりにも取り上げられ過ぎると、いち早く方向を変え、今は、開発途上国のダイヤモンド鉱山や金鉱の投資相談、急成長を遂げている中国の株式投資、ベトナムの不動産投資、など、なまじ世界の経済動向を生齧《かじ》りしている小金持ちを相手に、それぞれ別のグループを組み立て、全国ネットで巧妙にしてあくどい詐欺を働かせている元締めだった。年、数百億の金が無思慮な国民から吸い上げられ、元締めの志賀を頂点とする数人のグループに転がり込んでいた。その総元締めの志賀は勿論、全国都道府県の警察と連携した警視庁に追われてはいたが、まさしくエイリアンの如く、一つのグループが摘発されると直ちに別のグループに人間をばらばらに配置換えして、再生して行く仕組みだった。

ところが、思いがけないスキャンダルがグループ内に持ち上がったのだ。総元締めの暗殺と乗っ取り計画である。その上、その乗っ取り計画そのものが、関東と関西の二つのグループから、図らずも同時に起こされていたのだった。それだけ志賀が率いる頂点の実入りは桁違いだったのである。

志賀正志は、生まれつき持ち合わせている強烈な猜疑心と直観力で、その地位を保っている男だった。勿論、緻密な頭脳の持ち主であるからこそ、全国の詐欺グループを操り仰天するような詐欺のマニュアル作りにも精通していた。当然、志賀は各グループにスパイを配置する事にも抜かりは無かった。その結果、この暗殺計画が志賀の耳に入る事となったのである。

志賀はかねてから、闇の解放同盟から追われた一人のはぐれ者をグループの一員として優遇し、裏社会との橋渡しをして貰っていた。そのはぐれ者の情報から、複雑な手続きの結果、元マタギの殺し屋とコンタクトが取れたのだった。

幻の殺し屋は金だけでは動かなかった。殺し屋が標的の素性を明らかにした調査をし、答えが来た。報酬は一件につき、キャッシュで三千万円だった。

志賀はまず、関東の新宿グループと関西の黒門グループの両方が自分を狙っている事を、双方に気付かせるようにスパイ達に命じた。その上で、まず、関西の頭《カシラ》を標的として依頼した。

代金の支払い方法は、その度に意表をつく方法ではあるが、原則、キャッシュであった。しかし今回だけは形を変えた。志賀グループが得意とする、他人名義のキャッシュカードの暗証番号を知らせてきた。弦蔵はその方法を例外として認め、暗証番号を刷り込んだカードを偽造し、支払い相手との接触も無く、三千万円を受け取った。

黒門の菱川稔《ひしかわみのる》は心斎橋のサウナ、「ニューシングル」を出て、まさに駐車場に足を踏み入れようとした瞬間、心臓を撃ち抜かれた。三十年式「辰巳銃」の特色は、口径が六・五ミリという小口径である為、初速が速く、風を切るような射撃音しか聞こえず、まず雑踏の中では、射手の位置どころか銃の存在自体も気付かれる事は無かった。被害者はただ突然、心臓に穴が開いて、即死している……平和な人の行き交う足元でその現実だけが残るのである。

弦蔵の銃弾は勿論手作りだった。自分で空薬莢《やっきょう》をリローディング（薬莢の膨らみや長さの調整）し、火薬の量も三十から四十グレインの幅で考慮して、その時の距離、環境に合わせて、一発ずつ丁寧に作っていた。

勿論、殺し屋には秘密のアジトが何箇所かあった。それは、マタギが冬山にイタズやアオシシを追って、何日も雪の中を彷徨《ほうこう》する為、予《あらかじ》め、その年の狩場に小屋を作っておくのと同じである。それを「ササ小屋」とか、「殺生小屋」、「お助け小屋」などと呼んでいた。

弦蔵はこの都会の砂漠の狩場でも、ずっとマタギであり続けていたのだ。標的を追う時はマタギの超能力と忍耐力で追い詰め、自分が国家権力から追われる時は、自らがミナグロ、ミナシロと呼ばれる山神様の使いであるイタズとなって、都会のビル群、巨大な墓石の森の中に姿を消すのであった。ミナグロ、と呼ばれる熊は胸元に白い三ヶ月がない。ミナシロは言うまでもなく、全身が白い熊である。この神の使いをもしマタギが誤って撃ち殺したら、「タテをおさめる」といって、マタギをやめなければならないのである。

しかし——弦蔵が山を下りた理由は他にある。

山人を辿れば山家となる。セブリ、ノブセ、ボン、ミツクリ、テンバ……様々な蔑称で呼ばれたサンカ。深い宿命と歴史を背負った漂泊の民……その末裔が行き着いた姿なのである。この宿命は、殺し屋自らに、折に触れて語って貰わなければならない。


茂みに連れ込まれたホームレス風の男が、再びふらっと桜の木の下に戻って来た。男は周辺を見渡し、ゆっくりとリヤカーを引いて、白亜の豪邸の方に歩き出し、突き当たりの豪邸前を左折した。

弦蔵のスコープがその男の頭を捉えていた。男は左折する一瞬、殺し屋のスコープを感じたかのように、後ろを振り返った。桜が月光を浴び、銀色に光っていた。殺し屋のスコープの中は異次元の世界のようだ。男の意識に関係なく、殺し屋と黒澤警部の目が交差した瞬間だった。弦蔵のマタギ独特の深く澄んだ目は、涼しげに笑っていた。

ホームレスに扮した黒澤は、リヤカーを引いて宅急便のトラックの前に出ると、そこにリヤカーを置き、塀に向かって長々と立小便をした。塀側のトラックの側面がスライド式の隠し扉になっていて、スルスルッと、トラックの横腹に人一人がくぐれるほどの隙間ができた。黒澤は素早く、トラックの中に潜り込んだ。

勿論、警視庁直轄の特別車両に暖かく迎え入れられた訳ではなかった。緒方警視の刺すような目と宮川警部の疲れた顔、そして、若い刑事達の好奇心と同情の眼差し……。

『黒澤さん！　確か、来年定年でしたね』緒方警視の冷えた声がいきなり、黒澤に浴びせられた。

『それが何か？』黒澤は、畑仕事には定年がありませんといった顔で、警視の顔を見詰めた。

『我々が追い続けているホシの事は勿論知ってますよね！？』緒方警視は眼鏡の奥で、凍りついて瞬きもできなくなったような細い目を光らせた。

『勿論、本庁が全国ネットで必死に追っているのは重々知ってます。だからこそ、重要な情報を提供しようとしているのです』

黒澤はなんの動揺も見せずに、よれよれの登山帽を脱ぎ、白髪の目立つ頭をごしごしとこすり、アルカイダの日本出張員のような彫の深い埃っぽい顔を登山帽で拭った。

『幻の殺し屋ですか？！』

ボケ老人の思い込みにうんざりしているような目付きで緒方は吐き捨てた。

『とにかく、この盗聴された声を聴いて下さい』

黒澤は引きずるような長いレインコートの前を開け、チョッキのポケットから三センチ角ほどの小さな録音機を取り出し、中にあった一センチ幅のメモリーチップを緒方に差し出した。

緒方が受け取らないでいると、横から宮川警部がその小さなビスケットほどのチップをつまみ上げ、自分の背広の内ポケットから警察手帳ほどの小型モバイルコンピューターを取り出し、黒澤のメモリーチップを差し込んだ。

心斎橋で起きた射殺事件が新宿署捜査一課の片隅に座る黒澤警部の耳に入ったのは、その日の夕刻だった。大阪の繁華街で突然一人の男が倒れた。通行人は脳梗塞か心筋梗塞でも起こしたとでも思ったのか、親切なおばさんが救急車を呼んだ。病院に運ばれた男は、見事に心臓を撃ち抜かれていた。

この真昼の殺人には、目撃者も銃声を聞いた者も皆無だった。あれだけ大勢の人間が行き交う雑踏の片隅で倒れるという事は、一木一草も生えていない、三途の河原に転がる小石のように淋しい事なのだ。しかし、黒澤は反応した。課長の許可も取らずに大阪に飛んだ。

大阪南署で死体を見た瞬間、あいつだ！　と黒澤は直感した。今まで東京を中心に名古屋、大阪と、大都会で同じ手口の殺しが続いていた。去年、そしてその二年前、遡《さかのぼ》れば、一年半に一件、その後、一年に一件、半年に一件、この十年の間に十一件の死体が一発の銃弾によって転がっていた。そして、動機も犯人像のカケラも浮かんでこなかった。迷宮入りである。

銃弾は今までに合計四発回収された。六・五ミリ――ライフルとしては珍しい小口径用の銃弾だった。今一般に使われているライフルの銃弾は、３０―０６と言われ、１９０６年に米軍が規格化した七・六ミリ弾が普通だった。六・五ミリ使用のライフルはレミントンのスエデッシュか、後は旧陸軍の物以外には無かった。プロの殺し屋がそんなに古い銃を使う訳もなく、黒澤は理解に苦しんでいた。それでも黒澤は銃を手掛かりに犯人を追っていた。

心斎橋の二年前――、黒澤には幻の殺し屋と鳥肌が立つようなニヤミスがあった。三分後に気付いたが、まんまと逃げられてしまったのだ。殺しの依頼者が殺しを依頼して現金を受け渡す段階で、恐怖感なのか、それとも土壇場で事情が変わったのか、警察に密告したのだった。新宿駅東口構内のロッカー、六三番に現金三千万を入れ、鍵はプラットフォーム三番、四番線階段下の男子トイレ、一番奥の個室の中にある小型塵入れの裏に貼り付けたのだった。黒澤は半信半疑だったが、確認すると依頼者の伝言通り、ロッカーには確かに三千万円が入っていた。黒澤は、新宿署の一課、二課、三課を問わず、体が空いている者全員に協力を仰ぎ、大掛かりな張り込みを敷いたのだった。

無論依頼者は、殺し屋とのコンタクトの方法も言わず、自分の正体も明かしていなかった。電話の声だけである。殺し屋との取り決めは、十二月二四日、二一時。クリスマスの新宿駅が一番込み合う時刻である。刑事が紛れ込むのも楽だが、犯人が紛れ込むのはもっとたやすかった。

携帯にすがりつく餓鬼、ブランドのバッグを下げてうろつき、風呂にもろくすっぽ入らない餓鬼。茶髪の烏《からす》がそんな餓鬼に塵を漁るように付きまとい、おじさんってチョーキモイ、と言いながらも銭だけは欲しがる少女風売春婦に群がっている。物を売り込む時だけ笑顔で、すれ違いざまに他人とぶつかっても舌打ちするだけのサラリーマン。法で決めたのか、駅構内では横になれないホームレスが、雑踏の中固まって数人たむろしていた。

トイレとロッカーの二手に分けて、入れ替わり、立ち代わり、流動的な張り込みを続けたが、二一時が二三時になっても、幻は幻のままだった。

黒澤は自動販売機の横に立って、サンタクロースの格好でティッシュを配っていた。

いつの間にか、課長の遠山が後ろに来て、『サンタにしては目付きが悪いねエ……、もっと優しい顔ができないのかね？　犯人どころか子供も寄って来ねえんじゃないか？』と小声で呟いた。

『課長の駅員姿、似合ってますよ。そのままＪＲに居残ってくれませんかね、捜査がはかどりますから』

黒澤もそろそろ限界かと思い始めていた。

『依頼者を追及するしかないか？』

『その依頼者も姿を見せませんからね……』

『しかし、三千万は確かにロッカーに入ってるぜ』

『元々、捨てる気だったんでしょう』

『三千万だぞ！　そんなもったいない事するか？！』

『そんな金、屁とも思わない人間でしょう、人一人殺せと依頼する奴ですから』

『それが怖くなった、て……事か？』

『それだけじゃないでしょう。恐らく、殺しを依頼した後に、当事者同士で話がついたんじゃないでしょうか……』急に黒澤はティッシュを配る手が重くなってきた。

『しかし、幻がどうして姿を現さない』課長はぼんやり辺りを見回した。

『課長の駅員姿がバレたんじゃないですか』

『馬鹿野郎、よく言うよ。お前がティッシュを配ってる姿、鏡で見てみろ。デカ丸出しだ』

『反省します』

『猿か！』

『もうあっちへ行って下さい』

しかし黒澤は本気だった。

初めてプロの殺し屋の影を感じ、その幻を追い続けて七年……そう、あっという間の七年だった。きっかけは、一発の銃弾にあった……。あの日、新宿に深く潜り込んだ中国マフィアと日本のやくざが手を組んで覚せい剤と人身売買を扱っていたアジトに、大掛かりな包囲網をかけたのだった。そのマンションを黒澤達が遠巻きにし、気付かれないように警官隊はじっと待機していた。妙に静まり返った新宿の夜だった。いきなりマンションの二階の窓から全裸の女の子が飛び降りたのだ。十五、六歳のあどけなさが残る東南アジア系の女の子だった。しかもその子に続き、次から次へと殆ど裸に近い女の子達が数名飛び降りた。中には完全に足をくじいたものもいただろうが、女の子達はお互い助け合いながら、黒澤達が待機している方向に、よろけながらも必死に走っていた。やくざ達にとってはまさに不都合な生き証人である。警察に包囲されているとも知らず、マンションの玄関から数人の中国系やくざが飛び出し、女の子を阻止しようとなりふり構わず青竜刀を振り回しながら追って来た。

漫画と言えばそれまでだが、ここ新宿の街は、まさに漫画チックに人が殺されるのだ。黒澤は思わず飛び出していた。警察の影を消して待機していた事も忘れ、女の子達を助けようと無意識に走り出していたのだ。衰えたとは言え、当時はまだ五十代になったばかり、黒澤は己の体力を過信していた。女の子達を自分の後ろに庇った時は、既に中国系のチンピラに囲まれていた。甲高い北京だか南京だか判らない中国語が飛び交い、黒澤に脅しを掛けて来た。黒澤が背中に差し込んでいたニューナンブに手を掛けた瞬間、青竜刀が振り上げられた。そのチンピラは一瞬笑ったように見えた。眉間にインドの女の子がつけるビンディという丸いシールのような真っ赤な穴が開いていた。まさに間一髪で、黒澤の額に青竜刀が食い込むところだった。警官隊が突撃した。マンションの中から激しい罵声と争いの音が聞こえて来た。黒澤は虚脱状態でそのチンピラを見下ろしていた。マンションの騒音とは対照的に、黒澤と死体を取り囲むビル群は墓石のように静まり返っていた。そのビル群の一つの屋上で……月の光を浴びた殺し屋が座っていたはずである。そのチンピラの頭の中には、六・五ミリの銃弾が残っていたのだから。あの時、殺し屋の心の底に稲妻のように走ったのは、一瞬の愛だったのか……、黒澤の命を救った弾丸だった。

あれから七年、同僚からも上司からも変人扱いされながら、頑なに幻の殺し屋を頭に描き、己の中に浮かび上がるイメージを標的にして追い続けて来たのだ。

それがなんと、初めて、具体的に依頼者のたれ込みが飛び込んで来たのだ。幻が現実味を帯びて、急に目の前にリアリティを持って浮かび上がって来たのである。バーチャルな世界からやっと抜け出し、新宿署も動いたのである。このまま簡単に、サンタの衣裳を脱ぐ訳には行かなかった。


殺し屋が依頼者に十二月二四日二一時と指定したのは、その十日前の十二月十四日である。

殺し屋にとって、依頼者も標的も同時に調査対象として調べ上げるのが通例だった。獲物の習性、行動範囲、瞬発力、持久力、それらを人間に置き換えれば、経済力、社会力、心力、愛力、霊力、命力……等、弦蔵が考え出した、人間という生き物を判断する基準があった。その全てを調べ上げるのである。

この依頼者は優柔不断な上、生き物としての愛も心も持ち合わせていない悪だった。勿論、標的もそれ以上に、社会に野放しにしておいてはいけない悪だった。

弦蔵は新宿駅東口構内に、五日前から、狩座《かりくら》を張った。貸しロッカーは三日間しか猶予が無い。午前二時からスタートして三日間である。三日経つと係員が開錠して中身を確かめ、他の場所に保管する。

弦蔵が六三番のロッカーキイを手にしたのは十二月十七日の午前九時だった。同日に弦蔵は依頼者にキイを送り付けた。依頼者がそのロッカーを二四日まで確保するには、十九日と二二日の二回、扉を開け、更新しなければならない。その間、依頼者の動きが確認できる。

十九日の朝八時にサラリーマン風の男が扉を開け、中を確認して改めてコインを入れ、立ち去った。二二日の同じく朝八時に同じ男が扉を開け、空っぽのロッカーを更新して立ち去った。

不自然な動きは二三日から始まった。現金を入れるなら、当日二四日のぎりぎりの時間でいいはずが、前日の十三時に依頼者本人が現れ、明らかに三千万のカサバリを感じさせる紙包みを入れ、キイを指定の男子トイレのゴミ箱の裏に貼り付けた。

その夜二十時に、その男ゾルバは不意に人の群れの中から現れた。明らかにハンターの眼光だった。アンソニー・クインを偲ばせる――、まさに男臭いその男は、動きに無駄が無かった。一度、六三番のロッカーを確かめ迷う事なく、三番ホーム下のトイレからキイを取り出し、ロッカー前に戻ると扉を開け、中に頭を突き入れるようにして覗き込み、また扉を閉め、キイをトイレのゴミ箱の裏に戻した。その間一分程だった。

弦蔵は涼しげな目でその男を見詰めていた。新宿署の刑事である。自分が七年前に命を助けた男である。何故かその男には生き物の愛を感じた。

弦蔵は狩に入る前に天候が悪化し、山が吹雪き始めた事を察知した。

クリスマスイブ当日……。弦蔵は駅構内のパーラーの中にいた。

人間達が吹雪のように舞い狂う雑踏の中、勢子となった刑事達が右往左往するのを、タカス（大木の空洞）の中から老イタズが首だけ出して、スマル（冬眠する）直前に森の吹雪を見詰めるように、パーラーの中からじっと新宿署のレッチュウ（狩猟隊）を見詰めていた。

新宿署のレッチュウを束ねているシカリ（頭領）は、サンタクロースの出で立ちをしたあの男、ゾルバだった。標的から逆に見詰められている事に気が付かないシカリ――。それはもはや、この巻き狩の失敗を意味していた。獲物を追い出す勢子達も虚しく狩場をさ迷うだけである。「木化ける」事を知らない都会の狩人は、マタギの比ではない。サンタの白い付け眉毛の下で、マチッパ（射手）丸出しの目が落ち着かなかった。

弦蔵の目はあくまでも涼しかった。口に咥えたチョコレートドリンクのストローを軽く噛み、殺し屋は立ち上がった。

十数名の勢子達は殆どあきらめ顔で狩場を流していた。張り込み中止はサンタの決断待ちである。それに、この狩場から終電が出るのは、後、数分を残すだけである。熱気を孕んだ人間の吹雪が、終電車に吹き込もうと最後の風を巻き起こし、コンクリートのトンネルに消えて行った。その静寂の中に、しまらない酔っ払いが、薄汚れた霙《みぞれ》となって、ボタボタと愚痴りながらよろけて行く。

係長がサンタに近付いた。

『後十分もすれば、駅のシャッターが下りる』課長の遠山は慰め顔で黒澤の目を覗き込んだ。

『感じてるんです、奴の透き通った視線を……。異次元から俺を見詰めているんです』いい歳をした男の吐く言葉ではなかった。

課長は噴出しもせず、潮が引くように人影が消えた駅構内を虚しく見詰めた。

誰かが捨てた新聞紙が、何処か得体の知れない地下道から吹き上がった風に、エイリアンの如くふわっと舞い上がった。

『見詰められるだけじゃ……射精しないぜ。もう歳だしな……』課長は頑な黒澤の気持ちをほぐすように笑いかけた。

張り込みは虚しく終わった。黒澤は全員が引き上げた後も、東口駅前の石垣にじっと腰掛けたまま身動き一つしなかった。黒澤の姿は、子供達にプレゼントを配る前に、強盗に全てを持ち去られた哀れなサンタクロースといった図だった。いや、着る物がないホームレスが、サンタの衣裳を最後の贈り物として、サンタ自身から無理やり剥ぎ取って似合わないのに着ているという図でもあった。

黒澤は虚しく冷たい月を見上げ、出しにくいポケットからハイライトを取り出し、百円ライターで火を点けた。バクテリア混じりの埃で重くなった空気と一緒に、ニコチンの煙を胸一杯に吸い込んだ。

『メリークリスマス……か』イガラッポク呟いた。

『サンタの旦那、火、貸してくれませんか』ボソッとした声と一緒に、黒澤の顔の前に萎《しお》れた煙草が突き出された。

黒澤はいつの間にか横に座っていたホームレス風の男の顔も見ずに、ライターを渡した。

『すいません』男がライターを返してよこした。

『やるよ、サンタの贈り物だ』

『エッ、ああ……ありがとうございます』男は横で一服していたが、

『旦那、これ、私からのプレゼントです』

小さな袋だった。ハンコウでも入れるような、小さな鹿革の袋だった。

黒澤は改めて男の顔を覗き込んだ。奥まった目は、明らかにアルコール中毒者のドロンとした優しい目だった。

強烈な生っぽいアルコールの臭いが鼻を突いた。

『いいよ、気持ちだけ貰っておくよ』黒澤は笑いながら押し返した。

『いや、受け取って貰わないと……』

男はさらに皮袋を突き出した。黒澤は微《かす》かに不審な顔をのぞかせて、男の顔を見詰めた。

『いえ、駄賃も受け取ったんです。そこの後ろの旦那からなんです。渡してくれって……』

ホームレスが後ろを振り返りながら説明した。

『あれ、今いたんですがね……』

黒澤はさっと立ち上がって、男から袋を鷲掴みにして奪い取った。

小さな鹿革の袋はキチッと、絹の綾織の紐で結ばれていた。手元ももどかしく、黒澤は袋の口を開き、中身を逆さにして、手の平で受けた。小さいが、ドシッという感じで転がり落ちたのは銃弾だった。カーッと頭に血が上った。どちらに向かって走り出していいのか、気持ちと体がばらばらに反応しているようだった。黒澤はホームレスの男の胸倉を無意識に捕まえたまま、酔っ払いがうろつく交差点の四方に目を走らせた。

『ど、どんな男だった?! ええ?! どっちへ行った! どっちから来た?!』

ホームレスは慌てもせず、驚きもせず、そんな黒澤をニコニコ笑いながら見ていた。

黒澤の手の中で光る銃弾は、明らかに六・五ミリのライフル弾だった。

冷たい月が銃弾の中にチラッと映ったかのように、黒澤の瞳を射すくめていた。

黒澤はじっとりと汗が滲み出た手の平で、グッと銃弾を握り締めた。

一週間後――。六・五ミリの銃弾が、その後頭部から摘出される事になる死体が、赤坂の交差点に転がった。殺し屋を裏切った男だった。

その二年後、再び心斎橋で六・五ミリの銃弾が走った。

死体の身元を割り出して行くうちに、元、いや、現在も裏で繋がっていると推測される、広域暴力団の一員であった事が判明した。大阪南署が掴み切れないでいた、岸田組の資金源を洗って行くうちに、詐欺グループ黒門会の存在が浮かび上がった。その頭が元、岸田組の構成員、菱川稔である事が判明したのだ。まさに六・五ミリの銃弾を心臓に仕舞った男だ。大阪南署のマルボウこと四課が広域暴力団の動きに気付いたのが発端だった。

関西に本部を置く岸田組の武闘派の数名が関東に移動した。暴力団の踊りは、大阪から新宿に舞台を移したのだ。

その頃、警視庁は叩いても叩いてももぐら叩きの如く、全国に立ち上がる詐欺グループに手を焼いていた。その実態が掴めないのである。幾つものグループの存在が、まさにエイリアンの如く、千切れては飛び、飛んでは癒着し、絶えず形を変え、人間が流動し、居所は定着せず、それでいて被害額だけが膨張し続けていたのだ。

警視庁は、このエイリアングループがどんなに変化しても、己達は手を汚さず、絶対に変化しない総元締めの存在をおぼろげながら掴みつつあった。


黒澤は新宿に戻り、岸本組の動きを追った。

その店は、歌舞伎町、区役所通り裏に、ひっそりと咲いていた。

「独房の花——ジュネ」鉄格子の扉に艶のある陶器の看板がはめ込まれていた。黒澤は、慣れた手付きでギシッと鉄格子を引き開け、もう一枚の黒竹と篠竹を綾織りにした軽やかな引き戸を開け、店の中に滑り込んだ。

『来たか……』

檜のカウンターには、ドキッとするような数匹のインドニシキヘビが色鮮やかに描かれている。その端に置かれた有田焼の大花瓶には、溢れんばかりの花々が破壊的な調和を保って、見事に咲き乱れていた。そのカウンターの奥にひっそり座っている、男とも女ともつかない人間が呟いたのだ。

『来たか、は、ねえだろう……』黒澤はカウンターの前に並んでいる、鬘桶《かずらおけ》（能、狂言に用いる腰桶）風の革張りの椅子に座った。

『花咲かば、告げんと言いし、山里の。告げんといいし山里の。使いハ来たり馬に鞍。鞍馬の山の雲珠桜《うずざくら》。手折り栞《しおり》をしるべにて。奥も迷ワじ咲き続く。木陰に並みいていざいざ花を眺めん』

朗々と謡う、東谷の僧と牛若丸の出会い……鞍馬天狗である。その生き物は、勝手にホン息で謡っている。

黒澤は本気に聞き惚れていた。

『衰えていないな……オカマの能楽師』

『オカマだけ余分だ』

姓は村雨、名は春蛇《しゅんじゃ》、勿論勝手に付けた名であろう。悪行を積み、人生の奥義《おうぎ》を極め、世間という重圧に潰された銅板が、突然、化学変化を起こしプラチナとなって輝き出したように、なんとも言えない奥深い気品を漂わせる生き物だった。年齢不詳、性別不詳、前科三犯、女も男もフラッと傾いてしまう不思議な色気、秘められた愛情過多症。絵画、陶器、骨董品全ての盗品を扱うプロである。言ってしまえば、まさに病気であろう。そんな病人の集団を裏家業として率いている。

『八海山が冷えている。ツマミはコノワタをトロロで合えた。これは絶品だ』

『もらう……』黒澤は真っ白なオシボリで首を拭いた。

『オジン！　デカ！　首を拭くんじゃねえよ』

『すまん』

黒澤は素直に謝り、カットグラスに注がれた冷えた辛口を、美味そうに口に含んだ。コノワタで合えたトロロも最高だった。黒澤は暫《しば》く無言で酒を楽しんだ。

『男やもめが淋しくなってきた訳じゃないよな……』

『ウン、それより、鑑定団の景気はどうだ？』

『テレビのおかげで贋物がよく売れる』

『俺も来年定年だ。鑑定団に雇って貰うか……』半分本気な顔だった。

『歓迎する』春蛇が暖かく笑った。

『その前に、どうしても片付けたい事がある』

『六・五ミリの殺し屋か？』

『そう』黒澤は死んだ兄弟を思い出しているような目付きで、宙を見詰めた。

『重症だな』

『ウン』黒澤はペンダント代わりに鎖で吊るしている六・五ミリのライフル弾を首から外して、ニシキヘビが踊るカウンターの上に置いた。春蛇は重さを量るように、手の平で銃弾を弄《もてあそ》んだ。

『珍しい……あまり使われない口径だな』

『判るか』

『勿論、骨董品の銃も結構マニアがいる。三十年式歩兵銃と大東亜戦争で使った、三八式歩兵銃だ』

『ウン、だが、殺し屋がなあ……そんな骨董品を使うかね？』

『もし使ってれば、登録銃なら何丁もないから、すぐ判るはずだ』

春蛇の言葉に黒澤も頷《うなづ》いた。

『そう、三十年式は三挺、三八式が三六挺、マニアの数は限られていた。全員、白だったし、盗まれてもいない』

『村田銃は結構な数が出回ったがね、特にマタギが使った』

『村田銃は口径が十一ミリだ』

『そうだった』

二人は黙って、酒を呑んだ。

『岸本組に最近変わった動きはねえか？』

『なんでそんな事俺に聞くんだ』

『蛇《じゃ》の道は蛇だろう』

『ぴったり過ぎて、冗談にもならねえ』

『幻に繋がる道なんだ』

『ほう』

『心斎橋で幻が出た。それに関連して岸本組が動いた』

『歌舞伎町にあくどい詐欺集団が動いている。後ろで松岡組がメカジメ料を取っていてその松岡組に大手の岸本組がちょっとした注文をつけてるそうだ』

『少し繋がった』

『決定的に繋げてやろうか』黒澤の目が動かなくなった。

『定年を迎えたら、本当に鑑定団に入るか?』春蛇の視線は暖かいが、マジだった。

黒澤も持ち上げたカットグラスを宙に止めた。

『生きてたらな……』

『一年足らずで死ぬ気か?』

『一寸先は闇だ。ましてや一度は……、追ってる殺し屋に命を助けられた』

『感動もんだな』

『とにかく、お前の商売の邪魔はしねえ』

『判った、隆には二度助けられた借りもある……、裏に行こう』

春蛇は黒澤の名前を呼び捨て、じっと、深い温もりを湛えた切れ長の目で、隆の途方にくれたような瞳を覗き込んだ。

春蛇は白い大島紬の着流し姿でスラリと立ち上がり、扉の錠前を下ろした。カウンターの奥にちょっとした橋掛かりがあり、藍染めの中に白い蛇が浮き上がった大きな暖簾《のれん》が掛かっている。春蛇は舞台の引き幕を払うようにして、奥の暗がりの空間に黒澤隆を招き入れた。殆ど闇だった。

黒澤は春蛇が着ている大島紬の袖口を軽く掴んで、闇の空間をすり足で移動した。そんな広い空間がこの歌舞伎町で確保できる訳もないのに……。それが何故か異次元の距離感で、廊下と思しき感触を、すり足で進んだ。

春蛇から漂う、なんとも言えないハーブの香りが、フッと現実感を失わせ、微かな傾斜を滑り降りるように何歩か進むと、ポーンと脳髄の奥を刺激するような、鼓の一音が闇の空間を切り裂き、その音律の余韻の中で、扉が開かれた。目の前に靄《もや》がかかったような室内がぼうっと浮かび上がり、焚き込められた香の匂いが流れ出てきた。

『そのまま進んで……』、私のシェルターの中よ』春蛇の声が急に艶めき、その声に誘い込まれるように、黒澤は部屋の中央まで進んだ。

春蛇がスイッチを入れたのか、自動的に入ったのか、ふわっと光が立ち上がり、何処で、どう迷い込んでしまったのか、色彩の氾濫する、絵画の中に滑り込んでしまったような、不思議な空間だった。見た事もない色鮮やかな絨毯の海が広がり、砕ける寸前の白波のようなクッションが並び、砕けた波が太陽に煌《きら》めいているような細密な絵が壁に何点か掛かっており、同じような色彩の掛け時計が時を遡って、停止していた。

『毎年変わるんだけれど、今年は「アルジェの女達」の世界を作ったの……。ご存じでしょうけど、ドラクロワという画家の世界……その赤い格子窓の向こうは無限の闇、このシェルターは完全防音、完全空調、流れる空気はチベットからのお取り寄せ。この小さくて無限の空間には微塵の汚れもないわ。人工的な千八百年代の徹底した贋作の美空間』

春蛇は間接照明が彩る夢幻の世界をスローモウに歩きながら、秒単位で女に変身して行った。白い大島紬が白蛇の鱗《うろこ》のようにキラキラッと光り、春蛇の切れ長の目が、透明なエロティズムな輝きに濡れていた。もう結構な年齢なのだろうが、人生の全てを、常識の全てをかなぐり捨てたくなるような色気に満ちていた。

『この半地下室は私の夢幻の世界……現実の亀裂、生業のクレバス、盗賊のナルシズム……。こういうセリフって、日本映画には無いでしょう。日本の古典にはあるのよ。ちょっと待ってて、私、アルジェの女に変身するから……』

春蛇は突き当たりに下がる、小さな緞帳《どんちょう》をくぐって奥に消えた。緞帳は真っ黒なサテンの布地に、銀色の砂漠が裾に広がり、砂漠の上には、金色の三日月が浮かんでいた。

黒澤は呆然としたまま、足元のクッションに背を持たせるように座り込んだ。目の前に、宝探しのアメリカ映画で見たような、ワイン色の水煙草のパイプが置かれてあった。

八海山が効いたのか……、黒澤は辛口の酒を呑んだ割には、いい歳をして甘い夢の世界をふらついていた。

『何を決定的に繋げるんだ……』黒澤はアラジンの魔法のランプでも見つけたように、水パイプの器《うつわ》をぼんやりと眺めていた。器の腹から出ている、生きた蛇のような艶やかなブルーのホースを掬《すく》い上げ、先に付いている吸い口を無意識に咥えた。天国の青い蝶が舞う中で、地獄の青い蛇を咥えたような戦慄が走った――。そう、それは、激しいセクスの後に残る、甘く饐《す》えたような匂い……媚薬の香りが残っていたのだ。

『吸い方を教えるわね』

いつの間にか、モロッコの女が立っていた。

蜉蝣《かげろう》のように透けるブラウスを重ね合わせ、首には淡く溶け出すような、緑色のスカーフが巻かれ、胸元で揺れる七色のビーズがきらびやかに光っていた。何処から流れるのか、細密模様の壁全体から、聞いた事もない音楽と共に、深い哀愁のこもった歌声が響き渡った。

『モロッコのナンバーワン、ハスニが歌ってるの……。イスラム原理主義者に暗殺されたライ歌手よ』

春蛇はゆったりと体をくねらせ踊っていたが、音楽は急にフラメンコを思わせるラテン調のバラードに変わった。

『エジプト歌謡の「ジール」よ……。歌ってるのは、いけ面中のいけ面、リッキー・マーティン』

お祭りではしゃぐ少女のように全身をくねらせ、色とりどりのスパンコールを揺すって踊る春蛇は、まさに不思議の国の娼婦だった。手首には金の細い腕輪が数本、しなやかな円舞を繰り広げ、膝下で止まるパンツの花柄が目に眩しく、華奢な足首にも金の輪が絡み付いていた。

別に肌を露わにしてる訳でもないのに、モロッコの衣裳で踊る春蛇から、匂い立つようなエロティズムを感じ、胸がときめいた。黒澤は内心、自分に驚愕していた。俺にはそんな趣味は無いはずだが……まさに春蛇の妖術に引き込まれていたのだ。

村雨春蛇は部屋の照明を落とし、数本のキャンドルに灯りを点けた。春蛇の姿がキャンドルの灯りに煽《あお》られ、アラジンの巨人のような姿となって一瞬、壁から天井にその影を浮かび上がらせた。

春蛇はゆっくりと黒澤の横に立膝で座ると、何処から取り出したのか、煙草の葉ではなくチョコレートの塊のような媚薬を取り出した。

黒澤は咎《とが》めるでもなく、ぼんやりと春蛇のする事を見詰めていた。パイプ煙草の器の上部を外し、ミネラルウオーターを注ぐと、そこに香り付けなのだろう、コニャックのXOを注いだ。器の上部を元に戻すと、ズッシリと硬く固められた媚薬を手に取り、弄ぶようにキャンドルの火で炙《あぶ》った。炙られた媚薬を、手の感触で頃合いを計ると、今度は指で練り込むように揉みほぐして、小さく千切り始めた。

黒澤は茶道や香道なら、日本人として多少馴染みはあるが、水煙草は初めての経験だった。黒澤は、砂漠に座り込んだベドウィンのような目付きで、春蛇の手元を見詰めた。

春蛇はそんな黒澤に、チラッと流し目で笑いかけ、お茶でも立てるような細やかさで指を動かし、イスラムの塔を思わせる器の先端の受け皿に、千切り取った媚薬を秤に掛けるようにそっと置いた。春蛇は蛇使いのような手付きでパイプのホースを掴み、吸い口の先端を軽く舐めると、しっかりと口に咥えた。そのまま、春蛇の手は傍らに置いてあった細長い点け木を取り上げ、キャンドルの火を移した。付け木の火は人魂のように移動して、塔の受け皿で待ちわびている小悪魔のような形の媚薬に点火した。それと同時に春蛇は長い首をしなやかに傾け、咥えたパイプを強く吸い上げた。チョコレート色の媚薬はためらいがちに妖しく燃え上がった。

春蛇はしなやかな指先で吸い口を持ち、ゆったりと波間に沈むように、大きなクッションの群れの中に身を預けた。

春蛇が吸い上げる度に、瓶の中の水が泡たち、ドラッグの煙が、一瞬、意思を持って消えたかのように、春蛇が咥える吸い口から、春蛇の胸の中に消え去って行った。肺活量一杯に吸い込み、しばらくそのまま息を止める春蛇の目に、微かに膜がかかったような陶酔感が広がった。

春蛇はパイプを離し、唾液で濡れた吸い口を黒澤に差し出した。黒澤は催眠術にかかったように、なんの抵抗も見せずその吸い口を咥えた。胸一杯に妖しげな煙を吸い込むと、フワーッと後頭部から這い上がる快感が視床下部を満たし、たちまち自律神経が犯されて行く感じがしたのだった。

今まで黒澤は、様々な捜査の過程でシャブもヘロインも大概のドラッグは見聞きして来たが、それを使う環境のガサツさと犯罪性ばかりが目立ち、ドラッグに対する嫌悪感の方が先だった。しかし、こんな絵画の中にトリップしたような……仮想空間に入り込んだ黒澤は、現実感をなくし、陶酔感に逆らわず素直に夢の世界に入って行った。

春蛇と黒澤はクッションの波間で、唾液に濡れたパイプを互いに幾度となく回し合って、その煙を胸一杯に溜め込んで行った。生まれて始めて味わう不思議な幸福感だった。いつも、得体の知れない不安感に追われ続け、逆に、得体の知れない神々を追っている自分の存在に嫌悪し、絶えず何かに怯えている人生……が、もう終わろうとしている。しかし、まだ終わらない……。そんな終局の狭間で、黒澤は生まれて始めて、自分の存在を忘れた。

道徳、倫理などという、偽善の世界をよそにおいても、理性、知性、哲学宗教などという思い上がった人間の精神世界をいくらこねくり回しても、人間の殺し合いはますます手の込んだ残酷なやり口で止まる事もなく、この人間世界の行き着く先が見えてしまった今……。この一瞬、この一瞬の心の煌めき、視覚、聴覚……全神経の反応を、獣のように感じて行くしかないか……黒澤のとりとめもなく、支離滅裂な思考も、媚薬の前にあえなく消え、別宇宙にトリップして行くようだった。

いつの間にか、黒澤は眠りに落ちていた。しかし、快感を感じる神経だけは敏感に起きていた。下半身から湧き上がる快感は、とめどなく射精し続けているような陶酔だった。疲れも無く、何度でもオルガニズムを繰り返す、女の快感を理解したような喜びだった。

黒澤は実体の無い空間に手を伸ばし、何か確認する物を掴もうと喘いでいた。無の世界、空の世界、でも快感はある。般若心経には申し訳ないが、快感は確かにある。オルガニズムは確かに感じている。ざまー見ろ！　自分に叫んだのか、この世の不条理に叫んだのか、黒澤は声の無い叫びを発していた。

満ち足りた体が、うっすらと目覚めて行った。目を開けると、黒澤の下半身から顔を上げる春蛇の視線とぶつかった。目を細め、口に含んだ精液の一滴が口元に漏れているのを、春蛇はそっと桜紙で拭った。春蛇は無言で立ち上がると、緞帳の裏に消えた。部屋の中が再び色彩に溢れ、ドラクロワの絵の世界に戻った。

黒澤もゆっくり起き上がり、下半身の乱れを直した。消臭も可能な空調がフル回転したのか、チベットの空気が戻ってきた。黒澤は改めて、ドラクロワの色彩に浸った。刑事という職業を通しては、決して接する事も、感じる事もできない世界だった。自然を鋭い目で貫き通し、色という色を分解し、再生したような、無限の深さを漂わせる色彩。黒澤は生まれて初めて、絵画の色彩を美しいと思った。

『ドラクロワに言わせると、絵画にとって最も大事な事は、目の為の饗宴だそうよ。ドラクロワは、死の中にさえ、ロマンとエロティズムを塗りこめる不埒者《ふらち》なの……再び勃起するかもね。隆はお歳の割に、とってもお元気……フフ……』春蛇は再び、大島紬に着替え、妖艶に笑っていた。

『決定的に繋がるって言ったでしょう……黒澤警部』

『……?』黒澤は頭が回転してなかった。

『ほら、詐欺集団とやくざ屋さんの関係よ』

『あっ、そう、で、どう繋がるんだ?』ようやく、デカの感性が戻った。

『耳よ、耳で確かめるのよ。歌舞伎町のダニ達の声を盗聴するのよ』

春蛇は無言で手を差し伸べ、黒澤を立たすと、緞帳の奥へ誘った。緞帳の奥は三畳ほどの畳部屋になっており、正面に、骨董品の箪笥が一竿《ひとさお》、百歳の老婆のようにひっそりと佇《たたず》み、その上には三十センチほどの翡翠の観音像が置かれ、光沢のある香炉から、一筋の煙がたなびいていた。畳の中央には、昭和を懐かしむようなちゃぶ台が置いてあり、その前に黒澤を座らせ、向かいに春蛇が座った。

『この部屋の上は、中二階になっているの。二LDK、大家は私。貸す相手は裏社会を生きている、犯罪者達。何故って、私の商売の情報収集の為。電話から室内での会話まで、全てこの部屋で聞けるようになっているわ。

あらゆる角度から、壁に検器センサーが埋め込んであるの。完璧な盗聴、盗撮システム。借り手はくるくる変わるけど、全部、犯罪に手を染めている者達に貸す事になっているの。その筋の不動産屋が中に入っているから、大家の正体は明かされない。言っている意味判るでしょう』

新宿署のデカがこの足元の歌舞伎町で、敵の諜報機関にまんまと出し抜かれているような気持ちで話を聞いていた。

『一年でも二年でも遡って情報は取り出せるけど……』

春蛇はちゃぶ台の下からノートパソコンを取り出して、立ち上げた。

『この一年程、振り込め詐欺のグループが借りてるわ……』

春蛇は鮮やかな指捌《さば》きで、キーボードを叩いた。たちまち画面に四人の男が浮かび上がり、リビングルームのテーブルの上に、数十台並ぶ、携帯電話を点検していた。恐らく足の着かない携帯なのだろう、若い男が一人、新たに入ってきて、その数十台の携帯を鞄に入れて持ち去った。詐欺行為はよそでやっているらしく、この部屋は、このグループの本部のような役目をしているようだった。

黒澤は思わず身を乗り出していた。

『理解できた？　決定的に繋がるといった意味が……』

『……』黒澤は無言で頷いた。まさに、蛇の道は蛇であった。

『岸本組がバックについている、関西の黒門会の親玉が殺されたんでしょう……。貴方が惚れてる、幻の殺し屋に……。ところが黒門会は幻の事は知らないけど、殺したのは関東の新宿グループが雇ったヒットマンだと思ったわけよ。何故そう考えたかというと警視庁も必死に追いかけてる、総元締めのグループの乗っ取りを、偶然にも、関西と関東が同時に計画してたわけなの……妙に話は入り組んでるけど、このコンピューターに大体のあらすじは入っているわ。結局、操ったのは、総元締めの志賀という男よ。この男もなかなか正体を現さない男ね。ただ間違いないのは、幻を雇ったのはこの志賀よ。次に今度は新宿グループの頭を殺す予定で、幻と契約したのね。ところが、岸本組が割って入ったのよ。あれだけ大きな組織だから、岸本組もそれなりの情報網から、総元締めの狙いを嗅ぎ付けたわけね。新宿グループのバックである、松岡組を締め上げたが、何処からも新宿がヒットマンを雇った形跡も出なかったし、実際、雇っていなかったのよ。それで、岸本組は元締めの志賀にターゲットを絞ったというわけ。岸本組には手打ち金として、志賀から何十億か、相当な金額が入ったはずよ。その上、新宿グループは黒門会に吸収され、松岡組には志賀がメカジメ料の五年分を払い、一応、裏社会では決着はついたの……。ところが、肝心の幻が宙に浮いてしまったわけよ。裏社会にとって、いくら腕が良くても、幻はあくまでも幻よ。幻が邪魔になったというわけね。後でゆっくりデータを取り出して見て貰えれば判るけど、この上の部屋で、岸本組と松岡組が志賀を囲んで、幻をはめる綿密な相談をしているわ。現金の受け渡しの際に撃ち取ろうとしたのよ』

黒澤はスピードを上げ、画面を見詰め、そのままサーバーを通して自分のリモートコンピューターに情報を送り込んだ。

『もっと早くから春蛇と組んでれば、俺は今頃、本庁で警視正ぐらいになっていたかもしれんな』

『そこまで、ネタを流しゃしません。隆を我が陣営に引き込む為よ』

春蛇の瞳が妖しく濡れた。

『今度は私を昇華させて……』

春蛇がちゃぶ台をどかした。

宅急便のトラックに偽装した警視庁の特別車両の中は、ちぐはぐな緊張感が漂っていた。

警視庁が総力を挙げて追いかけて来たホシが、今にも目の前に現れるかもしれないという時に、黒澤が持ち込んだ、幻の殺し屋の証拠データを聴かなければならないなんて、緒方警視にとって黒澤は疫病神そのものだった。

『黒澤さん、今まで、貴方がいると言い張る幻の為に、新宿署、四谷署、警視庁まで巻き込んだ無駄な張り込みを、何度させられたと思います？』

その時、宮川警部のモバイルコンピューターから声が流れてきた。

「そんな事で、幻が動くと思うか？」「しかし、金の受け渡しは奴にとっても、最低限の行動だろう」「奴が指定した川崎競馬場でのトリックは確かに面白い。他でも使えるよな」「問題はどうやって、幻を仕留めるかだ。。面白がってどうする」

現実離れした会話だった。

『宮川君、念のためにパソコンに映像を出してくれ』

宮川は自分の小型コンピューターから室内のパソコンにデータを流した。若い刑事が手馴れたさばきでパソコンに映像を映し出した。

平均的なマンションに見られるリビングで、その場に不釣合いなハリウッドスタイルの男が三人、真剣に話を交わしていた。一人は警視庁に面が割れている暴力団の幹部だった。残りの一人、神経質そうな男の面は……確か、今追っている、志賀正志……？　当局が押さえているピンボケの写真からははっきりしないが、近い顔だった。

緒方警視はそれでもまだ、安もんのテレビドラマを見せられているような顔付きだった。黒澤は呟くように口を開いた。

『せっかくここまでホシの動向を察知して、土壇場で肝心のホシを幻に撃ち殺されたら、元も子もないでしょう』

緒方警視はまさに疫病神を見る目付きで黒澤に振り返った。

『君は、幻がこの場に参加しているというのかね?!』

『来てます。奴は殺し屋としての掟というか、神がかった誇りを持っています。裏切りは許しません』

『マニアックな心情だね。君とその殺し屋との間に、血の繋がりでもあるのかね……』

『……』思わず頷きそうになっている自分が怖かった。

『幻の殺し屋の為の人員は配置していない。新たに警視庁から応援を要請して現場が荒らされたら、今度は本ボシに感づかれる……』緒方警視は心底、疫病神を見る目付きで、黒澤を見詰め続けた。

『で、君一人で、その英雄をキャッチできると言うのかね?』

『応援無しにですか?』

『始めから君は、一人で邪魔しに来たんじゃないのかね?』

『まだ筋道を理解されていないようですね』黒澤はやや気色ばんだ。

『判った! 判ったから出てってくれ! 君にその幻の殺し屋を託すから、邪魔しない範囲でうろついてくれ』

緒方警視はイラだたしげに立ち上がると、黒澤を無視して、後ろの覗き窓に近付いた。

黒澤も立ち上がって部屋から出ようとした時、無線の声が入った。

「こちら水道局、黒のセダン、環七方面から進入」

それぞれの配置場所の警察官達に緊張が走った。黒澤もこのタイミングで外に出る訳には行かなかった。緒方警視と宮川警部が後ろの覗き窓に張り付いた。

天井裏の弦蔵は、長髪のカツラを取り、ごま塩の坊主頭の汗を、ゴシ、ゴシッと手ぬぐいで拭った。奥歯の上下に収まるマウスピースも口から取り出し、本来の鋭いマタギの顔に戻っていた。瞳はあくまでも涼しく、山人の素朴さは少しも失われてはいなかった。

ゆったりと座禅を組み、目は半眼、鼻頭《はながしら》を見詰め、静かに瞑目する僧侶の如く、微動だにしなかった。遥か遠くから聞こえる定期便のトラックや乗用車の響きは無論、弦蔵の耳に入っていた。車の響きでその距離を測れるくらいは、弦蔵にとって当たり前の事だったし、都会に出てからの年月の間、遠くにいても、走る車の微かな響きで、その車種を聞き分ける事もできるようになっていた。

それは、千日回峰をやり遂げた阿闍梨《あじゃり》が、比叡山に鳴く鳥の種類を、全て聞き分ける事ができるのと一緒だった。マタギはどんな山奥でも微かなダシ（山風）を感じ、地形を読み、迷う事なく獲物の足取りを追った。優れたイタズは、倒木の上を渡ったり、枯葉を舞い上がらせたり、一旦沢に入ったりして、トアト（足跡）を巧みに消して逃げ去るが、いざ冬眠穴に入る直前は、必ず、「アミノメ」と言って、周辺の立木に歯跡を残す習慣がある。スネ（猿）の集団移動、アオシシの寒立ち、本土狐の舞、越後ウサギの跳ねる角度……弦蔵は全てを読み尽くして獲物を追ったものだった。

環七から一台、クラウンが滑り込んで来た事は、当然弦蔵の聴覚はキャッチしていた。弦蔵の左手と共に、辰巳銃が動いた。滑らかな動きで、タクティカル・スコープに弦蔵の右目が吸い付いた。十秒後、黒のクラウンが右手、環七方向から姿を現し、白亜の豪邸の前を徐行し、そのまま、左手に消えて行った。

志賀正志の車ではないのか？　それにしても、意味ありげな走り方だった。

弦蔵が座る本殿からは、さして広くもない道の突き当たりに豪邸があり、その前を、右から左にクラウンが通過して消えるのであるから、目撃できるのは、いくら徐行してると言っても、数秒足らずでクラウンの姿は左に消えて行ったのである。静寂の時が心臓の鼓動と共に刻まれた。その間、タクシーが午前様の客を乗せて、二台ほど通過した。

トラックの中では、緒方警視の緊張感がピークに達していた。

『志賀の写真をもう一度見せてくれ』宮川警部が差し出した写真は、望遠で捉えたものだが、ピンボケでとても肉眼で選別できるようなものではなかった。

『写真ははっきりしませんが、奴である事は、その時接していた女達の証言で裏は取ってあります。奴の女に対する異常な嗜好から、綿密に割り出した情報ですし、警視も納得された通り、性器に重症を負った二人の風俗女の証言通り、この場所と女が確認されたのです』

『それは判ってる……あのクラウンはどう思う？』緒方警視は緊張すると必ず現れる、微かな顔面神経の引きつりを起こしていた。

『志賀が乗ってるかどうかは別として、関連してる事は間違いありません』

『用心深いという事か……とにかく、こちらも徹底的に気配を消して、ホシの確保に集中してくれ』緒方は女風呂を覗くような姿勢で裏窓に額をくっつけた。

タクシーが一台、ハイヤーが一台、それぞれ、酔客を乗せて通過した。

『こちら水道局、同じクラウンが環七方面から進入』再び、緊張した無線が全警察官のイヤホンに走った。

弦蔵は暗視装置付スコープを通り過ぎるクラウンに焦点を合わせた。車は、時速三十キロほどのスピードで、豪邸を舐めるようにして通り過ぎて行った。スモークが貼られた窓ガラスを透して、弦蔵のスコープは車内に一瞬潜入した。後ろの座席の男は、志賀正志ではなかった。

『クラウンを追わせますか？』宮川は緒方の背中に声を掛けた。

『いや、本ホシは「麗香」を訪ねるのは確かだ。そのまま待機だ！』

『判りました！　そのまま待機！　ホシの確保は「麗香」邸の門前に絞れ！』宮川の指令が飛んだ。

『こちら水道局。環七より、ベントレーのシルバーが進入！』

『了解！』宮川は今度は間違いない、と視線を上げて、緒方の背中を見詰めた。緒方警視の腰が微かに揺れていた。振り返った緒方は宮川に向かって頷いた。

『全員、突撃体勢に入れ！』宮川はちぐはぐな位置関係に気付く事もなく指令を出していた。総指揮官の緒方が小窓を覗き、副官がソファに座って指令を出しているのだった。緒方の落ち着かない性格がそんな体勢を作っていたのだ。

ベントレーは水道局漏水防止課のネームが入った、白いライトバンの横を滑るように通り過ぎた。

弦蔵はこのエンジン音を聞くのは二度目だった。間違いなく志賀正志の車だ。公的機関の特殊部隊が使用するタクティカル・スコープには、門扉にかかる「麗香」の文字がはっきり見えていた。

弦蔵は、獲物が手中に入った事を確信した。

ベントレーは横綱が花道に現れたかのように、闇の権力者を乗せ、ズッシリと滑り込んできた。律儀にクラシックな制帽を被った運転手が、一部の隙も見せずに降り立つと、鋭く辺りを見回し、後部座席のドアを開けた。

ベントレーの後方七十メートルに、水道局漏水課のライトバンがライトを上向きにしたまま近付いていた。

宅急便のトラックの側面のスライド式の扉が開き、塀とトラックの間に、若い刑事が二名、降り立っていた。桜の大木の陰から、数名の刑事が現れた。白い豪邸に突き当たる道、豪邸の前を通る道、三方の道が塞がれた。その男は後部座席からゆっくりと体を現した。一瞬、動きが止まり、運転手と体を交差したかと思うと、運転手を跳ね除けるようにして、自分が運転席に飛び込むと、轟音を立てて車を発進させた。


宅配便の裏窓から覗いていた緒方が、悲鳴に近い声で怒鳴った。

『ホシが感づいた！　道を塞げ！』トラックが慌ててハンドルを右に切った。しかし、エンジンを掛けるのに一瞬後れを取った。ベントレーはトラックを辛うじてかわし、逃走を図った。

『目黒通り方面の車両はホシの車を阻止せよ！』

水道局の車がフルスピードで後を追った。

『警視！　大丈夫です、道は全て、押さえてあります！』

『馬鹿！　ここで押さえて始めて、筋書き通りの逮捕劇になるんだ！　馬鹿！』

緒方警視の罵声が飛んだ。

黒澤はトラックを飛び出し、逃げるベントレーのテールランプを見詰めた。


弦蔵のスコープは微動だにしていなかった。

門の前に立つ運転手は、呆然とした面持ちで、逃げるベントレーを見送った。豪邸の玄関が慌ただしく開き、女が飛び出してきた。運転手が門を開け、中に入った。女と運転手が視線を合わせた瞬間、運転手のクラシックな帽子が飛んだ。

女の悲鳴と同時に、運転手は糸が切れたマリオネットの操り人形のように、女王様の前に身を投げ出した。女の悲鳴は、吹雪の中に取り残された牝狼の遠吠えのようだった。

警察官達は誰も気付かず、偽者のホシを追っていた。ただ一人、黒澤だけが気付いた。黒澤は駆け寄り、女を押しのけるようにして、倒れている運転手を抱き起こした。

春蛇が盗撮した、やくざ二人と話していた神経質な男だった。それはまさしく、志賀正志本人だったのだ。幻は騙されなかった。

弦蔵は、「アブラウンケンソワカ、アブラウンケンソワカ」と口の中で呪文を唱えていた。

「これより後の世に生まれて、良い音を聞け！」マタギが獲物を仕留めた時に行う「ケボカイの神事」の呪文なのだった。それは、弦蔵にとって、殺し屋の呪文ともなっていたのである。

黒澤は志賀を抱き上げたまま、鋭い視線を四方に走らせた。遠くで、パトカーのサイレンが飛び交っていた。現場はシンと静まり返って、やけに空気が重かった。百メートル程先に佇む桜の大木から、花びらがチラッ、チラッと月光を浴びながら、重い空気の中、プラチナの蝶が舞うようにしばらく宙に留まり、落ちて行った。

弦蔵の動きは速かった。辰巳銃を分解する暇も惜しんで、真っ黒なビロードの袋に銃を納め、カツラを被り、マウスピースを咥え、神殿の天井裏を脱出した。檜の大木の陰を縫って、神社の駐車場の端に停めてある個人タクシーの車に飛び乗った。銃は後ろ座席のシートの下に、いつものように納めた。空車ランプを点け、静かに神社の駐車場から滑り出た。

途中、パトカーとすれ違い、わざと白亜の豪邸の前に車を進め、環七方面に右折した。黒澤がライトの中に呆然と浮かんでいた。

二

多摩川大橋を六郷方面に下る弦蔵の個人タクシーは、東京湾を反射鏡にして、キラキラ輝く朝日をまともに受けていた。六郷土手沿い、海抜ゼロメートルの地域に忘れられたような自動車修理工場が、廃車の山を作っていた。結構広い敷地である。

弦蔵の車は、その修理工場の北側に回り込み、一見、倒産後に放置されたような、寂れた倉庫に近付いた。弦蔵が車内で真新しいリモコン装置に軽く触れると、シャッターは、古びた汚れから想像できない滑らかさで音もなく開き、車は一時停止する事もなく、倉庫内に消えた。

倉庫内は、あらゆる工具、塗装用具、コンプレッサー、ジャッキ等が雑然と置かれ、その他、ピザの配達用スクーター、奥には、郵便車と救急車がどちらにも変身できそうな配色のまま放置されていた。勿論、個人タクシーがパトカーに変身する事もあるのであろう……。

弦蔵は狩から帰ったマタギが、殺生小屋で一休みするかのように、大人のおもちゃ箱のような倉庫内に「辰巳銃」を片手に降り立った。左手のドアを開き、錆びた階段を上ると、突き当たりにしっかりと鉄枠の付いた木製のドアがあり、弦蔵は鍵を取り出し、二重鍵を外した。

部屋には一畳ほどの靴脱ぎ場があり、上がり框《かまち》の向こうは、十五畳ほどの縁無しの畳が敷かれ、中央に囲炉裏《いろり》が組まれた部屋になっていた。囲炉裏には、本スス竹を使った自在鉤《じざいかぎ》が天井に組んだ横木から下り、南部鉄の鯉が飾られている。その鉤には重そうな、すすけた鉄瓶が掛けられてあった。

弦蔵のこだわりなのであろう。畳の部屋の正面は傘紙を使ったような、光をあまり通さない障子がはめ込まれていた。右手に縄のれんがあり、奥はささやかな台所になっている。

弦蔵は左手のどっしりした木製の引き戸を開けて、隣の部屋に入った。まるで古着屋である。何故か、女のドレスが数点、目を引き、後はタキシードから和服に至るまで、様々な衣裳がところ狭しと掛けられてあった。その衣裳群を掻き分け奥に入ると、傷だらけの頑丈そうな机が弦蔵を迎えた。

机の上にはノートパソコンが置かれ、その前には、弾丸の処理、再生の為のプレス機、火薬用の秤、小型の旋盤機等が固定され、ヤスリと共に空薬莢と銃弾がびっしり詰まった箱が数箱キチッと置かれてあった。

傍らの棚には、ライフルの火薬の汚れを落とす為のクリーニングロット、ブラシ、洗浄液の入ったクスリ瓶、パッチ（綿の一種）等が整然と並んでいる。

弦蔵は七年前、やくざとの縺《もつ》れから殆ど殺されかかっていた車両窃盗団の親玉を偶然助けてやった事があり、その親玉からこの秘密の場所を借り受けていたのだ。

しかし、その男も弦蔵の本当の生業を知らない。弦蔵はまず「辰巳銃」をビロードの袋から出し、銃架にそっと労わるように立てかけた。無意識なのだろうが、仕事を終え、銃を休ませるこの瞬間、弦蔵は必ず腹の底から大きくため息を吐くのだった。本当に生きてる事が辛そうなため息だった。

弦蔵は机の前にどっかりと座り込み、トーチカから覗き見るような二つの小窓から、廃車の山とあまり稼動していない修理工場を見下ろした。

ふっと異空間から湧き出るように、真っ黒な狼犬が廃車の陰から現れた。弦蔵が唯一、白神の情を通わせている生き物であり、五郎と勝手に名付けた、雑種の雄である。

五郎は朝日の中で弦蔵の視線を感じているが、狼のプライドなのか、決して見上げようとはしない。堂々と片足を上げ、廃車の山に小水を弾くと、弦蔵の視線を背中に受け、キチッと座った。背中で弦蔵を感じているのだ。

弦蔵の澄んだ目、引き締まった顎から頬の曲線、首から肩への野生動物のような筋肉の流れ……弦蔵はまさに、吹雪の山奥を駆け抜ける、老狼の匂いを漂わせてるマタギだった。だがこのコンクリートの墓石が立ち並ぶ都会という森では、弦蔵は、まったく異空間に放たれた獣のように、孤独な存在だった。

弦蔵は突然空腹に襲われ立ち上がった。十二時間以上食べ物を腹に入れていなかったのだ。衣裳の群れを掻き分け、囲炉裏部屋を通り抜け、縄のれんを揺らし、台所の冷蔵庫を開けた。凍らせた五穀米の飯をレンジに掛け、堅く漬け込まれた沢庵を切り、長芋と椎茸の味噌汁を温め、囲炉裏端で茣蓙《ござ》座布団に座り、もくもくと食べた。命を繋ぐ為の食事であるが、ありがたく噛み締めて食べていた。吹雪の中、何日も雪を口に含むだけで、飢えに耐えながら山を脱出する時の苦しみを考えると、極楽そのものであった。しかし、それでも、本当の空腹を味わった後、アオシシの肉を炙って食べる以上のグルメは、都会で味わった事がなかった。なんと言っても、森の動物の肉はアオシシが一番であり、次にイタズ、ウサギ、ムササビの順である。

養殖のうなぎより天然のうなぎの方が美味いし、養殖のハマチより天然のハマチの方が美味い。第一、喰う為に育てるという残酷な事を神に逆らって始めてしまったのが、人間の過ちの始まりなのだ。

人間はその逆を考えた事があるのだろうか。自分達の子供が日々、十分な食べ物を与えられてるのは、将来、その食べ物を与えてくれてる生き物に喰われる為だと、もし知ったら……。どちらにしても、地球の生き物は、キリストも釈迦も他の命を食べ生き長らえ、食べられるその命もまた、他の命を食べて、生きてきたのだ。一輪の美しい野の花も、地中のバクテリアを吸い上げているのだ……。生き物全てが、命を食い合って生きる残酷な星なのである。その命の循環は仕方ないとしても、人間が犯した過ちの始まりは、まず、自然を矯正して植物の生殖を管理し、米を作り、麦を作り出した事から始まっているのだ。

食い物が余分にできれば、人口が自然に反して増え、人口が増えればそこに組織ができ、利権争いが始まる。即ち殺し合いが始まったのだ。そんな文明を持った人間達の組織が、自然だけを相手に、自然の木の実をいただき、自然の生き物を相手に狩猟し、自然と共生してきた種族を追い払ったのだ。追われた民は日本では山に逃げ込むしかなかったのであろう。

世界にも、化石として生き残り、置いてけぼりの先住民族達がいる……。ネイティブアメリカン、エスキモー、ボリビアで奇跡を起こしたアイマラ族の新大統領……。シベリヤにも、オーストラリアにも、追いやられ、差別され、虐げられているこれ等の民は、まさに重い重い宿命に甘んじているしかないのであろうか?！　特に日本政府から酷い仕打ちをされ続けた、アイヌ民族！

しかし日本には、既に確立された人間組織からも、飢えや貧しさの為に、はじき出された人々が沢山いたのだ。例えば、東北地方に起きた、一八三三年の『天保飢饉』などの惨状は、ちょうどアフリカの難民と同じ程度の飢えをもたらしたのである。それら様々な事情で社会の仕組みからはじき出された人々は、山に逃げ込み、山人の仲間になり「サンカ」などと呼ばれ、海に逃れ、「家船《エブネ》」などと呼ばれる漂泊の民となったのであろう。何百年もの間、人目を憚《はばか》り、過酷な自然と辛うじて共生しながら生きてきたこれらの民は、国家が認めない、逆に国家という組織を認めない無宿人ではあるが、二、三十年前までこの日本国に確実に存在したのである。

そして悲しい事に、それらの漂泊の民は、殆ど犯罪者の如く扱われて、こっそりと隠れるように生き続けた民なのである。その分、自然に溶け込み、獣の感性で五感を磨き、純粋に自然を恐れ、敬い、生きる事に純粋にひたむきであった。そんな隠れた淋しい民は、やはり社会からも、親兄弟からも見放され放り出された、癩《らい》患者を山奥でこっそり面倒をみたりしていた優しい記録があるのだ。自然体というが、サンカ程自然体に生きていた民はいないのだ。

弦蔵は白神山地のブナの森を思い浮かべながら、黙々と五穀米を噛み締めた。食い物に溢れ、銃弾もロケットも飛んで来ない呆けた日本人は、癌と高血圧、肥満を心配している。なんと醜い生き物ではないか……。

弦蔵には、飢えて人里に降り、人間の作物に手を出し、追われるイタズやスネ（猿）の方が、遥かに生き物の条理に適っているように思えて仕方がなかった。そして、そんな意見に、「そうだ！」「そうだ！」とテレビのブラウン管の中で、もっともらしく、人間の思い上がりを強調し自然との共生を説き、今日のコメントの成果に鼻を蠢《うごめか》す、似非《えせ》文化人。そして、次の番組では抜け抜けとフランス料理とワインの解説をし、得意げに食通を装う破廉恥さ――。何度テレビのスクリーンを撃ち抜きたいと思った事か……。

滅多にテレビを見ない弦蔵だが、このテレビの世界が、一番人間世界の欺瞞を象徴しているように思えて仕方なかった。

弦蔵は半時の後、再び奥の作業机の前に座った。弦蔵にとって、唯一、この世との窓口であるノートパソコンを立ち上げていたのだ。相手は世界中でただ一人、弦蔵のパスワードを知っている男だった。

弦蔵の思考は過去と現在の四方に飛び、深い矛盾を伴う己の存在の苦しさに、大きくため息を漏らしていた。

四十年以上も前の話だった。弦蔵はまだ十四、五歳だったと思う。弦蔵の父親が吹雪の山神山地で行き倒れていた若夫婦を助けたのが始まりだったのだ。青森の杉岡養護園を脱出した夫婦だったそうだ。ハンセン病棟からの脱出だったのだ。国の恐ろしい粛清に近い隔離政策の下、夫婦は子供を作る事も禁じられていた。医学的には遺伝する病でない事はとっくに判っていたにも関わらず、国と社会の偏見で、病院はナチのアウシュビッツの如く患者の絶滅収容所と化し、強制堕胎手術、強制断種手術までする国立病院が全国に点在していた。

ハンセン氏病、即ち癩病は、キリストの時代まで遡る話になってしまうが、特に日本国の癩患者に対する救済の名の下で行った虐待は許されるものではない。その政策の立ち上げに努力し、自らも率先して堕胎手術を行った光田健輔医師も、歴史にその悪名を刻まなければならないだろう。

一世紀に渡って行われてきた、国によるこの犯罪行為だったが、平成八年四月一日、まさにエイプリルフールに、悪名高き「ライ予防法」が廃止されたのである。遅過ぎて、冗談も言う気になれない。まさに役人共と政治家、即ち、司法、行政、立法、三権の怠慢であった。その三権に対する裁判が起こされ、二〇〇一年五月に患者側の全面勝訴となり、小泉首相も控訴を断念し、国による謝罪が決定したのである。

そんな最中に大阪の市民運動「みどりの風」が一冊の資料を探し出した。「大正五年特殊部落調附癩村調」と書かれた書類だった。明らかに、被差別者の民と地域社会と親兄弟から見放された癩病患者達が一線を置きながらも、同じ場所で生活していた事の証拠書類であった。

しかし、弦蔵が孫ジコから聞かされていた話では、遥か昔から、被差別の民ではなく、根本的なはぐれ漂泊民であるサンカ達には、癩病患者を暖かく面倒見る習慣があったそうなのだ。弦蔵のオド（父）、周平が、白神山地で杉岡養護園を脱出して殆ど凍死しかかっている若夫婦を助け出したのは、正月も明けて間もない頃だった。周平は孫ジコの五平を狩小屋に残して、一人、深い雪の中を、息使いを殺しイタズのヤマウド（冬眠穴）を捜し歩いていた。一日歩き続けたが、なかなかこれといったタカス（古木の空洞）も見つからず、陽も翳り、そろそろ諦めかけた時、岩場から危なげに突き出したヒメコ松の下に、バフアナ（木の根の隙間にある穴）を見つけたのだった。その穴の奥には、明らかにイタズ独特の獣の匂いが立ち込めていた。周平は岩場から身を乗り出し、バファナを覗き込んでいたが、ふと、崖下に人間が横たわっているのを発見し、目を見張った。

その二人の姿は明らかにマタギではなかった。それも男と女、あり得ない事だった。女が絶対に入れない神聖な場所だし、もし女気を感じたら、山神様が許すはずもなかった。周平はしばし呆然とその二人の姿を見下ろしていた。

しかし、目の前に死にかかっている人間を見つけて助けない訳にはいかなかった。周平は当時、四十歳、マタギの世界では、その年齢はまさに青年そのものだった。周平は、急な崖下迄、なんの障害もなく駆け下り、二人の顔を覗き込んだ。二人とも二十代と思われる若者だった。都会育ちというか、色も白く、気品を感じさせる青年の顔の右耳が、妙に赤く膨れ上がっているのを、周平は単なる凍傷だと思った。

娘の方は、透き通るような白い額が雪の中に溶け込み、儚《はかな》い命の行く末を見まいと、堅く目を閉じていた。閉じた目の上に、スーッと一筆、薄墨で線を引いたような眉毛が、苦しげに小さな縦皺を作っていた。それに引き換え、ふっくら開いた唇が唯一、まだ、微かに命の温もりを感じさせるように、ほんのりと赤く、雪の中に落ちた寒椿の蕾のように息づいていた。雪だらけの簑の下、羽織ったコートもめくれ、銘仙《めいせん》の着物の乱れが、岩場から足を踏み外し落ちた事を物語っていた。

周平はまず、娘を背負い崖をよじ登った。既にイタズの事はすっかり忘れ去っていた。青年を担ぎ上げると、微かなうめき声を上げたので、周平は青年を揺り起こした。

周平は腰からナタを引き抜き、楢や楓の枝を払い、獲物を縛るバレン縄を取り出し、即席の橇《そり》を組み立て娘を載せ、意識を取り戻した青年を小脇に抱え、なんとか孫ジコが待つササ小屋まで辿り着いた。

孫ジコの絶望的な眼差しがそこにあった。マタギの強い信仰の対象である山の神様は、非常に嫉妬深い女神である。その為、わざわざ醜いオコゼの干物を森に入る前に供える習慣があった。貴方が一番美しい女神様です、と、まるで白雪姫のお妃に気を使うように、醜女《しこめ》の女神の鎮魂を図ったのだ。その上、狩の季節は、よこしまな男根を女神の下に捧げ置きます、と誓い、マタギは狩に出立しているのである。そんな女人禁制の狩場の「お助け小屋」に、若い女を担ぎこんでしまったのである。今年の狩は諦めるしかなかった。

しかし、孫ジコ・五平は、その時点で七一歳とは思えない素早さと判断力で、息子の周平に次々と指令を出し、低体温と凍傷の治療に全力を尽くしたのだ。「お助け小屋」には、常時、七・八人のマタギが泊るほどの用意はしてあった。囲炉裏の火を盛大に焚いて、大鍋に次々と雪を放り込み、湯を沸かした。

イタズの毛皮に寝かせた娘の顔は、雪の中では透き通るほどの白さだったが、小屋に運び込まれると、凍傷度、一度程度ではあるが、たちまち露出部分の耳、鼻、手足が赤く腫れ上がってきた。青年にはもう少し重度の凍傷が見られたが、自分の事を忘れ、娘のそばから離れようとせず、足をさすり、特に腹を包み込むように必死にさすっていた。

『お腹に赤ん坊が……我々より赤ん坊を助けて下さい』青年は必死の眼差しで五平と周平に訴えていた。

五平はまず自分の着物を脱ぎ、下着まで脱ぐと褌《ふんどし》一つになった。周平もそれに習い、素っ裸になると、脱いだ着物と下着を大鍋の湯の中に放り込んだ。

『熱過ぎでもまいね（だめだ）、湯は高熱《こうねつ》の体温ぐれェの温度がいんだね。その娘の着物ば脱がせろ』

五平は青年に命じて、娘を裸にした。

五平と周平は大鍋の湯に手を入れ、着物や下着を軽く絞って女性の腹に巻きつけ、顔や手足にも同じようにあてがった。ちょうど高熱を発した病人を手当てする方法と逆の処置だった。

『オメも、その右耳の腫れ酷《ひんで》ェもんだ。ほっとげば耳落ぢるど！　とにかぐあっためろ！』

五平の注意に青年は、チラッと絶望的な眼差しを浮かべ、俯《うつむ》いた。

『いな、三十九度から四十度の温度ば保でよ！』

五平と周平は女性に巻きつけた下着や着物を、小まめに湯につけては温めた。青年も遠慮がちに、水泡が浮かび上がった手足を、鍋の中に差し入れた。

小屋の中は蒸れ返り、真夏のような気温になっていた。周平は裸のまま外に出て、雪を掻き出し、薪を補給した。五平と周平の連係プレイは休みなく続いた。時間が経つにつれ女性の顔に緩やかながら血の気が戻った。青年は娘の枕元に座り、じっと彼女と見詰め合っていた。どれほどの辛い思いをしたのか……二人の目からとめどなく涙が流れ落ちていた。

五平は二人の為に、鷹の爪を刻み一つまみの塩《カラエシ》と野生の三つ葉を入れ、熱々のお粥を作った。二人は子供のような素直さで、涙と一緒にゆっくりとお粥をすすった。そして、五平の言う通り、白湯《さゆ》をたっぷり飲み、凍傷の水分不足を補った。

五平の知恵と周平の働きで、二人の若者が元気を取り戻した。五平も周平もほっとして囲炉裏端に座り込んだ。突然青年と娘は、まさに一心同体の動きで、パタリとお椀を床に置くと、わなわなと肩を震わし両手を付いた。五平と周平親子は、素っ裸の雲助みたいな顔で、唖然と二人の若者を見詰めた。

二人の若者はボタボタと大粒の涙を床に落としながら、『すみません！　許して下さい……』『許して下さい……』と謝り続けた。

娘は咲子と名乗った。十九歳だった。咲子は堰を切ったように訴えた。

『養護園ではなんとか隠しおおせても、生まれた子供は間引かれるんです……。いえ、間引くのではなく、子消し、コケシ……昔からの言葉です。子を消すのです。この地方で作られるコケシ人形……子を消した母親が、深い悲しみを刻み込むように木彫りの人形を彫り上げ、死んだ子供を偲んだのです……。でもその人形は、大飢饉や年貢の厳しさなどの貧しさから、親の手で泣きながら間引かれた子供です。養護園は違います！　ただ、ただ、私達の種を根こそぎこの世から消し去る為に、赤の他人が殺すのです』

青年は高槻安二郎と名乗った。二八歳だった。既に死を覚悟している顔付きだった。

『若い恋人同士が養護園内で結婚し、二人で一緒に暮らせる六畳一間の部屋を確保する為には、まず男の断種手術が義務づけられています。僕達は、強制手術をされる前に二人で決心したんです。たとえ二人が死んでも、二人の命の証を残そうと……。我々の病は遺伝しないのです、単に感染症である事は、明治六年に既にハンセン博士が突き止めています。それに感染力は極めて低い事もとっくに判っている事なんです。それを日本国は、昭和六年に「ライ予防法」などという絶対隔離の上、患者自体の絶滅を目指す、残酷な法律を作り、我々を強制収容したんです。僕達二人は、強制手術をされる三日前に、新しい命が芽生える事を祈って必死に結ばれました。だから、養護園側は二人の間にまさか子供が宿ったとは気付きませんでした』

『私達は……癩病患者です……』娘の咲子の声は消え入りそうだった。

「お助け小屋」の中から一瞬音が消え、それまでとは違う空気が流れた。

周平は明らかに動揺した。鳥肌が立った。裸で必死に癩病患者の肌に触れていたのだ。思わず身を引いている自分を感じた。孫ジコ・五平は、イタズ（熊）狩の現場を離れてから覚えた煙草を無意識に取り出し、キセル煙草に火を点けた。

『僕は、森をさ迷っているうちに、朦朧《もうろう》とした頭の中で、養護園で語られていたお伽話を思い出していました。昔、養護園を逃げ出し、追っ手を逃れ、熊の冬眠穴の中で熊と共に冬をやり過ごしたという男の伝説です。僕達二人は、追い詰められ、半分死ぬ事も考え、森の中へ中へと迷い込んだんですが、寒くて寒くて、何処でもいい、風の当たらない所に潜り込もうと、木の根が盛り上がりその下が空洞になった穴を見つけたんです。まさかお伽話じゃあるまいし、本当に熊がいるとは思いませんでした……。唸ったんです……穴倉の奥で赤く目が光ったんです。熊の一声でした……。僕達、手を取り合ったまま、崖下に転がり落ちて行ったんです』

話し終わると青年はすっきりしたのか、にっこりと笑った。右耳の腫れは崩れかかったまま、堅く固まっていた。しかし素晴らしい笑顔だった。周平も思わず笑ってしまった。

孫ジコは咳き込むように吹き出し、ゼイゼイといがらっぽい声で笑い出した。狩場に入ったら、マタギは大声を出してはいけない、咳もするな、笑うな、と様々な規制があるのに、孫ジコは誰憚《はばか》らず、山神様もつられて笑いそうな咳き込みようで笑った。

その場の凍った空気が一気に溶けてしまった。孫ジコは贅肉が全て削げ落ち、筋張った筋肉が、サラミソーセージのように光る腕を軽く振り上げ、ぽんと吸殻をキセルの中から叩き出した。

『ワの父親《ちちおや》もや、逃亡者だァね、お上さ強制的《きょうせいてき》に北海道さ連れ去られる途中《とちゅう》、森の中《なが》さ逃げ込んだァね……』

孫ジコの落ち窪んだ優しい瞳が遠くを見詰めた。年寄りの慢性的な古い涙なのか、今湧き上がった新しい涙なのか、孫ジコの目は、囲炉裏の火を反射して、キラッキラッと悲しげに光った。

『サンカだったねえ……ワんどの先祖は……。そいだば苦労したみてェだや、明治政府さなって、廃藩置県、戸籍編成、戸籍帳作り、「無宿非人」狩……、サンカにとってはとても馴染まいね（馴染めない）法律で追いやられだァね……。したばってな、大昔がらサンカは癩ば病む人々ば助ける習慣があるァね。ま、お互い世の中《なが》からはじぎ出さいだ者同士だし、サンカより遥かに惨めな思いばして、泊るどごろも、泊めで貰うどごろもねくて、死ぬまで「カッタイ道《みち》」ば歩ぎ続げる癩患者ば見がねだんだべなァ……』

弦蔵はパソコンの画面を開いたまま、じっと考え込んでいた。既にこの世を去った人々……、二人の若夫婦と孫ジコ・五平、そしてオド・周平の……必死の愛、必死の犠牲の下、辛うじて助けた赤ん坊が、今、弦蔵にメールを送り続けているのだ。復讐のメールを……。

五平と周平は、最後までサンカとして、サンカの民として、お上に抵抗し抜いて死んで行ったのだ。

弦蔵が二十歳の時、あの事件が起きた。弦蔵の目の前で起きた孫ジコとオドの死は、弦蔵にとってあまりに鮮烈過ぎたのか、その光景を二度と思い出すまいと、心の奥深く閉じ込めたままだった。

その代わり、弦蔵は自分の祖先の苦しみを知り、漂泊の民・サンカの歴史を少しでも理解しようと、様々な資料を読み漁った。そんな中、たまたま、沖浦和光の「幻の漂泊の民・サンカ」（文藝春秋）という本に出会った。弦蔵は己の知らない過去に出会ったかのように、緊張と興奮の入り混じった熱さで読み進んでいた。

孫ジコ・五平の父親が、明治十三年に何故広島から、こんな北国に流れて来たのか……その大元の原因を見つけ出したのだった。いつの世にもダニのように湧き出て利権を漁る、半官半民のやくざ者に、北海道の官営幌内炭鉱へ強制連行される途中、命懸けで逃げ出したのだ。そして白神マタギに助けられ、マタギとして新たな人生を歩み始めたのだった。

弦蔵は、パソコンに写し取ってあった「幻の漂泊民・サンカ」の中の数頁を読み直していた。

『「山陽山陰の一大通患」――官側の報告書（＊特に、これは、官側の勝手都合な通告書である）。

明治十三年の重要なサンカ資料

次に上げる資料は、一八八〇年（明治十三年）一一月に、広島県が内務省に提出した伺い書である。山陽・山陰道に見られる「山家乞食」の処遇に関して、政府の判断を求めた公文書である。

この資料はかなり長文で、全体を三段階に区分できる。私の判断では、「山家」に関する官側が作成した文章としては、最もまとまった重要な資料である。

その当時の官側の基本的なサンカ情報が全て盛り込まれているので、出来るだけ正確にその文意を辿ってみよう。

まず第一段では、「山家乞食」の来歴とその生活実態について、次のようにその概要を述べる。

イワユル山家乞食ニ対シ国ニ必要ナ措置ヲ求ムル件

（原文は読みづらい為、訳文を載せる）

近世の藩政の時代から「山陽」と「山陰」の間に、「山家乞食」と呼ばれる者がいます。広島県では、旧備後国の三次《みよし》・恵蘇《えそ》・奴可《ぬか》・三上の各郡部に一番多いようです。（これらの諸郡は、いずれも中国山地の山深い地方である）

彼等は、諸国の流民があちこちから集まってきた烏合の衆、即ち、烏が集まったように規律も統一もない群れであります。彼等は平民でもなければ、牛馬の処理に従事していた残民でもありません。一種の無籍者ですが、頑なで物の道理をわきまえておりません。

夏は北方の山谷に住み、冬は南の地方へ移り、定まった居所はありません。

あちこちで竹や木を伐って柱とし、草茅《そうぼう》を刈って覆いとして雨露をしのいでいます。家族が多くても男女とも雑居していますが、田畑を耕したり織物をする事はありません。女子は毎日民家を訪れて食を乞い、男は漁・狩や零細な竹細工などを営んでいますが、それを村民に押し売りして、その間、こそ泥などをやって生計を立てています。

従って、村民で被害を受けるものも多く、藩政の頃から厳しく命じて彼等を放逐してきました。しかし、さっき甲の山を駆けていたかと思うと、夕方には乙の谷に隠れ、今日この村で追い払っても、明日は別の村に移動しております。従って、県境や郡境などは問題にせずにあちこち出没しますので、その行方を追跡する事もできません。

このような状況なので、その数が何百人いるのか確認する事ができませんでしたが、維新後の戸籍法の制定で、その幾分かは自分達の好む所の村落に籍を置いて定住しております。

（＊現実は、「山家」の行動はとても温和で、村に現れても、村人の目に触れないような河原で、一時をしのぐ為の、粗末な小屋を作り、川魚や亀などを取ったり、箒《ほうき》や蓑《みの》、竹細工などを村人に売り、去って行くのである。村人達との関係は一線をおきながら、互いに暗黙の了解が成り立っていたのである。さもなければ、定期的に現れ、村はずれに小屋掛けができる訳もなく、その村人達から拒否されるはずであろう）。

王化の及ばない領民、本資料の第二段は、維新から約十三年経過した時点で官側が必死に努力してきた「山家」の入籍の状況についての現状報告である。

一八七五（明治八）年に旧警保寮頭より、これらの無籍者の取締り方についてどうなっているかと問い合わせがありました。それで近隣の各県と相談して、一挙に無籍者をなくす見込みを立てて旧県令から内務省へ文章で持って承諾を求めましたが、なんの指図もありませんでした。

それ以来このままにしておく訳にも参りませんので、出来るだけ努力して取締りをしております。彼等を見受けると、不良の徒は制圧し、そうでないものは説諭を加えて、それぞれの町村へ入籍させるように取り計らっております。

しかし、彼等は元々「水草を逐《ちく》う」漂民の民で、道理をわきまえていない頑民であります。それで、各町村も彼等が定住するのを拒んで、その入籍を受け入れません。

彼等もまた、自分達の旧来の習俗に甘んじて民間との交際を避けております。

従って一度入籍しても、たちまち疾走してその行方が判らなくなります。

そうはいうものの、最近では彼等の人数は減少しておりまして、ひところのような程度を超えた状況はなくなりましたが、そのような行状がまったくなかった訳ではありません。

このような「山家乞食』の存在は、「山陽山陰」の一大痛患であります。この天が下では、全ての人民は王民であります。

今日の文明開化の世にあって、その恩恵に浴さない無籍者、即ち、「王化の及ばない」者が現存している事は、まことに嘆かわしい次第であります。

（＊現実は、元々、江戸時代には仏教寺院と庄屋の元で、戸別だけではなく、人別でもある「宗門改め」帳を作成したように、時の支配者は人民の戸籍や人別の把握は、急務であった。その意味では、特に明治政府にとって、徴兵、納税、義務教育の三本柱が国造りに欠かせない基本になる為、全国民の戸籍の把握の為には、「無宿非人」を放置しておく訳には行かなくなったのである)。

「山家乞食」の今後の処遇について

次の第三段では、なお若干残存する「山家乞食」の今後の処遇について、県として次のように案を立て政府に裁可を求めている。

県としては再三に渡る審議を重ねて、善後策を考えてきました。彼等を一箇所に集めて北海道や他の島に移住させて拓地開墾に従事させるか、鉱山、造船などの工事に使役するか——いずれにしても「厳重な規則方法」を持って彼等を束縛管理し、手仕事を習得させて一定の正業に就ける事です。そのような対策を講じてから少しずつ束縛を解いて、希望の土地を定めて入籍させる以外には、良い方法はないと考えております。

しかしながら、先に述べた状況でありますから、一県だけで問題解決に当たる事は困難であります。たとえ近隣の県で相談して事に当たっても、彼等はまた他の府県に出没する事は目に見えています。

さらに問題なのは、彼等に従事させる拓地工事などさしあたりの目標もなく、あったとしてもその費用の出所がなく、とても実施できそうにもありません。願わくば政府において、しかるべき方法を提示されて当方に通達されますれば、近隣諸国にも問い合わせて一斉に着手したいと考えております。

もしこのまま放置しておきますと、まだ文明に浴していないこのような「蛮民」の種族がますます増えて、ついに乞食者を一掃すべき時機を失うと考えておりますので、これ以上黙って捨てておく訳には参りません。なにとぞ急いで審議されますように、ここに申し上げる次第であります。

（＊サンカの歴史は長く、またその生き様は、お上が指定するような生き様ではない、何者にも縛られず、自然体で生きる代わりに、お上の保護は一切受け付けず、いかに貧しくとも、森と川そしてその背後の山を信じ、たまに里の人々と接触するだけであった。従って、その根本的な自由の精神は、どんな文明下の哲学者より、実践的な自由を生きていた）。

この広島県の要請に、内務省はまともに答えを出さなかった。

つまり勝手にせよという事だったのだ。それは即ち、半官半民のやくざが暗躍する絶好な穴場となったのだ。

ちょうどその頃、米国人のベンジャミン・ライマンが、明治政府の要請で全国の鉱山開発を担当し、明治十二年に北海道では、第一号になる、幌内炭鉱を開坑した。

勿論、危険を伴う採掘は、当時の条件ではまさに地獄であった。

しかし政府直営の鉱山はなんとしても、従順な鉱夫が必要であった。

石炭は明治政府の近代化に欠かせないエネルギー源であったのだ。

まさしく、奴隷が必要であった。

お上と癒着したやくざ商人が山陽、山陰から、非人狩、無宿人狩と称して、無抵抗のサンカの民を捕まえ、罪人を送るがごとく、拘束し、次々と北海道幌内炭鉱に連行したのであった。

幌内炭鉱（現・三笠市）には、明治十四年に「空地集治監」が建設され、炭鉱囚人が足枷を着けられ、収斂された。その最初の犠牲者にサンカの民の一部が生贄になったのだった』

弦蔵は孫ジコが撃たれた時、オドが見せた怒りと勇気を、今でも目に焼き付けていた。弦蔵は、そんな瞼に残る悲しい画像を切り替えるように、高槻安二郎と咲子が命と引き換えに残した一粒種、高槻堅太郎からのメールを開いた。殺しの依頼である。

高槻堅太郎は「縄文解放同盟」の名でホームページを開いていた。全国に相当数の同盟者がここのチャットで繋がり、お上や企業、団体から理不尽に痛めつけられている人々からの悲鳴が全国から届いていた。勿論その悲鳴を聞くだけではなく、裏では正確な情報を集め、行動する組織を持っていた。つまり強力な闇組織である。必然、恐喝すべき所からは情け容赦なく脅し、多額の金を巻き上げていた。

虐げられた人々の情報は、現場からの声であるがゆえに正確だった。このチャットに悲鳴が届けば、裏組織がこっそりその声を掬《すく》い上げ、それらの人々から情報を得て闇の解決を図っているのだ。その元締めが高槻堅太郎である事を知っているのは、十人ほどの幹部だけである。

そして、堅太郎と老殺し屋の堅い結び付きは、この世で二人だけの秘密であった。この組織の怖さは完全に法律を無視している所にある。勿論、ただの正義感だけで動いている組織ではない。取るべき時は、情け容赦なく、金と権力を毟《むし》り取っていた。

堅太郎からの要請は、今、テレビの視聴率トップを切る、占い師の男だった。その言動は威圧的だが、大衆の心をしっかり掴み、詭弁を弄する巧みさは、ものをはっきり言わない大衆の心をしっかりと捉えていた。時のスターも形無しにコケ下ろす物言いに、視聴者はたまらない快感を味わうのだ。スターが自分達が手の届かない生活をエンジョイしていると思い込んでいる大衆は、スターがぼろくそに言われ、涙さえ浮かべるシーンはたまらないのであろう。現実のスターの生活の辛さを知らない事の愚かさでもあるが……大衆というものはいつの世も同じ軽さなのだ。その上、占い師は裏腹の正義と人間の正道を説くあつかましさであるが、年収数十億の金の力を背景に、やくざとの結び付きも半端ではなく、その裏での生活の破廉恥振りは目を背けるようなものだった。

当然、テレビ局側もよく承知してるが、視聴率さえ稼げばそれでよしと考えるテレビマンの堕落振りは、その占い師のはるか上を行くものだった。テレビという組織がモンスター化し、得体の知れない堕落した権力構造となっている事は、ちょっとした常識人なら誰でも判っているはずである。

堅太郎のメール映像には、あるテレビ局のプロデューサーが映し出されていた。その占い師の番組の打ち合わせでの発言を、ＡＤ（アシスタントプロデューサー）の戸板がこっそり録画したものだった。

チーフプロ『トイちゃん、青い事言うんじゃねェよ。鏑木《かぶらき》のおじさんで何パーセントの稼ぎをしてると思ってんだ！　同性愛のサドだろうがマゾだろうが、たとえ幼児趣味だろうが、世間に知られさえしなければいい事なんだ。もし万が一世間に知れたら、トップと重役が雁首揃えて頭を下げりゃいいんだ。「知らなかったとはいえ、そのような人物を出演させていた事は、まことに遺憾の極みです」てな事を、腹の中でべろを出しながら、視聴者に向け頭を下げて終わりさ。そして我々は、それをまたネタにして、ごっそり数字は稼ぐという訳だ』

戸板『あんまりじゃないですか。局はどう責任を取るんですか？』

チーフ『お前なあ、十年早いんだよ、そんな事を心配をするのは……。日本国は七十年前に全国民が敗戦の責任を取って以来、何事にも責任を取らない国になったんだよ！　特にお上や企業、団体はな、よく覚えとけ！』

戸板『絶望的ですね、正義はまるで通用しない訳ですか？！』

チーフ『馬鹿かお前は。世界中何処でも、人間、五人集まったら正義は飛んじゃうのさ……。家庭を持った男が、テメエの家族を養うとして、勤めてる会社が詐欺を働き、または、組織ぐるみで結果的に多数の人間を殺しても、その男は、けしからん！　会社が許せない！　と言って会社を辞めるか？　高給を諦めて退職するか？　一家族、たった五人集まれば正義は飛ぶんだ。ましてや企業、病院、宗教団体、その上の国家の役人ともなれば、そこには利権だけが存在し、正義は個人の小さな良心という、壊れやすい壷の中にしか存在しないんだ。去年だけでも不祥事を起こし、人の命をないがしろにした会社や病院、団体がどれだけあったか、お前も知ってるだろう。そして白々しくトップ達が雁首揃えテレビに向かって頭を下げている風景をどれだけ見せられたと思う。そんな会社や団体の一つからでも、会社が許せん！　と退職した奴がいたか？　我々が飯を食ってるこの業界も同じだ！　お子様用に少し説明してやるがな、今、一時間のＰＴ番組に何社のクライアントが付いていると思ってるんだ。昔みたいに二、三社ならば、番組の内容を少しは気にかけたろうがな、広告投資のリスクを分散させる為に、一つの番組に十社以上のスポットを流してだな、一年間のＣＲＰ（延べ視聴率）を争ってるんだ。だからこそ瞬間視聴率なんだ。〇・一パーセントでも他社を抜くか抜かないかに、局の存亡が掛かってるんだよ。甘ったれた事を言うんじゃねえよ。昔を遡れば、オームの麻原でどれだけ稼いだか、あの殺し屋集団をテレビ界はどれだけ持ち上げ、追いかけたか、テレビに節操なんぞは元々ありゃしないのさ。次に来たのが、野球監督が野放しにしていた破廉恥女房だ。あのおばさんでどれだけ数字を稼いだか……あの時うちは、地道に拉致家族を扱ったが大敗さ……。しかし、馬鹿女房がこけたら拉致家族様々で、一時はブームを起こしたくらいだ。総理大臣の発言も日本の行方も、視聴率を上げる為ならどうにでも歪めて演出するのがこの業界なんだ。そして今は、なんたって鏑木のおじ様だ。占いと思い上がりのお説教がどれだけ稼いでくれるか、ありがたくて手を合わせてるぜ』

戸板『一体、何なんですか!? それって、まるでやくざのシノギと同じじゃあないですか！ 公共放送の何たるかは、何処へ飛んじゃったんですか?! 特に鏑木さんの私生活を知ってるでしょう。幼児虐待がいつ表に出るか判らないんですよ！ いかがわしいセラピー施設で、知的障害、統合失調症、多重人格症なども含む、子供の再生とかを行う宗教的矯正施設で一体何が起こってるか、チーフも薄々感づいてるでしょう』

チーフ『ぐずぐず言わずに、鏑木様のお車の心配でもしろ！』

パソコンに向かっていた弦蔵は、思わず吹き出していた。しかし次の映像メールには笑えなかった。

鏑木の矯正施設で、十二歳の女の子が死んだ。母親の呆然とした顔が画面に浮かんだ。その母親の腰に、五、六歳の男の子がまとわり付いていた。雨がショボ降る質素な葬式の風景だった。

テレビ局は一局も来ていない。誰が回しているのか、素人っぽい画面がブレながらも、悲しみを逆に強く映し出していた。雨の中、傘を差した数人の弔い客が霊柩車を見送っている。母親のたどたどしいナレーションがその画面に流れた。

『全て私の責任です……守ってやれなかったんです、男から、夫から、子供達の継父から……そして、その……夫の虐待から娘を救う為……今度は、あの、鏑木先生、いえ、鏑木に！　預けたんです。……信じたんです、鏑木が唱える、「愛こそ全てだ！　私の愛は神の愛だ！　信ずるものだけが私の愛の下、即ち、神の愛の下で救われるのだ！」って。テレビの中の鏑木も……私、信じてました。精一杯、夏子にお洒落をさせて、温かい神様にゆだねたんです。母親の目から見ると、稀《まれ》に見る美しい少女でした。テレビに出るどんな子より、可愛いと思っていました。

(母親の思い入れなのだろうが、画面に夏子の写真がプロマイドのように、色々なポーズで映し出されていた。確かに憂いのある美人で、触れると壊れそうな儚さを感じさせ、その色気がかえって男の破壊欲を煽るような危険性を醸し出していた)。夫は異常です。微笑みながら暴力を振るうのです。鏑木に預けたと知った夫の怒り方は、自分の大切なペットを知らぬうちに取り上げられたかのようでした。鏑木の施設は光に満ちていました。特に少女達はピンクに統一された照明の部屋で不思議な体操をし、その間、ずーっと鏑木の優しい声が流れ、神の愛に叛《そむ》かなければ、全ての病、全ての悩み、全ての苛《いじ》めから解放される事が約束されている……そんな言葉で溢れていました。そして音楽は時には激しく、時には優しく流れていました。少女達はまるで天国で遊んでいるような、恍惚とした表情でした』

画面は、霊柩車が国際会議場のような火葬場に入って行くシーンになった。後から三菱のバンと軽自動車が遅れがちに入って行った。火葬の釜が何基も並ぶ広いホールには、沢山の人々が整然と静かに並んでいた。

この十二歳の八坂夏子の釜は一番端だった。その前には五、六人の親族しか並んでおらず、お経も上げられないまま、係りの火夫が白い手袋をはめた手で軽く合掌して、釜の扉を開けた。小型の棺はレールに乗せられ、肉体としては決定的な最後を迎える為に、スルスルと釜の中に入って行った。

突然、カメラが大きくブレて、母親が棺と一緒に釜の中に飛び込みそうな動きをしているのを親族が懸命に止めているところが映し出された。五、六歳の男の子がその母親にすがって泣き叫んでいるようだった。親族からは離れて立つ、眼鏡の男は動かなかった。

『一ヶ月ほど夏子は嬉しそうに、愛育園に通っていました。そのうちに、毎週土曜日に、鏑木先生の特別な教義の授業とかで、愛育園に泊るようになりました。その頃から夏子におかしな表情が現れ、痩せていきました……（しばらく母親のすすり泣く声が続く）……おかしいと思いました。愛育園の授業内容を色々聞こうとしました。でも、夏子は何も喋ろうとしませんでした。

ただ、父親に対しては異常な怒りを露わにして、反抗するようになったんです。それはそれで、夏子が鏑木先生の教えを守り、もう、父親の言いなりにはならない決意を示したのだと思い、内心ホッとしていました。

でも、夏子の痩せ方は普通ではありませんでした。外山産婦人科から電話を貰ったのは、夜中の三時でした。死因は流産での出血多量……すぐ手当てすれば、まず、死ぬような事はないと。鏑木の愛育園に通うようになって、八ヶ月目でした……』

焼かれて出てきた夏子のお骨を、母親は拾う箸にも手がつけられず、虚脱状態だった。親族の手で拾われたお骨は、骨壷を半分ほど満たしただけだった。少し離れた眼鏡の男は、やはり動こうとしなかった。

『私が行く前に、夫が愛育園に乗り込みました……。結果、夫が親として……示談書にサインして来ました。夫にとって、納得の行く金額だったんだろうと思いますが……、私には一言の報告も無しです……。当然私は納得がいかず、鏑木に会いに行きました。ところが、逆に烈火のごとく怒られました。

「自分の教えを無視して、何処の誰とも知れない男とみだりに遊び、子供ができた事も隠し抜き、神聖な教会内部で流産し、それすら隠そうとした穢《けが》れは許せない！　これは、悪魔の仕業だ！　親から受け継いだＤＮＡの問題だ！　自分の名誉まで危ぶまれる、逆に親を訴えたい！」と脅かされました。でも、私は夏子と同じように、教会に定期的に泊っていた数人の女の子に、それとなく聞き込みをしたんです。夏子は毎週土曜日、鏑木先生の部屋で過ごしていたそうです。それを嫉妬した十五歳の女の子が夏子を激しく苛めていたそうです……』

骨壷を抱いた母親がよろよろと歩いて、三菱のバンに乗り込んだ。後ろから男の子が乗るのも気が付いていないようだった。

弦蔵は目の奥の痛みを感じ、一旦パソコンから目を離し、トーチカの窓から外を眺めた。春の陽射しが多摩川を霞《かす》ませ、うららかな憂鬱が揺蕩《たゆた》い……川は平和に汚れていた。

高槻堅太郎から別の映像が送られていた。

鏑木和也の説教風景だった。恐らく偽信者になって会場に潜り込み、隠しカメラで撮影したものと思われた。時々、画像が乱れ音声も擦《かす》れるが、鏑木の見え透いた趣旨は伝わった。鏑木はローマ法王を安っぽく漫画化したような衣裳で壇上に立っていた。

『私がテレビに出演してるのは、少しでも神に近付く機会を大勢の人々に与える為なのです。占いなどという手段を使って人々の興味を引いてるのは、神を知らない人々を目覚めさせる為なのです。私は占い師ではない！神の啓示に従って、人々の行く末を案じてやってるだけなのだ！　神は純粋な愛である！　私はその神からの愛を中継してるだけなのだ！　随《したが》って、私を信じないという事は、即ち神を信じない事なのだ！　心せよ！　あなた方のその油断が、その無自覚が悪魔を引き付けているのです！　人生を狂わせているのです。口を開く前に私を信じなさい！　神が貴方を必ず守ってくれるでしょう……』

次に鏑木の施設で少女達の癒やしの踊りが映されていた。

キム・ジョンイルの「喜び組」ほどではないが、音楽は妖しげなものだし、お祈りを上げながら踊りを指導する鏑木の動きは、殆どセクハラに近いものだった。思春期に差し掛かっている少女達に催眠術をかけるくらい簡単なものはない……それも馬鹿親達が信じているのだから、少女達が簡単にその指導にはまり込んで行くのは当たり前のように見受けられた。

その映像に、高槻堅太郎の声が静かに流れた。

『継父に日常的に性的虐待を受けていた夏子は、鏑木の催眠術には嵌《はま》らなかったそうです。他の女の子に取材したところ、冷静に見ていたような節があります。ただ、計り知れない傷の深さが自虐的に働いたのか……継父にいたぶられる事と、鏑木に嬲《なぶ》られる事の違いをどう受け止めていたのか……鏑木の施設で、少女達だけのハーレムの中で、夏子がどう戦おうとしたのか……、地獄の思いで自分より年下の女の子を庇っていた形跡もあります。今や死んでしまった夏子の心の闇は想像もつきません……。それから継父は、残った五歳の男の子を鏑木に預けろと母親に迫っているそうです。母親はこの男から、覚せい剤を打たれているのは間違いありません。母親からのメールが混乱しています。末端の悲劇はこんな無様なものですが、辿れば、あの華やかなテレビの世界まで辿り着きます』

弦蔵は都会に出てからずっと不思議な違和感を持ち続けていた。

冬の白神山地に踏み入る時は、見渡す限りの真っ白な雪の沈黙……完璧に音の消えた交響楽に耳を研ぎ澄まし、その沈黙の音楽を聴き取り、獣の気配を感じ、己も獣の五感と化して雪の中を進む……春は、緑の夢幻の海の中を泳ぎ、笛の音を奏でる沢の流れに酔い、ブナの幹を激しく叩くクマゲラ（キツツキ）の狂気を笑う……。研ぎ澄まされたマタギの一発の銃撃は、森の静寂を一瞬引き裂き、シンと静まり返った森の奥で、月の輪熊が上げる絶命の叫び……。「アーン」という、胸の奥深くに響き渡るような悲しい鳴き声は、森の全ての生き物に生死の無常を伝える。

生き物が生きて生きて、死んで死んで……残酷な命そのものの重く切ない愛の終わりを見取る。それが生きる事であるし、死ぬ事でもあった。

しかし、都会の巨大な墓石の森に住むようになると、人間の生き死には、金属の歯車の中で生き、だんだんと削られ、最後は破片となって、燃えないゴミを処理するが如く、捨てられ、悲しみの声も旋盤の回転音のようであった。そして死体はガスバーナーで油の一滴も流さずに焼かれ、からからに乾いた骨となって、鉄板の上に放り出されるのだ。白神山地は無限の深さと広がりがあり、十分に自然の水分を含んだ真実以外は何も通用しない世界であったのに……。

この墓石が立ち並ぶ偽りの空間は、弦蔵にとっては妙な閉塞感が漂う、電源が途切れた巨大な冷蔵庫のような世界だった。様々な情報が、映像や言葉となって洪水の如く流れ出ているこの世界は、逆に何も見えていない世界のような気がしてならなかった。垂れ流しの情報も、権力者が操作しているつもりの情報も、いつの間にか独り歩きして、巡り巡って結局自分が操作されている事に気が付いていない指導者……。

高速道路を走り、新幹線に乗る人間達は、ハツカネズミがセカセカと小さな輪の中を回転しているように、なんの真実も見つけられず、あくせくとスピードを上げて、乾いた死の道を突っ走っているのだ。

その上、虐げられた人々が、また弱い人々を虐げる。差別された人種が、貧しい別の人種を差別する……。やりきれない人間の寒さが高槻が送ってよこす画面から伝わって来た。

弦蔵はフッとアンデルセンの『マッチ売りの少女』を思い出し、次に、雪国を物乞いに近いやり方で、針を売って歩く少女の後姿と重なった。あれはサンカの娘だったのか、それとも単なる放浪の民の一家族の生業だったのか……。それでも、肩を寄せ合って、冬をやり過ごす家族の確かな絆はあったのだ……。

弦蔵が子供の頃住んでいた家は、現在、岩木川の源流である、目屋ダムの底に沈んでいる。

当時、孫ジコ五平は、狩の季節の他は、ケラ（蓑）やコダシ（小物入れ）作りの名人でもあった。その頃バサマ（祖母）は臥せてはいたが、生きていた。

アバ（母親）は、オドが森の奥でじっくり焼く楢《なら》の炭を背負って、七、八キロ離れた田代まで売りに行き、帰りにはキャラメルを買ってきてくれた。

アバはいつも、厚い木綿の手袋に手っ甲をしてもんぺに長靴を履き、アラブの戦士みたいに頭から頬をぐるっと風呂敷で頬被りすると、真っ白な歯を見せてにっこり笑った。笑うと必ず、はち切れそうな赤い頬に笑窪が浮かんだ。

弦蔵がアバにまとわり付くと、四つ重ねた炭俵を軽々背負い上げながら『おとなしくしとれ、キャラメル買ってぐっから』と弦蔵の頭を撫ぜて、まだ雪の残る道を元気良く歩いて行った。平和という言葉も知らない、平和な日々であった。

それが突然、弦蔵が四、五歳の頃であったか、昭和二三、四年だったと思うが、目屋ダムの話が持ち上がったのである。西目屋、いわゆる岩木川の源流域は、平川、浅瀬川を巻き込んで、岩木川の本流を作り上げる源であり、遠く日本海の十三湖に注がれているのである。

途中、津軽平野の穀倉地を養い、その川の漁業の命運を握り、下流の弘前市、五所川原市にとって、この岩木川源流は町の人々の飲料水でもあるし、何よりも流域の人々の恐怖である、洪水の源でもあった。その為、治水、利水、そして発電の為に、昭和二四年に目屋ダムは着工する事に決まったのだった。

お上を代表して、副知事が西目屋村に通ってきた。威圧的であった。真っ先に孫ジコ・五平が立ち上がった。五平はまだサンカの血が色濃く残っていたのであろう、真っ先に楯突いたのだった。

何回目かの副知事の来訪の時だった。五平は酒の勢いもあったのだろうが、副知事の馬橇の通り道に落とし穴を作り、見事に橇を転覆させ、その上、マタギ犬をけしかけたのだった。

弘前署の巡査部長、矢雲は面目丸潰れだった。署長から何故か、辰巳五平の動きを警戒するように特に注意されていたのだった。しかし、まさか、副知事の橇を転覆させ、犬をけしかけるような、荒っぽい行動に出るとは思ってもいなかったのだ。矢雲は当時四九歳、辰巳家と同じく砂子瀬の出身で、署長からも信頼されていた。同じ砂子瀬マタギの出身という事で、ダム建設に反対する砂子瀬マタギの人々との間を取り持ち、ダム建設に理解を持って貰う為の先鋒を仰せつかっていたのだ。副知事からも期待され、署長と共に、この目屋ダム建設が順調に運んだら、警部補に昇進するのは間違いないと太鼓判を押されていたのである。

副知事は本気で怒ってしまった。柔和な政策はやめ、警官隊の導入を図り、最初に辰巳五平を公務執行妨害で逮捕した。勿論、矢雲巡査部長は外され、警部補の夢は飛んでしまった。

その間に、津軽平野の農民は、「米一握り運動」という働きかけを砂子瀬の人々に投げかけたのだ。ダム造りの為に砂子瀬の人々に多大な犠牲を強いることになるので、津軽平野の人々は全員、一握りの米を供出し、砂子瀬の人々に持って行ったのだった。中には米の代わりにお金を出した人もおり、行政の賠償より、農民の誠意に砂子瀬の人々は了承の判を押したという話もある。東北ならではの人の良さでもあったろう。

もっとも、ダムは本来その地域を百年守るという設定で造るはずなのに、この目屋ダムは二十年足らずで土砂の堆積で容量が低下し、新たにダムの拡張を迫られ、この為に砂子瀬の人々は、二度の追い立てに合う羽目になり、現在の津軽ダム建設に至るのだ。

原因は白神山地上流域の森林の伐採だった。これが行く行くは青秋林道という、秋田県八森町から白神の山々を越え青森県西目屋村を結ぼうという無謀な開発計画が持ち上がり、これに対する強い反対運動に繋がって行くのである。

孫ジコ・五平の連れ合い、喜代・バサマの墓は、ダムの底に眠っている。早く死んだバサマの遺言だった。

孫ジコは目屋ダムの完成時にダムの底に沈む台地に岩木川の石を積み上げ、バサマ・喜代の墓を作り上げたのだ。

弦蔵は歳を経て、サンカという呼び名の蔑称を知り、サンカ自らは、ショウケンシ（世間師）、ケンシ、ヤコモンなどの呼び名を使っていたという事を知ったが、当時はサンカという存在も知らなかった。

孫ジコのただならぬ決意であったのであろう、孫ジコはバサマの墓前に、先祖の印である、ウメガイ（両刃の短刀）とテンジン（自在鉤）を供え、家族の前に立った孫ジコはいつもの爺さんではなかった。不思議な威厳を漂わせ、遠くの空を見詰め、天に話しかけるが如く口を開いた。

『トケコミ三代、と言っての……大昔から我らショウケンシ（世間師）は、瀬降《セブリ》り生活……世に言われるサンカの生業から離れ、里の世界に溶け込んで生活していても、三代までは同族との交流はあるのだば。三代以降、シノギ料も払わず、音信不通であれば絶縁となるのだが……。

わしは、同族間の相互の連絡や助け合いの為の組織、シノガラ（隠密族）にちゃんとツナギを取っておった。我ら世間師の裏組織は全国に広がっており、世に言われる犯罪者の類ではなく、誇り高い自然の申し子の組織なのだば……。この大昔から密かに張り巡らされた組織の頂点には、アヤタチムネ（乱裁道宗）、その下にミスカシ（透破）、ツキサシ（突破）を最高の指導者とし、クズシリ（知事）、クズコ（郡長）、ムレコ（村長）がこのショウケンシ集団を統制してるのだば……。決して表には出ないが、強い同族意識でしっかり結ばれている。ショウケンシには「メンメシノギ」という言葉があるが、これは、誰にも支配されず、誰の干渉も受けず、己の思うままに生活し、しかも、ショウケンシの仲間を尊び、ショウケンシのハタムラ（掟）を破らず、自由に生きる事を意味しているのだが……この長いサンカと呼ばれた歴史の中で、これら裏社会の組織にも変化と衰退が訪れている事は確かだば……。この辰巳家もマタギにトケコミ、弦蔵で三代目だば。わしの代で、サンカの血を、バサマの墓と共にこのダムの下に葬る事にしたのだ。

間もなく砂子瀬部落はダムの底に沈む……。津軽平野の米作りの農民の為に、お上が岩木川をせき止めダムを作る事にのた（なった）。米を作る農民達がお上と共に、この砂子瀬マタギと川原平マタギの塒《ねぐら》をダムの下に沈める事にのたのだ。その上、この目屋ダムに留まらず、東北電力が我々の神聖なる狩場である白神山地の赤石川にも砂防ダムを造る事にのた。わしはショウケンシの血を最後まで燃え立たせて、これらの全てと闘うつもりだが、弦蔵をそのような闘いに巻き込みたくねのだば……。まだ闇の組織は残っているとはいえ、狩り尽くされ、追い詰められたショウケンシの血を背負って、弦蔵に生きて行く辛さを与えたぐねのだば。マタギの三代目として、この西目屋村で、完全に津軽衆と馴染み、溶け込んで欲しいと思っているのだ』

孫ジコ五平は、掘り下げられた砂漠のような川底を淋しげに見渡し、中央にぽつんと建てられた喜代の墓前に座り込んだ。

肩を落とし、しばらく墓前に手を合わせていたが、五平はおもむろに、自分自身が葬られるかのように、家族全員に濁酒《どぶろく》を注ぎ、微かに茶碗を上げると、まず息子の周平、その嫁の幸、最後に孫の弦蔵の顔をじっくりと見詰め、別れの杯を交わすように飲み干した。

その後家族を帰し、一人墓前で濁酒を呑み続ける五平は、悲しみの羅漢像の如く、じっと喜代の墓石を見詰めたまま座り続けていた。岩木川を押し包むようにしている新緑の帯が、ためらいがちに沈む夕陽に、一刷毛、朱色になぞられ、一瞬、酒が回ったかのように上気して、一枚一枚葉影を揺らし、別れの囁きを交わしていた。たちまち暮れる清流は色を失い、去り行くものの残影を残すように、微かな光を反射していた。五平の姿は透明のまま静止した。当時四、五歳の弦蔵には孫ジコの話は殆ど判らなかったが、その悲しみだけは伝わり、木陰からじっと、孫ジコの背中を見詰めていた。

その後の五平は白神山地を守る為に、お上と東北電力に逆らい続けていたようだったが、五平の闘いは、縄文の民の如く、ことごとく負け戦であった。

今は世界遺産である白神山地を縦に流れる、赤石川、追良瀬川、笹内川の三本の清流は、肉体的には東北電力に犯され、精神的にはお上に犯され……傷付きながらも、自然と誇りと美しさをなんとか保ち、穢れない処女を装っている、嫁入り前の娘のような世界遺産なのである。(ちなみに赤石川の黄金の天然鮎、カジカ、ウグイ、岩魚、鮭などは、昭和二八年、三十年と比べると、砂防ダムが完成した三一年以降、それぞれ、三十パーセントから五十パーセント減少している)。

五平の闘いは、集団には属せず、一人マタギの戦い方であるから、所詮、子供騙しのような抵抗であった。しかし五平は最後まで諦めず、何回警察に捕まっても、赤石ダムの建設の邪魔を執拗に続けていた。

それはもう一つ、矢雲巡査長との私怨の闘いでもあった。矢雲はマタギから始めてお上に仕え、巡査長まで勤め、もう一歩のところで警部補という夢のような出世を果たすところだったのだ。勿論そこには、目屋ダム建設に反対する砂子瀬マタギの懐柔策に、お上が矢雲を利用しようとした裏はあった。

しかし、矢雲はそんな裏事情にお構いなく、警部補に出世する事に夢中だった。それが五平の理不尽な行動で副知事を怒らせてしまい、それまでマタギとお上の間を取り持っていた矢雲は、同じ穴の狢《むじな》であるマタギの一人とみなされてしまったのである。矢雲の怒りは全て五平に向けられた。

五平が夜陰に乗じて赤石川ダムの建設現場に向かうのを、矢雲は同じマタギの足取りで後を付けた。五平と矢雲の夜陰の出抜き合いは、さながら忍びの争いだった。まさに命懸けの争いに発展していたのだ。

五平は息子の周平や嫁の幸が止めるのも聞かず、危険を冒して夜中に「暗門の滝」伝いに赤石川に何度となく足を運んだ。

『暗門の滝』……今でこそ観光客も歩く散策の道になっているが、当時はまさに暗門の道であった。月の光も届かぬような暗いマタギ道を、五平は軽々と歩き、三番の滝、二番滝、そして四二メートルの直滝である、一番滝の轟音を胸で受け止め、殆ど垂直に近い断崖にへばり付く木の根道を、マタギ登りで競り上がって行くのだ。殆ど自殺行為である。その後ろを矢雲も五平に対する怒りの執念で、一番滝を目指していた。

かつて、この滝は元々は『安門の滝』という、安らぐという意味が込められていた。江戸後期の紀行家、菅江直澄がこの三つの滝を山の上から見下ろし、上から一番、二番、三番と逆に順序を付け、『東北に天下の瀑布あり』と旅日記に書き記し、その景観の素晴らしさを世に知らしめたのである。

ところが、当時津軽藩はこの滝の上で、芥子《けし》の栽培をしていたのだ。まさに国中の漢方医が欲しがる麻酔薬であった。ひょんな旅日記からこの滝が有名になり、そんな秘密の場所が、全国の人の目を引いてしまう事を恐れた津軽藩は、「安門の滝」を「暗門の滝」という字に改め、暗いイメージを作ったのだった。

しかし、どちらにしても当時、そう簡単に近付ける場所ではなかったのだ。

その夜、月が眩しかった。暗門の一番滝の凄まじい飛沫に月の光が放射し、星屑となって舞い上がり、五平の背中を濡らしていた。五平は背中に背負ったリュックと三十年式歩兵銃を肩で揺すり上げ、改めて背中にフィットさせると、汗ばんだ手で木の根を掴み、芋虫のように断崖を這い上がって行った。

滝の轟音は、全ての音を消し去り、不思議な静寂を作り出していた。月光はますます冴え渡り、岩場に蛇のように絡み付く姫小松の根を頼りに、五平は休む事もなく登って行った。瞬間、目の前の根っこが蛇のようにくねり上がったのだ。五平は呆然として動きを止め、その姫小松の根を見詰め直した。まさに撃ち殺された蛇のように胴体が千切れていた。

五平は左手で木の根っ子を持ち、下を見下ろした——矢雲だった。矢雲がセムシ男のように背中を丸めて、村田氏小銃に改めて銃弾を込めようとかがみ込んでいた。

五平は戦慄した。いくら警部補の道を断たれたとはいえ、歴《れっき》とした巡査長なのだ。警官なのだ！　五平はかまわず断崖を登り続けた。

二発目は五平の右横の岩を弾いた。明らかに五平を撃ち殺すというより、誤って転げ落ちる事を狙っているのだ。五平は矢雲の意図を察すると、いつもよりゆっくりと冷静に崖を登った。

五平は一番滝を登り切り、砂師崎沢を月の光で確かめると、四、五メートルのナメ滝の一つを登り切り、ブナの大木に寄りかかるように収まっている岩陰に身を潜めた。何かしらの答えを出さなければならない……。

このまま矢雲の歪んだ復讐心に付き合っている暇などないのだ。

五平は三十年式歩兵銃に弾を込めた。撃ち殺すのは簡単だが、その瞬間に辰巳家が滅びる。孫の弦蔵はトケコミ三代からはじき出されてしまうのだ。矢雲のセムシのように盛り上がった背中が月光を浴び、ナメ滝の岩場に現れた。五平は、どしっと手に馴染んだ三十年式歩兵銃の照準を矢雲の足元に定めた。

矢雲は滑りやすい岩場をハイエナのように登ってきた。五平は矢雲のアイゼンをかましたズック靴にしっかり狙いを定めると、卵を握りつぶすように引き金を引いた。澱んだ空気を引き裂くような、鮮烈な音が木霊して、矢雲のアイゼンが飛んだ。矢雲は三メートルほど下の滝壺に転げ落ちて行った。矢雲は左ひざを砕いた。

五平は息子の周平を呼び寄せ、頚動脈が破裂するかのように怒り狂う矢雲を、二人がかりで暗門の滝下に運んだ。矢雲は警察に左ひざを砕いた本当の事情は話せなかった。その分、辰巳家に対する憎しみは、胸の中で大きく膨らみ続けたのだ。

五平と矢雲の死闘に関わらず、赤石ダムの建設は着々と進んだ。

一方、東北電力の事情とは別に、お上の赤石ダムの建設理由は、昭和二十年三月二一日に起きた大惨事である。何日も降り続いた大雨が、赤石川上流に降り積もった雪を押し流し、雪崩となって土砂と倒木を巻き込み、赤石川の流れをせき止め、自然のダムを作り出したのだ。ところが自然の摂理を超えた大量の雪や土砂がなおも流れ込み、たちまち大きな圧力となって自然のダムを爆発的に決壊させ、大洪水を巻き起こしたのだった。下流の大然部落はもろに洪水に飲み込まれ、大然部落の住民の殆ど八七名が遺体となる大惨事となった。

これが赤石川にコンクリートの堰を造らなければならない、と、お上が判断した最大の理由であった。

しかし、五平には、断固とした、まさに自然そのままの哲学があった。

『人間そのものが自然なのであるから、自然の力で命を落とすという事を人間は素直に受け入れなければだばねのだ！　戦争で命を落とす人間の数を考えてみし！　コンクリートのダムを造るような事が、巡り巡って、数え切れない人間の死体を積み上げる事になる戦争に繋がってきたのだば！』

これが日露戦争を経験した孫ジコが、囲炉裏端で酔うと、必ず吐き出す言葉だった。

弦蔵は長い年月を経て、孫ジコの言葉を噛み締めるように思い出していた。この頑なな自然児は、当然、「砂子瀬のマタギ、辰巳五平から目を離すな！」と、五平と共に厳しく監視され続けたのだった。

そんな五平の闘争の流れの中で、ハンセン氏病保護施設からの患者の脱走であった。何処から情報が漏れたのか、ハンセン氏病の夫婦が白神山地に逃げ込んだという風説だけで、警察は砂子瀬マタギの辰巳五平を目の敵に追及した。

具体的に追求したのは、矢雲だった。その頃矢雲は五平がサンカの出である事も突き止め、サンカに対するある程度の知識も身に付けていたのだ。

孫ジコ・五平とオド・周平は、足元もおぼつかないハンセン氏病の若夫婦を連れて、警察の目の届かない、マタギも滅多に入らない大川の源流を突き破り、赤石川の源流を目指したのである。

五平はショウケンシ（世間師）の血が沸きあがっていた。ハンセン氏病の若夫婦が命懸けで身籠った命を救ってやろうと立ち上がったのである。白神のマタギ親子は、ハンセン氏病の若夫婦を連れて、山神山地に溶け込んでいったのだ……。

弦蔵は我に返って、トーチカの小窓からパソコンに目を移した。高槻堅太郎のメールはひとまず画面から消したが……。あの頃の孫ジコの顔はいつまでも画面の中に残っているようだった。

反対し続けた孫ジコの執念も虚しく、昭和三一年には赤石ダムも完成し、目屋ダムも昭和三五年には完成し、美山湖などという綺麗な名前が付いた。

孫ジコはその頃既に、ハンセン氏病の若夫婦の事で頭の中が混乱し、思いつめていたのだ……。

今、弦蔵の頭の中は子供の虐待という現実に混乱していた。メールを送る高槻堅太郎を、命と引き換えにこの世に送り出したハンセン氏病の夫婦と、それに殉じた孫ジコとオド……。そして今、弦蔵に突きつけられている都会の現実とが、あまりにもかけ離れ過ぎ、理解を超えていたのだ。

三

八坂君江は、中原街道を環状八号線に向かって自転車を漕いでいる。後ろに五歳になる浩太を乗せていた。生ぬるい四月の中原街道は、とても深呼吸をする気分にはなれない排気ガスの臭いと共に、春の陽炎が幼稚なデジタル画面のように路面から這い上がっていた。

弦蔵の自転車はその後、五メートルと離れずに付いていた。

浩太は荷台でぐったりしたように……じっと俯《うつむ》いて母親の背中におでこを付けている。君江の自転車は八号線に出る手前で左に曲がり、旗の台の込み入った住宅街によろよろと入って行った。

庭もおざなりな小さな保育園だった。建物の中から、子供達の声が聞こえて来た。

玄関先で君江は、そこの園長らしき女と押し問答をしている。弦蔵は電信柱に自転車ごと寄りかかり様子を窺った。数分もしないうちに、君江は浩太を荷台に乗せたまま戻って来た。ペタルを漕ぐ力も失せたかのように、一旦地面に足を着いて、額の汗を無造作に手の甲で拭いた。三二歳とは思えない老け込みようだった。

弦蔵は君江の自転車をやり過ごし、再び後をつけていた。君江の自転車はスピードがぜんぜん上らない、ともすれば、よろけて倒れそうな漕ぎ方である。弦蔵は辛抱強く後に付いていた。

中原街道から武蔵小山商店街入口を掠め、そのまま、横道に自転車を走らせている。殆ど取り壊す寸前の木造アパートだった。既に住民も大半は立ち退いている様子のアパートの前に自転車を止めた。君江は細い腕を剥き出しにして、浩太を荷台から抱き降ろし、そのままアパートの中へ入ろうとした。そこで初めて、浩太が無言で後ずさりし始めた、子犬が必死に首輪から抜け出ようとしているような仕草だった。

低いが必死の声で、君江が浩太を叱っている。

『保育園には来月は入れるようにするからァ！　パートのお金が入ったら、連れて行くからァ！　今日はパパといなさい！』浩太は頑なに俯いたまま、動こうとしなかった。

弦蔵がすぐ後ろの掲示板の前に自転車を止めているのにも、君江は気付きもしていなかった。

突然、君江が泣き出した、顔に手もやらず、そのまま顔を晒《さら》したまま、声を上げて泣き出した。浩太がビクッと顔を上げて、母親の泣く顔を見詰めた。

浩太は死刑台に登るような足取りでアパートの中へ入って行った。母親もその後ろに従った。

数分で君江一人が出てきた。君江はまた自転車に跨がり、商店街のスーパーに入って行った。

君江が働くスーパーを確認した弦蔵は、浩太が気になって、アパートの前に引き返した。既に浩太はアパートの入口の石段にポツンと座っていた。左頬が叩かれたように赤くなっていた。

弦蔵は自転車を降り、浩太に近付いた。浩太は俯いたまま、弦蔵が近付いた事にも気付かなかった。弦蔵は途中で買ったチョコレートを浩太の前に差し出した。浩太がドキッと顔を上げた。暗いが大きな目だった。頬に叩かれた手形が浮き上がっていた。浩太の視線は真っ直ぐ弦蔵の目の中に突き刺さるように入り込んできた。弦蔵も瞬き一つせず、狼のように浩太を見詰めた。

遥か前世の親の愛を探るように、浩太は弦蔵の瞳の奥を見続けた。嗚咽も泣き声も無かった。ただ、こんな小さな子供の心の受容量を遥かに超えた悲しみが、突然、弦蔵の腹の底からの視線に、一針の穴を開けられたのか、浩太の大きな瞳の奥から、じんわりと湧き上がったように、一粒の大きな涙が流れ出た。

弦蔵はその場を立ち去った。弦蔵はその悲しみを撃たなければならない。人間の根源の醜さを撃たなければならない……。

弦蔵は再び母親を見る為に、スーパーマーケットに足を運んだ。スーパーの制服を着てレジに立つ君江はまるで精気が無く、自動的に手を動かしていた。

『ちょっと！　どうして私がほうれん草を五束も買ったのよ！』

精気に漲《みなぎ》るおばさんが突然、君江に横から怒鳴り込んできた。君江の反応は鈍かった。

『いくら安売りでもねェ、買ってもいない物に値段を付けられちゃ、大損でしょう！』

おばさんは長い領収書を君江に突きつけた。君江はぼんやりおばさんを見詰めて、レジの手を止めた。

店長らしき若い男が駆け寄ってきた。

『何か間違いがございましたか？』

男はじろっと君江を睨《にら》み、おばさんに笑顔で頭を下げた。

『スーパーの安売りの基本を壊すでしょう！　レジを間違えられたら』

『は、はい、ごもっともです！　八坂さん！　ちょっと替わって、奥で休んで下さい！』

店長は君江を押し出し、おばさんの勘定書を手早く修正し、

『お詫びのしるしに、三割ほど値引きいたします』と言った。

おばさんは、千円ちょっとのお釣りを貰って帰って行った。君江はまだその場に立っていた。

『奥で待っていて下さい！』

店長の厳しい声に反応し、君江はのろのろ奥に消えて行った。崩れ、沈み行く生活が丸見えだった。


その夜、弦蔵は占い師、鏑木の愛育園を探索していた。

勿論入会金三十万円は高槻堅太郎の組織から、矢島博という偽名で払い込んであった。弦蔵は眼鏡をかけ、年金生活に入って間もない、裕福な元銀行員という出で立ちで、鏑木の鼻持ちならない説教を聴く羽目になった。

東京メトロ丸の内線、茗荷谷から数分の閑静な場所に愛育園はあった。一見教会風ではあるが、病院なのか、癒やしの館なのか、占いの館なのか、愚かな現代人の悩みを全て引き受けますといった建物だった。

百五十人程が入れる会場には、祭壇とも教壇ともつかない飾りつけと、龍が絡んでいる大きな十字架が電飾に彩られていた。

その前に立つ、ノッペリした鏑木和雄が、我こそは神の代理人であるかの如く、横柄な面構えで聴衆者の前に立っていた。弦蔵は後方の席から、鏑木の眉間を見詰めていた。鏑木の後ろには、七、八人の少女がミサの聖歌隊のように、天使の如く、おそろいのピンクのシャツを着て並んでいる。弦蔵はただ雑音として鏑木の演説を聞き流していた。

会場の入口は、玄関ホールに入って真正面の両開きの扉である。鏑木が祭壇に向かって左側の扉から出てきたのは確認済みである。その扉の奥がどうなっているのか判らないが、少女達も、その扉から整然と出てきたのだ。入って来る時の少女達の顔は天使の純粋さとは程遠く、取ってつけたような笑顔は、妙に大人びてタレント風の表情であった。鏑木の指揮で歌う少女達の歌は、コスプレ調の演歌のようだった。まさに和洋折衷の詐欺催眠の世界が広がっていた。

少女達も聴衆も、鏑木の上段から語る脅迫めいた怒号と、打って変わって性感帯を撫ぜ上げるような猫撫で声を、交互に使い分ける世界に陶酔していた。それは、森の中で、雄が雌を求める純粋な美しさは微塵も無く、どんな見え見えの選挙演説よりいやらしい世界だった。

十分程の休憩で、弦蔵は廊下に出た。小さな映画館のロビーのように、休憩時間にうろつく客がソフトドリンクやお菓子が置かれている売店に群がっていた。外の三割は高い値段で売られている。その上、売店の壁には、「貴方の善意は確実に届けます」と大きく貼り紙がしてあり、飢餓に苦しむアフリカの子供の写真が飾ってあった。

弦蔵は頃合いを見て、トイレに向かった。入口は男女一緒であるが、作業道具が入る扉を真ん中にして、男女左右に分かれていた。

弦蔵は大便用の扉を開けて、中に座り込んだ。休憩時間が終わり、会場から、全員で歌う白々しい賛美歌が流れてきた。

弦蔵はどうしようもなく、己自身が穢れて行くような気持ちに沈み込んでいた。それでもため息と同時に立ち上がり、作業用の扉を開けた。中は棒雑巾、バケツ、洗浄剤、トイレットペーパーの束。何に使ったのか、大きな白いキャンバスかスクリーンのような物が巻かれて立てかけてある。

弦蔵はその壁の角に置いてある、洗剤の段ボール箱の上に腰掛けた。巻き狩でブッパ（射手）として、じっと熊を待ち続けている興奮も生気もなく、弦蔵は盗人の如く、隠れ、座っていた。

四十年以上前、そう、……孫ジコとオドはハンセン氏病の高槻夫婦を連れて白神山地の秘境を目指す逃避行中だった……。

白神山地に夏が訪れると、それまで眠っていた生き物の全てが躍り出て、自然の命の力強さに人間は呆然と立ち尽くす思いである。ブナの新芽の息吹の速さに驚き、あっという間に森を包み込む新緑の華やぎは、若者が放射する精液の匂いにも似た香りをそこらじゅうに放ち、森の生き物を強く刺激するのだった。

五平は高槻安二郎には勿論の事、新妻の咲子にも昔ながらのマタギの支度を装わせた。頭にはアマブタ（笠）を被らせ、シャツの上に防寒着用にキガワといって、カモシカの一枚皮のチョッキを着せ、ニッカズボンを穿かせた。脛《すね》には、ハバキ（すね当て）を巻き、アマドマキ（靴下）に長靴（昔はワラジ）を履かせ、その上をツマゴ（爪皮）の代わりに、麻縄で爪先を巻き、長靴は膝下までしっかり麻縄で縛り上げ、場所によっては、カナカンジキ（アイゼン）をつけて歩かせた。ちぐはぐな格好ではあったが、いくら夏場とはいえ、大川から赤石川へ出る山越えは、素人が入り込めるような場所ではなかったのだ。

大川からタカヘグリ、オリサキ沢、オロノ沢から、石ノ小屋場沢に至る道なき道は、ベテランのマタギも大変難渋する道中なのだった。

若夫婦は初めから子供を生む事に命を賭けていたのであろう……。何千キロと海を渡り、最後に生まれ故郷の激流を遡り、命と引き換えに産卵を果たす鮭の如く、ハンセン氏病の夫婦は、想像もつかない力を発揮し、二人のマタギにしっかりと着いて来た。

夫婦は、大川の最大の難所であるカタヘグリで、両側の黒光りする絶壁を見上げ、胸まで川に浸かって沢を進む時は、まさに白神山地の子宮の奥深くに入って行くような神秘感に打ち震えていた。

しかし、二人は固く手を繋ぎ、一言も弱音を吐かなかった。周平はその後姿に神々しささえ感じ、しばし足を止めて見入ってしまった。生き物が種を残す本能の原点なのであろう。簡単に子供を宿し、堕胎か、生むか、と考えるような甘ったれた世界ではとても理解できない命の重さだった。

オリサキの沢が段だらの滝となって、透明な光を四方に跳ね返し、激しい飛沫を上げ、四人の顔に降りかかって来た。疲れと暑さが一瞬にして吹き飛び、冷たい水で喉を潤すと、四人は思わず、滝の飛沫を透かして青空を見上げた。

光り輝く宇宙が白神山地と無限の一体感で繋がっていた。死を覚悟している親が、育とうとしている命に山神の洗礼を受けさせるかのように、滝の飛沫を顔一杯に受け、眩しげに見上げるその瞳はキラキラと輝いていた。

それからの沢登りは、若夫婦には地獄であった。岩肌に獣の如くへばり付き、何回かカナカンジキを履き、岸壁を削り、笹薮を這い、ブナの巨木にすがり、なんとかハンセンの二人は着いて来た。

大川と赤石川の間に立ち塞がる八百メートルほどの尾根は、樹齢二、三百年のブナの巨木が林立していて、若夫婦がそんな巨木の下に生える下草を掻き分け、這いずり回る姿は、恐竜から必死に逃げ惑っているようないじらしさがあった。

尾根の窪地を下り、石ノ小屋場沢に下降するだけでも、五平と周平はザイルに二人を結び、遭難者を降ろすように細心の注意を払った。石ノ小屋場沢には、五平と周平で作り上げたササ小屋がある。沢の流れも穏やかで、岸辺に狩小屋を作るには絶好な場所だった。

若夫婦は殆ど朦朧とした状態で、ササ小屋に転げ込んだ。真夏とはいえ、白神山地の夜は冷え込む。囲炉裏に火を入れ、鉄鍋で湯を沸かし、夫は妻の腹を温めた。手は動いているが眠っている。

周平はアオシシの干し肉入りの雑炊にタタネ（餅）を入れ、この上ない御馳走を炊き上げた。夫婦は半分眠った状態で雑炊をすすった。

五平は狩小屋だけで吸うキセルを咥え、吐き出された煙の中で、じっとハンセン氏病の若夫婦を見詰めていた。切羽詰まったり、判断に思い悩む時、必ず取り出す五平のキセル煙草であった。

白神山地の夜は深い。闇の音、闇の香り、闇の空気が濃密に重なり、ササ小屋を黒いマントの如く包み込んでいた。

小屋の外で、一瞬月光を浴びムササビが飛んだ……。岩魚は清流の岩陰で眠っている。

自然に敵意は無い……あるのは生存の厳しさだけである。

翌朝、孫ジコとオドは二人を連れ、神の森に包まれ、サラサラと穏やかに流れる石ノ小屋場沢の絶景を後にした。目指したのは、赤石川源流の二股――左がキシネクラ沢、右が泊沢の合流地点、『泊ノ平』である。この穏やかな斜面の台地は、当時、白神山地では一番奥深い聖地であった。

この聖地に至る道は無い。マタギの本能のみに頼って探し出すしか到達できない聖地なのである。登山道も山小屋もなく、泊らない限り辿り着けない奥地だから泊沢、泊ノ平などと呼ばれているのであった。

孫ジコとオドは、三年ほど前にこの聖地に紛れ込み、殆ど凍死寸前で桂の大木の空洞を見つけた。……その空洞で冬眠するイタズの如く、親子は抱き合ったまま一夜を過ごしたのだ。まさに山神様のお助け小屋だった。

二人は神と自然の生業に感謝し、その空洞を生かして狩小屋を作っておいたのだった。

五平と周平はその小屋の前に立ち、手を合わせた。この桂の巨木小屋は、熊もマタギも一番嫌う雪崩を避けてくれるし、何よりも老いたとはいえ、しっかり生きている大木であった。

孫ジコとオドは、安二郎にも手伝わせ、狩小屋の修復に取り掛かった。ナガサ（鋭い山刀）を使い、新しい笹を刈り、ノコギリで楢やブナの木を切り倒し、七日掛かりの大仕事であったそうだ。

孫ジコはこの小屋で咲子の出産を待つ事に決めていたのだ――。という事は、真冬には完全な別世界……極端に言えば異次元として閉ざされるこの場所で、ハンセン氏病の花婿花嫁に越冬の覚悟をして貰わなくてはならなかった。

巨木の空洞は三畳ほどの広さがあり、そこから外側にサワグルミの樹皮で急斜面の屋根を何層にも張り、少しでも寒さを防ぐ為に、樹皮と樹皮の間に筍の皮や笹を丹念に挟み込んだ。柱と壁と床は、桂の木でしっかり組み立て、奥の空洞と合わせて十畳ほどの広さに拡張し、まさに大雪にもビクともしない造りに仕立て直した。

孫ジコとオドは、床に新しい笹を何重にも敷き詰め、切り出した枝でその度に笹を押さえ込み、また笹を敷き、その上にアオシシの毛皮を敷いた。

暖炉は河原から担ぎ上げた石で組み上げ、砂利を入れ、砂も敷き、簡単には崩れない石組に仕立て上げた。入口も桂の枝を山葡萄の弦《つる》で丁寧に編み込み、雪の進入を許さない囲いを作った。勿論、越冬用の薪は、ブナも楢も切り出し、山積みにして小屋を囲った。

夏から秋の赤石川も追良瀬川もキノコと川魚の宝庫である。倒木に鈴なりに生える、キクラゲ。古い切り株に花のようになる、スギヒラタケ、ナラタケ。ブナの立木に這い上がる、ブナハリタケ……。キノコ好きにはたまらない景観である。無論、岩魚、鮎、鱒、ウグイ、カジカ……渓流釣りには気狂う場所であろう。しかしマタギは、冷静に自然の恵みをいただき、冬の為に、魚は干物にしたり燻製にする。勿論、キノコも天日干しで蓄えさせた。

当時中学生になっていた弦蔵も、アバの言いつけで、オムツになる古い浴衣や生まれてくる子供に必要な物をこっそり運ぶのを何回か手伝い、泊ノ平までオドの後に付いて行った。警察、というより、矢雲巡査長の執拗な監視がある為、孫ジコもオドも動けない時は、弦蔵一人で白神の聖地まで足を運んだ。

当時十四、五歳の弦蔵にとっては凄まじい体力の消耗であったが、あの谷越え、沢越えの山道を行くのがどんなに楽しかったか……あれが一番最初のマタギの修行だった。

弦蔵はトイレの物置小屋で、遠い思い出を昨日の如く思い出しながら、うつらうつら、半睡状態になっていた。いきなり、トイレの前で話し合う声が弦蔵を現実に引き戻した。

『水谷さんは落ちたらしいわ……』

『そう、だから、お宅の果耶ちゃんとうちの佐代里だけって事になるわね……』

『今夜居残りなんですって。先生がテレビ出演に当たってのリハーサルをするそうなの』

『大丈夫かしら……』

『何が？』

『いくら聖人と言っても、男よ……』

『えっ！……まさか！　鏑木先生よ。先生のおかげで、うちの子なんかすっかり変わったわ、茶髪もやめたし、言葉使いまで上品になったのよ』

『そうね、うちの子も、殆ど家に帰って来ない子だったのが、三日に一度は家で夜御飯を食べるようになったわ……』

『その上、あの高視聴率の「鏑木アワー」に、アシスタントとして出演できるなんて夢みたい……』

『ほんと……お任せしましょ』

声だけ聞いていても、若さを装う団塊ジュニアのおばさんである。若さの残像もブランドを着て、愚かさのシャネルが臭う感じであった。

弦蔵は今夜は鏑木の実態を見る為にだけ来ていた。まさに狩の下見である。

弦蔵は今では珍しい、乾燥芋をポケットから取り出して齧っていた。


アバは、出産の知識を懇切丁寧にノートに書き記して、弦蔵に運ばせた。そのつど弦蔵は往復三日かけて、泊ノ平の若夫婦の下へ、ツナギとして走った。

本当はアバが出産に立ち会いたかったようだが、女人禁制の上、特に矢雲巡査長に執拗に監視されている手前、辰巳家の一員としては何日も家を空ける訳にもいかないし、ましてや一冬姿を消すなどという事は、とてもできない相談だった。

出産に立ち会ったのは、孫ジコだった。しかし、後で判った事だが、見た事もない山姥がその小屋にいたのだ。孫ジコが頼んで来て貰った山姥だった。サンカのシノガラ（秘密組織）に、孫ジコが繫いだのだった。

ハンセンの若夫婦は療養所を逃げ出す際、薬局から多剤併用治療（ＭＤＴ）に使用する、ＤＤＳ、リファピシン、クロファジミン、新薬のプロミンを始め、多種の化学療法のクスリを大量に持ち出していた。従って、病気の進行は二人共完全に押さえ込んでいた。

花嫁は、妊婦に漂う独特の穏やかさと、命を育む自信と希望に輝いていた。

泊ノ平の狩小屋は、その時、真っ白な新雪を被り、神の瞳の中に浮かぶノアの箱舟のようであった。小屋の中は真っ赤なオーラに包まれ、白髪の乱れた、女とも男とも付かない年齢不詳の老婆は、一体何処から現れたのか、孫ジコだけに通じる世界だった。老婆が発するエネルギーは、狩小屋の中を膨張させ、人間の底知れない力……およそ、現代人が忘れ去った超能力の霊界を作り出していた。

何百年もの間、修験者《しゅげん》達が、山神と交わる異次元の霊山を歩き続け、修行したエネルギーの根源が、その山姥には秘められているようであった。

弦蔵の調べでは、日本の歴史に最初に姿を現した咒術者《じゅじゅつ》は、役《えん》の優婆塞《うばそく》、後に日本の修験道の開祖となる、役小角《えんのおずぬ》である。

山姥にとって、赤子を取り出すなど、いとも簡単な事ではあったろう――しかし、新しい命に対する山姥の強い思い入れはまさに山神の手のように動き、見事に元気な男の子を取り上げた。

高槻安二郎の喜びようは、もうその場で命を取られてもよいという顔だった。

その時、白神山地には鷹が舞い上がり、梟《ふくろう》が羽ばたき、冬眠している熊が目覚め、カモシカやウサギが跳ね回り、赤石川の岩魚が宙を飛び、猿の群れが手を叩いて笑った。ディズニーのアニメじゃあるまいし……後で弦蔵が聞かされた、孫ジコの話だった。

弦蔵はトイレの物置の中で、一人笑っていた。

笑えない世界が祭壇の奥の部屋で展開されている。

弦蔵は音も気配も消して、物置の扉を開けた。淋しげに蛍光灯が一つ、頭上から冷たい光を投げかけている。

弦蔵は一寸ほど宙を浮いているような歩き方で、廊下から会場に入り込み、祭壇に上った。

大仰に十字架を飾り、なんの意味かそれに龍を絡ませている。両脇には真鍮の大きな蜀台が数本立ち並び、背景には天使が舞うヨーロッパの古典絵画を真似たのだろうが、どう見ても、風呂屋の富士山の絵に近い絵が描かれていた。

弦蔵はオルガンの横から四、五段の階段を下り、屈んで入るほどの扉を開けた。

暗い廊下は、これまた修道院を真似たような石造り風の壁になっていて、小さなカンテラが三つほど下っており、その下にそれぞれ、アイルランドの古城を真似た模造品の扉が付いていた。一見、鋲が撃ち込まれた頑丈な木組みの扉のように見えるが、プラスチック製であった。

弦蔵は内心、六本木の風俗店か、と舌打ちしながら、扉に耳を寄せた。まさにアダルトビデオの撮影風景が浮かんできた。

女の子の喘ぎ声、ぼそぼそ卑猥な言葉を投げかける鏑木の声、悲鳴を抑えたくぐもった女の声……。弦蔵はそっと扉に手を掛けた、驚いた事に鍵もかけていない。この奥まった部屋で、安心しきった自堕落さで、十四、五歳の少女を弄んでいるのだ。明らかに、媚薬の香りも部屋から流れ出てきた。部屋は正面に大きな銅版の衝立《ついたて》が視界を塞いでいた。

弦蔵は気配を消したまま部屋に入り、衝立の隙間からその光景を目撃した。弦蔵もまだしっかりと雄であり、男であるが、まだ体も発育途中の殆ど子供に近い、白く細い体が蠢くのを見た時、吐き気を催した。

一人の子は巨大なベッドの上に、両手両足を広げられたまま、全裸で縛られて固定されている。その下で、もう一人が口が裂けんばかりに、鏑木の怒張した一物を咥えさせられていた。二人とも、泣く事にも疲れてただ従っている風情だが、やる事はしっかり心得ている風であり小さな同意も表れていた。この少女達の昨日までの生活が垣間見られる風景でもあった。

弦蔵はなんの感慨も無く部屋を出た。人間だけである。一年中交尾する為に目の色を変えている生き物は……。弦蔵は、やはり何処かで自分の一物も、意思に反して妙に疼いているのにも嫌悪した。

弦蔵は堂々と、表玄関の鍵を外して外に出ると、なんとも嫌な、ちぐはぐな気持ちで空を見上げた。春のおぼろ月夜は、殺意を一時消し去っていた。

しかし、その月が涙を流すように、あの五歳の浩太の顔と重なった。それは、復讐のメールを送り続ける、高槻堅太郎の五歳の時の顔とも重なっていた。

弦蔵は夜風に当たりながら歩き出した。ただ闇雲に歩いているが、弦蔵の足は白神の道なき道を歩くように方角を間違える事はなかった。裏通りながらちゃんと春日通りに沿っている小石川後楽園を突っ切って、西神田から九段下に出て、北の丸公園に入って行った。弦蔵にとって山手線内を歩くのは、ほんの散歩程度のものだった。

何故か天皇に近付こうとしている……不思議だった。

皇居……日本の臍《へそ》。そこでゆっくり考えたかった……。

殺し屋は千鳥ヶ淵をぐるっと回って戦没者墓苑を背中にし、満開の桜の下、月に光るお堀を見詰めながらベンチに座った。

桜がハラハラととめどなく散り続けている。国には歴史が延々と流れているが、自然には歴史はない。あるのはいつもこの一瞬の中に光る永遠だけである。

サンカの気の遠くなるような歴史、その向こうに縄文の人々の平和な生き様……そして、天照大神の神話から、天皇の長い歴史に叛き、漂泊の民となり、国人《くにびと》とならず、今、マタギからも逃げ出し、殺し屋として、ここに座っている。

しかし、比叡山を歩く千日回峰の行者が東の空に向かって毎日天皇家の安泰を拝むように、殺し屋も何処かで天皇家の安泰を祈っている矛盾を孕んでいた。

何がどうしてなのか判らなかった……。出羽三山、木曾の御嶽山、比叡山、熊野三山、高野山——と、優れた修験者、そして、僧達の霊山での修行と実績。その歴史の中で、サンカの心の歴史にも大きな影響を及ぼし、自然を通して混交して行ったのであろう。神と仏が交じり合った姿が、本当は日本の風土にとって自然な事だったのだ。それを明治政府が神仏分離令などという暴挙に出た為、日本人の心がどれほど混乱し、無宗教的荒廃の歴史を辿って来た事か……。

日本の濁流の裾では、素人の女学生が売春をしている。買う大人の男が悪いと開き直るが、昔から男は女を買っていたのだ。しかし、昔は、素人の娘は己の欲望を満たす為に売春はしなかった。体を売る素人娘はいなかったのだ。東北の貧しい農民の娘や、貧困に喘ぐ家庭の娘が、妹や弟の命を繋ぐ為、犠牲になって苦界に身を沈めて行ったのだ……。

アメリカのどんな貧しい黒人でも、子供の頃、何回かは教会に行っただろう。そして、偽善でも、罪とか罰の精神に触れただろう。日本はそのカケラもない。あったのは、恥の文化であった。そんな事をしたら恥ずかしいという、鳥肌が立つような恥の文化があった。その恥の文化が消えた今、宗教観も根っから持たない若者は、とめどなく堕落して行くのだ。

こんな若者を育てた現代日本人全ての堕落振りは、あの大東亜戦争の終結から始まったのだ。

昭和天皇の計り知れない苦渋の選択——生き残った日本国民全てを背負って、どれほどの孤独と苦渋の選択をしたか！　どんな気持ちでマッカーサーに会いに行ったか！

日本軍人、特に参謀本部、大本営のエリート参謀達が勝手に作り上げた統帥権！　議会を無視し、天皇は明治憲法で決められているように、下からの報告を聞くだけでイエス・ノーを答えられない縛りの下、天皇を無理やり飾り物にし、大東亜戦争に突入して行った！

しかし、天皇は愚かではない！　あの時点でアメリカが突きつけて来た理不尽な条件の全てを軍部に飲め！とは言わなかったのだ！　アメリカは日本がどんなに譲歩しても、日本を殲滅する！　という決意に変わりがなかった。日本は外交上追い詰められるだけ追い詰められ、止むにやまれず戦争に突入した。勿論大本営の読みの浅さ、諜報網の稚拙さ、様々な要因も重なり、手を広げ過ぎた戦場はアメリカの物量作戦の前にたちまち敗北し、本土では日本国民の非戦闘員が百万単位で焼き殺され、原爆を二回落とされた。その結果、無条件降伏！　そして、勝者の歴史物語の上に立たされた東京裁判。『悪いのは日本だ』と、戦後教育で洗脳され、日本の政治家までが、『悪いのは日本だ！　謝らなければいけない！』と叫び、あの馬鹿馬鹿しい村山談話と河野談話！　それにマスコミまでが『悪いのは日本だ』と騒ぎ続けている異常な日本国！

昭和二十年八月十五日をもって、全ての戦場で、命を苛め抜かれて死んで行った若者達の無残な死をけろっと忘れ、東京大空襲も長崎も広島も忘れ、生き残った日本人はアメリカが投げ与える餌と、ハリウッド映画に洗脳され、養殖魚となり、アメリカの網の中でよく働き肥え太り、一回の自爆テロもなくアメリカに美味しく喰われる羽目になったのだ。網から逃げ出し自分の力で餌を獲ろうとすると、そんな事をすると、近隣諸国の平和を乱す、軍国主義に後戻りするのか！　と、マスコミに叱責された。

皮肉な事に、アメリカの養殖網の番をし、養殖魚の叛乱と逃亡の気配をいち早く察知し中国や韓国に大騒ぎして告げるのは、マスコミを代表する朝日新聞と、日本共産党と社会党であった。結局、アメリカの手先になっていた事にすら気付かない、愚かな左翼共が日教組を基盤とし、日本の独立精神を妨げたのだ。

しかし、国土は焼け野原になったが、あの昭和天皇の決断があったからこそ、日本国は本当の意味では国を失わなかったのだ。大戦に敗れたドイツは国を失い、数十年放浪の国であった。韓国も引き裂かれた。

国を失い、国民の自由を失う本当の怖さを日本は知らない。アメリカの巧みな誘導で、結局日本人は自分の手で自由を勝ち取る事を学ばずに来たのだ。

ヨーロッパの戦後、誰でもニュースで一度や二度見ている、チェコソロバキアの「プラハの春」「ビロード革命」、ユーゴスラビアの悲劇的な分裂、そしてポーランド、と、国を失い、自由を失った国民が、自分達の手で、自由を取り戻す事の大変さを日本人は味わっていないのだ。

サンカの長い歴史は、国という形は持たず、国人の誇りを持たず、ただ自然を生きる場とし、究極の自由を生きてきた。言ってしまえば、獣の自由であったのかもしれない。

現在、日本国民はアメリカの養殖魚となって長い年月が経ち、その間、何回も美味しく喰われた。反抗もせず、順調に育った養殖魚であり、飼いやすく、脂も乗った美味しい養殖魚であった。

しかし、近頃は養殖魚の宿命で免疫力が落ち、すっかり脂も落ちてしまったのだ。まずい養殖魚に成り果てたのだ。今や中国という巨大な新興ギャングが勢力を延ばし、脂も落ち免疫力もなくした養殖魚を蹴散らし、日本国という魚場そのものに手を伸ばし始めた。

暴力国家の老舗、アメリカも、所詮他人に守られなければ生きられない養殖魚の限界を知り、もう餌も与えずに見捨てようとしているのか、残った養殖魚は大暴力団同士のバランスを考え中国に売ろうと考えているのか……。

日本国民の精神は、アメリカの年老いた情婦のままなのか、それとも新興暴力団の中国に色目を使う、厚化粧した醜い街娼に成り下がるのか！？

そんな日本国民の目を覚まさせ、自立する事を促す事ができるのは一体誰なのだ！　日本国の臍は何処にあるのだ！？

殺し屋はとめどなく考えている……。偽の平和、養殖魚国民の平和の中で、縄張り争いをしている政治家ではあるまい。トヨタ自動車でも、在日に犯された視聴率競争だけのテレビでもあるまい……。

やはり日本の臍は、日本の象徴である天皇であろう！　天皇が日本国民の為に、皇族の誇りと命を賭けて、アメリカに立ち向かい、中国に立ち向かう姿勢を示す事ではないのか！　世界中に日本人の姿勢を指し示す為に立ち上がるしかないのではないか……。もし天皇が立ち上がったら、国民は一斉に耳を傾けるであろう。驚天動地の天皇の意思表示であれば、真の革命となるであろう。

殺し屋は考えている。殺し屋は息を止めて考えている……。その肩に、殺した命が散る桜吹雪となって降りかかる。誰かが止めなければ、万《よろず》の神の一つでもいいから、殺し屋の心を静めなければ、殺しは続く……。どんなに苦しくとも、紀元前から逃れ続けてきた縄文の血が復讐に燃えている。

そして、散り行く夜桜の下、殺し屋はキラッと瞳を光らせ、次の標的に思いを巡らしていた。

白神山地の聖地では、高槻夫婦にとって、思いもかけない幸せな日々が執行猶予付きで続いた。命懸けでこの世に出させて貰った堅太郎は、母親咲子の乳をむさぼるように吸い、すくすくと育った。

夫婦は狩小屋の周辺で色々工夫しては、生活……家族の平和な生活というものを、一瞬、一瞬必死に味わおうとしていた。

　赤石川の河原に石囲いを作り、川の水を引き込むと、手頃な石を幾つか燃えさかる焚き火で真っ赤に焼き上げ、コナガイを使って水の中に転がし込んだ。石囲いの水は爆弾が落ちたような蒸気を立ち昇らせて、たちまち野天風呂に変身した。親子三人、月を見上げて入浴する風情は、まさにお伽話であった。

　安二郎はオド・周平から教えられた、ワラダというウサギ狩りの用具で、ウサギを獲る事も覚えた。

　咲子の白い肌は、子供を生んで一層艶めいて、安二郎を燃え立たせた。熱を帯びると咲子の内股とわき腹に微かな赤いアザが浮き上がり、麝香《じゃこう》が燻《くすぶ》るような匂いと共に恥部を芳醇《ほうじゅん》に濡らし、安二郎に絡み付いてきた。

　安二郎の右耳のしこりが疼《うず》き、二人はこの一瞬の中に永遠の愛を尽きる事もなくほとばしらせるのだった。

　遠くでアオシシの雄が牝を呼ぶ鼻声に、生まれて六ヶ月の堅太郎が、アオシシの毛皮の上で、きゃっきゃっと笑い声を立てる。


　二度目の冬を越え、堅太郎がようやく立ち上がって歩けるようになり、冬眠から覚めたイタズが越冬穴から出始める頃には、堅太郎は森の中を走り回っていた。

　米や塩を定期的に運ぶ弦蔵も十七歳になり、一人前のマタギに成長していた。

　アオシシの毛皮のパンツとチョッキを着た堅太郎は、弦蔵が現れると、狼の子供のようにじゃれ付いて喜んだ。弦蔵にとっては可愛い弟であった。

　弦蔵は、安二郎に手ほどきしながら、赤石川源流での漁法を楽しんだ。笹竹で作った筌《うけ》を瀬尻に仕掛け、カジカやヤマメを獲ったり、渓流の王者である岩魚を、トンボを餌に釣り上げる妙技を見せたり……。

　弦蔵が赤石川と一体になって、透き通った水の流れに溶け込み、岩となって水の流れを騒がせ、小石となって己が流れに翻弄され、トンボやバッタとなって川面を旋回して、一瞬の隙を突いて魚を空中に掬い上げ、白神の光の中に泳がせると、堅太郎は鯉のぼりを見上げるようにして、飛び上がった。

そんな堅太郎を、白神の森を突き抜ける夏の陽射しが、赤石川の水しぶきを砂金のシャワーに変え、さざ波のような笑いの中に包み込んだ。まさにそれは、白神の申し子が光り輝いているようであった。

そんな我が子を、我が息子を、安二郎・咲子夫婦は、この一瞬の愛のオーラの中に永遠に閉じ込めようとするかのように、一心に見詰めたまま、逆光の中で動こうとしなかった。


弦蔵は、武蔵小山の裏路地のアパート……浩太の地獄の住処が気になって、偽装した個人タクシーの車で夜中にこっそり見回っていた。

決して客を拾わない個人タクシーは、決して客が手を上げない裏路地をノロノロ流していた。

一方通行の路地に面するアパートは、崩れかけたブロック塀に囲まれ、何十年前かの動かなくなった窓枠式のクーラーが、段ボールの萎《しお》れた断片で隙間を塞がれていた。

浩太が閉じ込められている地獄の部屋である。それでも灯りがぼんやり、汚れた窓ガラスから漏れているという事は、中に人間の生活が細々と営まれている事を示唆していた。浩太が心配だった……。

三日目の夜だった。汚れた窓ガラスの灯りが消えていた。弦蔵は車を止めた。後ろから来る車はなかった。迷った。部屋の中を覗いてみるべきか……。

弦蔵は己の立場を決して忘れない男であったが、迷った。浩太の瞳と湧き上がった悲しみの涙の重みが弦蔵の瞼から離れなかった。

車のウインドウを下ろしたまましばらく、その部屋の窓を見上げていた。ガチャン、と何かが割れる音がして、井戸の底から微かに聞こえたような、ぞーっとするような悲鳴が弦蔵の耳に届いた。

弦蔵は車を表通りに出して止めると、素早い身のこなしで車を離れた。

弦蔵の足取りは、山神の森で獲物を探す足取りになっていた。五、六段の石段を登って、アパートの玄関に足を踏み入れると廊下の灯りも消えていたし、第一、他に人が住んでいる気配は無かった。放り出されてそのままになっているポリバケツや片方だけのジョギングシューズ、子供の三輪車……。

弦蔵は暗がりを正確に歩いて、浩太の住む部屋の前に立った。習慣のようになっている、運転用の手袋を無意識に確認しながら、ドアに耳を近付けた。ドアの向こうから、山犬がウサギの喉笛を噛み切った時のような、風船が破れたような呼吸音が一瞬聞こえた。

弦蔵がドアに手を掛けると、待っていたかのように中からドアが開いた。誰かが投げつけた縫いぐるみの人形が、弦蔵の下腹に当たったようだった。

思わず両手で受け止めると、浩太の頭だった。浩太は、恐らく暗黒の悪魔の懐に飛び込んだとでも思ったのか、声にならない悲鳴を上げて、両手をばたつかせた。弦蔵は掬い上げるように、浩太を抱き上げた。

窓の外から差し込む月光が、中腰で出刃包丁を振り上げた女の影絵を映し出していた。女はインドネシアの影絵のように、ぎこちなく包丁を振り下ろし、また振り上げた。サクッ、サクッ、と米櫃《びつ》に箸を差し込んでいるような音だった。六畳ほどの畳の部屋にちゃぶ台がひっくり返り、食器が乱れ飛び、割れた食器が月の光に妙に艶っぽく反射していた。

浮かんだのは、薄暗い何処かの美術館の一枚の絵……安物の食器がセザンヌの青い食器のように、静深な艶で光っていた。

殺し屋は子供を抱き上げたまま、異次元の世界を見詰めた。仰向けにひっくり返った男は、片手で虚しく宙を掴み、事切れる寸前だった。男の喉下からヘモグロビンの匂いを撒き散らして、途切れがちの噴水のように血が吹き上がっていた。まさにベートーベンのピアノ曲『月光』が、氷雨となって降り注いでいるようだった。

弦蔵にとって、イタズがアオシシを食い散らす時、鮭を食い千切る時、山犬がウサギを喰う時、それが自然の当たり前の風景であったが、今、目の当たりにしてる風景は、人間の悲しみ、人間の哀れ、人間の悪意と醜さの影絵であった。

弦蔵は浩太を抱いたまま、ゆっくりと部屋の中に入り、後ろ手でドアを閉めた。右手の台所にある食卓の上に浩太を下ろすと、浩太は初めて弦蔵を見上げた。

弦蔵は老狼の目で浩太を見下ろした。浩太は必死に何かを訴えようとしているが、声にならなかった。

弦蔵はそのまま帰ろうと浩太に背を向けた。浩太の手が震えながら弦蔵の袖を掴んだ。弦蔵の足が止まった。浩太の震えが、弦蔵のジャンパーの袖口から首筋に伝わった。弦蔵は振り返って、浩太の震える手を見詰めた。明らかに煙草の火を押し付けられた、黒く円い火傷の跡が幾つも手の甲に浮かんでいた。

弦蔵はむらむらと怒りに任せて、浩太のシャツを背中から捲《めく》り上げた。

背中から横腹にかけて、殴り続けられたような黒ずんだアザが定着していた。弦蔵は手袋を脱いでわなわな震える手の平で浩太の背中を暖めるように、そっとアザの上にあてがった。弦蔵の暖かい気の流れが浩太に伝わったのか、浩太は俯いたまま目を瞑っていた。数秒だったか、数分だったか、一瞬時が止まり、浩太の大粒の涙だけが時を刻むように、弦蔵の木綿の靴下に雨だれのようにポタ、ポタッと落ちてきた。

弦蔵は愛犬に合図するように、その場で待てと浩太に伝え、流しの上にかかっていた薄汚れた大きめの布巾を数枚手に取り、手袋をはめるとテーブルの下に脱ぎ捨てられてあったスリッパを履き、犯行現場に入って行った。

君江は、死体の横で判決を待つかのようにキチッと正座し、虚ろな顔を月の光に晒していた。

弦蔵は、君江の右手にまだしっかりと握られたままの血だらけの出刃包丁を、指を一本一本剥がすようにして取り上げ、布巾に包み込んだ。その包丁を台所の流しに置き、コップに水を汲むと、また君江のそばに戻り、水を飲ませた。君江は末期の水を飲むように、返り血を浴びたアゴを突き出し、ゆっくりと飲み干した。

君江は、そこに見ず知らずの男がいる事すら実感していないのか、通りすがりの他人に挨拶するように軽く頭を下げて、コップを返してよこした。

弦蔵は手袋をはめたまま、濡れるのも構わずコップを流しで丁寧に洗って棚に戻すと、改めて君江の処遇を考えた。まるで己が、たった今、殺人を犯したような錯覚に陥っていた。

『浩太！　浩太！』突然狂ったように叫びながら、君江はドアを開けて外に飛び出そうとした。弦蔵は初めて落ち着きをかなぐり捨て、君江にタックルを決めた。君江の肋骨が二、三本折れたのではないかと心配しながら、弦蔵は君江を後ろから抱き上げ台所の椅子に座らせた。

血はお湯で洗うと落ちないが、水で洗うときれいに落ちる。弦蔵は、後から取って付けたような小さなユニットバスに水を張り、返り血に染まった君江のブラウスとスカートを放り込んだ。そしてスリップ一枚になった君江を容赦なく、冷たい水が滴るタオルで拭いてやった。

君江は始めは、父親に体を拭いて貰っている子供のように、素直にされるがままになっていたが、徐々に正気を取り戻すと、不思議な顔で弦蔵を見詰めた。

君江と浩太は小さなテーブルを挟んで向かい合って座ったまま、放心したように沈黙を続けた。

弦蔵は隣近所に目を配りながら、一旦表通りに止めた個人タクシーからハンチングを取り出し、目深《まぶか》に被ると、近くのコンビニで牛乳やらサンドイッチ、菓子パン等を買い込んできて、二人にあてがった。

隣の部屋で死体はおとなしかった。

君江が話ができるようになったのは、深夜二時を回っていた。

浩太は押入れの中に布団を敷いて寝かしつけた。死体と同じ部屋であった。

君江は死んだ夏子の位牌——位牌と言っても、戒名も無く、「夏子」と君江がおぼつかない筆使いで書いた位牌をテーブルの上に載せて、唸《うな》るようにポツポツと途切れがちに話し出した。殆どの内容は既に弦蔵は堅太郎からのメールで知っていた。

『夏子……仇は取るからね。浩太の仇は取ったわよ。後は夏子の仇を取るからね……』

君江はまた、影絵のような動作で夏子の位牌を両手で押し頂くようにして、天井に向かって上げ下げしながら呟いた。

『殺した夫の名前は？』弦蔵は低い声で質問した。

『八坂耕作、甘ったれた毒薬野郎。ついつい惚れちゃう毒薬野郎もいるけど、あいつは、最後まで汚い毒薬野郎だった。この世に出てきちゃいけない地獄の蝦蟇《がま》野郎』

君江は際限なく言葉を探している。覚せい剤が切れかかった虚ろな目で、表現し切れない悔しさを刑事に訴えるように、君江は落ち着かない目で言葉を探し、弦蔵に訴えかけていた。

『遺書を書きな。夫殺しの自白と自分の遺書を……俺は事情があってこの場にいなかった。幽霊がお前と接触しただけだ』

『刑事さんじゃないの……』弦蔵は孤高の老狼の瞳で君江を見詰めて頷いた。

君江は本当に幽霊を見詰めるように弦蔵を改めて見詰めた。

老狼の瞳には、獲物を取り押さえはしたが、食べようとしない慈悲の光が込められていた。

君江は怯えながら、混乱していた。

『死体は床下にとりあえず隠す。畳の汚れはざぶざぶ水で洗う。クスリが切れ始めてるようだから入れろ。ここを無事に脱出できるまでは元気でいるんだ』

君江はクスリに敏感に反応して買い物袋をかき回し、五、六センチのアルミホイルの包みと注射器を取り出して微かに震える手で、慣れた手つきで浮き上がらない血管に針を刺し込んだ。

弦蔵は、吹き出した血でどす黒く固まり、失敗した石膏像のように片手を微かに上げたまま静止している死体を乱暴に動かし、生々しく血糊《ちのり》に染まった畳を二枚剥がすと、狭いユニットバスに運んだ。

弦蔵は、汚れきったユニットバスそのものを洗いたくなるのを我慢して、畳の洗浄に専念した。

腐りかけた床板は片手で簡単に剥がれた。かび臭い黒土の闇が、無限の地獄の海のように波打っていた。

弦蔵はそんな闇の海に死体を投げ込むように、床下の黒土の上に転げ落とした。死体は抗議もせず、ゲロまみれの酔態のように転がった。

濡れたままの畳の血の気は消え、元の場所に収まった。

その間君江は、弦蔵に言われた通り、警察宛の自白書と遺書をおぼつかない手で、健康食品の広告ビラの裏に書いていた。君江のたどたどしい文章が書かれた広告ビラは、台所のテーブルの上に、自分の付帳と一緒に置かれ、いつ、誰が見つけるか判らないまま、飲みさしの湯飲み茶碗をその上に載せた。

まだ夜は明けていなかった。微かに東の上空に朝の気配はあった。

弦蔵は、浩太の身の回りの品と君江の着替えが入った黒いズックの鞄を助手席に放り込み、寝ている浩太を抱いた君江を客席に乗せると、濡れた手袋を脱ぎ捨てダッシュボードから長髪のカツラを出して被り、マウスピースを口に咥えると、個人タクシーをスタートさせた。

春、白神山地の申し子は四歳になり、そのやんちゃ振りは母親を手こずらせるようになっていた。

白神山地の雪の下では、フキノトウ、ヤマウド、筍などが同じように土の中でやんちゃ振りを発揮し始めていた。

秋田県側の峰浜村辺りから入って来た一人マタギか……、雲海の白い闇に迷い、泊ノ平の隠れ小屋の近くまで迷い込んだ事があった。濃い霧の層が深山を包み込み、一寸先も見えなくなる雲海に包まれると、四月の下旬とはいえ、残雪も深く凍てつく原生林の真っ只中で、いかにベテランのマタギといえども命を落とす。秋田の一人マタギは雪穴を掘り、まさに命懸けでアオシシの毛皮に身を包み、冬眠状態になっていた。偶然、周平が高槻安二郎を連れて冬眠から覚めた熊の足跡を追っていて、その雪穴に片足を突っ込んだのが幸運だった。

大体、白神山地の山は、いつの間にか魔物に誘い込まれるように足を踏み入れ、方向感覚を失い、原生林に覆われた異次元の広がりの中、道なき道をさ迷い、無人境の世界から夢幻境の世界に入り込んでしまうのだ。

秋田県側から県境の稜線を越え、青森県側にさ迷い込めば、赤石川、追良瀬川とも、道らしい道は皆無である。

そんな沢歩きは、熊でも避ける厳しさなのだ。そこに迷い込むマタギは、逆に獣以上の凄い奴なのであろう。

周平と安二郎は、殆ど仮死状態になっていた一人マタギを、雪穴から掘り出した。

周平は、孫ジコ・五平から予め注意されていたことに忠実に従っていた。よそ者のマタギが万に一つでも近付かないとも限らないので、桂の大木に連なる高槻親子の小屋は、笹竹の藪で殆ど見分けがつかないように何重にも覆い尽くされ、出入口にも巧みな偽装が施されていた。まさに、そこはハンセンの砦であった。

その上、川の反対側には、囮《おとり》の狩小屋も作ってあった。勿論、数人が泊る本格的な狩小屋である。

周平と安二郎はこのよそ者を囮小屋に担ぎこんだ。別に決まった縄張りがある訳でもないが、おのずと暗黙のテリトリーがマタギにはある。ましてや越境したマタギである、助ける義理もないが、厳しい自然の掟に生きるマタギは、手を差し伸べれば助けられる命を目前にして、見捨てるような事は決してしないのだ。

秋田県、峰浜村のマタギは川端藤吾朗と名乗った。三十を二つ三つ過ぎたツワモノだった。

周平は手馴れた処置を施し、一晩泊るとその一人マタギを青森県側に帰したが、安二郎の胸には一抹の不安が刻まれた。絶えず命と引き換えに愛する者を守ろうとする、敏感過ぎる男の慄《おのの》きだったのかもしれない……。

安二郎の予感は当たった。川端藤吾朗は砂子瀬と隣り合わせの、川原平マタギの親戚筋であった。

藤吾朗はその夏、川原平の安部正作と渓流釣りを楽しむ事にしていたのだ。

昭和三五年に完成した目屋ダムは美山湖と名付けられ、それなりの美しさを誇っていた。藤吾朗は美山湖の大沢橋で川原平の正作と落ち合った。

勿論、春の赤石川の聖域で命を助けられた話は、神話のように語られていた。周平も安二郎も身元は明かさず、幻の如く藤吾朗と接し、藤吾朗を秋田側に帰す為に、二つ森方面、即ち秋田のマタギが泊岳と呼ぶ難所に解き放ったのだった。それでも、藤吾朗は夢うつつの中、無事に峰浜村に帰り着く事ができたのだ。まさに山神様に助けられたような気分だった。

その夏の日、山神の森は、黄金色に輝く日輪の輪の中に燃え立っていた。

むせ返るような新緑の祭りに合わせて、蜂の群れが竜神様の踊りのように帯状になって空を流れ、クワガタが大樹の樹液を求め、宇宙戦士の如く角を振り上げ隊列を組んでいる。泊沢を遡れば、わざわざ神が石工となって作り上げたような石階《いしばし》流れ……その水流をロケットのように飛ぶ岩魚。

アオシシの雄も牝も節操をなくし、その短い尻尾をやたらと振るわせる。

イタズも我を忘れて方角も定めず走り出していた。

藤吾朗は勿論マタギとしては名人のうちに入る男であったが、独り者の大酒飲みでもあった。峰浜村でもそうであったが、久しぶりで従兄弟の正作と会い、川原平マタギの囲炉裏を囲むと、二人して濁酒をしたたかに酌み交わした。

話は自然と春に経験した、奇跡的な生還のことになった。藤吾朗は何回も話しているうちに、本当に山神様の化身に助けられたと、自分でも思うようになっていたのだ。

『善知鳥沢《うどうざわ》がら、赤石川《あがいしがわ》さ迷い込んだまでは覚えてだばって、そっから先が雲海の中で、ただ迷い続げだァね。まるで神の手さ引がれるみてェに、沢の深みさも落ぢねで、フワフワど雲の上ば歩いてらみてェだったじゃ……』

『オメもなげェごと女早《ひでり》だったでな……。善知鳥沢がら上二又《かみふたまだ》の谷ば下った奥《おぐ》さ道《みぢ》に、ヒギ（ボス猿）に先導さいだ。スネ（猿）が数百匹《すうひゃっぴぎ》、幻みてェに渡《わだ》ってらって聞いた事《ごと》あるでな……。オメ、そん中《なが》の牝猿さ惚れらいだんでねべな?』

『馬鹿、なしてワがスネ（猿）ど手ば取り合って駆け落ぢしにゃならねんだ』

『赤石川の源流さまで入り込んで、気ィ失って……気付いだっきゃ、あったげェ囲炉裏の横《よご》さ寝がさいでで、お粥ばもでなさいで、送《おぐ》らいで帰って来た……山さ竜宮城だのってねェはずだァ……』

『山神様さ助けらいだんだが、そいともスネの導ぎが……。どしてもあの小屋ば探してみてェんだいな……』

『ま、赤石の源流さは海亀は居ねェばって、渓流の王様、岩魚《いわざがな》の楽園《らぐえん》だァね。特《とぐ》に赤石源流域《あがいしげんりゅういぎ》の大ヨドメの滝《たぎ》は、岩魚もさすがに登り切らいね滝《たぎ》だったァね。とごろが、砂子瀬マダギが大ヨドメの滝壺で岩魚ば十数尾釣って、わざわざ滝《たぎ》の上まで運《はご》んで放流したァどや。すった人も通わね白神の聖地で、砂子瀬マダギは酔狂な事《ごど》ばやらがして、楽しんだんだべが……。そっから上流のキシネクラ沢、泊沢まんで、岩魚が生息《せいそぐ》するようになったたっつう話だァね。とにかぐ、きつゥ道《みぢ》のりだばって、オメが山神様さ出会った赤石川源流ば攻めでみるが……』

正作は平べったい鼻の頭を押し潰すようにこすって、太い梁に奉っている山神様の神棚を見上げた。

二人は準備に二日掛け、『暗門の滝』を経て、下流から赤石川源流を目指すコースを辿った。

弦蔵の個人タクシーは、行き先も定まらぬまま、とにかく中原街道を山手通りに向かって走っていた。

車のナンバープレートは贋物ではあるが、それをカバーする為にNキラーを装着してあった。Nキラーというのは、各主要道路に取り付けてある「Nシステム」という監視カメラの電波や赤外線をシャットアウトする装置なのだ。

弦蔵の頭には、都内とその周辺各地の主要道路に配置されたNシステムは大体インプットされていたが、一台一億円もすると言われるこの装置は、移動するあらゆる車のナンバーと運転手の顔をしっかり映し出し、瞬時にコンピューター解析して検問官の端末装置に表示されるし、情報としてコンピューターに洩れなく蓄えられるのだった。

犯罪者に限らず、あらゆる人間の車での移動をしっかり把握する為なのか、警察庁は着々とNシステムの設置を増やしていた。

従って、Nシステムを全て網羅するのは至難の業だった。中原街道には、西中延一丁目下り方面にNシステムが設置されているが、今向かってる五反田方面には無かった。

『鏑木……』君江が呟いた。

弦蔵はチラッとバックミラーで君江の目を捉えた。覚せい剤が効き始めていた。目が飛んでいる……。

『殺さなくっちゃ……』君江の呟きは、置き忘れたバッグを思い出して『捜さなくっちゃ……』と言っているような抑揚だった。

『殺さなくっちゃ……、殺さなくっちゃ……』

既に殺してしまった者も含めて唱えているのか……、お題目の二重奏のようであった。

『浩太はどうする？』弦蔵が自分に投げかけた質問でもあった。

君江は一瞬、抱いている浩太を誰かに奪われるとでも思ったのか、両手で浩太をきつく抱きしめた。浩太が腕の中で暴れて泣き出した。

弦蔵は自分の狩小屋に二人を連れて行く訳には行かなかった。とりあえず、宛も無く、車を流していた。さりとて、このまま二人を放り出す訳にもいかない……。

『茗荷谷に連れて行って下さい。鏑木の教会に連れて行って下さい』

君江はいつ取り出したのか、先ほど台所できれいに洗った出刃包丁を手にしていた。

『警察に捕まる前に、鏑木を殺さなくっちゃ！　運転手さん！　茗荷谷まで行って下さい！』

君江は浩太を横に寝かすと、出刃包丁を弦蔵の首に当てた。

弦蔵は追い詰められた。プロ中のプロの殺し屋が、虐待された子供を抱えた、夫殺しの母親に追い詰められていた。弦蔵は弦蔵自身に追い詰められた気分だった。

とりあえず山手通りを突っ切り、桜田通りに車を向けた。さすがに車の数も少なく、魚藍坂辺りで、東京タワーが昇る朝日に浮かび上がってきた。

『これから茗荷谷に行っても、鏑木を捕まえる事はできんだろう……』

弦蔵が自分で殺すとしても、ヤクで飛んでる君江を連れてでは不可能であった。

『とりあえず、何処かのホテルでお前達は一日二日体を休めていろ。その間に俺が準備するから』

『準備するって、なんの準備よ！　警察に渡す準備でしょう！』

『俺を信じるしかない！　これから茗荷谷へ行って、鏑木に会えなかったら後はどうするつもりだ？』

『ガソリンをかぶって、鏑木の教会の前で焼死してやる！』

『浩太を道連れにか？！』

一瞬、君江は息を止めて、浩太を見下ろした。

『一日待て、俺が鏑木の動きを調べてやる、それから、浩太をどうするか頭を冷やして考えろ』

君江はじっと俯いたまま、唇を噛んでいた。震える手だけは、意思にも気持ちにもお構いなく、羽織ったジャンパーのポケットから覚せい剤を取り出していた。

弦蔵は赤羽橋のNシステムを避け、車を日比谷通りに走らせ、上野方面に向かっていた。昔と違ってアメ横も上野駅周辺も早朝に「一杯飯」を食わせるような店は何処にもない。全てが小奇麗になった街並みは、人間の気配すら消し去り、夜行列車が運ぶ田舎の小川のせせらぎの気配も無く、消毒液に晒された水道管のような味気なさだった。

人間を求めるなら、やはり山谷《さんや》であろう。弦蔵が東京に出て来て最初に知った街は山谷だった。青森から夜行に乗って、上野駅に降り立った弦蔵は、師走に走るおびただしい車の光と騒音に襲われ、いきなり、表層雪崩《なだれ》と底雪崩の両方に叩きのめされたように呆然としていた。

五十歳を目の前にした田舎の少年が、その逞しい背中に背負ったリュックサックは、終戦時に引き上げてきた、生き残りの軍曹が背負っていたような代物だった。左手には、三十年式歩兵銃を収めたアオシシの毛皮で作った猟銃ケースを持ち、頭にはこれまたアオシシの毛皮で作ったコザック風の帽子を被り、羽毛入りのジャンパーと作業ズボンがちぐはぐに新しかった。その上、防寒用とはとても思えない無精髭が黒々と顎を包み込んでいたのだ。弦蔵は百パーセント白神山地を背負ったまま、半世紀前の出で立ちで上野駅に降り立ったのだ。

理由は、遥か昔に流れた血の奇跡が呼んだのか、高槻堅太郎からの突然の呼び出しだった。

それは、母が死んだ年でもあった。童話の金太郎を女にしたような愛くるしくも逞しい母の死だった。そんな母が次第に萎んで行くのを、弦蔵ははらはらしながら見守り、大事に大事に、溶けかかる金太郎飴を銀紙に包み込むようにして面倒を見てきたのだ。たった一人生き残った母の死に、弦蔵は悲しみというより、全身を凍らせるような、恐怖に近い孤独感に打ちのめされた。祖父と父の壮絶な死を心の奥に仕舞い込み、母の為に……たった一人生き残った母の為に、一人マタギとして、白神山地は勿論、他県に跨がる山野をひたすらイタズを追いかけて、黙々と生きていたのだ。そのアバ（母）が死んだのだ。

そんな天涯孤独になった弦蔵に、天からのメールが徴兵の通知のように届いていた。

『兄さん、復讐の狼煙《のろし》を東京の森から、白神の森に送ります……。虐げられ、追われし者達に代わり、復讐の祭りが始まります……。日本の原点から、復讐の狼煙の合図です！　力を貸して下さい！　組織は作り上げました』

強盗団の符丁なのか、やくざの組織なのか、どちらにしても、銀行協会や自動車協会からの狼煙ではない。ましてや経団連からの狼煙では絶対になかった。

あの、ハンセン氏病の夫婦の一粒種が復讐の狼煙を上げたのであった。

立ち上がる元気も無かった弦蔵は、吸い寄せられるように東京に向かった。降りた上野駅は次元が違った。シベリヤのアムール虎がいきなり日本の草原に放たれたようなものだった。風の匂いも、ましてや獲物の気配も無い……。

弦蔵は車と得体の知れない二本足のエイリアンの群れの中で、方角を失った。

弦蔵は歪んだ異次元から脱しようと、一人、もがき、溺れ泳ぐように光の洪水の中をさ迷い、山谷という、辛うじて言葉が通じる人間のいる街に出たのだった。

弦蔵は今、行き場の無い母子を乗せ、昭和通りの入谷交差点を右折して、言問通りを浅草に向かっていた。こんなに追い詰められた母子は、何処か片隅に寝かせるとしても、人間というより獣の体温を感じる場所が良いような気がしたのだ。ホテルより旅館、旅館より木賃宿、木賃宿よりホームレスのやさ……こんな時こそ、イタズの越冬穴を探したかった、ブナの巨木の虚《うろ》でも良かった。

浅草寺の裏手を横目に見て、言問橋手前を左折すると、吉野通りを泪橋に向かった。懐かしの山谷である。

夫殺しの君江は浩太を抱いたまま、パッチリと目を開け、悲しみの異次元を飛んでいる……。

弦蔵はカツラを毟《むし》り取り、マウスピースを口から出すと、ダッシュボードのビニール袋に仕舞った。

ホテル・立花荘……十年前の木賃宿は、三階建てのホテルに変身していた。それでも、案内板には、『朝食付二千六百円。インターネット可。門限なし』という、十年前と比べて設備が良くなった分、こんなもんだろうという値段が書かれてあった。

『共同風呂、共同トイレ――八百五十円』なんていう宿も一、二軒見掛けた。

弦蔵は立花荘の玄関を開け、右手の帳場の小窓に首を突っ込んだ。

貞は――、もうそろそろ引退が間近い年増になって、それでもお座敷がかかる。甘酸っぱい辛さで、ぎりぎり色気を保ち、つい崩れかける姿勢をなんとか支えている辰巳《たつみ》芸者のように、帳場の机に置かれたテレビを見詰め、姿勢を崩さないまま固まっていた。この女は確か、目を開けたまま寝るくせがあった。

『貞ちゃん』弦蔵は低い声で呟いた。貞は動かない……。

『貞！』どしんとした声で弦蔵が呼ぶと、キョトンと、貞はテレビに焦点を合わせた。

『ここだ！』

貞はほつれた髪を人差し指で軽く払い、集中治療室で目覚めたような顔で、下がり気味の切れ長な目を、一、二度ゆっくり上下させ、しなやかに首を回すと、小窓に嵌《はま》った弦蔵の顔を見詰めた。

歳をとったとはいえ、未だに小股の切れ上がった粋な風情を漂わせていた。

『弦太郎じゃないのかい?!』貞はそっくり返った事務用の椅子からギクシャクと立ち上がった。

『門限はとっくに過ぎちまったよ!』貞は嬉しそうだった。

『門限無しって書いてあっだ』

『七年前には門限がちゃんとあったはずだ! 懲役か病か、どっちでもいいから連絡すべきだろうに?! このー』

『すまん、放浪だ……』弦蔵は小窓から首を抜き、後ろの君江を振り返った。

君江は浩太を抱いたまま、たった今火事場から子供を助け出して来たような顔で呆然と立っていた。

『なんだい、家族連れかい、へーお祝いもんだねえ――』

貞は玄関ロビーに出て来て、君江を見詰めたまま途中で声をのんでしまった。

『んでねえ、あの親子ば拾ったんだ……』

弦蔵は君江のボストンバッグを下げたまま、八畳ほどのロビーに置かれた四角っぽいソファの三点セットに歩み寄った。振り子付の古時計と日めくりカレンダーは昔のまま壁にかかっている。

貞は、横目で君江を見詰めたまま、硬い声で呟いた。

『やくざな亭主から、たった今逃げ出して来たってぇところかい?』

『まあ、そんなところやしい、貞さんの所以上に安全な場所は思い出せながった……』

『ふーん……』貞は長年の旅籠《はたご》家業で、犯罪の匂いを敏感に嗅ぎ取る女だった。しかも歳とともに、その犯罪の内訳すら本能的に読み取っていた。法律には関係なく、貞の心の情感が動くか動かないかによって、匿《かくま》ったり、追い返したりする女将に成長していたのだ。

『部屋は二階の六号室、連れて行きな、弦太郎はすぐ降りて来るんだよ！』

『ああ、勿論』

弦蔵は君江を促して、ソファの後ろを回って、階段を上がった。北側の細い廊下が十五、六メートルほど伸びていて、明かり取りの窓の向こうは、やはり、それらしいビルの側面が見えるだけだった。廊下の左側に沿って、各部屋のジュラルミン製のドアに円いステンレスの取っ手が鈍く光っていた。

一番奥の六号室の鍵を回し、君江と浩太を先に部屋に入れた。セミダブルのお粗末なベッドに、申し訳程度の薄いよれよれのカバーが掛けてあった。リモコンもない、一昔前の小型のテレビが置いてあった。今では金を出さなければ引き取って貰えない代物であろう。

それでもプライバシーは完全に守られていた。

弦蔵は途中のコンビニで買った握り飯とお茶をボストンバッグから出し、サイドテーブルにキチッと並べた。君江は浩太をベッドに寝かせ、後はぼんやり、ベッドのふちに座っていた。

『泣くにせい、笑うにせい、明日さしろ！　今日は浩太とゆっくり、平安に一日ば過ごすんだ！　判ったの！　明日の夜までに、鏑木の情報を調べてきてやら。それまでは絶対にこの部屋を出るな。飯はここの女将に頼んでおぐ、浩太の事を考えるんだ！　いいの！』

君江の横顔は妙に透き通っていた。目鼻立ちも改めて見ると、美人の部類に入るのだろう。小鼻が微かに上に向き、目も浩太と同じ大きな二重まぶたであった。固く結んだ薄い唇に、ほつれた髪が二筋、べったりと貼り付いていた。

君江は微かに細い首を折り曲げて頷いた。弦蔵は、寝付いた赤子を気遣うかのように、そっとドアを開け廊下に出た。

ロビーに降りると、貞はソファに座って、煙草を吹かしていた。弦蔵は黙って貞の前に座った。

『昔、ここにいた時から、あんたは追い詰められた人間を見ると一番遠い所から見詰めているくせに、結局、手助けしてたよね……』

『性分だ……』

『あの女、クスリやってるよ。あんただって一目で判ったろうに』

『ああ……』

『子供だろう……あんた、子供に弱いんだ……』

『俺は……ルワンダまで子供を助けには行かねが、生きていて偶然にぶち当たった不幸な子供からは逃げね』

『うん……で、あの親子をどうするのさ？』貞は割烹着の袖口をちょいとたくし上げ、煙草の火を消した。

『明日の夜まで預かってぐれ』弦蔵は財布から三万円出して、テーブルに置いた。

『こんなに要る訳ないだろう』

『貞ちゃんに花束の一つも買いたがた……』

弦蔵は、貞の小皺に漂う切れ長の目をしっかり見詰め、真面目な顔で呟いた。

『うっ……』貞は一瞬、喉の奥で咳になりかけのようなうめき声を飲み込んだ。

『おや、嬉しい事を言うね……』

後の冗談が出なかった。切れ長の目が小皺の中で一瞬泳ぎ、微かに震える指で赤らんだ耳たぶを揉みほぐした。

『だばあ、明日の夕方には来るかきゃ』弦蔵は立ち上がった。

『こんな、こんな朝っぱらから悪い冗談を言いに来るんじゃないよ！　もう……』

ようやく立ち直った貞が、玄関の外まで追いかけて弦蔵を見送った。

弦蔵のタクシーは、隅田川を照らし出す朝日に追われるように、泪橋を後にした。

落差四二メートルの第一、落差三七メートルの第二、落差二六メートルの第三と、上流に行く程、落差の大きい『暗門の滝』は、三つの滝から急流となって流れ落ち、美山湖を経て、岩木川の本流を作り出し、日本海に注いでいるのである。

かつて、上流で切り出したブナの大木を滝の上流に一度貯めてから、一気に鉄砲流しという方法で滝を流送していたと言う。

何重にも重なり合う緑の壁から、忽然と吹き出すように流れ落ちる暗門の滝から、ブナの大木が神木落としのように次から次へと、怒涛の如く流れ落ちる様は、想像するだけでも鳥肌が立つ景観であったであろう。

峰浜村の藤吾朗と川原平の正作は、暗門の滝下、「赤桶」の沢から、マタギ道を一気に巻き上げて行った。激しい尾根道を登り詰めると、今度は反対側に回り込み、フガケ沢に向かって道なき道を下った。

この沢の流れはナメ滝と、ゴルジュ（両側から岸壁が迫り出した渓谷）が繰り返される爽やかな流れである。

スケム滝、網滝を越え、マタギ道を辿り、暗門川と赤石川を分かつ尾根に登り詰めるのだ。

これからは、ただ赤石川に向かってマタギ道を下り続けるのだ。

岩盤の川底が滑らかな床のように広がり、天然の滑り台のように水がサラサラと流れているヤナダキ沢。

マタギは山に入れば、極力、声を出さない。勿論笑いもせず、咳払いすらしない。微かな息使いとカンジキが岩肌を削る音だけである。

そこからの渓谷は、傾斜の強い滑らかな岩肌である。漣《さざなみ》を立てて流れる水は、一瞬の油断で足をとられる。二人のマタギは大きなリュックサックを背負い、黙々と沢下りに集中した。見下ろす渓谷は現在の登山家なら感嘆の声を上げ、その美しい渓相にしばし呆然と佇《たたず》むであろう。しかし、マタギにとって自然の美しさは己の美しさであり、自然と己はいつも一体である。自然を見詰め、美しい！　なんて、決して言葉に出す事はないし、そんな意識すらない。熊やカモシカが、山の美しさに思わず佇む、なんて事をしないのと同じである。自然は生きる全てであり、己自身が百パーセント自然なのである。

ただ、二人は岩魚や金鮎の動きには敏感に反応していた。川魚が透明な流れの中で、一瞬残影を残して消える、神の光と影。煌めく水中の劇場。藤吾朗と正作は川底の物語を見詰め、顔を見合わせては少年のように笑った。

『我慢せ。赤石《あがいし》の源流まんで、我慢せ』

要するに道草を食うなと言っているのだろう。正作は岩魚の影を見詰めながら、殆ど隆起の無い鼻に片手をあてがって、手鼻をかんだ。

藤吾朗は、酒焼けなのか日焼けなのか判らないおでこを突き出し、ふつふつと浮き上がった玉の汗を手ぬぐいでこすりながら、やはり魚影に目を奪われていた。図体は正作より一回りは大きな熊男である。

『藤吾朗、滑り台さ乗るなよ。オメの図体だば谷底《たにぞこ》まんで一気に持って行がいるど！』

正作は藤吾朗をからかうようにニッと笑って、猿のように沢を渡って行った。ナメ床の終わりに二十メートルほどの滝を左に眺め、巻きながら下ると、二人の耳に赤石川の激しい本流の叫びが届いた。素人を決して受け付けない、プロフェッショナルな音量である。二人はラグビーでスクラムを組むフォワードのプロップとフッカーの如く、赤石川の本流と押し合いへし合い、なんとか川の淵を制覇し、驚異的な速さで八久和川を渡り、ノロの沢の手前の河原に出た。夜の塒《ねぐら》を作るのにその河原の上の台地は最適な場所だったのだ。

シロマイタケ、クロマイタケ、トンビマイタケ、ナメコ……キノコの宝庫の道すがら、二人はその日の味噌汁の具に、ミズナラの木から神の恵みをもぎ取った。ミミズとバッタで釣り上げた岩魚が夕陽の中で躍り上がると、二人は、一瞬、白神の空から岩魚を釣り上げたかのように、しばし空中を泳がせていた。

飯盒飯《はんごうめし》の艶やかな白さに、やはり飯盒で炊いたキノコの味噌汁……。

その前に二人は、山賊の後ろめたさと不敬な快感を味わうかのように、狩では決してやらない酒盛りの開始を宣言した。山神様に捧げる酒は、月も埋もれる満天の星から二つほど星のカケラを盗み、カップに氷のように放り込む仕草をしては儀式ばって楽しんだ。トリスウイスキーをカップになみなみと注ぐと、二人は無言で山神様に向かってカップを差し出し、一気に毒杯を傾けた。

天空に輝く星々が、暗黒の森を黄金の衣で包み込むと、森の火種が燃え上がり、二人のマタギを暖かく照らし出した。焚き火の炎が天からのスポットライトのように、二人の山賊を円形の空間に浮かび上がらせた。

日付けが変わる間際まで呑んだ二人は、ブナの大木の下に張った二人用の三角テントに潜り込んだ。

陽が昇ったのであろう、『クイック・クイック・キョーン・キョーン』真上のブナの木から、クマゲラの鳴き声が響き渡った。と、同時に、ブナの大木を鋭い嘴《くちばし》で鉄骨に鋲を打ち込むように叩く連続音が、二人の二日酔いの頭に攻撃をかけた。目覚めるには十分な効果だった。

テントから這い出して見上げると、赤いベレー帽を被った烏《からす》のようなクマゲラが、激しい打ち込みの作業に没頭していた。

二人は赤石川の冷たい水で顔を洗い、大きく伸びをすると、挨拶代わりに朝靄を吹き払うようなオナラの雄叫びを放ち、機嫌よく流れる赤石川に合流した。

黒い重厚な岩壁を彩る、フキユキノシタ……大きく成長した苔のような緑。油絵の具で盛り上げたように、岩壁に描かれた緑のオブジェ。その頂から無限に広がるブナの森……。そんな奥深い森の子宮から湧き出る、冷やかな清流、光の粒のように滴る水滴の連続。岩を削り、深い陰影を作り……縦縞模様を岩壁に刻み込んでいる。どんな天才画家も描き切れない岩壁の屏風絵……。その対岸の壁を洗いながら落下する、石滝……。

本流を遡上《そじょう》してきた岩魚がこの滝壺に一旦集合するのだ。これまでにどれだけ沢山のマタギ伝説が生まれた事か……。岩魚姫に魅せられて、とうとう、滝壺に沈んだ若いマタギ、巨大な岩魚に乗って遊んでいた幼児の話……。

藤吾朗と正作の視線は、黒い岩壁を流れ落ちる滝から、そのまま滝壺の中に吸い込まれて行った。

『いだでゃー……』藤吾朗の太い眉毛が一センチほど上がった。

『ああ、群いじゃァな（群れてる）……』正作の、細い目と平らな鼻に同時に皺が刻まれた。

『でっけ、馬鹿《ばが》でっけ』

藤吾朗はそのまま滝壺の中に飛び込みそうな素振りだった。

『止めどけ、こいだば、獲ればまいね』

正作は何か尊い世界を見たように尻込みして、藤吾朗の腕を押さえた。

『なして？』藤吾朗は、裸になったいい女を前にして、何もするなと言われたような顔だった。

『岩魚《いわざがな》、安心してら。野生が安心してらのは、神聖な場所だはんでだね。そごさ、人間が手ば突っ込みゃァまいね』

正作は己が野生そのもののツラで呟いた。

藤吾朗はただ、狩人の本性で滝壺を見詰めていた。

弦蔵が多摩川の隠れ小屋に帰ったのは、昼近かった。途中、茗荷谷の教会の前に車を止めて、しばらく人の出入りを窺っていたのだ。

鏑木がローマ法王のような衣裳を着けて、こぶしを上げているポスターが玄関に貼られていた。時間も早かったのだろう、人の出入りは掃除のおばさん程度で、殆ど信者の動きは無かった。

鏑木の鼻持ちならない説教は、当日、十八時よりと、別紙のポスターに書かれてあった。

弦蔵は薄暗い狩小屋の囲炉裏端に座り、ハタハタの干物と五穀飯に味噌汁の朝食兼昼食を食い終わり、渋紙の障子を透して差し込む、霞んだ光の中、ぼんやりと空白な時間を過ごしていた。

深い井戸の底に座る獣のように、激しい孤独の中で、じっと身じろぎもせずに、上空を吹き渡る都会の風を読んでいた。

無……全てが溶け出して宇宙の渦の中に溶け込む……無。

この小さな人間世界の中心点、その核心に銃弾を撃ち込めないものか？！　さすれば、その一発で人間社会の矛盾が完全に崩壊し、宇宙に溶け出して行くはずだ。人間の臍、日本の臍、地球の臍は……。

小賢しい人間が、いくらロケットを撃ち込んでも、全て的外れなのだ！　たった一発の銃弾で、世界の心が、人間の心が、撃ち抜かれ、暗緑なヘドロのような血が流れ出さないものか？！

弦蔵は、所詮答えの出ない考えから我に返って、立ち上がった。

レール状の洋服掛けに下がる様々な衣裳は、色の氾濫が互いに溶け合って、妙に美しい色彩の波を作っている。

弦蔵はそんな布の波を掻き分け、奥の仕事場に入った。

ジッと、主人の帰りを待つ黒犬のように、銃架に立てかけられた三十年式歩兵銃が、トーチカの窓の光を受けて、黒々と光っている。弦蔵は己の腕から外した使い慣れた義手を見詰めるように、チラッと三十年式歩兵銃に目をやり、厚い杉板で作った机の前に座った。

ノートパソコンを引き寄せ、山神の棺を開くように、メールを開いた。勿論、弦蔵のメールにアクセスするのは、堅太郎しかいない。

浮かび上がったメールを見て、弦蔵は『うっ』と微かに唸った。

『値段がついた。鏑木の道案内は中止にして下さい』

さて、どうしたものか？　まあ、殺すほどの相手ではない……弦蔵もそれは感じていた。鏑木は金で己の命を買ったのであろう……。

問題は夫殺しの君江と子供を抱えてしまった事だ。その上、都会に出て来て、唯一、心の繋がりを持った、貞も間接的に巻き込んでいる。このまま逃げる訳には行かない。また、そのつもりもない。

弦蔵はしばしトーチカの小窓から廃車置場を見下ろした。狼犬の五郎が偶然にもトーチカを見上げていた。ここしばらく交流が無い。弦蔵は台所に行って、冷蔵庫からベーコンの塊を手に取り、修理工場の庭に下りて行った。工場は殆ど開店休業だが、盗難車の数は増えている。それも、高級車ばかりだ。潰れた廃車の陰に、数台のベンツが隠されていた。

五郎は逞しい前足を踏ん張って、獲物に飛び掛かる狼の姿勢で弦蔵を迎えた。樺太犬とシェパートの雑種はまさに狼の面構えだ。ここの窃盗団の親方が敷地内で放し飼いにしているのだが、どうも食い物は不規則にしか与えていないようなのだ。半分以上、弦蔵の気まぐれを、親方も五郎も頼みにしている。

弦蔵はゆっくりしゃがみ込むと、一キロはあるベーコンの塊を差し出した。

五郎は固く結んだ頑丈な顎から、裂けたような口元を微かに開き、十センチはありそうな犬歯をのぞかせると、唾液を滝のように垂れ流してジッと弦蔵を見詰めた。弦蔵は獣同士が瞳の中で了解し合うように、微かに頷いた。

五郎は弦蔵の承諾を確かめると、すり足で弦蔵に近付き、弦蔵の太い指を分厚い舌で軽くべろっと舐め上げ感謝の気持ちを表すと、がぶっと、一キロのベーコンを咥え込んだ。快感だった。弦蔵は思わずにっこりと笑っていた。

お互いに、お世辞も甘い言葉も交わさないが、五郎の箒《ほうき》のような尻尾の振り具合と、互いの瞳の光で十分意思は伝わっていた。弦蔵が唯一、ホッとする瞬間だった。しばらく、五郎の旺盛な食欲を眺め、弦蔵は再び仕事部屋に戻った。

堅太郎からのメールは開かれたまま、弦蔵を待っていた。

『兄上、国が犯した犯罪、国の責任！　と、よく言われますが、国家という抽象的に流動する形、その捉え所の無い形そのものが犯罪を犯す訳ではありません。国家に携わる、個人個人の無責任な人間の連帯が犯罪を犯すのです。勿論それは政財官の三つ巴の連帯ですが……その中でも、発端は一個人から始まるのです。我々はその犯罪の発端を作った個人を探し出し、責任を取らせたいのです。それは、民間の組織も同じ事なのです。あの、イタイ・イタイ病、水俣病、サリドマイド事件、エイズ患者の増産、関係各庁にまつわる殺しのテーマ曲は鳴り止みません！

そして今、明日が無い、アスベスト！　国は四十年前に知っていたと言うけれど国という、抽象が知っていたのではなく、その官庁の係りの役人が知っていたのです。発端はそれぞれ国の中枢に巣食う役人共と利害を守ろうとする企業側の代表の犯罪なのです。

法律に関係なく、それぞれ個人の欲と無責任と怠けから始まっているのです。それが結局大量殺人に繋がっているのです。見えていて見ぬ振りをする、役人特有の責任逃れが人を殺すのです。その役人に見ぬ振りをさせる企業側のボス達の圧力が殺人を犯すのです。普通の法律では、強盗犯が三人も人を殺せば確実に死刑です。

政財官の犯罪者達は、無実の人々を理不尽に、もがき苦しませ、殺した結果、死刑を宣告された事がありますか？　三井金属が垂れ流したカドミウムという猛毒に犯され、イタイ、イタイと叫びながら死んで行った人々。知っていて、有機水銀を大量に流し続けたチッソ、昭和電工の経営者。その企業を守った当時の通産省、厚生省の役人、御用医学会の医者共のスロー審査体質……こいつらの臆面も無い、正義面した犯罪行為。許せますか！　苦しみもがいて死んで行った罪の無い人々に代わって、その怨念を晴らしてやりたいのです。

そして国家試験制度。医学、司法、教育、税、建築、諸々にまつわる特権。

一級建築士、公認会計士、弁護士、医学博士、士と名のつくものは、およそ人民の上に立つ官位でもあるし、明らかな差別の上に成り立っている位なのです。これら全て、国が与えた特権、それも一度与えると、生涯行使できるという特権の不備。我々はこれら、特権階級の罰せられない犯罪者達を見つけ出し、一人一人、粛清して行きたいのです。

今、三人、俎上に載せました。公益法人・全国アスベスト協会の会長、音無峻介、太陽鉱業株式会社社長。この男は全国石綿製品工業会、全国保温保冷工業協会と三つの会長を兼務しているアスベストのドンであります。後の二人は、経済産業省の役人とアスベスト協会の特別委員を務めていた大学教授の男です。仔細は追ってお送りいたします。

今、世界では民主主義という体制が一番良いと言われていますが、独裁政治や封建制度と違って、悪の根源がますます入り組み、見えにくくなっているのも確かです。

悪の深度！　悪の震度！　悪の進度！　悪の心土！　悪の神土の上で……兄上！

愛を込めて殺しの華を咲かせて下さい——堅太郎』

弦蔵は座ったまま、目を閉じていた。眠ったのはちょうど三十分。薄目を開けると午後の陽射しが衰えながらトーチカの窓を優しく包んでいた。

弦蔵はゴキッと軽く首をひねると、バーバリーのジャンパーを脱ぎ、汗臭くなった白いTシャツを引き剥がすように脱ぎ捨てた。贅肉のカケラも無い老いた体には、がっしりとした骨組に使い古された筋肉がしっかりと絡み付いており、右胸にイタズの爪跡が二筋、カーブする線路のように、くっきりと浮かび上がっていた。

還暦を迎えた殺し屋は、新しいTシャツの上に、羊のなめし皮の黒のジャンパーをしなやかに羽おり、ベージュのチノパンを穿き、ハンチングを目深に被ると、気持ちの整理がつかないまま、工場兼車庫のシャッターをリモコン操作で一気に押し上げた。

修理工場から黙って拝借した、トヨタの四駆をスタートさせたが、体と気分はスタートしていなかった。

あの母子をどうするか……。鏑木の薄汚い命は消えずに残る事になり、あの母親の人生は消えたも同然である。

そして、浩太は……。弦蔵はすっきりしないまま、方向も定めずに車を走らせていた。

鏑木の始末が中止になった以上……やはり一時も早くあの親子の始末を付けなければならないのだ。

弦蔵は混乱していた。何が目的だったのか？　初めて、殺しに絡んでつまずいていた。なんと言うか、靴ひもが片結びとなって、脱ぎづらくなったような気分だった。どう始末を付けたらよいのか、何も思い浮かばないまま、弦蔵は、貞さんの暖かくも頼りがいのある顔に自然と近付くかのように、山谷に車を向けていた。

『泪橋』のドヤ街入口……かつて子供から大人まで狂気の如く熱狂した、ボクシングのアニメ、『明日のジョー』……その舞台になった『泪橋』。

少年院でボクシングを覚えた、貧しくも無邪気な暴れ者ジョーは、持って行き場のない、愛と正義の純粋なエネルギーを、同じ少年院出身の天才ボクサー力石にぶつけ、宿命的な対決をする事になるのだ。日本国中が沸いたボクシングの愛の物語だった。

泪橋は、江戸時代には確かに架かっていたらしいが、今はその痕跡も無く、浅草方面から真っ直ぐ南千住に向かって、明治通りと交差する単なる交差点にすぎない。

弦蔵は、そんなアニメを見た事も無く、三十年代の単純なアブレ者の山谷騒動、四十年代の政治色の入った労務者騒動とも関係なく、五十年代の暴力団の事件とも縁が無い。

弦蔵が山谷に入ったのは、バブルもはじけ、平成の不況のどん底で、活気を失い労務者というよりホームレスとなったおじさん達が、隅田川の土手や玉姫公園にブルーのテントを作り始めていた頃だった。

強いて弦蔵が調べた山谷の歴史を思い起こせば、明治の初期から昭和三十年あたり迄であろう。奥州街道を上って来た隠れサンカが、江戸の入口である千住の宿には泊らず、安い木賃宿が点在した山谷浅草町界隈に宿を取っていた痕跡があるのだ。三畳ほどの木賃宿に子供連れで滞在し、隅田川の土手で竹細工などを売ってしばらくシノギ、また何処へとも無く消えて行ったサンカの幻の家族……。

『泪橋』の命名は、勿論、この橋を渡り、小塚原の刑場に引かれて行く囚人が、最後の娑婆の見納めに振り返った時の涙であり、眼球が厚いレンズのように、涙が流れずに膨らんだ状態で最後の風景を見ていたのだ。見送る身内も同じ涙のレンズで死に行く身内を見詰めていたのだ。その下を流れていた川は、室町の昔は「思川《おもいがわ》」と言ったらしい。その後、川の流れは人生と同じで、色々変転があり、一時は「駒洗川」と呼ばれたり、明治になって用水路になり、大正ではそれに蓋をされ、明治通りに変化したようだった。

『泪橋』に『思川』……弦蔵はふと、鋼《はがね》のような心に、突然熱い懐炉《かいろ》をあてがわれたかのように、悲しい温もりがじんわり込み上げて来た。

弦蔵は、吉野通りに車を乗り入れると、決して横断歩道を渡ろうとしないおじさん達に気をつけながら、マンモス交番の手前を右に曲がった。

夕方は何故か正気のおじさん達が多い。朝から呑んでいる酒が、銭と一緒に体内から消えて行く時刻なのだろう。酒の自動販売機の周りは、いつも偽名の名士達の宴が盛り上がっている。今日は『由っちゃん』、昨日は『浜ちゃん』、明日は一体、誰になるやら……夕方はやはり淋しく、名もないホームレス。

金の切れ目は、酒の切れ目。今さら名乗るもおこがましいが、人呼んで『フーテンのホームレスたあ皆さんのこっタァー』笑わば笑え！　弦蔵は当時を思い出し、一人で苦く笑っていた。

やたらコインロッカーが立ち並ぶ路地を曲がり、立花荘の手前の路地に車を止めた。相当年季の入った旅館の入口に、三畳、自炊可、日払い千七百円、と書かれたボール紙が貼られていた。

立花荘はそれに比べれば、立派なホテルである。弦蔵は静かに玄関の扉を開けた。

『ほら、箸はね、こうして……親指と中指と人差し指で……』

貞の声に張りがあった。弦蔵がロビーを覗くと、貞が、浩太に天婦羅うどんを食べさせていた。

フワーッと上がった湯気の中に、浩太のおでこが見えた。

『おや、弦太郎！　ちょっと！　何よ、家出していた亭主みたいな顔で……こわごわ覗かないでよ！「こんちわァ」とか、「女将さんいるかい？」とか言いながら入ってくるもんだァ。そうすりゃ、「アラ、お前さん、お久しぶり」とか、返事の仕様があるってェもんでござんしょう』

『すまん』

『馬鹿、あやまってどうする、母親が消えたよ！』

『えっ！』

『訳ありもいいとこだねえ……行き先は判るのかい？』

しばし、弦蔵は言葉が出なかった。ヤクが切れたのか、鏑木を殺しに走ったのか、どちらにしても良くはない。

どうも、殺し屋も形無しだ……。

『何ぼけっとしてんだよ、この子は。普通じゃないね。怯えてるっていうのか、殆ど口をきかないし、精神障害を起こしてるわよ、可哀相に……』

弦蔵は箸を棒握りにして天婦羅うどんをすする浩太を見下ろした。広いおでこに汗が浮いている。どんぶりを覗き込む瞳は、暗い井戸の底を見詰めているようだった。

弦蔵は黙って玄関に向かった。

『心当たりがあるんだね？　子供はしばらく預かるけど……』貞の声も心配そうだった。

弦蔵は運転席に座って、すぐにエンジンをかける気が起きなかった。

鏑木の殺しが中止になった時点から、体が重い。

浩太が孤児になる事は確かだった。しかし、別に珍しい事ではない。

それでも、弦蔵は長年の殺し屋の性として、事の成り行きを最後まで見届けようとエンジンに手を伸ばした。

夕陽がボンネットに淋しく反射している。その光の中で何かが動いた。弦蔵はフッと焦点を合わせると、子供のおでこがボンネットの前に浮かび上がった。浩太がジッと弦蔵を見詰めていた。狼の前に立つ、逃げ遅れたウサギのようだった。

弦蔵は車を降りて、浩太の前に立った。浩太は俯いたまま、弦蔵のジャンパーの袖口を掴んだ。それも、自分の指が白くなるほど握り締めていた。

『浩太！　浩太！』貞が血相を変えて飛び出してきた。弦蔵と並んで立っている浩太を見て、その場に座り込んでしまった。

『もうー、お手洗いから出てきたらいないじゃないの！　もうー』

息が上がっていた。

『すまん』何故か弦蔵は謝っていた。

『一緒にこいつの母親を探しに行くわ……』

弦蔵は妙に後ろめたい気持ちで、『すまん』ともう一度謝った。

『あんたも相当わけありのようだね。あまり無理するんじゃないよ……』

貞はゆっくり起き上がると、目を細めるようにして、夕方の三日月を見上げた。

『じゃ……』弦蔵は浩太を助手席に乗せ、運転席のドアを開けた。

『弦太郎、七年前にも言ったけど、ここがお前さんの実家だよ』

弦蔵は運転席から貞に熱く頷いた。車は泪橋を後にした。


正作は、かつて砂子瀬マタギがやったのと同じ事を自分もやろうと、大ヨドメの滝壺で岩魚に夢中になっていた。藤吾朗の方は、冬場に助けられた泊ノ平の幻影に導かれるように、一足先にキシネクラ沢に向かった。

白神の奥地を流れる川とは思えない、緩やかな沢の流れをブナの森から差し込む段だら模様の陽射しを浴び、藤吾朗は助けられた命を実感しながら、夢幻の赤石川源流に足を踏み入れていた。

「ギャッ、ギャッ」とけたたましい鳴き声と共に、白と黒のまだら模様の大きなヤマセミが、川沿いを舐めるように飛び、勢いよく水中の岩魚に突進した。戦国の武将のような羽冠《うかん》を震わせ、翼を広げて滑空するヤマセミの姿は、鎧を纏《まと》った戦士が、まさに敵陣に飛び込むような潔さがあった。

藤吾朗はそんなヤマセミの飛翔を目で追いながら、沢筋が右にカーブした先に、ぼんやり立ち込める湯煙を見た。藤吾朗はまさに夢心地で沢を歩いていた。

河原を覆うように突き出したブナの枝葉から、こぼれ日が差し込み、湯煙を金色に染めていた。藤吾朗はドキッと心臓が跳ね上がり、その場にかがみ込んだ。

信じられない光景だった。湯煙の中から、銀色に輝く女の裸体が立ち上がったのだ。まさに絵から抜け出したような裸体だった。人魚であるはずもなく、岩魚の妖精なのか……。藤吾朗は混乱した。

『竜宮城だのってある訳ねべや?!』正作の笑った顔が一瞬、脳裏を掠めた。

藤吾朗は震えた、震えるほど女の姿が美しかった。陽炎のような光と湯煙の中、女は安心しきった姿態で空を見上げ、片足を小岩の上に載せた。滑らかな内側の股から雫《しずく》が跳ねた。

藤吾朗は、マタギの筆下ろしとして、最初にイタズを仕留めた時の興奮どころの話ではなかった。ただただ、辺りの景色が消え、その女の姿だけが幻の如く藤吾朗に迫って来た。藤吾朗は無意識なのか、震える手で、己の衣服をもぎ取りながら四つん這いで進んだ。アオシシの毛皮のチョッキを脱ぎ、ウールのシャツを毟り取り、ニッカズボンを片足ずつ引きずるように脱ぎ捨て、汗臭い褌も飛ばし怒張した男根を臆面も無く陽射しに晒し、胎動期に入った野生の馬のように、判断の余地も無く全裸で立ち上がっていた。

女が逆光の中で振り返った、時が止まり、音が消えた。

女が一瞬、乳房を隠そうと両手を上げたそのわき腹に、赤い星のような刺青《いれずみ》が見えたような気がした。

藤吾朗は、まさに野生馬が後ろ足を蹴上げるようにして、雫に煌めく女体に飛び掛かって行った。

二つの肉体は牝豹と牡豹の如く、湯煙を立て、絡み合ったまま湯溜まりの中に倒れ込んだ。

女の抵抗は激しかった。まさに獣の抵抗だった。牙を剥き、爪を立て、命を捨てて懸かる抵抗だった。藤吾朗は噛み付かれようが、爪を立てられようが、なんの痛さも感じず、暴れる女の裸体の感触を肌で感じれば感じるほど激しく怒張し、女の膣を岩魚が跳ね回るように、求め続けた。

女のスタミナが微かに切れ始め、湯溜まりの中で、湯水を弾く裸体の動きが鈍ってきた。

藤吾朗は、瞼や口元から血を滴れ流しながらも、女の上に跨がった。

弾力のある滑らかな肉が、藤吾朗の尻の下でスローモーに蠢いていた。

藤吾朗のはち切れそうな男根は、跳ね上がった岩魚が砂場に潜り込むように、女の膣を探し当て、食い込むように、のめり込んで行った。

まさに、白神の大地を貫くような歓喜が、電流となって藤吾朗の全身を走った。

止めようの無い冒涜の快感、暗門の滝壺に向かって舞い上がってしまった体、解き放たれた本能……。

女はそれでも最後の抵抗なのか、膣の中から不純物を搾り出すように、膣を締め上げてきた。

その時、上になった男の瞳孔がパッと弾けた。一瞬、霧が走ったかのように、陽の光が翳り、女の顔におびただしい鮮血が流れ落ちてきた。男は快感に放心した訳ではなかった。

藤吾朗の後頭部から、血しぶきが飛び散っていた。

安二郎が狂気の形相でコナガイを振り上げて、藤吾朗を滅多打ちにしていた。マタギがアオシシを殴り殺す事もあるイタヤの木で作ったヘラ状の武器は、人間の頭蓋骨を割るのも容易な事だが、安二郎はマタギでもないし、基本的に生き物の命を獲れない性格だった。その安二郎が精一杯、山犬を追い払うように、藤吾朗を打ち据えていた。

藤吾朗はまさに至福の真っ只中で、一瞬の死を垣間見て、気絶した。勃起したままの男根と共に、藤吾朗はかつて己が生まれ出た神秘な膣を離れ、疲れを癒やすかのごとく、ゆっくりと倒れ込んで行った。

湯溜まりの湯は見る見る茜色に染まっていった。

正作は、沢筋を外れた笹竹の茂みの中から、不思議な、想像を絶する光景を、体を硬直させたまま一部始終を見ていた。飛び出すきっかけも無く、正作は別世界のお伽話の絵物語を見ているような錯覚に囚われていた。

安二郎は裸の咲子を抱き起こし、振り返りもせずに隠れ小屋に急いだ。赤石川の流れになんの変化も無く、陽溜まりに休み、煌めく流れとなり、サラサラと木々の翳りや光の中、穢れのない永遠を運んでいた。

正作の時間は止まっていた。一分だったか、一時間だったか、時間の感覚も無く、硬直していた。

湯煙も上がらなくなった、石囲いの野天風呂の淵から、藤吾朗の青くなった顔が這い上がってきた。

正作はそれでも動けなかった。

藤吾朗はまさに湯灌《ゆかん》から起き上がった死体のようだった。ただ、笑ってしまうのは、真っ裸なのにズックの登山靴だけは履いていた。

藤吾朗はよろめきながら、自分が脱ぎ捨てたシャツやチョッキを拾おうと、焦点の定まらないまま三途の河原を歩くように歩き始めた。

ちょうどその時、囮小屋の掃除を終えた弦蔵が汗を流しに河原に出てきた。弦蔵は百メートル程下流で動く、裸の男にドキッとして身を隠した。明らかに安二郎ではない、バランスの悪い大男だった。

すると、もう一人小柄な男が敏捷《びんしょう》に裸の大男に近付き、よろめく男の手助けを始めた。明らかにマタギだった。

弦蔵は訳が判らないまま、上流に遡って川を渡り、高槻小屋に急いだ。

桂の大木の下に笹竹に覆われた小屋は、入口すら見分けがつかなくなっていた。

慌てた弦蔵は笹竹の裏に積んである薪の山にぶつかって、薪の一山を打ち崩しながら入口に向かった。

山葡萄の弦で編んだ木戸を開け、弦蔵が中を覗くと、堅太郎が嬉しそうに走り寄って来た。

咲子と安二郎は放心したように囲炉裏端に座っていた。

弦蔵は堅太郎を抱き上げ、二人を見詰めた。

『殺してしまった……』安二郎が呟いた。

『裸の私を襲った男なの。安二郎が助けてくれた……』咲子は誇らしげであった。

弦蔵は事態を正確に伝えようと、堅太郎を降ろし、二人の前に座った。

『殺してね。立ち上がて歩いていた。それにもう一人いた。二人のマタギだ……』

弦蔵は息苦しい思いで答えた。

安二郎は殺していなかった事にホッとした顔だった。咲子は顔色を変えて立ち上がった。

『逃げなければ！』咲子は奥の桂の空洞の部屋に駆け込んだ。堅太郎が後を追った。

『落ち着いてけ！　まだ二人はこの二股の源流さいます。一人は怪我をしているがきや、降りるのさ丸二日は十分かかります。僕が先さ目屋さ下りて、オドさ知らせます……』

『弦蔵さん！』安二郎はしっかりと両手を揃えて、弦蔵に頭を下げた。

五年近く山暮らしをした安二郎の顔からは青白さが消え、逞しく日焼けはしているが、元々骨格の細い肩幅は頼りなげだった。潰れた耳も日焼けし、そう目立たなくなってはいるが、病を抱えた顔は、元々端正な顔立ちゆえ、やはり、ひ弱に見えた。

『この御恩、命と共にあの世まで持って参ります。ただ、堅太郎だけは、私らハンセン氏病夫婦の証として、生かしてやって下さい。国が間違っていた証拠なのです。それより何より、堅太郎は二人の命です。その命を救ってくれた、弦蔵さん御一家に、ただただ、頭を下げるしか報いようもありません……』

安二郎は肩を振るわせ、頭を下げた。

『ま、待って下さい。堅太郎の為さもオドどジッさんの判断ば待って下さい。すぐさ、三日で戻りますから……警察の動きより必ず先にここさ戻ってきますから』

弦蔵は返事も聞かずに立ち上がっていた。

明治通りを走る弦蔵の四輪駆動車は、かすれた血しぶきのような夕焼けに向かって走っていた。浩太は五歳の老人のような目でジッと夕焼けを見ている。瞳孔も反応しないのか、目を細めようともしない。行き暮れる五歳の春……色彩のない空間……心。浩太の傷を、白神の獣達なら、言葉も無く、優しい瞳を伏せて、きれいに舐めて癒やしてくれるだろう……。人間にはそんな真似はできない。精神分析とか、薬物治療とか、見当外れの優しい言葉とか……五歳の子供の心にはまるで届かない、雑音交じりの電波のような治療をする事だろう……。

絶滅した日本狼の事を真神と言う。弦蔵はまさに真神の優しさを秘めて、鋭く澄んだ瞳を夕焼けに向けていた。弦蔵の存在そのものが浩太の心を癒やすのか、何故か浩太は弦蔵を選んだのだ。

辛いのは弦蔵も同じだった。遥か昔、あの白神山地の燃えるような夕焼けの中、孤児となった五歳の堅太郎を抱いて走った映像が弦蔵の心にはっきりと残っていた。弦蔵は若かった……。

今、弦蔵の横には、孫のような五歳の子が、癒やしようのない姿で座っている。声も掛けられず、また掛けても反応しない悲しみの地蔵仏となっているのだ。

弦蔵は『泪橋』を振り返りもせず、娑婆という、刑場に向かって車を走らせている。

浩太の悲しみが車内から溢れ出て、ガソリン漏れの車のように、明治通りに悲しみの雫をポタポタと流しながら走っている。その悲しみが弦蔵の瞳を涙のレンズに変えていた。ぼやける夕焼け雲は、水族館の水槽を照らしているようだった。弦蔵は久しく忘れていた涙を人差し指で弾いた。その雫が浩太のおでこに飛んだ。一瞬浩太の瞳に生気が戻った。

弦蔵の顔の前に、半分のおにぎりが突き出された。ズボンのポケットに大事に入れてあったのか、しけった海苔から飯粒がはみ出し、オカカが溢《こぼ》れている。しかし、浩太は大事そうにその半分のおにぎりを弦蔵に突き出した。弦蔵は慌ててハンドルを切り、路肩に車を止めて、浩太を見詰めた。浩太はじっと弦蔵を見詰め、脊髄の奥から絞り出すようにして声を出した。

『おじさん……ぼくをぶってもいいからね！　いくらぶってもいいからね！　ママをぶたないで……』

弦蔵は思わず天を仰いで、叫び出しそうな自分を懸命に抑えた。

『ぼうず、子供を叩いたり、女を殴ったりする奴を、このおじさんは決して許さない！　判るか?!　このおじさんは浩太を叩かないし、ママも叩かない！』

弦蔵は浩太の飯粒だらけの小さな手から半分のおにぎりを受け取り、美味しそうに食べてみせた。

浩太は微かに安堵した顔で、握り飯を食べる弦蔵を見詰めた。

とにかく、ヤク中の母親を探さなければならない。弦蔵は茗荷谷に急いだ。入谷から言問通りを根岸に入り、寛永寺から東大中央を突破し、白山下から小石川植物園を掠め、鏑木養護教会の通りへ徐行しながら入って行った。

予感は当たった。野次馬に囲まれて、パトカーが二台、救急車が一台、赤いランプが賑やかに回っていた。弦蔵は咄嗟にハンドルを左に切って路地を抜けると、竹早公園の裏手に車を止めた。

弦蔵は孫と手を繋いで散歩するお爺ちゃんの姿で、浩太の手を取り、ゆったりと歩いた。誰のお屋敷か、棘を四方に広げるヒイラギモクセイの葉に覆われた生垣沿いをしばらく歩き、右に曲がると、鏑木の教会の通りに出た。

弦蔵は浩太を抱き上げ、野次馬の中に潜り込んだ。

『女ですって……。いきなり壇上に駆け上がって出刃包丁で切りつけたそうよー』

『鏑木先生は切られたの?!』

『刺されたって……』

『いえ、刺されたのは止めようとした信者らしいわ』

『俺が聞いたのは、鏑木先生の腹に刺さった包丁を抜こうとした信者が手を切ったって話だ』

『まだ中にいるみたいね……』

教会の入口がざわめき、担架に乗せられ布で顔を隠した人間が一人、救急車に運び込まれた。続いて、頭から毛布をすっぽり被せられた女が、両側を婦警に支えられ出て来た。弦蔵はそっと浩太を下に降ろした。頭を抑えられながらパトカーに押し込められる女の足元は、明らかに君江の薄汚れたジョギングシューズだった。

サイレンを鳴らし、救急車とパトカーが日常茶飯事の一コマとして走り去った。

浩太の手が震えていた。何か異変を察している手だった。

辰巳家の茶の間はしんと静まり返っていた。

幾重にも折り重なって天井を支える太い梁《はり》、黒光りしたスス竹の自在鈎、微かに湯気を立ち昇らせる鉄瓶、囲炉裏端の消壷、灰ならし、火箸……部屋の物全てが長い年月、火に炙られ、煙に巻かれ、深い色合いに染まり、調和の取れた重々しい存在感を漂わせ、しんと静まり返っていた。

奥の仏壇に灯る蝋燭の火すら微動だにしていない。その上の梁に載る山神様の神棚もしっかりと扉を閉じている。

孫ジコ・五平が仏壇の前に座って、三十分は過ぎた。弦蔵とオド・周平は、囲炉裏端の莫蓙座布団に座って、じっと、孫ジコ・五平を待っている。アバ・幸だけが台所の土間で水仕事をしている。

五平が立ち上がって、隣の部屋の重い木張りの帯戸を開け、押入れから、磨き上げられた三十年式歩兵銃と村田式小銃二挺を取り出した。

五平は囲炉裏端の上座にどっかりと座り、二挺の村田式小銃を横に置き、黒光りする三十年式歩兵銃（辰巳家ではこれを辰巳銃と呼んでいた）を弦蔵の前に差し出した。

『トケコミ三代、弦蔵、お前が辰巳銃を継ぐのだ。サンカの血の流れを断ち、砂子瀬マタギとして、アバと共に辰巳家を護るのだば』

弦蔵は山神様から下げ渡されたかのように、恭《うやうや》しく、辰巳銃を押し頂いた。

『弘前署で丸一日尋問さいだ……。峰浜村の藤吾朗の傷は、十二針も縫う重症だったそうだ。死なずに里に辿り着いたのは奇跡だそうだ。それより問題は、高槻夫婦だ、警察は迷宮入りしそうなハンセン氏病患者の手掛りを掴んだと確信してら。わしを目の仇にしてた、矢雲巡査長は定年退職しているからまだ救われたものの、それにしても、白神山地に潜伏したハンセン氏病患者が生き残れたのは、辰巳家の援助があったからこそだと断定してらのだ』

『どうして？』弦蔵には理解できなかった。

『県警はわしがサンカの出である事は、何年も前から調べ上げていら。その上、サンカがハンセン氏病患者を助けたり、お上に逆らう生き方をして来た歴史まで調べてらんだ』孫爺はすまなそうに息子と孫を見詰めた。

『歴史と言うより、目屋ダム、赤石川ダムの建設で、散々お上を手こずらした事が原因だろうが……サンカとは関係ねど思うし』周平は辰巳家の血筋を責めたくなかった。

『おうし、ジッ様がやった事は間違っちゃいながった！』孫の弦蔵も五平を力づけた。

『泊ノ平のハンセンの夫婦は逃げきやれん。しかし、夫婦の命である堅太郎だけは、お上から隠しきやねばだばん！　ハンセン氏病の子として、お上に捕えさせる訳にはいかんのだ！　高槻夫婦は始めから死ぬ気だった。

警察もハンセン氏病の夫婦の逮捕に直接手を下したぐね。怖がっていらんだ。そこでわしが、夫婦を暗門の第一の滝まで連れて来る事ば提案した。そこから杉岡養護園の職員の手を通して警察の捜査に協力する、という段取りにしたのだ。わしは弘前署に出頭する前に、岩木山神社に行き、サンカのシノガラ（隠密族）に繋がりを付けた。堅太郎を助け出す手段だ……。サンカとして、最後の働きばして。しかし、わしは警察には黙っていたが、知っての通り、足がもう言う事を聞かん。暗門の滝までが限度だば。周作と弦蔵の二人で警察を出し抜いてぐれ。わしは暗門の滝の上でたのぐ（待つ）』周平と弦蔵は力強く頷いた。

弦蔵は辰巳銃を抱えたまま、仏壇の前でしばらくじっと座っていた。

若い弦蔵にとって、サンカの血脈を断て！　と言われても、あまりにも曖昧模糊とし、実感が湧かなかったが、何故か幼い頃、孫ジコが目屋ダムの底にバサマの墓を埋めた時の悲しげな姿を思い浮かべていた。

漠とした気の遠くなるような血の流れ……何か本能の奥底に残る血脈の疼《うず》き……。そんな叫びが仏壇の奥から聞こえてくるような気がした。

何故、孫ジコはあそこまでお上に逆らうのか。何故、お上に虐げられる人々を命懸けで助けるのか……。恐らく、お上に従わず、お上から逃れ、自然と共に暮らしてきた長い歴史の血脈の叫びなのであろう……。

『さあ、みんな、ままにするべ』アバの優しい声で弦蔵は我に返った。

ちゃぶ台で熊汁が湯気を立て良い匂いをさせていた。

アバは何が起ころうと、はち切れんばかりの頬に笑窪を浮かべ、一瞬にして、辺りをパッと明るくする笑顔を見せるのだった。弦蔵は母の無邪気な笑顔を見るだけで、心の底からほっとするのだった。

こんな優しい母がいて、知恵深い祖父がいて、忍耐強い父がいる。

どんなに雪に埋もれようが、どんなに貧しかろうが、弦蔵はなんの不満もなかった。幸せという言葉すら知らない、幸せな毎日だったのだ。

　そこに、お上が入ってきた。こんな、マタギの世界までお上が介入して来たのだ。白神山地と共に暮らし、自然との厳しい調和の中で、生きて死んで行くマタギの生活を、お上は事ある毎にわざわざ壊しに来るのだ。弦蔵には理解できなかった。


　殺し屋は震える浩太を抱き上げ、野次馬から遠ざかった。天涯孤独の五歳の心を少しでも暖めようと、浩太をしっかり胸に抱き寄せて歩いた。母親が連れ去られる場面は見せてはいないが、五歳の本能は察知している。獣の本能で怯えている。天涯孤独の二重奏である。片割れの年寄りはまだ、まだ、人を殺さなければならない。悪の根源を一人殺せば、百人の浩太が救われる……いや、国単位、世界単位で考えたら、恐ろしい数の浩太が怯えているのだ。

　弦蔵は多摩川の狩小屋に浩太を連れて行く事にした。

　浩太は別に悪いクスリをやっている訳ではないが、正常ではない。時折り我に返るが、別の世界に入り込んでしまっている。虐待の恐怖から逃れる為の自己防衛からなのか、違う次元を飛んでいるのだ。浩太の次元は見えない……。殺し屋の次元が他人に見えないのと同じだ。

　弦蔵は微かな緊張感で狩小屋のシャッターを開けた。子供とはいえ他人が入るのは初めてだった。裏階段を登り、幾つかの鍵を使い、木組みの扉を開けて入る部屋は、戦国時代の館の一室を思わせる厳しさを漂わせている。天井の間接照明にスイッチを入れ、浩太を硬い畳の部屋に降ろした。浩太は月面に降り立ったように、宇宙服の代わりに拒絶と忘我のバリアを張り巡らし、囲炉裏端に超然と立っていた。

　弦蔵の台所には、酒もないがお菓子も無い。弦蔵はプロパンガスのガス台で餅を焼き、冷蔵庫から蜂蜜の瓶を取り出した。せめて甘い物を食べさせようと、弦蔵なりの親心だった。

浩太は囲炉裏端の莫蓙座布団の上にちゃんと正座して、じっと動かなかった。おでこを突き出し、目は瞬きもせず、宙を見詰めている。弦蔵は黙って、浩太の前に、益子焼きの大皿に蜂蜜をまぶした餅を載せて、そっと置いた。浩太の瞳は動かなかった。

弦蔵は浩太の横に座って、黙って番茶をすすった。

弦蔵は浩太の呼吸に合わせて、静かに呼吸を整えた。弦蔵の眉間から不思議なエネルギーが流れ出し、部屋はたちまちイタズの冬眠穴のような暖かさに包まれた。弦蔵がいつの間にか会得した力だった。

白神山地でイタズを追い、図らずも都会の森でエイリアンを追い、生き物の命を奪い続けた結果なのか……仕留める直前に第三の目が開くのだった。弦蔵の眉間には、殺意の瞳と底深い愛の瞳が同居していた。

浩太は餅を掴み、食べ始めた。弦蔵はぬるめの番茶を置いて、立ち上がった。仕事場と囲炉裏部屋との厚い板戸は開けたまま、弦蔵は衣裳の洪水を潜り抜けて、机の前に座った。

パソコンを立ち上げ、堅太郎のメールを開いた。

『兄上、同じ大手の企業でも、不祥事に対する責任の取り方には大きな差があります。例えば、阪神大震災の折、東和ハウスは東北の支社から社員がリュックサックを担いで、東和の建物の損傷具合を調べに来たそうです。それだけの責任と自信を持った行動です。また、一酸化炭素中毒死を起こした、松下電器のナショナルＦＦ石油暖房機の不具合の回収の仕方も、徹底しています。普段生活していない、別荘地まで葉書で注意と回収を知らせています。

一方、三菱自動車——日本の三代財閥を誇っている大手中の大手のあの無様さは、腹を立てる以前にあきれ返ってしまいます。私の友人が実際に経験したのですが、三菱の乗用車を買い、一ヶ月で高速道路で車輪が外れ、新しく替えて貰ったら、車庫入れで突然車体自体が落ち込むという、想像もつかない事が起こりました。二菱自動車に捻じ込んだら、驚いた事に、よそのメーカーのパンフレットを持ってきて、好きな車をお選び下さい、弁償させていただきます、と。営業の社員が二菱の誇りも捨て、自分の会社の自動車を見限っていたのです。二菱は人の命を乗せる車を作っている自覚もなく、ただ保身の為の卑怯な振る舞いをしただけです。

かつて、ロールスロイスという名車が、世界のトップを切っていた頃の神話ですが、サウジの王様が乗ったロールスロイスが砂漠の中で故障してストップしていたら、何処からともなくヘリコプターが飛んで来て、故障車を手際よく直し、飛び去って行ったそうです。その後、王様がロールス社に問い合わせると、わが社の車が砂漠であろうと、故障するはずがありません。従ってそのヘリコプターはわが社が差し向けたものではございませんと、あくまで白《しら》を切ったそうです。そのくらい、自社の製品に誇りを持っていたからこそ、今でも、ロールスロイスは、世界の最高級車として残ったのです。

かつての日本の職人は、そういう誇りをしっかり持っていたはずです。ましてや、人の命に関わる商売で、嘘の上塗りをしていく根性は、絶対に許せません！

マスコミは社会の関心が薄れたら視聴率を稼げない為、すぐ忘れ去ったように報道しなくなりますが、あの旧ミドリ十字は、まさに官と企業の大量殺人です。非加熱製剤を売りまくり、千八百人のエイズ患者を作り、二百人の患者を殺した犯人は確信犯なのです。当時のミドリ十字の社長松下廉蔵は元厚生省の薬務局長からの天下りです。ちなみにこの男は、一昔前に起きたサリドマイド事件を担当し、うやむやに押さえ込んだ薬務局長です。その功績を買われて、ミドリ十字に天下ったとしか思われません。そして、エイズ事件を担当した厚生省生物製剤課長が松村明仁です。これら、官僚の天下りの関係も根深いですが厚生省はこの課長も含めて、非加熱製剤の危険性を知っていて放置したのです。ミドリ十字に至っては、危険性が世界で叫ばれ、販売中止にしている事を知りながら、在庫整理をしたのです。その結果、千八百人のエイズ患者を作り、二百人が死んでいます。その張本人の旧ミドリ十字の松下廉蔵社長は、たった禁固二年の刑でした。

その後、C型肝炎の患者を潜在的に大量発生させた、ミドリ十字の血液製剤「フィブリノゲン」が大問題になっています。これは、旧ミドリ十字が吉富製薬に逃げ込み合併し、三菱ケミカルホールディングスの子会社になっていますが、三菱ウェルファーマと社名を替えてトンズラした挙句、まだ性懲りもなく悪行を繰り返しているのです。

補足ですが、この旧ミドリ十字の創業者の内藤、北野、二木、の三名は、毒ガスによる人体実験で有名な「七三一部隊』のメンバーでした。中国でやった人体実験の責任者は石井という医師です。この男、戦後、アメリカにその研究結果を伝えるという交換条件で、戦犯として死刑になるのを免れたのです。その研究成果を元に、アメリカは1946年にブルセラ菌の毒性物質を抽出し、そのDNAのみを使用した破壊不可能な生物兵器を作る事に成功したのです。このブルセラ菌のゲノム（DNAの全塩基配列）がインターネットで公開され、ブルセラ菌の毒性物質を結晶化した生物兵器が誰の手に入っても不思議ではない時代になっているのです。

さて、公益法人、「アスベスト協会」です。公益法人というのは、民法三十四条に基づいて、公益に関する事業を行い、営利を目的としないという条件で、主務官庁の特定大臣の許可を得て設立されているもので、税金も考慮されています。従って、業界の利益の為の法人ではありません。アスベストが悪性中皮腫という、肺がんの発生の原因になる事は、四十年前から判っていた事です。人殺しの主犯は、「アスベスト協会」の会長として、最も長くこの業界に君臨している男、音無俊介です。先日も知らせましたが、この男は全国石綿製品工業会、全国保温保冷工業会の会長も兼務する、アスベスト業界のドンです。

この男の発言は、悪性中皮腫という肺がんで苦しんで、全ての希望を断たれて死んで行く人間達をあまりにも冒涜しています。それに同調している、通産省、今、経済産業省の住宅産業窯業建材課の課長、福井憲治。そしてアスベスト協会の特別委員である、大学教授、佐倉崎修。この関係はかつて、エイズ事件を起こした、旧ミドリ十字の社長、松下廉蔵と厚生官僚の松村明仁と帝京大病院の安部英医師の三つ巴の関係と同じです。いくら叩いても、性懲りも無く大量殺人を繰り返すこの仕組みに警告を発しなければなりません。この三人の道行、兄上の最後の仕事として下さい。三人の仔細は追って知らせます。なお、鏑木は図らずも事故りました。女は逮捕されましたが、我が組織には五億の資金が流れた後でしたので、支障はありません。兄上が使う資金に制限は設けません。以上です』

弦蔵はパソコンを閉じて大きく伸びをすると、急に浩太が心配になり立ち上がった。

囲炉裏部屋はシンとして、子供の気配がなかった。弦蔵は慌ててウサギを探すように、すり足で台所に滑り込んだ。冷蔵庫の陰にも、食器箪笥の陰にも、一番奥の浴室にも、浩太はいなかった。トイレも同じだった。この狩小屋で他人の存在を探す事自体の不思議を感じながら、『浩太……』と小声で呼んでみた。返事はなかった。弦蔵は生き物の気配を察知しようと囲炉裏部屋に戻った。勿論、入口の頑丈な扉には鍵を掛けてある。

「アブ……」微かな声だった、声と言うより、息使いだった。一番奥の衣裳が揺れている……女性のケープとロングスカートが微かに揺れていた。

浩太は仰向けに寝て、両手でグリーンのケープの端を引き付け、しっかり掴んでしゃぶっていた。まるで赤子に返ったような仕草だった。着の身着のままの丸首のトレーナーには、ミッキーマウスが笑っていた。半ズボンから剥き出しになっている太股から脛の感じは、五歳に成長した子供の足だったが、顔はまるで赤子に返っていた。未来の無い残酷な今を逃れ、過去から前世へ逃げ帰りたいかのように、浩太は無意識に赤子返りをしていたのだ。

弦蔵は浴室に行き、浴槽に湯を入れ始めた。何をどうしてやろうか、どうして助けてやろうか、どうやって慰めてやろうか……とりとめもなく、段取りが整わない殺し屋だった。

弦蔵は取り合えず浩太を抱き上げ、浴室に連れて行った。自分も裸になり、赤子を抱くように浩太を抱いて、ぬるめの湯に浸かった。浩太は自分の親指をしゃぶったまま、ぼんやり宙を見詰めている。浩太の背中から横腹に掛けての殴られ続けたアザは、失敗した刺青のようだった。弦蔵は裸の浩太を抱いて、すぐ気が付いたのだが、肋骨が二本、ずれたままくっついていた。肋骨が折れているのをほっておいたに違いなかった。

弦蔵は優しく、浩太の肋骨を一本一本、なぞるようにして確かめた。

抵抗できない子供が、理由も判らずにただ、怯えながら殴られている……。生き物として、弦蔵には想像がつかなかった。

弦蔵は真っ裸の浩太をバスタオルで包み、囲炉裏端に布団を敷いて寝かせた。衣裳棚から女の肌襦袢を出し、寝巻き代わりに、浩太に着せた。

浩太は目を開けたまま、意識をなくしている植物人間のようだった。呼び戻さなければならない。現世は地獄というけれど、こんな子供に地獄だけ垣間見せて、前世に逃げ帰してはいけない。この世で肉体を得た事の素晴らしさを、少しでも味わわせなければいけないのだ。この肉体という途方も無い着物は、鍛えると思いもかけない凄い動きをするのだ。氷の上で信じられないような舞を踊り、雪山を隼のように舞い下り、百五十キロのボールを叩き、恋の実感を肉体で確かめ、精神を左右し、愛の深さを抱き合う事で確かめ合えるのだ。

こんな素晴らしい肉体という着物を簡単に脱いではいけない。また破いてはいけない。

弦蔵は浩太の枕元に座り、浩太と同じ息使いで、優しくエネルギーを送り続けた。浩太の気が徐々に静まり、瞼が下って行った。それでも時折り、びくっと目を開け、辺りを窺う小動物のように体を震わせた。

弦蔵は呼吸を乱さずに、浩太の息使いを辛抱強くコントロールした。浩太は部屋一杯の暖かいエネルギーに包まれ、苦しげに眠りに落ちて行った。

しかし、恐らく浩太の眠りは、幸せな子供が眠りに落ちる、あの、ほのぼのとした夢の世界ではなく、傷付いた心の闇の底が抜け、夜の果てしない旅に迷い込んで行くような世界なのだろう……。

弦蔵は音を立てずに、扉を開け夜の中に滑り出た。多摩川の土手を掠め、第一京浜に出て、深夜も営業している大手のゲームセンターと併営している雑貨店に車を走らせた。

弦蔵は迷路のような売り場を楽しみながら進んだ。五歳の男の子が喜び、必要としそうな物を、ジャングルに生える果実をもぎ取るように、片っ端から籠に入れて行った。マンドリンを弾く猿だったり、昔懐かしい、吹き矢に、けん玉、紙風船。子供用の革ジャン、下着、靴下、靴。インディアンの首飾りに弓矢。動物からアニメなどの様々なプリントのTシャツ……。

ハンセン氏病の両親から生まれた堅太郎が決して子供時代に手にしなかったであろうお伽の国の品々……。弦蔵は童心に返って、籠を満たして行った。しかし、弦蔵自身は壮大な本物のジャングルに育ち、生きた動物と戯れ、生き物の掟を無意識のうちに会得していたのだ。生き物の掟……地球の掟……破ったのは誰だ？！　何処で間違えたのだ！　この二本足の生き物は何処で、いつ、間違った道を走り出してしまったのだ。

矢雲は目屋ダムの事件以来、警察での立場も曖昧になり、警察官としての人生は薄暗いものだった。マタギからも警察からもはじき出されたような形で結局定年退職を迎え、ただ辰巳家に対する憎しみを燻らせ、砕けた膝を引きずりながら、辰巳家の監視だけは続けていた。

要するにマタギにも戻れず、警察官にも徹し切れず、中途半端な人生が終わろうとしていたのだ。

そんな、悶々とした日々を送っている矢雲に『五平が傷害罪とハンセン氏病患者の件で、参考人として事情聴取を受けている！』という生き返るようなニュースが、弘前署の元同僚からもたらされたのだ。

やはり、ハンセン氏病の夫婦を辰巳家は匿っていたのだ！

矢雲は何ヶ月ぶりかで、生き生きと憎悪の目を輝かせ、辰巳家の監視に力を入れた。辰巳家の茅葺屋根には雑草が所々目立ち始めているが、明かり取りの小屋根は、まだしっかりと青空を受け入れ、温かい家の佇まいを醸し出していた。矢雲にとってはそれがかえって憎らしい風景だった。

何よりも、嫁の「幸」がしっかりしているのだ。部落の者で「幸」を悪く言う奴は誰もいなかった。年寄りの面倒は誰彼となくよくみているし、その上、五平も周作も孫の弦蔵までもが部落の年寄りから頼りにされているのだ。それがなおさら、矢雲の癇に触るのだった。

事はハンセン氏病だ！　辰巳家を陥れるのに、こんな格好なネタは無い！

その日、五平が息子の周作と孫の弦蔵を伴って、大掛かりなイタズ狩にでも出掛けるように、それぞれ猟銃を背負い、『暗門の滝』を目指していた。矢雲は膝を砕いて以来、白神の奥地に出掛ける足腰ではなかったが、暗門の滝までは三人の後を執念で着けて行った。辰巳家の息子と孫は五平を挟むようにして、暗門のマタギ道を登って行った。

矢雲はそれだけ見届けると、曲がらない膝を引きずりながら、一里半の道程を田代まで歩き、役所前から弘南バスに乗って弘前署に急いだ。

新しい署長はまだ三十前のキャリアで、赴任して間もなかった。署長室に通された矢雲は神経質そうな秀才を前に、ハンセン氏病がどんなに恐ろしい病か、愚かな思い込みの知識を署長に披露し、辰巳家の人々にはもう、ハンセン氏病が感染しているかのごとく、大げさな主張を繰り返した。

『矢雲さん、ハンセン氏病は感染力はまったく弱いんですよ』

署長は意外な言葉を冷静に発した。

『えっ……』と、矢雲の言葉が途切れた。

『それに、この若夫婦は逃走の際に、大量のプロミンを始め、何種類かの新薬を盗み出しています。従って病気の進行は無いし、逃走の段階で、既に病は完治していた可能性があるんです』

『……』

『矢雲さん、事は病気の怖さではなく、この事件がもたらす結果の怖さなんです。杉岡養護園でも逃亡の件は騒いで欲しくないとの事ですし、警察としても、地元に対するイメージを考えると、新聞沙汰にはしたくないのが本音です』

『信じられませんね！　癩病ですよ！　ハシカや結核と訳が違う病気だ！　国中で厳重に隔離している恐ろしい病気なんですよ！』矢雲は酒焼けで赤くなった鼻の頭をこすり上げて、飛び出した目玉を一層剥き出しにして怒鳴った。

『だから困っているんです。署員の者達もハンセン氏病に関しては、矢雲さんと同じ程度の解釈なんです。それに西目屋の人々にとっても、この件が変な形で知れたら、嫌な騒ぎになるでしょう……』

署長も心底困ったという表情だった。

『当たり前ですよ！　癩病の夫婦が西目屋に降りてくるんですよ！　それも五年も患者と接触した辰巳家の男と……』

『そう……できる事ならこのまま、白神の奥地で死んで貰いたいところですが……、困った事に傷害事件を起こしてますからねえ……。ハンセン氏病の夫婦を辰巳五平が説得して、暗門の滝まで連行して来る段取りになっているのは、矢雲さんはもうご存知ですよね』
『ええ……』矢雲は思わず返事をしていた。
『明後日の十六時なんですよ。杉岡養護園の職員も警察官もみんな迎えに行きたくないのが本音です』
二人は何処か深い暗闇からの合図を待っているように、まさに暗門の瞳でしばらく見詰め合っていた。

弦蔵は真夜中、その日の光景を仕事部屋で思い出していた。

トーチカの小窓から見下ろす廃車置場で、五郎の両目が赤く光った。まさに月に吠える狼の姿勢だった。

弦蔵は当時二十歳、白神の森で育った野性の力は、疲れという言葉すら知らなかった。元々、里人が事ある毎に、『疲れた、疲れた！』と連呼する真意が判らなかった。マタギは本当に肉体にダメージを感じた時は、獣のように黙して大地に横たわるだけだったのだ。

弦蔵は五歳の堅太郎を背負い、父親の周作に導かれて歩く高槻夫婦の後を百メートル程の距離を置いて、見送る形で歩いていた。

ハンセン氏病という逃れられないレッテルを張られた若夫婦は、杉岡養護園という墓場に戻る為に、五年過ごした夢のような白神の聖地を後にした。

堅太郎は久しぶりの遠出が嬉しいのか、弦蔵が背負うリュックサックに跨がり、得意げに白神の木々のざわめきに目を凝らし、飛ぶ鳥にいちいち反応していた。堅太郎は生まれた時から、自然の真っ只中に生き、自然以外に他の空間を見た事もないのだ。まさに白神の申し子だった。

鳥と語らいアオシシと視線を交わし、イタズとの距離感を知り、自然の厳しさに頭を垂れる母と父の姿を見詰める堅太郎の瞳は、神の泉の如く真っ青に澄んでいた。

やがて地の底から湧き上がるような瀑布の轟が、白神の森に壮大な交響楽のシンバルの音となって響き渡ってきた。

霧のような飛沫が崖の向こうから舞い上がり、斜めに刺し通す陽射しが、微かな虹を見え隠れに描き出していた。五平が能舞台に立つ翁《おきな》の如く、滑るように虹の中から現れて三人を迎えた。

『早がったのう……』五平はその遥か後ろから近付く弦蔵と堅太郎を目を細くして見詰めた。

周平と高槻夫婦は第一の滝の上から、下の滝壺を見下ろした。

弦蔵はみんなの五十メートル後方で足を止めた。

『ここが、堅太郎との別れの場だば……』五平の最後の言葉に、夫婦はドキッと息を詰め、じっと、弦蔵のリュックに跨がる堅太郎を見詰めた。

堅太郎は馬に跨がる戦士の如く、じっと前方を見詰めていた。

『……』

『……』

父と母は、二人の命の形を……、堅太郎を無言で見詰めた。

その時、堅太郎が笑った。何を見て笑ったのか、滝の向こうに広がる空に舞い上がる何かを見つけたのか、ブナの木陰から空を見詰めて無邪気に笑った。

大人達の涙の向こうで、堅太郎の未来が浮かび上がっていたのであろうか?！

父と母は我が子との最後の別れを、五十メートルの距離を置いて、じっと、見詰めた。近付いて触れたら、堅太郎が崩れて消えてしまうような、震え慄くような悲しみを込め、ただじっと見詰めた。

もう神の手にゆだねるしかない我が子だった。安二郎と咲子は無意識に手を合わせていた。辰巳一家と白神の神々に、そして、我が子堅太郎に……。

周平を先頭に高槻夫婦を中にして、後方を五平がゆっくりと、根の道を下り出した。

二十メートルほど降りた所の狭い平場で周平が止まった。高槻夫婦が重なるように足を止めた。

五平が一人遅れて木の根を掴みながら降りて来た。突然、目前の土くれが弾け飛び、五平の目に土埃が飛び込んだ！　五平はドキッと片目で滝壺の周辺を見下ろした。人の姿は無かった。迎えに来ているはずの杉岡養護園の職員の姿も警察官の姿も無い。

暗門の第一の瀑布の轟《とどろき》が全ての音を消し、五平は狭い棚場に立つ三人の所にずり落ちるように降りて行った。静止した幻想的な絵画の中に滑り込んだように、マタギの親子とハンセンの夫婦は崖の中腹にへばり付いた。

五平は周平と高槻夫婦の肩を叩き、巻き狩をされているイタズのように、本能的に危険が迫っている事を伝えた。周平が瞬時に五平の伝えんとしている意図を察し、厳しい眼差しで崖下を覗き込んだ。

安二郎の肩から血しぶきが上がった。安二郎は自分が撃たれた事にも気付かず、咲子の肩を抱いて、呆然と夕焼けに輝く空を見上げていた。咲子が沈黙のパントマイムのように、パニック状態で安二郎の肩から噴き出す血の飛沫を手で押さえようとしている。

弾丸は下からではなく、右サイド百メートル程先の姫小松の幹の辺りから発せられたものだった。

五平と周平は足元の定かでない棚場で、村田式銃に弾を込めて、高槻夫婦をその場にうつ伏せにして、姫小松の幹に潜む一番ブッパに狙いを定めた。

二弾目が周平の首筋を掠めた。左百五十メートルほど先の岩場からだった。二番ブッパ（射場）は村田式ではない、明らかに連発式の最新ライフルだった。

周平は首をかすった弾でその場に叩きつけられるように倒れ込んだ。五平が咄嗟に周平の腕を掴み、落下を止めた。

五平と周平は片膝立ちで背中合わせになり、銃を構えた。

五平は姫小松の幹から狙う、村田式の構えに見覚えがあった。セムシの矢雲だった。五平の怒りが、逆に狙いを外させた。矢雲の銃弾が咲子の上に負い被さっている安二郎の右腕から横腹にのめり込んだ。安二郎が弓なりになって咲子の上からずり落ちた。咲子が逆に安二郎を庇うように上になって、安二郎の顔を覗き込んだ。

周平の右肩が弾かれた。周平はそれでも銃は落とさず発射したが、方行違いの岩場の土くれが飛んだだけだった。五平が振り返って周平を背中で庇い、新たに弾を込め、二番ブッパの岩場に狙いを定めた。

最新ライフルの性能は確かだった。五平の右胸を貫通して、周平の肋骨で弾は止まった。それでも、周平と五平は同時に岩場の狙撃手を狙って引き金を引いた。

滝の上の茂みから、堅太郎の両親を見送ろうと根道を下って行く四人を目で追っていた弦蔵は、信じられない展開を目にしたのだ。

弦蔵は堅太郎を安全な茂みに隠し、三十年式歩兵銃に弾を込め、滝の上から岩場に隠れる狙撃手を狙った。

弦蔵は初めて、三十年式歩兵銃で生き物を狙っていたのだ。しかしその時はなんの意識も無く、孫ジコ、オド、そして高槻夫婦を助けたい一心だった。

弦蔵の目は、一キロ先のウサギの跳躍を確認する視力だった。孫ジコとオドを狙っている岩場のブッパの頭に照準を合わせた。人間を撃つ！　という意識すら頭に浮かんでいなかった。弦蔵は冷静に引き金を引いた。その憎き狙撃手がスローモーションで崖下に転がり落ちて行くのを、弦蔵はイタズが転げ落ちて行くようにしか見ていなかった。その男が転げ落ちると、何処の茂みに身を潜めていたのか、十二、三人の盾を持った警官隊が飛び出して来て、棚場を見上げた。

その中の指揮官らしい男が合図すると、三人の警官が、なんと南部式拳銃ではなく、ライフルを持って登場したのだった。

棚場で五平と周平は意識が霞むのをこらえながら、高槻夫婦を崖際に押し付け、体で庇い、銃に弾を込めた。

五平は姫小松の幹に隠れる矢雲だけは許さなかった。

矢雲は余裕を持って身を乗り出し、五平に照準を合わせてきた。

五平も痺れる腕を持ち上げ、矢雲に照準を合わせた。

引き金は同時に引かれた。五平の銃弾は銃身を握る矢雲の親指を跳ねた。

矢雲の銃弾は五平の頬をえぐった。五平の頬がぱっくり割れて、真っ赤な血しぶきの中、白い歯が不自然な位置から覗かれた。

崖下から一斉に射撃が始まった。

弦蔵は滝上の茂みの中で、助けようのない身内の死を目前にして、体を弓なりにしたまま絶叫した。

孫ジコ・五平とオド・周平は、一瞬滝の上にいる弦蔵と堅太郎に手を振るようにして、背中から落ちて行った。

無傷の咲子が安二郎を励ますように抱き起こし、手を取り合ったまま、滝壺に向かって宙に舞った。

滝壺にはとても届きはしなかろうが、ハンセン氏病の二人の体に天使の羽があったのか無かったのか……、一瞬、二人は手を繋いだまま両手を広げ、滝の飛沫の中に浮かび上がった虹の上を、白鳥のように舞い上がった。

あの日……弦蔵は泣き叫ぶ堅太郎を抱き、夕焼けに燃え立つ追良瀬川に向かってただひたすらに走った。

孫ジコ・五平に噛んで含むように言われたのは、どんな事態になろうと堅太郎の存在をお上に気付かれてはならぬ！　堅太郎を連れ追良瀬川を下り、五郎三郎の沢でシノガラ（隠密族）の山姥の使いに会い、堅太郎を無事に渡す事が最優先だったのだ…………。

孫ジコ・五平の血が、オド・周平の中に流れ、弦蔵の血管に生きている。その血管は遥か縄文の人々の血管から繋がっているのだ。弦蔵は今、孫ジコ・五平より遥かに厳しい縄文を生きているのだ。

しかし矛盾がある！　お上に反逆しつつも、かつて、崩御された昭和天皇を敬愛し続けた己の矛盾だ！

その理由がおぼろげなのだ……。強いて言えば、大東亜戦争で日本が完膚無きまでに叩きのめされ、焼け野原となり、精神も肉体も全てが灰に帰した事に原因が在るのかもしれない……。

昭和天皇はあの戦争で三百万の英霊と共に、まさに浄化されたのだ！

もし、昭和天皇が軍服を着たままなら、あの時点で弦蔵のターゲットになっていたのかもしれない……。

縄文の民として弥生の天皇支配に追われ、サンカとして流れ、マタギとして隠れ、今、弦蔵は数百代の長い旅路の末、縄文の民として反逆の狼煙を上げている……。

弦蔵のパソコンには、堅太郎から新しいメールが届いていた。

『兄上！「アスベスト協会会長・音無峻介」「産業経済省・福井憲治」「慶東大学教授・佐倉崎修」この三人の住所、電話番号、活動場所、習慣、主なスケジュール表を送ります。尚、近いうちに、この三者が赤坂で秘密裏に会合を開きます。その内容を傍受する段取りもできてます』

堅太郎のメールには、三人の情報が事細かに書かれていた。

弦蔵はトーチカの小窓から、深夜の廃車置場を見下ろした。狼犬五郎がまだ灯りの消えないトーチカの窓を見上げている。弦蔵がゆっくり立ち上がると、浩太が真後ろに立っていた。十メートル先の生き物の気配を感じる弦蔵が、いつから浩太が弦蔵の後ろに立っていたのか、浩太の気配をまったく感じていなかった。不覚というより不思議だった。

浩太は枕元に置いてあった、インディアンの羽冠を頭に被っていた。立ち上がったまま、弦蔵はじっと浩太を見下ろした。浩太も柔らかな首を、目一杯後ろに反らして弦蔵を見上げた。

暗門の滝壺のような……澄んだ悲しい瞳……。

あの日、追良瀬川、五郎三郎の沢で、泣き叫ぶ五歳の堅太郎は、弦蔵の手からシノガラの使いの手に渡った瞬間、ピタッと泣き止み、離れて行こうとする弦蔵を透き通った悲しい瞳でジッと見詰めた……。深い瞳だった。

弦蔵は思わず浩太を抱き上げた。浩太の震えるような鼓動と体温が弦蔵の胸に伝わった。

弦蔵は台所の冷蔵庫の前で浩太を降ろし、冷蔵庫から一リットル入りの牛乳パックを取り出し、ステンレスのボールを手にすると、浩太を片手で抱き上げ、廃車置場に下りて行った。

春の月とは思えない澄んだ月が、廃車の山を絵画的に浮かび上がらせていた。五郎はいつものように、獣の礼儀を示す距離を置いて、弦蔵と浩太を見詰めた。

弦蔵は浩太を降ろし、ボールに一リットルの牛乳を注いだ。

五郎の長い牙の隙間から流れる唾液が、月の光に朝露のように輝いた。

弦蔵は黙って頷いた。五郎は儀式ばった足取りで、弦蔵に近付き、ボールを差し出す弦蔵の太い親指をべろっと舐めると、ボールの中に角ばった顎を突き入れ、快い舌使いで牛乳を音を立ててしゃぶり飲んだ。

一息で牛乳を飲み干し、ボールを鏡のように舐めて磨き、弦蔵の横に立つ浩太を見詰め、箒のような尻尾をゆったりと振った。

浩太は弦蔵を見詰める目と同じ目で五郎を見詰めた。

第二章

一

その男……一見、学者のようでもあり、時折り見せる傷付いたような視線の鋭さは、追い詰められたボクサーのようでもあった。しかし、年齢は四二歳の厄年はとうに過ぎているだろう、不思議なオーラが漂い、深い落ち着きを感じさせた。

『クラブ・嬰花《エイカ》』のボックスで、その男は、三人の洗練された闇の戦士のような男達と静かに透明な酒を酌み交わし、傍らの女達に鷹揚に頷いている。

その席の斜め向かいのボックスはやたらと華やかだった。舞妓姿の白塗りが三人控え、綺麗どころの芸妓が二人すまし顔で座り、ホステス達は遠巻きにしてその主客を囲んでいた。

銀座の高級クラブに京都から花代を付けて舞妓と芸妓を呼び寄せる遊びは、いかに第二のバブルとは言え目立つ存在だった。太鼓持ちの代わりを務めるオカマが、真向かいからやたらと冗談を飛ばしているが、笑うのは殆ど太鼓持ちと変わらない、その業界の社員と接待を受けている役人だった。

当の本人、アスベスト業界のドン、音無峻介はにこりともしない。

『会長、何が気に入らないの？　こんな素敵なオカマが本気でヨイショしてるのよ！　義理でも笑いなさいな！』

『疲れてるだけだ』

音無峻介は面倒そうに返事をした。

『祇園の疲れを銀座に持ち込まないでちょーだい！』

オカマが盛んに発破を掛ける。

『オーさんは、お疲れやわ。一晩もお泊りやしたんどすえ！』

京都の年増の芸妓がからかった。

『まあー驚いた。心臓に悪いわよ！　バイアグラばかりに頼ってると！』

『バカ、まだそんなもんは使わん！　どーんといけてるわ……』

アスベストのドンは微かに乗ってきた。

『自慢じゃないけど、わちきにはもうバイアグラは効かないのよ！』

『チョン切ってしまったんだから仕方なかろうが……』

音無はバカラのグラスを口に運んだ。

『ドキッ！　オーさん見たでしょう？』

『バカ、俺はそんな趣味は無いの！』

『もう、女にも飽きたんじゃなくって！』

『人生に飽きた……』

『キザ、ギ座、銀座……ウッフン！』

オカマは無礼とゴマすりのぎりぎりな境界線を渡る、御伽衆《おとぎ》を演じていた。

『福井課長が言ってましたが、まさに神話だったそうですね、祇園での会長の遊びは……』

若い役人風の男が体を乗り出して、芸妓や舞妓に己の存在を誇示するかのごとく、口を差し入れた。

『神話じゃないでしょう。チン話でしょう』

『瑠璃辰《るりたつ》！　下品よ！　控えおろう－！』

ママの萩乃《はぎの》が伝法《でんぽう》な物言いで瑠璃辰をたしなめた。

『どんな、チン話だったの？　オーさん』

若いホステスが、半分はこぼれているDカップを揺すりながら、音無を上目使いで見詰めた。

『都おどり、節分のお化け、オーさんの谷町振りは凄おしたえ……』

年増の芸妓が遠くを見るように答えた。

『お化け?!』若いホステスがキョトンと姉さん芸妓を振り返った。

『いやわ、お化けいうたかて、ゲゲゲの鬼太郎じゃありまへんえ！　二月三日の節分に、祇園の芸妓、舞妓が総出で、趣向を凝らした仮装をするんどす』

『へエー。舞妓さんも芸妓さんも、それ自体仮装じゃないんですか?』

若いホステスは真面目に聞いた。

『文化という一文字も知らない、判りやすい御質問どすわ……』

姉さん芸妓が白けた。

『面白い！　祇園の衣裳は仮装か！　まあ、言われてみれば仮装には違いないなァ……』

ドンはDカップのオバカ少女のプッシーに興味が湧いたようだった。

『蓮果《れんか》ちゃん、オッパイが大きい分、知性に欠けるわよ。祇園のお姉さん達の御衣裳は仕事着なのよ。イチロー選手のユニホームと一緒なの。闘う為の神聖なる御衣裳なのよ！』

ママの萩乃がDカップをたしなめた。

『ごめんなさーィ』

Dカップは謝りながら、大きく乳房を揺らした。

『そうどす！　若いお方は、お仕事とお遊びの区別がついておらへんさかい、一年中、三百六五日、お祭りしてるんと違いますやろうか……永久に玄人さんにはなれしまへん』

姉さん芸妓は、ほとほと見下げたように、Dカップのオッパイを自分が持たない分、嫉妬の眼差しも含めて白痴美人を睨みつけた。

『わしも、最近は仮装して出歩きたいわ。アスベスト、アスベストと、悪魔の化身の如く言われっ放しだ……』

ドンは向かいのDカップが指し出すライターに、必要以上にかがみ込み葉巻に火を点けた。

『会長、うちの課ではそうは言っておりません！　日本の経済成長の基本を作り上げたのは、アスベスト協会です！』

役人はいかにも役人顔で無責任に協会のドンを持ち上げた。

『日本の建物の全てがアスベストの力で成り立っているんだ。それも戦後の荒廃から立ち上がるのに、アスベストの確保にどれだけこの業界が苦労した事か！』

『オーオー、お疲れになったのね、オーさん！　この瑠璃辰のオイドで良ければお貸しするわよ！』

『辰！　それだったら蓮果のオッパイの方が遥かに休まるわよ！』

ママはドンの目付きを見破っていた。

隣席では、その男がさり気なく笑っている。その男の笑顔には、女の冗談を聞き流しながら、右ストレートを軽く交わしカウンターパンチを決めるような魅力が漂っていた。

二人の若い戦士は寡黙だった。寡黙な分、若いホステス達は商売を忘れて、一人のファンと化していた。

その席は静かだが、女達は燃えていた。

銀座の宴は、適度に淫らで適度にエキサイティングだった。

並木通りの両側を埋める車は、路上駐車場のメーターを無視したまま、長時間駐車を続けているのが常識となっていた。定年をとっくに過ぎたような老人が、昔の市電の車掌が下げていたような革のバッグを胸に下げ、無法駐車の車のワイパーに超過料金の支払い命令の紙を挟んで歩いている。

『クラブ・嬰花』の前でその老人はバッグから違反切符を取り出し、時間を記入していた。

女達の華やかな声と共に、『クラブ・嬰花』の重厚な扉が黒服の手で両側に開かれた。

ママの萩乃を先頭にファッションショーのホステス達が数人、両側に並ぶと、アスベストのドンがゴルフ焼けの顔に、良質な油のテカリを滲ませ、まさに贅沢も過ぎるといささか疲れるといった顔付きで、重々しく出て来た。その後ろに銀座の花道を踏む歌舞伎役者のごとく、祇園芸者と舞妓が静々と従っている。役人と業者には銀座の照明は届いていなかった。

車の流れを止めて、黒いハイヤーが扉を開けて待っている。

ドンは姉さん芸妓を振り返ると、『豊菊《とよぎく》、新幹線には間に合うな』と念を押した。

『おおきに。いつもの二一時十八分の「のぞみ」で帰りますさかい……。また来月よろしゅうおたのもうします。それまでオーさんの身柄は江戸のおなご衆に預けておきますさかい』

豊菊は艶然と笑い舞妓達を促した。舞妓達は一際高い声で『おおきに!』を連発して、ハイヤーに乗り込んだ。

ハイヤーが出ると、ドン・音無は端の方に立つ、瑠璃辰を呼び、

『寿司でも食いに行くか?』と視線だけはDカップの蓮果《れんか》に向けて瑠璃辰に声を掛けた。瑠璃辰は素早く、ママの萩乃に視線を送った。

『蓮果ちゃん、貴方! 食べ盛りでしょう、お供しなさいな!』

ママの一声で蓮果は瑠璃辰と共にドン・音無のベンツに乗り込んだ。ドンの秘書は役人に封筒を渡し、二軒目に出発した。

並木通りに滞った車の警笛に急かされながら、ベンツは一斉に頭を下げる女達と黒服に見送られ、ゆっくりスタートした。

駐車メーターの老人もしっかりドン・音無を見詰めていた。

パリコレ風の大奥の女達と入れ替わるように、影の紳士が三人、静かに表に出て来た。三人は女達の見送りを断ったのであろう。

先頭の中年の男が一瞬立ち止まった。駐車メーターの前に立つ老人が顔を上げた。

鋭くも根源的な深い愛の流れが電磁波となって、老人とその男を包んだ。

殺し屋と高槻堅太郎が顔を合わせたのは、三年ぶりだった。

二人の瞳は親子、兄弟の愛を突き抜けた情が漂っていた。その一瞬は、深かった……。

堅太郎は素知らぬ顔で部下を促して並木通りを歩き出した。

百メートルも行かない路上に堅太郎のBMが駐車している。その前にぴったりと繋がるように、弦蔵の汚れたセダンが止まっていた。

セダンの後ろ座席に、インディアンの羽飾りを被った浩太が、エイリアンの住む外界を見詰めるように、緊張した瞳を光らしていた。その羽飾りを覆い尽くすような毛皮の生き物……五郎が、長い舌を気ぜわしく震わせながら浩太をしっかり護っている。浩太の悲しみと敵意は深い。じっと息を殺して大人の遊園地に目を凝らし、見つからない架空の犯人を捜している。

並木通りを歩いて来た堅太郎が、不意に足を止めた。汚れた車の中から光る四つの目に気付いたのだ。

同種の獣が引き合うように、堅太郎は一瞬にして狼の瞳に変わっていた。

堅太郎は、森に潜む小鹿の子を見つけたように、浩太の瞳を捉えたのだ。

浩太もドキッと堅太郎の瞳を見詰めた。エイリアン以外の生き物を見つけたような驚きの目付きだった。不思議と浩太の瞳に恐怖の影が走らなかった。堅太郎も不意に優しい目付きで浩太の瞳の奥を見詰めた。

『車を出せませんよ、これじゃ……』若者の一人が呟いた。

まさに意図的に弦蔵の車は堅太郎の車を塞いでいた。弦蔵が車の陰からぬっと顔を出し、軽く頭を下げると、汚れたセダンを前に進めた。

堅太郎は何も無かった顔でBMに乗り込んだ。

浩太は弦蔵の狩小屋で眠る事に微かな安心感を持ったようだ。囲炉裏端に敷かれた布団の中で、体を丸めて眠っている。

浩太には時間も空間も無い。あるのは、目に見えない恐怖だ！

人間は三次元という目に見えるものだけを信じ、四次元の時間に追われて生きている。しかし、既に五次元、六次元を感じて生きているのだ。言葉にすれば当たり前なのに……六次元、七次元の存在を信じないのだ。

「愛」「憎しみ」を感じるが、目には見えていない。しかし確かにある。

意識！　一瞬にして愛するものの所に飛ぶ！　アインシュタインの相対性原理も無視して、時間も空間も関係なく、たとえ地球の裏側にいても、愛する者の所に意識は光よりも速く飛ぶ！

いくらロケットを飛ばしても、所詮人間の目は、三次元の目でしか見えていない太陽系なのだ。

わずか七色の虹の色さえ偶然の水蒸気と光の屈折の中でしか人間の目は捉えられないが、普段あの七色の数倍の光の色が地球を飛び交っているはずなのだ。

巨大な銀河から極小の素粒子に至る「軌道」、自然の「場」、交響曲の主旋律と変奏曲の繰り返しのパターン、そして最新の解の出ない十次元の超弦理論。

物理学が般若心経に近付いたり遠のいたりしているのが現状だろう。

弦蔵は心の中で「般若心経」を無意識に呟き続け、己の存在の辛さと不確かさに怯えながら宇宙空間に祈っていた。

浩太はどの次元をさ迷っているのか……、不自由な肉体から解き放たれ、幽体離脱を楽しんでいるのかもしれない。

それでも人間の生活は三次元の中で残酷に展開する。しかし素晴らしい音楽や舞は肉体と魂の合作なのだ。芸術という摩訶不思議な次元は十次元にも迫る凄さなのだ。

しかし、殺し屋はその人間の中心を撃つ！　魂を撃つ！　地球という星で犯した罪の深さを撃つ！　己を撃つ！

弦蔵は机に向かい、堅太郎からのメールを開いた。

『兄上、アスベストは確かに耐火性、耐熱性に優れた天然の鉱山から取れる安価な繊維ですが、髪の毛の五千分の一という細かい針状の繊維なのです。煙草の煙の如く舞うのです。

日本の建材の九割がアスベストを使っています。その中でも一番狂気的に恐ろしい事は、あの針状の繊維をそのまま建物の壁に吹き付けて使っていたのです。それも、小中学校の建物に使われていました。

建材のスレートとして使われた量は計り知れません。その他、恐ろしい事に、ベビーパウダーにも使われていたのです。アスベストを吸引してから、悪性中皮腫という肺がんが発生するのに、平均三八年の潜伏期間があると厚生省は発表しています。しかし、既に１９６０年代から石綿労働者の妻子や近隣住民からの悪性中皮腫発症の報告は相次いでいたのです。勿論当時から厚生省は知っていました。アスベスト協会はその報告を無視し続け、事ある毎にアスベストの無害性を訴え続けてきました。

石綿協会は１９４６年（昭和２１年）に発足し、半世紀に渡って、アスベストを守り続けています。勿論業界のトップがアスベスト協会の会長を兼任しているのですから無理もありませんが、当時の通産省との連係プレイは見事なものです。日本の経済成長の影に全て仕組まれている構図です。

兄上、私は経済成長を非難しているのではありません。殺人を非難しているのです。それも、確信犯を粛清しようとしているだけです。

国家構造の中に隠れ、甘い汁だけを吸い続ける、役人と政財界の殺しを怒っているのです！　何故なら、これら、国家組織が絡む犯罪は、全て大量殺人に繋がるからです。

フランスでは１９９６年に被害者の家族が『毒殺罪』で訴え、アスベストの使用が禁止されています。

アメリカの一例では、アスベスト製品の製造会社に３１００万ドル、日本円で約３４億円の懲罰的損害賠償をフロリダの控訴審が命じています。このような法外な賠償金は憲法上許されないと主張する会社に、裁判所の見解は、『意識的に単に経済的な理由から、アスベストを使うのを止めず、すぐに手に入るアスベスト非含有の繊維に切り替えず、利益追求だけに走ったこの会社の行為と結果を考えれば、自分達裁判官としての裁決は、良心になんの恥ずるところも無く、自信を持っている』と明言しています。

呼吸困難になり七転八倒して死んで行った人々に代わって、裁判官が出した懲罰です。日本の人命に関わる裁判で、国や企業が犯した殺人の罪で、いくらの賠償金が払われていると思いますか?!平均、三百万円ほどの見舞金と治療費ぐらいなものでしょう!

ちなみにあの恐ろしい『イタイ・イタイ病』、三井金属が流し続けたカドミウム! 人間をあそこまで苦しめ殺した公害病――国も、企業もそれを認めるのにどれだけの犠牲を生み出した事か!

水銀に犯された水俣病、この水俣病の患者の認定が半世紀たった今でも認められない患者が数千人おり、認定されなければ、治療費すら払って貰えないのです。

チッソという会社が無節操に流し続けた有機水銀で魚の宝庫と言われた不知火海が汚染され、その魚を食べた周辺住民、一万人以上が世にも恐ろしい病に冒され、数千人、いや、死者数の因果関係すら判らず、脳障害、感覚麻痺で死んで行ったのです。その上、胎内汚染で生まれた子供が、ちょうど五十歳になりますが、未だに重度の小児麻痺状態でなんの救済もされていない状態です。熊本県も国も素知らぬ顔で見過ごし、提訴されても県や国側の無責任振りは公害病と認定するのに十年以上掛け、その間、チッソという会社が有機水銀を垂れ流し、通産省は企業の採算ベースができるまで、アセトアルデヒドという、ビニール製品に欠かせない薬品を作らせ続け、もう、企業として、経営上、生産ラインから外してもよいという段階で始めて公害病と認定したのです。その上、最高裁の判決まで国は無視し、未だに救済の手を差し伸べていません。

押しなべて、官から民まで、理不尽な犯罪の元、いつも被害者側が泣き寝入りしているのが日本の現状なのです。『怒りを込めて振り返れ!』『怒りを込めて突き進め!』我等、理不尽に虐げられた民の怒りを表現したいのです。

庶民は「水戸黄門」、「遠山の金四郎」、「仕掛け人シリーズ」、全て復讐を小気味よく遂げてくれるドラマに喝采しているではありませんか！

長きに渡り、日本国の裁きの矛盾を怒っているのです。これほど判りやすい時代劇も、実は庶民の中に降り積もった、根深い悲劇の積み重ねがあり、末期癌のような解けない痛みを、もはや笑うしかないみたいに、己を笑うように娯楽とし変身させて楽しんでいるのです。

さて、兄上！　あの子供を手元に置いてはいけません。危険過ぎます。縄文解放同盟が預かります。かつて私がシノガラ（隠密族）の手で育てられたように、私達が新しい戸籍も作り一人前に育てます。

いずれ警察もあの子の行方を捜すでしょう……。兄上が手元に置きたい気持ちは判ります。私を五郎三郎の沢でシノガラの手に渡した時の兄上の目は今でも忘れません！　あの瞬間に見せた兄上の悲しい目は生涯忘れないでしょう……。兄上にも、あの時の私の目が、深く焼き付いているのだと思います。

兄上には今回の仕事を最後にして貰い、白神の地に心地よい狩小屋を作って、自然に戻っていただきたいと思っています。白神山地にささやかな楽園を造りたいと思っています。ご決断をお待ちします』

弦蔵はパソコンから目を離し、トーチカの窓に目をやったが、月の光もない闇だった。

『子連れ狼……か』弦蔵は苦く笑った。

弦蔵が所有する、足が付かない携帯三台のうちの一台を、机の下から取り出し電源を入れた。

夜中の二時を過ぎていた。

『弦太郎だろう……』

意外としっかりした声で、貞が電話口に出た。

『ああ、寝てねがったのか？』

弦蔵は微かな痛みを感じながら貞の声を聞いた。

『警察が来た……、彼女はクスリが切れて、支離滅裂だがこの立花荘だけは覚えてた……』

『それで？』

『子供は本人が連れて宿賃も払わずに逃げた……と、答えておいた』

『そうか……で、俺の事は？』

『覚えていないらしい……』

『そうか』

『子供はどうしたの？』

『俺が預かってら』

『すぐ、何処かの警察に届けた方がいいよ。あの女が正気に戻って、弦太郎の事を思い出すかもしれないからね！』

『うん……』

『お前さんも追われてる身かい？』

『そうじゃねばって、昔から警察と関わるど、鳥肌が立つ……』

『だったらそっと、子供を何処かの養護園の前にでも置いてくるんだね』

『そうだな……』

『弦太郎！　妙な気持ちを起こすんじゃないよ！　ここは、アフリカでもイラクでもないんだから！　子供はお上に任せるんだよ！』

『うん、判った……すまん』

『馬鹿、やたら謝るんじゃないよ！　泊る所がなくなったらいつでも来るんだよ！　門限は無いからね！』

貞の方で受話器を下ろした。

弦蔵はじんわり涙腺に溢れてくるものを感じた……。人間も捨てたもんじゃない……。

二

弦蔵は何処で浩太を置き去りにすべきか、重く迷い、浩太の手を引きながら歩いた。何回か地下鉄とＪＲを乗り換え、ふらっと降りたのが千駄ヶ谷駅だった。

弦蔵は若葉が一斉に吹き出した新宿御苑に誘い込まれるように、浩太を連れて中に入った。

浩太が若葉の華やぎを見上げて、しばし立ち止まった。

弦蔵も遥か昔の匂いを思い出したかのように、木々のざわめきと新緑の匂いを受け止めた。

突然、浩太が走った、水飲み場に向かったのだ。結構な距離を走っている。

新緑に溶け込むように浩太の幼い背中が霞んだ。

弦蔵は咄嗟に、今ここで自分が消えたら浩太はどんな反応をするのだろうと思い、近くの茂みの中に身を潜めてみた。狼に追われ、茂みに隠れたウサギのように、殺し屋は息を潜めた。妙にどきどきして後ろめたかった……。暫く目を瞑って、自分がやっている子供っぽい行為を楽しんでいた。

一分が長かった、十秒が長かった……。弦蔵は我慢の限界を感じて、そっと茂みから首を出した。その目の前に、ひしゃげたプラスチックのコップが突き出された。水道の水が半分ほど入っていた。自分が相当喉が渇いていたのだろう。そして子供心にこの爺も喉が渇いてると察したのであろう……。弦蔵は黙って、その水を飲み干した。

かって二十歳の弦蔵の背中に堅太郎が乗っていたように、弦蔵は浩太を肩車に乗せた。孫と爺さんの散策だった。

弦蔵はソフトクリームを与え、ジュースを与え、菓子パンを与えた。浩太は旺盛な食欲を見せた。浩太の顔から、首輪を外して必死に逃げようとする子犬の辛さは消えていた。

弦蔵もただの爺になっていた。

浩太は元気に走った。ユリノキの大木におでこをつけて、何やら独り言を呟いている。両手を一杯に広げて、小さな体で大木を抱きかかえようとしている。そして、笑った。浩太が大木を見上げて笑った……。

大木と折り合いが付いたのだ！　大木と意思が通じたのだ！

弦蔵も思わずにっこり笑っていた。

浩太の世界は生きている。次元は違うがまだ確実に生きている！　悪い大人が触れなければ、浩太の世界はまだ成長するのだ！

弦蔵は閉園時間の四時まで浩太を自由にさせた。浩太は同じ年頃の子供にも近付かず、ましてや大人の人間には決して近付こうとはしなかった。ただただ、木から木へ走り寄っては、体ごと密着させ、耳をあてがい。おでこをくっつけ、生き生きと飽きもせず、大木と語らっていた。

閉園の時間で新宿門を出た。弦蔵は、ハタと、思考が混乱した。いきなり、刑務所から娑婆に出たような現実感で浩太を見下ろした。浩太も外の風景を視界から遮断して、じっと弦蔵を見上げている。

さて、現実は現実なのだ、手を上げればタクシーも止まる。乗れば行き先を告げねばならぬ……。弦蔵は……いや殺し屋の現実は、浩太の処分だった。

弦蔵は無意識にタクシーを止め乗り込んだ。

『新宿署まで』弦蔵は自分でも思いがけない行き先を告げていた。

あの刑事なら、あの男なら浩太を理解するかもしれない……。

車は着実に三次元の渋滞という現実の流れに乗って、新宿署に向かっている。

どうする!? どうする?! 殺し屋は迷っている。

あのクリスマスの夜、新宿駅東口で、六・五ミリの銃弾をプレゼントしたのは、追われる者と追う者の奇妙な親近感だった。

しかし今、『縄文解放同盟』に浩太を渡すのは簡単だが、現実は拘置所に入れられているとは言え、母親が生きている。夫殺しの母親だが、情状酌量の余地は十分にある。五、六年で仮釈放になれば、浩太はまだ十歳かそこらで実の母親と暮らせる。しかし、この五、六年が浩太にとっては地獄だ! 誰が浩太を真に判ってやれる! 浩太にとって、下手をすると、今が、この一瞬一瞬の大人の接し方が、永遠の傷の深みに沈み込んで行くか、浮かび上がるかの瀬戸際なのだ! この大都会の波間で一人の幼児が飲み込まれるのは、いとも簡単な成り行きであろう……。残酷なマニュアルで処理される、幼児廃棄物となるのだ。

新宿署の前で降りた二人は、暫くぼんやりと立っていた。

迷う弦蔵にとって、新宿署の玄関がいやに敷居が高く感じ、足の運びは認知症の老人のようだった。それでも、弦蔵は浩太の手を引いて、玄関の中に入って行った。中は救急犯罪施設というのか、持ち込まれる犯罪の多さにごった返していた。受付の前にも三人ほどの、雑多な人種が何か訴えている。その後ろに待つ日本人の女は、まるで他国でパスポートを失くしたような顔で、しょんぼりベンチに座っている。

弦蔵は奥を覗こうとしたが、奥の様子は見えなかった。あの黒澤という捜査一課の警部が果たしているのか、それも定かではない。勿論呼び出す訳にはいかない。手紙をつけて、浩太をここに置き去りにするのか!

殺し屋は迷った分だけ、いつもの用心深さが消え、段取りも素人の行動だった。

弦蔵はさすがに自分の軽はずみな行動に気が付き、浩太の手を引いて、玄関の出口に向かった。目の前に黒澤警部が立っていた！　弦蔵の視線は動かなかった。勿論、黒澤は目の前の老人を目にも入れていなかった。

『あのー』弦蔵が思わず声を掛けた。

黒澤はチラッと弦蔵を見て、浩太に視線を落とすと、

『受付はその左だ！』とぞんざいに切り捨て、忙しそうに奥に消えた。

弦蔵は喉の奥から笑いが込み上げてくるのを抑えられなかった。

喉の奥で咳き込むように笑う弦蔵を浩太が見上げて、何故か一緒に笑った。

自分を置き去りにしようとした老人の親指をきつく握ったまま、浩太は弦蔵を慰めるように笑っていた。

二日後、弦蔵は狩小屋の車庫兼小型工場で、アルミの棒を台座の上の圧力機で曲げたり、火花を散らして溶接したり、アルミニュウムの板を裁断したり、何やら、苦心惨憺していた。

廃車置場の広い敷地では、浩太が五郎を追い、五郎が浩太を追い、色とりどりの走らなくなった車の中に転げ込んでは、まったく同種の生き物の如く遊んでいる。

扉が取れてしまったワンボックスカーの座席で、浩太はハンバーガーを千切っては五郎の口に差し出し、自分も同じカケラ食べている。

蛇口がない水道管からちょろちょろ流れる水を、浩太が飲むと五郎も大きな舌を巧みに使って飲んでいる。

浩太は、地球の生き物として、幼いながらも、ようやく生きる行動を取り始めているのだ。浩太にも五郎にも注がれる太陽の光は同じだし、温度差がある訳でもない。まさに生きとし生けるものの本能的な愛がそこに流れていた。

小型工場ではそれとは正反対な準備を、弦蔵は黙々とこなしていた。

辰巳銃がすっぽりはめ込まれた、精巧な松葉杖が一本出来上がりつつあった。

弦蔵はスコープだけは現場で取り付けるようにしたが、銃としては松葉杖にはめ込んだまま、射撃可能な造りに仕上げて行った。

弦蔵から宇宙的な思考が消え、三次元の殺し屋に徹し、精密な計算と行動のパターンは、手仕事に集中する熟練工の如く、全ての生活感情を消し去っていた。

三人のうちの最初のターゲットは、慶東大学教授、佐倉崎修。

『兄上！』堅太郎のメールが作業中の弦蔵に重なっていた……。

『兄上、この佐倉崎という男は、労働災害防止協会、労働衛生調査分析センターの所長であり、環境庁が主催する、「アスベストの健康影響に関する検討会」の座長を務め、その傍ら、アスベスト協会の顧問をやってたという、なんとも、取締まる方と、取締まられる方の両方で采配を振るっていた男です。

判りやすく言えば、殺人集団の後ろ盾の顧問をやりながら、警察の署長を務めていたような奴なのです！　許せません！』

弦蔵は完成した松葉杖で、見えないターゲットに狙いを定めた。

三

弦蔵は松葉杖を抱え、じっとソファに座っている。不出世の音楽家のような長めのカツラを被り、小さな鼻眼鏡を掛け、新聞を広げている。かれこれ三時間にはなる。

信濃町の慶東病院ロビーは、診察が終わり、薬を貰う患者でラッシュアワーの駅構内の如く混雑が激しかった。松葉杖を抱える老人に注意を払う者は、勿論一人もいない。

佐倉崎は月の初めに必ずこの病院を訪れるという事だった。糖尿病の持病と高血圧の薬のアンバランスの調整も兼ねて、担当医に診察を受けに来ているのだ。

堅太郎の情報によると、普通、各課の診療待ちは三時間以上なのだが、佐倉崎教授に関しては、病院に着き次第、内科の扉を勝手に開けて入るそうだ。

診察が終わると、帰りに必ず外苑の絵画館の駐車場に車を入れて、外苑を三周歩くという事だった。それも糖尿病の治療の為のジョギングなのだそうだ。

弦蔵は昨日は絵画館前で張り込み、今日は病院内で張り込んでいた。メールの写真と三田五丁目の自宅前で、本人の顔と照らし合わせて確認済みだった。

佐倉崎は、本人の考えは押し隠し、政府の見解をいやいや発表する内閣官房長官のような顔付きで、病院の玄関に入って来た。

確かにそれなりの見識を備えた顔付きだが、明らかに気骨を持たない、役人タイプの男だった。のらりくらりと当たり障りの無いエリートコースを歩き、昨日の考えは今日の風向き次第で、どうにでも変わる典型的な組織人間に見えた。

弦蔵は、自分と殆ど変わらない背丈の佐倉崎に向かって、ゆっくりと近付いた。佐倉崎は五七歳という年齢と、それにふさわしい地位についている自信を漂わせながら、行き交う人々をかわし、真っ直ぐロビーを横切って来た。

弦蔵は松葉杖を突き、佐倉崎の肩に触れんばかりにすれ違った。

病院の玄関で弦蔵は振り返って佐倉崎の背中を見詰め、外苑東通りを横切り、信濃町の駅前に出た。そこで、たった今電車を降りたかのような顔付で、タクシーに手を上げた。松葉杖のおかげで、すぐそこの絵画館前までの至近距離でもタクシーは快く乗せてくれた。

弦蔵は駐車場の出入口が見えるベンチに座った。午後二時三十分、曇り空だった。

バッティングドームからボールを打つ音が絶え間なく響き、総合グランド場からは、何処かのサッカークラブが練習する声が途切れがちに聞こえる、六月二日のけだるい昼下がりだった。

ジョギングする人達が七、八人、マイペースで走っている。ボクサー気取りで頭からトレーナーのフードを被る者、色彩豊かなTシャツにショートパンツのおばさん……。裸同然のランニングシャツの老人は、もう何処にも贅肉が無く、筋張った太股を晒して走る姿は痛々しげで、『死に急ぎしなさんな!』と思わず止めたくなるような姿だった。

恐らく病院で着替えたのであろう、背広姿から黒の上下のトレーナー姿で、絵画館の駐車場に止めたセルシオから佐倉崎が降りて来た。石畳の上で軽く屈伸運動をする佐倉崎は、まるで運動神経を感じさせないぎこちない体の動きだった。典型的な官僚タイプの顔付きは、およそ冗談も通じないし、いつも表面的な効率と結果を重んじ、職場でも、家庭でも、いるだけで暗い気詰りを感じさせるようなタイプだった。

佐倉崎は弦蔵が座るベンチの前を通過して、バッティングドームを左回りに歩き出した。

弦蔵は勿論、自分で調整した火薬量の六・五ミリの銃弾を辰巳銃に既に装填してあった。ベンチに座ったまま、肩にかけた鹿革のバッグを開け、射程百メートル内をしっかり捉える小型のスコープを取り出し、松葉杖に目立たぬように取り付けた。

弦蔵は松葉杖にすがってゆっくり立ち上がり、バッティングドームの前を通り過ぎ、周遊通りを渡り、霞ヶ丘八丁目の植え込みの裏側に足を運んだ。刈り込まれた植え込みは、ちょうど弦蔵の顔が出る程の高さだった。

弦蔵は植え込みに松葉杖をさり気なく乗せた。辰巳銃の仕込まれた杖は植え込みの上で軽く沈み、よそからは殆ど見えない状態になった。

弦蔵は辺りを見回したが、自分に注意を払っている人間はゼロだった。

松葉杖の腋の下にあてがう部分を、弦蔵は左肩に当てがってみた。ぴったり肩に納まった。スコープを覗くと、周遊道を信濃町方面から左回りに絵画館裏から回り込んで来て、国立競技場に差し掛かると弦蔵が立つ植え込みから、ちょうど直線距離で百メートル程の所に、ジョギングする人々が姿を現すのだった。弦蔵の姿勢を、誰かがチラッと見たとしても、行儀が悪い男が立ちションベンでもしている程度にしか見えなかった。

弦蔵は最初に姿を現したボクサー気取りのフードを被った男の心臓にぴたりと照準を合わせて、引き金のタイミングを計った。そして、銃をそのままにして、一番近くのベンチにさり気なく腰掛けた。

十五秒後に今撃ち取ったボクサータイプが、弦蔵の前を軽い足取りで通り過ぎて行った。

通りを隔てて、バッティングの響きが絶え間なく聞こえてくる。

弦蔵は植え込みの裏側に戻り、そのまま座り込んだ。

二分後にゆっくり立ち上がって植え込みから顔を出し、カーブの先を見詰めた。本格的な速さで走るランナーが見る見る近付き、通り過ぎて行った。

一周、約一キロのこの周遊道は、軽いジョキングのスピードで五、六分ほどであろう。

左手の国立競技場の横に、佐倉崎の一周目の姿が見えた。七分はかかっている。

弦蔵はスコープの中で佐倉崎の暗いエゴイスティックな顔を見詰めた。組織の中で働いている以上、他人の死は法律に引っ掛かりさえしなければ、一向に気にも掛けず、痛みも覚えぬ取り済ました顔だった。

弦蔵は微かに銃身を下げ、佐倉崎の左胸に照準を合わせた。

引き金のタイミングは完璧だった。

弦蔵はまたその場を離れ、ベンチに座り、佐倉崎が重い足取りで前を通過するのを見詰めた。この男がこの世の地面に足が付いているのは、後七、八分ほどである。月の輪熊の死体からとる肝臓は素晴らしい薬になるが、この男の肝臓は腐っている。高級車に乗り、ブランドの背広を着ているが、死んだ瞬間、生き物の為にはなんの役にも立たない亡骸となり、後はただ、からからに乾いた骨になるだけである。骨になれば悪さはしなくなるが、虚しい事に今後も何百人かは殺すであろう、アスベストという毒薬は蒔かれてしまっているのだ。

弦蔵は二周目のタイミングを待った。

時計と逆回りのターゲットは、分単位、秒単位で己の死に向かって走っている……。死神の視界は幾重にも重なる多重次元である……。瞬間に生死を越え、人間の判断基準を超える！　もう彼は死んでいるのだ！　後は物理的に彼の心臓を六・五ミリが貫くだけなのだ！　時間は空間の移動速度によって変わる……相対性原理の中でターゲットは既に死んでいる。

五秒前、国立競技場の角に姿を現した佐倉崎の心臓の鼓動を、弦蔵は冷静に数えている。

『一、二、三、四、……』

弦蔵の指がゆっくりと引き金を引いた。鋭い風を切るような音が一瞬響いたが、バッティングドームの音が、瞬時に銃弾の音を巻き込み消え去った。

弦蔵は、松葉杖を脇の下に入れ、前かがみに倒れ込むターゲットに目もくれず、銀杏並木の正面通りに向かって歩き出していた。

後から走ってきたボクサー気取りが、倒れた佐倉崎を追い越し、振り返った。つまずいたとしか思わなかったのであろう、そのまま走り去った。

その数秒後、色彩豊かな年寄りランナーが二人、佐倉崎を覗き込んだ。

佐倉崎は前のめりに倒れ、顔が左側によじれていた。両目はなんの動揺も無く、平常心で見開かれていた。

本人にとっては、なんの予兆も動機も無い突然の死である。とても受け入れられないものであったろうが、そこには、善悪を超え、神も仏も無く、殺し屋の深く冷えた怒りが点火し一瞬の炎となって、六・五ミリの銃弾が走っただけである。


殺し屋は狩小屋の車庫から横の鉄階段を登り、二重鍵を外した。

中に浩太を一人残している。弦蔵は不安だった。無理解な大人の常識の中に浩太を残すより、一人にしておく方が良いだろうと、弦蔵は決断したのだ。

熊と犬の縫いぐるみとクレーン車、消防車、ジープ、レーシングカー、画用紙、クレヨン、ビスケット、牛乳、チョコレート……弦蔵が思いつく限りの物を囲炉裏部屋に並べておいた。

弦蔵はトレッキングシューズをもどかしげに脱ぎ捨てると、囲炉裏部屋に這うように上がった。

浩太の姿は見えなかった。囲炉裏の縁に、黒い熊の縫いぐるみが置かれ、その向かいにキチッと秋田犬の縫いぐるみが対峙し、両側にレーシングカーや消防車、ジープなどが整然と並べられ、なんと、熊の横には、しっかりしたウンコがこんもり載っていた。

弦蔵は思わず貴い物でも見るように、浩太のウンコを見詰めた。浩太がちゃんとズボンを下ろして、この囲炉裏の縁にウンコをしたのだ。なんとも崇高にして孤独なウンコではないか……、弦蔵は思わず笑っていた。

浩太は古着の波間の中、例のロングスカートとケープの下で、小さな尻を丸出しにして眠っていた。

弦蔵はそっと抱き上げ、敷きっ放しの布団に浩太を寝かせた。

狩小屋から戦国の館のイメージが消えた。

弦蔵はサランラップを台所から取り出し、神棚に供えたような浩太のウンコを丁寧に包んだ。

浩太の寝顔には、透き通るような孤独と、死んだ天使のような美しさが漂っている。

弦蔵は浩太の寝顔に、己の存在の痛さを一瞬とはいえ癒やされていたのだ。生きている事の不条理を忘れさせられていたのだ。

弦蔵は、ほんの一時間ほど前に銃撃を果たした松葉杖を、本当に足を支える杖の如く腋の下に挟み込んで、一介の老人として立っていた。

ふと、現実の闇に返り、弦蔵は重い足取りで、抜け殻のような様々な着物の波をくぐり、仕事部屋に入って行った。

『兄上、恐らく、テレビを見ていないでしょうが、浩太の母親、君江の夫殺しの犯行が発覚しています。再逮捕されました。問題は浩太の行方です。当局は子供の行方を捜しています。浩太の母親の足取りですが、立花荘から鏑木の愛育園までの時間を逆算すると、君江が浩太を何処かに預けた可能性が薄いのです。立花荘の女将は母親が連れ去ったと主張しているそうですが、母親はまだ神経がまともではなく、時折り、怖い刑事に息子を預けたと口走っているそうです。その刑事とは恐らく兄上の事でしょうが……環状道路の監視カメラをたぶん洗うでしょう。まあ、時間もかかるし、兄上の事ですから巧みな偽装で車を走らせているでしょうから、運転手を特定するのも難しいはずです。

しかし、用心に越した事はございません。子供の写真もなければ、何より、母親の神経がまともでないので、当局は相当手こずっているようです。

さて、一人目のターゲット、は見事な手際でした。ただ、兄上がどうしてもこだわっている、辰巳銃……六・五ミリの銃弾——これだけが気がかりです。兄上の美学であるし、兄上の体の一部をもぎ取るような事はしたくありませんが、できたら、最新のライフルを使っていただきたいと思っております。これは、あくまで「縄文」の希望です。

二人目、経済産業省住宅産業窯業建材の課長、福井憲治です。資料は届いているはずですから、後は兄上のやりたいようにおやり下さい。

追伸　浩太の引き取りの時機をお教え下さい。勿論、浩太の精神状態を深く考慮した上で結構です』

弦蔵はメールを閉じ、三台目の携帯で立花荘に電話を入れた。

『……』貞の相手を確かめるような息使いが何秒か続いた。

『弦太郎、まさか、夫殺しには関係していないだろうね！？』息を詰めたような声だった。

『白神の山神様に誓って、それは無い！』弦蔵も深い息遣いで返事をした。

『そう……、良かった』貞の心底安堵した声が擦れていた。

『心配掛けてすまん！』

『人助けも、時に身を滅ぼす事があるからね』

『うん、貞さん……、俺、普段は酒を呑まねが、始めて貞と酒が呑みたくなった』

『いいよ、アタイも固まった糸玉をほぐしたいねエー、浅草でケトバシか泥鰌でもつつきながら、一杯呑もうかね……』

『蹴飛ばしって？　なんだ、わしば蹴飛ばすのか？』

『バカ、馬肉の事だわねえ……』貞は嬉しそうに笑った。

『判った、着流しと洒落込んで行くわ』

『浅草寺で人力車に乗りな。店の名は「安部衛」、八時半においで』

『判った、時間厳守だ』

弦蔵は、殺しの後遺症なのか、一物に鈍痛な疼きを感じていた。

陽が翳《かげ》った廃車置場に降りて行きピーッと口笛を低く鳴らすと、五郎が積み上がった廃車の陰から猛然と走り出て来た。弦蔵は五郎の耳の裏側を撫ぜ、じっと五郎を見詰めた。

五郎も初めて自分に何かを期待している弦蔵の目に気付いたかのように、弦蔵の心を読み取ろうと、じっと、深い眼差しで弦蔵を見詰めた。賢い瞳だった。

弦蔵は立ち上がって五郎を促し、階段を上がった。狩小屋の中に五郎は初めて足を踏み入れた。五郎は汚れた自分の体を気遣うように、頭を垂れて畳に上った。弦蔵はそのまま台所を通り、奥の浴室に五郎を連れ込んだ。

弦蔵は、ぬるめにシャワーを調整し、シャンプーを一瓶、五郎の体にぶちまけ、その大きな体が見えなくなるほど白い泡の中に閉じ込めた。五郎は観念した如く、弦蔵のなすがままに体を預けていた。

黒っぽい汚れたお湯が流され、徐々に五郎の艶のある黒い毛並みが蘇《よみがえ》って来た。プール一杯分ほどの湯が五郎の体に降り注いだ。

一瞬の油断だった。五郎の物凄い身震いで、弦蔵はもろに飛沫を浴びていた。弦蔵は雫が飛び込んだ片目を瞑り、バスタオルで五郎の体を丹念に拭いてやると、見違えるほどの雄振りに変身していた。牝の二、三匹はあてがいたい気分だった。

弦蔵は湯上りに一杯、大きめのボールに牛乳を注いで五郎に飲ませた。ツマミに、長い一連のウインナーも付けてやった。まさに五郎にとっての饗宴だった。

落ち着いたところで五郎を囲炉裏端に座らせると、まるで優秀なSPの如く、キチッと隙の無い番犬となった。弦蔵は浩太の寝顔を確かめてから、衣裳部屋に潜り込んだ。奄美の泥染めの大島を着て、博多帯を貝の口に締め、弦蔵は、やくざなのか、職人の親方なのか、見分けがつかない形《なり》をして、鹿革の手提げを持って狩小屋を滑り出た。

車は第二京浜から日比谷通りに出て、日比谷公園の地下駐車場に潜り込んだ。後は人混みに紛れて、タクシーを拾った。

雷門の門前でタクシーを降りた弦蔵は、威勢のいい兄ちゃんに誘われるまま人力車に乗り、夜の浅草を散策しながら「安部衛」を目指した。

駒形一丁目の路地に「安部衛」と荒々しい筆書きの分厚い板看板が、年季の入った分、飴色に光って、障子格子の入口の軒にでんと架かっていた。

まさに弦蔵は、店の造りにぴったりな形《なり》で障子格子を開けた。

『らっしゃい!』歯切れの良い江戸弁が飛び交い、印半纏《しるしばんてん》の男衆が五、六人忙しそうに立ち働いていた。弦蔵は案内されるままに上がり縁で雪駄を脱ぐと、二十畳ほどの大広間で湯気を立てて鍋を囲む数組の客の喧騒を横目に見て、黒光りする階段を登った。

両側に個室の竹格子の戸が幾つか並んでおり、弦蔵は一番奥の左側に「銭形」と表札の掛かった部屋の戸を、男衆が小気味よく開けて案内した。

『へい! ごゆっくり、用事がありやしたら、テーブルの呼び鈴を押してくだせえ』印半纏の粋な兄ちゃんは、鮮やかに体を翻して去って行った。

土壁に掛かった、写楽の役者絵の版画を背景にして、貞は既に手酌で徳利を傾けていた。

『時間通りだねエー、あたしゃ、三十分前に来てたのさ。先に呑んでないと、なんだか照れくさいやね……』

貞も偶然に、鉄色の縦縞模様の大島紬を粋に着こなしていた。

『おや！　お前さんも紬の着流しとは、嬉しいねえ。さあ、突っ立てないでお座りなさいな……』

既に、貞の目尻の小皺から頬にかけて、ほんのり赤みが差していた。嫌味の無い、垢抜けた色気が、貞の気質を交えて滲み出ているようだった。

テーブルには伊万里の大皿に、馬刺しが河豚刺しの如く並んでいた。

貞はテーブルの横に置かれた岡持ちから、ビールのボトルを取り上げ、

『最初はビールで喉を潤してちょうだいな』と弦蔵にコップを持つよう促した。

弦蔵は滅多に呑まないビールを恐る恐る口に運び、グイッと一口飲み干した。口から喉にかけて、聖水のシャワーが暴発したようだった。なんとも新鮮な刺激だった。元々、呑めない血筋ではないが、ただ、極めて緊張感を持って、酒から自分を遠ざけていたのだ。

しかし、今夜は禁を犯したかった。貞が電話口で呟いた、固まった糸玉をほぐすように、縺れたまま風穴の底を這う、精神の糸を、手繰《たぐ》ってみたかったのだ。

富士の原生林を支える根の如く、火山岩で固まった地中にはくぐれず、さりとて、樹木を支える根っことして、しっかり地面を掴み取らなければならないジレンマの中、逞しい根っこは蛇が地面を這うように、苔まみれになって、あてども無く這い回りながら巨木を支えているのだ。

そんな逞しい庶民の支えを忘れ、虚像がテメエの根っこを切り刻みやがる！

二杯目のビールは、喉の痞《つか》えを押し流すように、気合を込めて飲み干した。

胃の中で祭りのざわめきが起こり、太鼓の響きが背筋を這い上がって、後頭部を気持ち良く浮き上がらせた。

『美味しそうに呑んでくれるじゃないか……。ケトバシの刺身、ニンニクの下ろし醤油で食べてごらんな……』

貞は、長い箸を巧みに使って、弦蔵の小皿に厚みのある赤身の刺身を数切れ取ってよこした。弦蔵は、一切れほどいっぺんに醤油をつけて口に運んだ、久しぶりにアオシシの肉を思い出す美味しさだった。

弦蔵は徳利を手元に引いて、貞のお猪口に酒を注いだ。

『嬉しいね。男に御酒を注いで貰うなんて、何年ぶりだろうかねエー』貞は愛おしそうに杯を口に運んだ。

弦蔵と貞は、長いお勤めからやっと娑婆に出て来たやくざの亭主が、苦労掛けた女房と久しぶりに再会したかのように、ほろ苦くも暖かい視線を交わした。

『今、弦太郎が何をしてるのか、さっぱり判らないけれど……。あたしゃ、男の心根だけは見えるんだよ。学歴も肩書きも取っ払った、本当の男の正体だけは見えるんだァ。お前さんは善人を通り越し、正義の味方の立派な悪人に成長したように見えるね……』

『買い被りゃァ、まいね。人ば鼠小僧みてェに言うなじゃ』

江戸弁口調を真似ようとした弦蔵は、かえって、津軽弁が思わず出ていた。

『鼠小僧なもんか！　そんなちっぽけな志じゃいけないよ。世直し奉行ぐらいにはなって貰いたいねエー』

『時代劇の見過ぎじゃあねえのか？　たかが、猟師くずれだ、都会にゃァ向かん生きもんだァな……』

『江戸弁が似合う形《なり》をしてるけど、東北の朴訥さは変わらないねえ……、十年前と、ちっとも変わっちゃいない……相変わらず厳しい生き方をしてるんだろうねえ……』

『まあ、やくざな生き方にはチガイネ……』

『あたしゃ、法律に叛いても、ここ、この胸の疼きに叛かない男が好きだねえ……』

『幡随院長兵衛《ばんずいいんちょうべえ》だろう、貞の贔屓は……。昔、さんざ聞かされたよ。旗本奴の向こうを張って、一歩も引かネかった町奴の元締め、幡随院長兵衛！　侠客の元祖にして、男の中の男！　……芝居の見過ぎだぁ』

『まあそれはいいとして、子供をまだ手元に置いてるのかい？』

『う……うん』

弦蔵は隠し事がばれた子供のように口ごもった。

『警察が二度聞き込みに来たよ。あの母子の他に誰か男が一緒じゃなかったか？　と、しつこく聞いていたね……。弦太郎が不幸な子供に異常反応するのは知ってるけど……、弦太郎自身に、あの母子と関係なく、警察を避ける事情があるんじゃないのかい？』

貞の鋭い勘は弦太郎に対する愛情表現でもあるのだろう。心底心配している切れ長な目は、サハラ砂漠を苦労して渡ってきた駱駝のように、優しくも厳しい目だった。

『……たとえお上に叛く事があっても、貞の目から見デ、わし自身の魂に照らしデ、断じてやましい事はしてないつもりだ』弦蔵は時代劇の国定忠治や清水の次郎長の役どころのセリフで誤魔化し、三杯目のビールを苦い思いで飲み干した。

『だろうね、己の魂に嘘ついてる人間は、すぐ顔に卑しさが出るからねェ。どんな職業についていてもそれは同じだよ。まあ、己の魂を初めから持ち合わせていないような奴もいるけど……。特に政治家を長くやると、多かれ少なかれ、魂を失うね。癌なら、内臓を半分切り取ってもいいけど、力関係で魂を半分売ったり買ったりされるのを見るのは、いやな風景だねェ……。そんな事を繰り返しているうちに、完全に魂を失っていくんだろうね……』

『森の木々にも魂があり、川にも山にも魂の木霊が響き渡るように、国家の大本である、国の魂が日本国から消えてまだ……』

『大和魂！ッて、昔は言ってたねえ……』

『そう、戦争に駆り立てる為にその言葉を安っぽく利用したんだべが……、人間にはどうしても譲れない、魂があるだろう。国にも同じように、厳しく護る魂がねぐちゃいけねえ。戦に破れて、アメリカに魂を抜かれたまま、あてがい扶持《ぶち》に美味い物を喰わされ、上手に飼育されてるうちに、すっかり日本国民は養殖魚になってまだんだ』

『まったく歯がゆいねえ！　あたしゃ、山谷で日本の底辺を見続けてきたけどさ、同じ落ちぶれもんでも、昔のはぐれ者にはそれなりの誇りが多少なりとも残っていたよ……。それが今じゃ、単なるホームレスに成り下がったね』

『養殖魚は病気にかかりやすいし、黴菌の繁殖は早い』

『弦太郎は黴菌の消毒をしてるのかい？』

貞の目が光っていた。弦蔵の目は怯んだ。

『十年前にうちに転がり込んだ時から、弦太郎はただの労務者じゃない事は知っていたよ』

『すまねえ、あねさん！　詮議はこのへんで勘弁しておくんない！』

弦蔵は芝居がかったセリフはうまく言えた。

『ハ、ハ、ハ、無粋だったねえ。勘弁しておくれな……。今宵は腰が抜けるまで、アタイと……呑んでおくれ、シャン、シャンと』貞はテーブルの呼び鈴を押した。

『ケトバシの鍋でゆっくり呑もうかね』

『あまり呑んだら、立つ物が立たなくならァ』

『おや！　まあ！　嬉しい、七年昔の閨を再現してくれるのかい！』

『あたぼうよ！　売られた喧嘩は買わなくてどうするってんだ！』

貞の手が微かに震え、弦蔵のコップにビールを注いだ。

貞のうなじが色っぽかった。弦蔵の一物がしっかり立ち上がっていた。

『アタイの塒《ねぐら》は水天宮のビルの一室だけど、中は江戸の造りにしてるんだ。今夜は平成を忘れて、江戸の浮世絵の世界で忍ぼうかねー』

貞の目元が挑戦的に色づいていた。

四

警視庁本部庁舎六階に陣取る捜査一課は、大所帯ではあるが頻発する凶悪事件に追い回され、一課長が席についている姿は滅多に見られない。

その吉田警視正が会議室の円形テーブルの中央に座って、ストレスをなんとか顔に出すまいと、額から頭の頂上にかけて痛いほど爪を立てて、二、三回頭を掻き揚げ、書類に目を通していた。

隣には管理官が不機嫌そうに座り、緒方警視と宮本警部が二つ席を空け、俯き加減に座っていた。三年越しに追い詰めた振り込め詐欺の主犯を、逮捕寸前に幻の殺し屋に玉を取られ、緒方警視の自尊心はズタズタに傷付いたままだった。

他に、「外苑狙撃事件特別捜査本部」が設置された四谷署の署長が、当然ながら参加していた。

黒澤は、一人ポツンと離れた末席に被告のように座らされている。

「何を今さら、参考人招致みたいに人を呼びつけやがって……」と腹の中で思いながらも、黒澤はなんの臆する事もなく平然と上司を見詰めていた。

『黒澤警部、この四、五年、銃器の発砲事件は年間百十件前後で、死者数は毎年二十名前後です。しかし、その全ては拳銃によるものでして、ライフルによる狙撃事件は一度も正式には記録されていないんです。

勿論、三月二八日に鷹森神社で起きた振り込め詐欺集団の首謀者、志賀正志狙撃事件、それに今月の外苑の佐倉崎教授狙撃事件の二件は特例です』

吉田警視正は書類から顔を上げた時には、見事に感情をコントロールした冷やかで硬質な顔に戻っていた。

『特例という事は、黒澤警部のこの報告書にある通り、六・五ミリの銃弾を使用する銃は、旧陸軍の三八式銃と三十年式歩兵銃、それに、スウェディッシュ・モーゼルの三種類という事ですね。従ってこの骨董品は数少ない特別な銃マニアが所持していて、全て各警察署に登録されているとの事ですよね。

その上、盗難事件も起こっていない。となると、この殺人に使用された１８００年代の骨董銃の出所をどう洗うのか、黒澤警部に何か秘策がありますか？』

全員の顔がまるで殺し屋を見詰めるように、黒澤を見詰めていた。

口を開こうとしない黒澤に、緒方警視が苛立たしげに眼鏡の奥の細い目を光らし、口を挟んだ。

『十年追い続けてきた幻が、はっきり浮上した訳でしょう。この報告書には記されていない、何か特別な情報をお持ちじゃないのですか？』

黒澤の頬に走る縦皴が、グッと噛み締めた奥歯の力で、傷口のように動いた。その男「ゾルバ」は、顔には出さない悲しみの笑いを視線の奥に秘めて、緒方の顔を鋭く見詰め、その視線を吉田課長に移した。

『今まで提出した報告書は全部読んでいただけましたか？』

黒澤は静かに尋ねた。

吉田警視正が横の理事官と管理官に目を走らせたが、二人共無反応だった。

『私の手元に届いている報告書は、この二件の狙撃事件の報告書だけだが』吉田課長はそっけなく答えた。

黒澤は沈黙した。

『黒澤君』理事官の久保山が裁判官のような口調で言った。

『この、東京都だけに限っても、一日に交通業過を除いて刑法犯の認知件数が、どのくらいの数になるか知ってるかね？　五年前の統計でも一日八〇二件、一時間に三三件、一分四九秒に一件の割合で何かしらの事件が起きているんですぞ』

全員が沈黙した。

『だからと言って、特異な殺人事件の報告書が消える訳がないでしょう』

黒澤は2テンポほど遅れて、誰に言うでもなく呟いた。

『勿論、銃器による殺人事件としての報告書は揃っていますよ』管理官の福留がおもむろに呟いた。

黒澤は淡々と抑揚も無く言葉を発した。

『十年間という月日の間ですが、今回を含めて十二件の狙撃事件があったのは確かなのです。回収された六・五ミリの銃弾は、合計六発です。同じ六・五ミリの銃弾を使う、スウェディッシュ・モーゼルは結構アメリカで安く出回っていますが、旧日本陸軍の物より幾分雷管が長く、威力が勝っている分、死体の傷口に多少の差も出ますし、銃弾の潰れ方も違いまして、この銃は外せると思います。他に、あの、ケネディ大統領を狙撃したと言われる、オズワルドが現場に残したイタリア製のカルカノ小銃が、六・五ミリの銃弾使用になっていますが、これは日本には入ってきておりません』

『と、すると、犯人は限りなく、旧陸軍の三八式銃を使用しているか、或いは、数丁も現存していないと言われる三十年式歩兵銃を使用している、超マニアという事になる訳だ』

吉田課長は物語としての興味が湧いたようだった。

黒澤はそんな課長を無視して話を続けた。

『今までの私の報告書は、正常扱いされず、埃を被って何処かに紛れ込んでいるのは、まことに残念な事ですが……』

黒澤はチラッと緒方警視に視線を走らせ、書類入れから自分の報告書のコピーを取り出した。

『皆さんには、のちほど、もう一度この報告書を提出します……。これら一連の狙撃事件には、はっきりしたメッセージが込められているような気がするのです。害者はまちまちですが、カタギを装うやくざ、大企業に隠れ結果的に人殺しをしたエリート、残酷な大手銀行の支店長、医療ミスを大学病院ぐるみで隠した教授、官僚のとてつもない裏切り、保険会社の支店長、見方によれば殺されて当然というような人物ばかりなのです』

『殺されて当然？　君、間違っても警察官がそういう青臭い判断をするんじゃない！』

理事官が鋭くたしなめた。

『そう、黒澤警部、君は君の妄想の中で殺人犯の物語を作り上げ、勝手に酔いしれてるんだ』

緒方警視がここぞとばかりに口を挟んだ。

『別に酔いしれてる訳じゃありません、犯人を割り出す当然の思考過程だと思いますが』

『君は、誘拐犯にいつの間にか同情してしまう人質と同じで、ある種のストックホルム症候群だよ』

緒方警視は何処までも嫌味な奴だった。

『小娘じゃあるまいし、一生懸命犯人を追う刑事を精神異常者にしちゃうんですか？』

黒澤も腹に据えかねた。

『君の言動は明らかに殺し屋に同化してるとしか思えませんね……。それとも、定年を前にして、警察官としての枠に耐えられなくなったのと違いますか?』

『こういう場所では本音を言わないのが、建前でしょう』

本音を言えば、お前を殺したいのだ、という目付きで、黒澤は緒方の目を見詰めた。

『まあ、内内でいがみ合っても仕方あるまい。日高署長、この外苑の殺しの動機を徹底追及するのが、犯人に近付く一つの方向かもしれませんが……。銃マニアの無差別殺人の可能性も十分に考慮しておいて下さい』

吉田警視正が四谷署の署長に話を振り向けた。

『はあ、狙撃された佐倉崎教授についてはよく把握しておりますが、銃マニアについては、それこそ黒澤警部に協力を願いたいですな』

日高署長は警察官というより、商事会社の部長という感じのおっとりしたタイプだった。

『外苑狙撃殺人事件、この特別捜査本部は日高署長に取り仕切って貰うが、ここにいる全員、特に黒澤警部には隣の新宿署という事もあり、この捜査に特別参加を要請する。それに関連して、鷹森神社の件も、黒澤君、碑文谷署と綿密に連絡をとって貰いたい! 以上』

吉田課長は急に便意でも催したように立ち上がった。

黒澤には、もっと、もっと、言いたい事は山ほどあったが、吉田警視正が抱えている事件の数を考えると、これ以上突っ込んでも埒が明かないと感じた。

幻の殺し屋は認知されたが、結局追い詰めて行くのは自分しかいないと確信していた。

六・五ミリの銃弾を使用する銃の持ち主は全部洗い尽くしていた。三八式銃が三六挺、三十年式が三挺、スウェディッシュ・モーゼルが九挺、持ち主に不審な点はなかった。

三八式銃の出所は、あの大東亜戦争の最前線で、骸《むくろ》となった日本兵の手からアメリカ兵が記念に持ち帰り、それが改めて日本に還流した物だった。三十年式歩兵銃はまさに日露戦争の生き残りから流れ、その過程は不明だが、骨董品として市場に流れたのであろう。スウェディッシュ・モーゼルは、その名の通りスェーデンが保存していた物が、闇に流れた物だった。

即ち、これら登録された骨董銃だけなら、最新のライフルより遥かに持ち主は特定しやすかったのだが、登録されていない骨董銃となると、百年前の日露戦争から洗って行かなければならない事になる！　殆ど不可能な話であった。

黒澤は警視庁を出ると、お堀端を三宅坂方面に向かって歩いていた。

間もなく梅雨の季節がやって来る。季節に関わり無く、鬱陶しい己の気分が晴れ渡った事は、ここ十年程記憶にない。この歳になると己の人生を振り返るのも怖いのだ。

振り返れば、取り返しの付かない、闇の空洞が足跡も無く、虚しく続いている。ただ非生産的に、犯罪者を闇雲に追い続けてきた人生など、振り返りたくもなかった。

「定年を前にして……」確かに黒澤の何処か深い部分で、何かがブスブスと弾けていた。仕事にのめり込み、人生途上で何か大切なものを失ってきた、落ちこぼれの団塊世代なのだ。

先を見れば、人生という長いトンネルが徐々に終わろうとして、まさに、あの世への出口が卵ほどの大きさに見え始めているのだ。日に日にその出口は大きくなっている。

それでも、過ぎた日々を振り返るより、あの世への出口を見詰める方が、まだ己の虚しさを笑える。

苛立たしく活発に胎動するエイリアン……何を守っているのか、誰から何を守ろうとしているのか――。

黒澤は春蛇の携帯を鳴らした。

『そろそろ、掛かってくる頃だと思ってたわよ、今何処なの？』

『桜田門』

『そう、初めてでしょうけど、四谷の「骨董・贋作」まで来なさいな』

『なんだ、それ？』

『贋作の夢公房よ』

『ほう……胡散臭い公房だな……』

『そう、夢は人を喰うものなの……。タクシーを拾って、四谷見附を通り過ぎたら、マルエイの前で降りなさいな。後は道が入り組んでいるから、私がそこまで迎えに行くわ』

『十分で着く』

黒澤は三宅坂の交差点を渡り、タクシーを拾った。タクシーを降りた黒澤は煙草を切らしたのに気付き、マルエイの中に入った。表に出て、一服しながら春蛇を待った。

横に立っている男が、まさか春蛇とは気付かなかった。

『馬鹿丸出しだぜ。さっきからお前の横にいるのに気が付かない、この、鈍亀デカ！』

黒澤は春蛇に肩を叩かれ、振り返っても判らなかった。

まさに変幻自在の能楽の如く、信長も血迷うほどの匂い立つ女であったり、得も言われぬ老僧となり、出会っただけで自己嫌悪に陥るような品格を見せたり、一転、鬼の姿で天地を揺さぶる……まあ、楽しいと言えば楽しいが、油断して糞もできない妖怪だった。

春蛇は鉄色の作務衣を着、束ねた髪は後ろできつく縛り、髪には艶のある銀色の染めが幾筋か走っていた。後ろで髪の毛を絞っている分、顔の肌が若武者の如く張りがあり、たった今戦場から帰って、兜を取ったような凛とした顔付きになっていた。

『見た目は若武者だが、言葉使いは、まるでやくざだな』

黒澤は悔し紛れに煙草を靴底でもみ消した。

『本業は、やくざだァ！　やくざな夢世界、やくざな極楽浄土、やくざな仏、やくざなやすらぎ……』

『そのへんで止めとけ！』

黒澤は、肩でおどけながら歩く春蛇の後に着いて行った。

『近道を行くから、見失うなよ』

春蛇は慣れた足取りで路地を幾つか曲がり、まるで追われる猫が素早く猫道に消えるように姿を消して行く。

黒澤は本気で見失わないように春蛇の後を追っていた。

『だんだん、この世が遠くなる。今来たこの道帰りゃんせ、帰りゃんせ、通りゃんせ　通りゃんせ、ここはどこの細道じゃ、天神様の細道じゃ。

ずいずいずっころばし、ごまみそずい、ちゃつぼに、おわれて、とっぴんしゃん、ぬけたらどんどこしょ

……。

かごめかごめ、かごのなかのとりは、いついつ、でやる。

またたく星よ、きらきら星よ。あなたのおうちはお伽の宇宙』

春蛇は支離滅裂に童謡を唸るように歌いながら、頭の後ろに束ねた尻尾を軽く揺すり、猫の足取りでしなやかに歩いて行く。鈍亀デカはふて腐れながらも、春蛇の次なる異空間舞台に引き寄せられている。

定年を前にして、次々と出会う異次元の楽しさなのだ。

お寺の駐車場の裏手に錆びた鉄格子があり、春蛇がリモコンを取り出し操作すると、鉄格子が開き、古いレンガの階段が青銅を折り曲げたロココ調の手すりと共に地下に通じていた。

春蛇に導かれるまま、黒澤は薄暗い階段を十メートルほど降りて行った。ハリーポッターじゃあるまいし、ふざけるのも大概にしろよと思いながらも、黒澤は赤いカンテラが下る、古びた陶磁作りの店先を見詰めた。

黒猫が突然現れ、春蛇に一声「ニャン」と鳴き、店の中に消えた。春蛇は黒猫の後に続いて、赤いカンテラに一瞬横顔を見せ、店の中に滑るように入って行った。

黒澤はカンテラの下の、汚れたレンズのようなガラス窓から、店の中を覗いた。

目の前で金髪の美人が笑っていた。「エッ」と瞬きして見直すと、アンティークのフランス人形が笑っている。その後ろにも、折り重なるように金髪の人形達がミニチュアのソファに腰掛け、勝手気儘な方向を見詰めて、見えない相手と語らっていた。

黒澤は開いている厚いガラス格子のドアから、入ってはいけない空間に一歩足を踏み入れ、恐る恐る首を突き入れた。その額に当たったのは、ピエロの操り人形だった。鈴のついた三角帽子がチリチリンと鳴り、ピエロは片目から大粒の白い涙を垂らし、笑っていた。

『失礼』とも言えず、黒澤は薄暗い店の奥に目をやった。

洞窟のような空間が、万華鏡のトンネルのように、ぽっかり口を開けていた。

『春蛇！・』黒澤は呟くように名前を呼んだ。

『隆！　こっちよ』春蛇が万華鏡の奥から黒澤を呼んでいる。

両側の壁の雛壇に、首があったり無かったり、色が褪せたり鮮やかだったり、古い雛人形がずらっと並んでいる、五人囃子に笛太鼓……。人形の墓場なのか、展示場なのか、魂を失ったのか、取り戻したのか、人形達がルオーの絵画の如く、重厚に愛を奏でている。

黒澤は春蛇の世界に少しずつ慣れ親しんできたのか、それほど違和感もなく、色彩溢れる子宮のトンネルを進んだ。

トンネルを抜けると、漆喰の壁に囲まれた大きな部屋だった。天井から足元まで、幾重にも裁断された棚に、楽焼、萩焼、唐津焼、あらゆる陶器が細密画のようにびっしり並んでいる。それら、個々の陶器の色合いが重なり、交じり合い、間接照明に照らされ、深海の色の揺らめきを醸し出していた。

三十畳ほどの部屋の床は、コルクが敷き詰められ、その中央には、海水に浸って百年の孤独を味わったような、白茶けた大きな机が、難破船の如く沈んでいた。

その机の前に、大昔に死んだ海賊船の船長のように、春蛇が座っている。

机の上には大きなパソコンのセットが違和感もなく、操舵室の計器の如く、光を発していた。

『そこの椅子に座って』

春蛇が指差す先に、まさかこれが椅子（?）というような、巨大な陶器の白象が鼻を高だかと上げ、天井を見上げていた。よく見るとその横腹がえぐれていて、大人二人がゆったり座れそうなソファになっていた。

黒澤は言われるままに、象の懐の中に座った。ソファの部分はしなやかなカンガルーの皮でできており、クッションも獣の腹の上に座ったような温かみがあった。黒澤は象の懐の中でホッと安らいだ。

春蛇はパソコンのキーを叩きながら、黒澤に話しかけた。

『隆は今時の若者と違って、コンピューターの扱いは幼稚園並みでしょう、だから、六・五ミリばかり追いかけてるのよ』

今日の黒澤は何処にいても、時代の現実を突きつけられる。

『六・五ミリの他に何があるというんだ？』

『新宿の私の地下室で収集した、犯罪アジトの情報――半年分は隆のパソコンにも入れたはずよ』

春蛇の指は素早くキーボードを叩いている。

『鷹森神社の件は肝心の首謀者が死んでしまっただろう……』

黒澤は自信無さげに答えた。

『でも、ひょっとして、その首謀者の志賀が殺し屋とコンタクトしている声がどっかに入っているかもしれないじゃない』

『そこのところは何回も再生して聞いたつもりだが……』

確かに自信がなかった。

『昨日からそれを洗っているのよ。志賀は元締めだったのよ。何回かは新宿の事務所に顔を出しているはずよ……。今は六ヶ月から一年前に遡っているところ……、まさか、この盗聴記録を警察の鑑識に届ける訳にはいかないでしょう。私のオマンマの種なんだから……』

黒澤はソファから起き上がって、ピアニストの如くしなやかに走る春蛇の指とパソコンの画面を交互に見詰めた。

『貴方が見たって判らないわよ……』

春蛇は独り言を呟きながら、画面を追っている。

『いくら幻の殺し屋だって、依頼主と何処かでコンタクトしてるはずでしょう。お金の受け渡しもある事だし……』春蛇は黒澤を無視して、キーを弾き続けた。

黒澤は春蛇の邪魔をしないように、象の腹の中に再び身を沈めた。

『象のお尻にお酒が色々入ってるから、ご自由におやりなさいな。お尻の下の小型冷蔵庫に氷も水も入ってるわよ』

こんな風に指図されながら生きる人生もまた楽かもしれない……。黒澤はチラッと思いながら、白象の艶々した、でかい尻の後ろに回った。三段腹というのはあるが、その巨大な尻は三段の棚に割れていた。

一段目二段目には、様々な形のクリスタルグラス……それも明らかに高価な骨董品が燦然と並んでいる。一番下の段に、コニャック、焼酎、ウイスキー等、古酒のボトルが収められていた。

黒澤は別に骨董品に興味がある訳ではないが、美しい物を手にすると、確かになんとも言えない快さを感じた。黒澤は暫し、大振りのドシッとしたクリスタルグラスの存在感と、カット模様の繊細さを、手の平で味わい楽しんだ。

冷蔵庫から取り出した氷をアイスボックスに移し、クリスタルグラスに氷を入れて軽く振ると、鍾乳洞で聴くクリスタルのピアノのような音が響いた。黒澤はその響きを溶かし込むように、血の色をしたコニャックをダブルに注いだ。象の腹の中で、黒澤はクリスタルのピアノの音色と、コニャックの香りと度の強いアルコールの激しさを喉の奥に流し込んだ。

今、この瞬間、あの幻の六・五ミリに眉間を撃ち抜かれたい！　そんな風に昇天したい！　と、黒澤はシュールな快感に顔を歪めながら、一人笑っていた。

『驚いた、こいつ等、私の貸し部屋でアダルトビデオの撮影もやってたのね！　まあ！　もう……ハードな……』

春蛇は検索の目的を忘れている。

『まあ、いくらマゾでも、こんな事する?!　いやねェー、女って……まあ、オカマには考えられないわ！』

『なんだ、俺にも判りそうな画面を開いたのか？』

『判り過ぎるから来なくていいわよ！　もう……』

『何怒ってるんだ……』黒澤はコニャックの重みで動くのが億劫になり、象のソファに深く沈み込んだ。


黒澤の天涯孤独の人生が始まったのは、十三年前からだった。

黒澤が四六歳の時、三年寝たきりだった母親が死ぬと、その看病をしていた妻は、これで責任は果たしたとばかり、さっさと黒澤の元を去って行った。

当時、とても理解できない事だった。子供がいない分、溺愛していたダルメシアンと共にいなくなったのだ。

離婚手続きは弁護士を通して粛々と進められた。

そんな最中でも、黒澤は事件に追われていた。

夫が外で働き、妻は家を守る。当たり前の事だと考えていた。浮気している訳でもなく、博打やセクハラでお咎めを受けた事もなく、ただひたすらに凶悪犯を追っているだけだったのだ……。

警視総監賞、三回、検挙率六五パーセント。優秀とまではいかなくとも、期待される警部補だった。

唯一の趣味は警官とは思えない読書量だった。分野に関係なくただ活字を追い続ける事で、別世界に入り込み、ストレスというより、一時この現実を忘れる事が唯一の慰めだったのだ。風呂に入っている時、トイレに入ってる時、飯を食いながら……妻が何かを相談しても文庫本から目を離さず返事をしていた。とにかくちょっとした隙をみて、文庫本を開いていたのだ。まさに活字中毒だった。後は苦行僧の如く、どんなに疲れていても、毎日三十分のジョギングは欠かさなかった。決めた事だけは、健康より実行を優先するという愚かさであった。

その上、妻はいつもそこにいるもので、頼まなくても背広やハンカチを揃える優しい存在である事も、己が勝手に決めた範疇だったのだ。

そして、事件捜査中は勿論、家にまともに帰った事はなかった。

夫として、明らかに失格だったのだ。

誰もいなくなった四ＬＤＫの馬込の古い一戸建てには、本棚から読み漁った文庫本が溢れ、崩れ落ちているだけだった。掃除だけは週一回、他人に任せているが、家からは生活感がまったく消えていた。

黒澤は象の腹の中で目を瞑り、じっと己の眉間の裏側を見続けた。

無論、闇は動かなかった。しかし、何かを探しているのだ。闇の中に己を、己の本体を……。微かな兆しでもよいから己の答えが欲しかった。

このままではやはり、今まで通り、誰かを、何かを、誰かが背負う何かを、ただ闇雲に追い続けなければ、己の存在が無い！　他人の罪を、他人の存在を追い続けてなんになる?!

黒澤は象の腹の中で虚しく頭を掻き毟り、グラスのコニャックを飲み干した。

黒澤の頭の中なのか、子宮の闇の中なのか……灯りを点けましょ、ぼんぼりに、お花を上げましょ、ももの花……と、五人囃子に笛太鼓の曲に乗って、女雛が十二単衣の前をはだけ、男雛の首をサロメの如く、手に捧げ持ち、淫らな肢体で踊っている……春蛇のドラッグ入りのコニャックだったのか……。

手を叩いているのは、厚塗りの花魁のような、豪華なフランス人形だった。

またしても春蛇の媚薬と催眠術の世界に嵌っていた。しかし黒澤はそんな状態を逆に楽しむように、闇の彩りを見詰めた。

『ちょっと、出たわ！　志賀よ！　これは志賀から掛かってる電話よ！　若いのが携帯で受けてるでしょ、いや違うわ！　若いのが志賀に電話してるのよ！　まあ！　この子、トイレに座ってお尻を丸出しにしたまま電話してるわ！　失礼しちゃうわね！　トイレの中にも検知センサーが埋め込まれてるのを知らないのね！　もう、興奮しそう……』

『何、はしゃいでるんだ？』黒澤はのっそり立ち上がって、春蛇の横に立った。

『はっきりしないけど、ボスと何か打ち合わせてるわ！「しかける」「今夜、三時」「はい、用意できます……」ねえ、聞こえた？』

『聞こえねえ……』

『もう、目も悪いわ、耳も遠いわじゃ、いよいよデカ廃業ね！』

『苛めだァ！』黒澤はパソコンに顔を近付けた。

『ちょっと邪魔よ！　この続きを見なくちゃ――』

『のぞきだ！　軽犯罪法、一条の二十三、正当な理由なくして、住居、浴場、更衣室、便所等、他人が通常衣服を着けないでいる場所を密かに覗き見たものは、拘留または科料に処する――と、しかしよく映ってるじゃねえか』

画面が粗い粒子のまま激しく動き、志賀のおぼろげな姿が部屋に入ってきた。先ほどの若い男が何やら電機部品をバッグから取り出している。

「性能は大丈夫なんだろうな？」志賀が神経質に若者の手元を見ている。

「ばっちしです、三箇所に仕掛けますよ」

「絶対に気付かれない場所を探せよ」

「判ってます」

『ハ、ハァ、笑っちゃうわね、盗聴盗撮だらけの部屋に、こいつ等、盗聴盗撮装置を付けようとしてるわ。裏切る手下をしっかり選り分けたいのよ』

志賀の携帯が鳴ったのか、志賀が内ポケットから携帯を取り出す。黙って携帯を見詰めるが、出ようとしない……。志賀が画面から消える……。春蛇の指がキーを叩く。

志賀がトイレに座って、携帯を取り上げている……。しばらく携帯を見詰め、プッシュボタンを押す……。

留守電に切り替えたのだ！

「フリコミハカクニンスタ、チョウサハ　スンダ――アトハ、ニシデノ　ケッカヲマデ」

「ナモナケレバ、ネダフリヲセヨー」

黒澤の顔が引きつった。春蛇の指が止まった。二人は暫く恋人同士のように熱く見詰め合っていた。しかしお互い頭の中を駆け巡っているのは、ビッグな殺し屋の事だった。

『音声が取れたわ！　後は、ドン亀デカがこれをさり気なく、警視庁の鑑識に掛けて貰う事ね』

『判りました！　警視長殿！』黒澤は本気で春蛇に敬礼していた。

『瓢箪から駒、贋作が本物に変身するのが、ここの夢公房なのよ』

春蛇は操り人形のように立ち上がり、『着物を着替えて、帯しめて』ひな祭りを歌いながら、子宮の奥に消えた。

黒澤は警部という現実と子宮の夢枕の境で、ブランデーを注ぎ足した。

闇は闇でも、菫色の闇が妖しく漂い始め、ブランデーの甘さがねっとりと喉を通過した。

ふらつく眼球はトンボの視野のように広角レンズとなり、静止しているはずの象の鼻が上下に動き、部屋全体が歪みながら広がって行った。

十二単を着た春蛇が闇の奥から、光の中に現れた。

贋作・夢公房の幕開きだった。首をはねられる前に、オカマ雛にひれ伏してしまう事だ！
黒澤はブランデーを飲み干した。

五

経済産業省の住宅産業窯業建材課の課長、福井憲治、三八歳。産業省では出世頭だった。勿論、国家公務員試験第一種、経済のキャリアであり、東大経済学部卒のエリートである。

日本国中からの官僚叩きにもめげず、福井は毅然と背筋を伸ばし、五万円は下らない、アランミクリの眼鏡を顔の一部のようにフィットさせ、尖り気味の耳にかかる柔らかい髪をすっと細い指で掻き揚げ、額に一本の縦皺を刻み込んだ。経済産業省本館の六階で、昼食に降りる職員で立て込んでいるエレベーターに、福井は自分以外の人間の姿が見えないかのごとく、超然と乗り込んだ。

連日繰り返される閣僚の国会答弁の作成に、各課の職員は追い回される日々なのだ。翌日の委員会で与野党議員が浴びせる質問内容は、全てその前夜までに各省庁に伝えられ、全ての質問内容が出揃ってから答弁の作成に入るので、各省庁の職員は気を休める暇もない。特に野党議員の質問内容の通告は、意図的なのか、決まって遅い時間に届く。従って作業が深夜から朝方にまで及ぶ超過勤務は日常茶飯事なのだ。それも運よく、自分の部署に関係する質問が無かったとしても、全ての質問内容が出揃うまで職員は全員「待機」が命ぜられているのだ。まさに、最前線の航空母艦で待機する水兵なのだ。

『政府委員制度』の廃止で、各省庁の幹部が大臣の代わりに答弁していた制度がなくなり、トップの大臣自らが答弁するようになった。これは、各省庁の負担が縮小したのではなく倍加する結果になった。大臣のちょっとした答弁の食い違いが、他の部署に与える影響は大きい。従って、予め他の部署との連携、了解も取った上で、大臣に答弁書を渡すのだ。

その上、たまたま総理の命令でこの省の大臣の席に座ったとしても、その大臣はまさに素人そのものなのだ。

例えば去年、農林水産省を担当した大臣がいきなり外務大臣になったとして、その内容の複雑さを理解する訳がない。従って、官僚達は大臣をまともに相手にするはずがないのだ。それでも自分の省のトップであるから、間違った答弁をされたら大きな影響が出る。その為に答弁書を徹夜で作成した挙句、その答弁の内容まで、噛んで含めるように教えなければならないのが実状なのだ。

まさに霞ヶ関の仕事の虚しさである。実際、国会対応で役人達は本来の仕事がまともにできないうちに、毎年の予算が組まれて行くのだ。

それは、いわゆる族議員と言われる先生方が、官僚の人事の行方をほのめかし圧力を掛けるという、怖い実態が渦巻いているからなのだ。

その上、先生方は国会で少しでも格好の良い所を見せる為、ひっきりなしに案件と資料を求めてくるのである。その度に膨大な資料を調べさせられるのが、各省の職員達なのだ。

必然、官僚はものを考えなくなり、与えられた仕事を正確に能率良くこなすのが精一杯となるのだ。そういう生活に慣れると、確実に想像力が退化する。自分がこなしている仕事が、結果的に国民に多大な損害を与えている所までは想像しなくなるのだ。高い偏差値で計算を間違わず、少ない人手で能率良く、与えられた国家の仕事をロボットの如くこなして行くのである。

勿論、その虚しい煩雑さに気付く若手官僚もいる。だから改革を叫ぶ。しかし、従来、連綿と続いてきた官僚の体質は、牙城の如く崩せない。

すると、その世界で狡さを覚えるか、外の世界に飛び出すか、どちらかの人生を選ぶのである。元々、偏差値の高い人種が狡さを覚えると、途方も無い詭弁を駆使した犯罪を犯す結果となるのだ。

福井憲治はその狡さを犯罪的に受け継いだ男である。従来、アスベスト協会とつるんできた窯業建材課の体質は、国民の利益を守るのではなく企業の利益を守るという、通産省の時代から何十年と続いて来た体質なのだ。

通産省の始まりは、日本の経済の立ち直りの為に、外国と競り勝ち、国内の製造業を守り発展させるのが目的だった。それが月日と共に、胃液が過剰になると胃壁まで溶かし始めるように、官僚達は自分の仕事に没頭し、その結果、守るべき国民を溶かし始めている恐ろしさを想像すらできず、歯止めも利かなくなって久しいのである。

福井は、エレベーターが一階に止まると地下通路の食堂には向かわず、正面玄関から外に出た。曇り空とは言え、街路樹の緑は濃かった。国会通りを渡り、毎週水曜日に決まって行く日比谷公園の「松本楼」を目指した。

歩きながらも頭の中は、『労働安全衛生法施行令』の改正をどう阻止するか、懸命に考えていた。産業省・窯業課としては、石綿建材の禁止だけは、食い止めなければならない。アスベスト被害については、厚生労働省が矢面に立っているから、産業省の福井がアスベスト協会の音無会長との連携で裏工作をする隙はまだ十分に残っている。問題は環境省だった。福井にとって、石綿対策全国連絡会議に挑む環境省の貫井課長補佐は大学の同期だった。全面禁止に反対できない立場の男ではあるが、経済産業省の立場も考えて、全面禁止に積極的には動かない。要するに、静観する程度の消極的協力の了承をとりたかったのだ。

まあ、そのくらいの裏工作はできるとして、福井を混乱させているのは、佐倉崎教授の突然の死だった。

音無会長と、安全衛生委員会の特別委員である佐倉崎教授と、経済産業省の窯業課との阿吽《あうん》のやり取りで、このアスベスト産業を守り、日本の経済成長に多大な影響力を与えて来たのだった。

それにしても、拳銃マニアの無差別殺人だというが、今このタイミングで死なれたのは大きなショックだった。

福井は日比谷公園の入口、かもめの広場の噴水前に座って、その日初めての煙草に火を点けた。霞ヶ関でもだんだんと、煙草に火を点ける事自体が犯罪的行為のようにみなされるようになってきた。フッと気が付くと、数人が煙草に火を点けている。

やはり煙草を吸う為に、ここまで歩いて来た官庁街の人々のようだった。みんな一様に生気がない……。官僚の一人一人は寝る間もなく働いているのだが、国民からは煙草以上に害毒を流す生き物だと思われている。

みんなパソコンの一部のような、立体感の無い表情をして煙を吐き出している。湿気を含んだ木々の緑は濃いが、煙草を吸う人々の影は薄い……。

福井はそれでも姿勢を正して、ズボンの皺を気にしながら歩き始めた。

その時、弦蔵は、雲形池の鶴の噴水を、浩太の手を取ったままぼんやり眺めていた。

浩太は、白地にブルーのイルカの絵が浮き上がったTシャツにコットンの半ズボン姿で、爺ちゃんと散歩している幸せそうな子供に見えた。

弦蔵は白いポロシャツにベージュのズボンを穿き、肩に旧式のキャノンのカメラを提げ、左手に小鳥の観察用とでも言いたげな、小型のスコープを持っていた。

福井は野外音楽堂の横を歩きながら、ともすると、アジサイの蒼さに染まりそうな青ざめた気持ちに陥りがちだったが、国の利益を支えている自負心を己の中で無理やり煽り立て、「松本楼」の辛目のカレーと一杯の生ビールで午後の活力を取り戻そうと、歩みを速めた。

弦蔵が重い空気の中で、望遠レンズで捉えたフランス映画のワンカットの如く、スローモーに振り返った。

野外音楽堂を背景に、経済産業省のエリートが紙人形の如く、中身があるような無いような、底知れない面持ちで歩いてくる。

弦蔵は普段は吸わない煙草に火を点けた。煙が一瞬、弦蔵の引き締まった顔を包み込んで消えた。

福井が弦蔵の目の前を通り過ぎて行く……。石綿協会と通産省が犯してきた殺人行為の事実は、新制度の下、過去の出来事として消したり書き換えたりできるかもしれない。それが、権力側が繰り返してきた隠蔽行為そのものであった。「水俣病」「エイズ」「C型肝炎」エトセトラ……、被害者の苦しみと失った命に見合う責任は、国も企業も決して取ろうとはしなかった。のらりくらりと逃げおおせているのだ。

しかし、殺し屋には通じない。

弦蔵は、今、目の前を通り過ぎて行った産業経済省の福井の後姿に、堅太郎から送られてきた石綿対策連絡会議の報告の一例――ある配管工の死の物語を被せていた。

『主人は関西電力の発電所の下請けの、そのまた下請けの仕事をしていました。十九歳からわき目も振らず働いたのです。元請の会社が七人のメンバーから創立し、昭和六十年に主人はそのまた下請けとして独立し、溶接と配管の仕事で暮らしを立ててきました。勿論、当時から溶接の火花から身を守る為に、石綿クロスを切断して身に纏っていました。配管にも石綿が大量に使われていた時代です。

主人は去年の四月十三日、六十歳の誕生日を迎えた次の日に亡くなりました。発病してから、一年二ヶ月後でした。最初のきっかけは、狭い場所での仕事がたたって、ぎっくり腰からヘルニアに進行し手術でようやく完治して、いざ仕事に復帰という時に、胸の息苦しさで動けなくなりました。近くの病院でレントゲンを取っていただいたら、右の胸に水が一杯溜まっているとの事でした。それから病名が判るまで約二ヶ月間、大学病院で検査検査の毎日でした。そして、やっと、中皮腫という病名を戴きました。その時、先生がこれは労災だから申請して下さいと言われました。思いもかけない事でした、何が労災なのか判らなかったのです。

主人はその時、元請の会社に迷惑がかかるようなら止めようと言っていました。しかし、その病院の先生は、奥さん、この中皮腫という病気を少し勉強して下さい、と遠回しにおっしゃったのです。私は意味も判らず、ただ不安に駆られ図書館に行って調べました。なんとこの病は発病して診断が確定してから、半年か一年以内に死に至るという文章が、医学書の一頁に浮かび上がったのです。ぎっくり腰から始まった主人の病でしたが、目前の死という結末を突きつけられたのです。うろたえながらも、原因がアスベストにあると知った時、病気の怖さと同時に猛烈な腹立だしさも手伝い、労災補償の申請に踏み切りました。

最初は堺の労働基準監督署に提出しましたが、案の定、聞き取り調査にこられた方も、あまりアスベストの知識も無く、労災申請は却下されました。労災には、二つの条件が必要だというのです。一つは職業性、もう一つは病名です。確かに職業的にはアスベストを浴びたという事は認めるが、病気が違うと判断されたのです。ではそちらではどういう病気と判断したのですか？　うちの主人は、ひょっとして助かる病気なのですか？　と聞きましたが、答えは返ってきませんでした。

次に、大阪労働局に足を運び、私は恥ずかしいほど泣きながら、本当の病名を教えて下さい！　もし、これが本当に不治の病で、死ななきゃならない病気なら、絶対に労災を認めて貰わなければならないし、もし、認定されないんだったら、はっきり病名を教えて下さい、大学病院が下した、中皮腫という病名は誤診ならほんとに嬉しい事なんですから、是非、労働局の下した病名を教えて下さい！　と迫り、審査請求をしましたが、労働局はあくまでもそれを撥ねつけ、中皮腫かどうか判らないと言うのです。それも審査請求に対する答えの書類は、素人にはとても理解できない医学的専門用語を連ねた、意図的な拒否でした。

その時、国の……いや、中央の行政の深い関わりをおぼろげに感じました。それでも諦めず、労働局に手紙を出し続けましたが、結局は労災の認定は、胸を開け、中を見る！　要するに、死んだら判るだろうという冷たい判断なのです。生きているうちに、アスベストによる死の病を労災として認めると、後のち、患者が続出する事を恐れた、国の拒否反応だったのでしょう。

そうこうしているうちに、元請会社からも労災の申請を取り下げろ！　と圧力までかかりました。弱いものを不治の病に追い込んでおいて、国は搦め手から圧力を掛け、抹殺して行くのです。主人はなんの報いも無く、苦しみ抜いて死んで行きました。うちの主人はまだしも、死んだ原因がおぼろげながら判りましたが、他に一体何百人の人々が、アスベストが原因だと気付かずに苦しみ抜いて死んだ事でしょう……。想像もしたくありません……。

後で知ったのですが、アスベストの毒性は四十年前から国もアスベスト協会も十分承知していながら、利益と利便性を守る為に、隠し続けていたとの事です』

弦蔵は欅《けやき》や楠の木が鬱蒼と茂る歩道を、浩太の手を引きながらゆっくりと歩いた。福井はなんの躊躇も無く「松本楼」に入って行った。弦蔵は木陰から「松本楼」が見渡せるベンチに浩太と並んで座った。

福井が颯爽と二階に姿を現し、窓際のテーブルに案内される姿が、はっきり小型スコープの中に捉えられた。

「お前は既に死んでいる……」弦蔵の深い眼差しが悲しげだった。

この世の中で、一見平和にして秩序あるエリート達の殺し……国家を背負う殺し屋達のメロデイを一時でも乱し止める事は神の意志に叛く事なのか？　それはまさに死神なのか?!　死神！　と、呼びたければ呼べ！

弦蔵は国を背負わない死神なのだ。福井よ！　お前は立ち止まって、死神を待つべきだったのだ！　なのに、お前は死神を無視して、先に進み過ぎたのだ。お前が立ち止まれば、死ななくてもいい人間を何百人かは助けられたはずなのに……今、死神は親切にも、お前の行く先に回り込んで待っている……。

弦蔵は、ビールのジョッキを傾ける福井のこめかみにスコープの焦点を合わせ、ゆっくりと幻の引き金を引いた。

「この弾丸は、夏も終わらぬうちにお前のこめかみに届くだろう……」弦蔵は小型スコープから目を離すと、浩太の手を引いて立ち上がった。孫と爺さんに戻った二人は、無料休憩所のグリーンサロンに入り、売店でソフトクリームを二つ買った。

浩太は奈良美智《よしとも》の女の子の絵のように、可愛いらしくも面妖な眼差しでじっと弦蔵を見詰め、殺し屋も静止した文楽人形のような目で浩太を見詰め、殆ど共犯者の如くソフトクリームを舐めていた。

六

黒澤警部が青森の弘前警察署まで辿り着くのに、二週間かかった。

幻の殺し屋の声紋は、警察庁を通して、日本音響研究所で徹底的に調べ上げられたのだった。

1963年に起きた、吉展《よしのぶ》ちゃん誘拐殺人事件で、当時警察庁科学研究所の技官だった鈴木松美氏が、録音された犯人の電話の声を分析した。その結果、それまで何度か捜査線上には浮かぶがアリバイが曖昧な為、犯人として絞り込めなかった容疑者、小原保を、声紋判定から見事打ち崩す事ができたのだった。これが日本での最初の声紋判定の成果だった。

彼はその後、科学技術庁技官からアメリカFBI科学捜査研究所も経て、自らこの日本音響研究所を設立したのだ。彼の声紋判定と研究の成果は目を見張るものがあり、警察庁長官賞、警視庁特別賞、イタリア賞、ギャラクシー賞、様々な栄誉に輝いている。

彼が手がけた事件では、戸谷早百合さん誘拐殺人事件、北海道庁爆破事件、フィリピン・アキノ氏暗殺事件、大韓航空機撃墜事件、オウム真理教・坂本弁護士のＴＢＳ・ＶＴＲ検証、ウサマ・ビンラディンの公開ビデオ分析、等々、数えればきりのない成果を上げているのだ。

声紋とは、それぞれの人間の声を分析しその特徴を抽出したパターンの事であるが、人間の声は様々な周波数の音の集合体であり、その声がどの時間にどの周波数の音をどれくらい含んでいるかを、ソノグラフという機械で視覚的に三次元表示したものなのだ。声はその人の口腔や鼻腔の構造、声帯の大きさなどによって規定されるが、声帯の大きさは身長にも関係する為、声紋から顔かたち、身長、性別、年齢まで推測できるのである。

声紋研究は今や、モンタージュ・ボイスといって、肖像画や写真から、逆にその人物の声を再現する事ができるほどなっている。

黒澤はこの研究所で、携帯電話から留守電音声の再生記録を丁寧に分析して貰い、その方言から出身地を割り出して貰ったのだ。勿論、性別、年齢、体のおおよその特徴までも判断して貰った。

結果、影すら浮かばなかったこの幻の殺し屋の面影が浮かび上がったのだ！

年齢は五十歳から六十歳の男子、出身地は東北、青森――津軽地方の方言である事が判明した。驚くべき成果だった。黒澤は舞い上がった。

黒澤は、東北新幹線が遅い……と感じるほど、幻の殺し屋に近付きつつあるという想いを募らせた。

六・五ミリと津軽……旧陸軍の銃……村田式小銃は十一ミリの弾丸だが、東北のマタギ衆が一時多用していたのは事実である。時代的には、その中に三十年式歩兵銃を使っていたマタギがいても不思議ではない！

黒澤の頭は、新幹線の車輪より速く回転していた。狩猟で磨き上げた狙撃の腕……、雪山を走り回った体力……。五十代から六十代始めにしては、鍛え上げた引き締まった体型を声紋は示唆している。

黒澤は警察庁から青森県県警本部長宛に、旧陸軍の銃の登録状況を調べたい趣旨を願い出た。答えが返って来たのは、一週間後だった。現在使用されている旧陸軍の銃は皆無だが、弘前署に、かつて、西目屋地域の砂子瀬マタギと川原平マタギが登録した書類が残っている可能性があるやもしれない、という非常にあやふやな回答だった。もっとも、弘前署も明治二六年に大字元寺町に独立庁舎を建設して以来、昭和三四年には弘前市大字白銀町に新築移転し、昭和五六年に現在の八幡町に新築移転しているのである。まさに雲を掴むような話だったが、生き残りのマタギ衆から何かしらの聞き込みも可能だろうと、黒澤は津軽の地に期待したのだ。

弘前署、安全課の木内係長は、ただ呆然と黒澤の顔を見詰めていた。

『日露戦争《にじろせんそォ》って……歴史の時間に習いましたけど……たすか日本勝ったんでしたよねー』

三十代で警部補試験に合格した木内は、ノンキャリアとしては優秀な方だが、黒澤とは時代の差が開き過ぎている。アメリカと日本が戦争をした事実の重さは知っているが、日清、日露となると、教科書の範囲であるのはいたし方ない。

『昔、村田式小銃を政府がマタギに払い下げた事は知っているかね……』

黒澤はだんだん自分の気持ちが萎えてくるのを感じながら、かすれた声で質問した。

『し、知ってますよ……劇画《げきが》ば読みました。たすか、矢口高雄《やぐちたかお》の「マダギ」さ村田式小銃が出できましたよね……』

安全課の係長にとって、銃とは暴力団が使う拳銃が一番の案件事項であり、銃による犯罪の全てなのだ。

今では数少ないマタギが持つ猟銃は最新鋭のライフルだが、事件性どころか、滅び行くマタギ文化として、マタギそのものを守らなければならない世界なのだ。

『その……村田式小銃がなんが犯罪さ関係してらんですか?』

木内係長はあくまでも誠実な態度だった。

『いや、村田式ではなく、三十年式歩兵銃なんだが……』

『三十年式《さんじゅうねんしぎ》？　歩兵銃？……』

木内係長はまさに化石を見るように黒澤警部の顔を見詰めた。刈り込んだごま塩頭と彫りの深いアラブ風というか、イタリア風というか、どうも日本の刑事のようには見られなかった。

『わしはタイムスリップしてここに座っている訳じゃありませんよ。れっきとした現役の日本警察官ですよ。歳を取った純粋の日本犬ですよ』

黒澤は、悠然と煙草をくゆらせた。

『も、もじろん……ハ、ハ、ハ、別に疑《うだが》ってら訳《わげ》ではありませんよ、ハ、ハ、ハ……』

木内は心底おかしそうに笑った。その場の雰囲気は一気に氷解した。

『もす、マダギさ興味あるんでしたら、紹介でぎる人はいますけど……』

『村田式も三十年式もここの警察署に資料が残っていないとなると、是非、昔のマタギの資料というか、半世紀ほど経っていますが、旧式の歩兵銃を使っていたマタギの実例を知っている方に話を聞きたいですな』

木内係長はその場で電話してくれた。

東京のビル街の人々にとっても、津軽平野の人々にとっても、時は同じように推移し、同じように記憶が薄れて行く現実を、黒澤は刑事であるがゆえに、人一倍リアルに感じていなければならないはずなのに……幻の殺し屋の事となると異次元空間に飛んでしまい、一人、から回りしているのは事実だった。

「三十年式歩兵銃とマタギ！」黒澤は黒澤の思い込みの物語を筆使いも荒く作り上げつつあった。

西目屋、砂子瀬の「マタギ亭」は、美山湖に注ぐ沢の淵にポツンと立つ茅葺のひなびた蕎麦屋だった。沢を覆う木々の緑は、風の流れと共に水彩画と油絵を混然と重なり合わせたような陰影を閃かせていた。縄のれんを揺らし、まさに三度笠に道中合羽が似合いそうな白茶けた木格子の引き戸を開けると、十坪足らずの土間にテーブルが五脚ほど不揃いに配置され、夕方の飯時だというのに客は一人も入っていなかった。

蝉時雨の大合唱が沢の流れの響きと相まって、化石のような蕎麦屋は失われた時と共に、とてつもない静けさの中に沈んでいた。

「マタギ亭」の親父は古びたカウンターの中で黙々と蕎麦を打っていた。黒澤が店の中にのっそり入っても、顔も上げようとしなかった。俯いた額に汗が浮かび、肩が必要以上に盛り上がっていた。

『あのー、突然すみません……』

『ちょっと待って下さい、注文の蕎麦ば打ってますんで……』

マタギ亭の親父はくぐもった声で黒澤に答え、練り上げた蕎麦の塊を麺棒で丁寧に延ばし始めた。蕎麦の塊は三次元から二次元の世界に押し潰され、丸く広がった生地となって、延し板の上に引き伸ばされた。

親父は何回か麺棒で丸く広がった生地を仕立て直し、手品師の手付きで小麦粉を振りまき、いつの間にか四角い生地に変身させていた。親父は四角くなった蕎麦の生地を手際よくたたむと、こま板をあてがい、蕎麦切り用の幅の広い包丁でサクサクと蕎麦を切り、大きな平ざるに切った蕎麦を寝かした。

『切った蕎麦ばちょっと寝がしてがら茹でますから、その間に旦那の蕎麦ば盛り付けましょう……』

親父は傍らの大鍋でぐらぐら煮え立った湯に、もう一つのざるに寝かせてあった蕎麦を一掴み取り出し、湯の中にサラサラと流し込んだ。

親父は熱湯の中に泳ぐ蕎麦を、生かさず殺さずの微妙な感性で数秒見詰め、さっと蕎麦を掬い上げると、沢から引いた竹樋《たけひ》から流れる冷水で丁寧に洗った。蕎麦はまさに九死の境から再生し一層強く湿しく光り輝いた。

『ああ、適当などごさ座って下さい。自家製の濁酒《どぶろぐ》も冷えでます』

黒澤は我に返って、近くのテーブルに腰を下ろした。親父は黒澤の前に置かれたどんぶりに、一升瓶に入った濁酒をドクドクと注ぐと、蕎麦を盛り付けたざるを無造作に置いた。

『東京がら来た刑事さんですって？』

親父はカメレオンのような目で黒澤の顔を見下ろし、瞼に浮かぶ汗を人差し指で軽く弾いた。

『ハイ、黒澤と言います……』

『マダギの矢雲《やぐも》ど言います』

それだけ言うと、また、洗い晒したような檜のカウンターの中に入って行った。

黒澤はありがたく濁酒をすすった。美味かった！　我を忘れて冷えた濁酒をまたすすった。美味かった！

蕎麦の歯ごたえは、まさに己の歯と舌の調和の喜びを改めて感じさせた。東北とは思えない「つゆ」とわさびの甘い刺激……辛くもなく甘くもなく、滑らかな「つゆ」と共に、蕎麦が小気味よく喉仏を震わせた。

無言の中に贅沢な一時が過ぎていた。

『幸恵《ゆぎえ》！　仕上がったはんで、三村さんのどごさ届げでけェ』

矢雲は奥に声を張り上げた。

『ハーイ』

カウンターの奥の暖簾から、素朴な手作り人形のような女の子が顔を出した。

丸い顔に、おちょぼ口、低い鼻に目はパッチリ、年の頃は十七、八……蕎麦という字を草書風に染め抜いたTシャツを着た娘は、まさに娑婆という地獄の浅瀬に足を一歩踏み入れたばかりという感じだった。

店に客がいる事に驚いたのか、一瞬戸惑いを見せ、矢雲が重ねたざる蕎麦とつゆの入った徳利と茶碗を三段の岡持ちに入れて出て行った。

矢雲がカウンターの中から出て、黒澤の前に座った。

『ご馳走様でした、堪能しました』黒澤は心から、蕎麦と濁酒の妙味に感謝した。

『安全課の木内《きうち》さんがら聞ぎましたけど、村田銃でねくて三十年式《さんじゅうねんしぎ》の銃ば使ってあったマダギの記録《きろぐ》がねェだがって——ていう事《ごと》ですけど……』

どんぐり眼の矢雲が意味ありげな目付きで問いかけてきた。

『はい、木内さんから「マタギ亭」の旦那が砂子瀬マタギの頭領《シカリ》だと教えられまして……』

『ま、そういう事《ごと》さなってますけど、もうマダギだげで生活《せいかつ》してねェんです。観光客《かんこうきゃぐ》の案内ばしながらマダギの生活《せいかつ》だの自然どの触れ合いだのば伝えでらんですけど……昔《むがし》、爺さんがら聞がさいだ話はちゃんと覚えでます』

『ほう』

黒澤は思わず身を乗り出していた。

矢雲の軽自動車で案内された所は、美山湖を望む小高い場所だった。

風にたなびく雑草の波間に、幽霊船のような茅葺の家屋が朽ちかけていた。かつてそこには整然とした畑もあったのであろうが、今はただ雑草に覆われた無人の寂寥感を漂わせる台地であった。

その敷地の奥、一段上の台地に、樹齢三百年以上は経つであろうヒバの大木が一本、雲を衝く巨人のように立っており、その巨人に守られるように、大きな墓石が人の訪れを遠くの昔に諦めたまま苔むしていた。

『砂子瀬ど川原平のマダギは1950年に着工した、目屋ダムで一度《いちど》立ぢ退がさいで（立ち退かされて）、今度はこのダムば拡大《かぐだい》する津軽ダム計画《けいかぐ》で、二度目の立ぢ退ぎば迫らいたんです。二度目の立ぢ退きば迫らいだ六《ろぐ》四所帯《じゅうよんしょたい》のうぢ、まんだ頑として動がねマダギが五、六《ろぐ》所帯います。その中で、辰巳家《たづみけ》でたった一人生き残《のご》った弦蔵が判《わが》らねんで、立ぢ退ぎの交渉もでぎねんでいる訳《わげ》です』

矢雲の言葉がナレーションのように聞こえていた。

黒澤は、祖父矢雲と辰巳五平との確執の昔話を興味深く聞いて、ここに案内されたのだった。

二人は辰巳家の墓石の前に立っていた。

辰巳五平　明治一九年誕生　昭和四十年没
辰巳喜代　明治二三年誕生　昭和二四年没
辰巳周平　大正六年誕生　昭和四十年没
辰巳幸　昭和元年誕生　昭和六九年没

高槻安二郎　咲子　昭和四十年没

『この小さい文字のお二人はどういう方なんですか？』

黒澤は生年月日も無く、没年だけが、辰巳五平、周平親子と一緒なのが不思議だった。

『ここんどごがワさも正確《せいかぐ》に判《わが》らねんです。村全体が口《くぢ》ば閉ざす事件だったみてェです。洩れ伝わった話では、ハンセン氏病の夫婦ば辰巳親子《たづみおやこ》が匿《かぐま》い、暗門の一番滝《いぢばんたぎ》の上で、警官隊さ発砲して、四人は一緒に滝《たぎ》の上がら飛び込んだっていう話です。その後《あど》、弦蔵は母親の面倒ば見ながら、一人マダギで山旅ば続げであったんです。刑事さんが言う、三十年式歩兵銃は辰巳銃《たづみじゅう》って言って、辰巳家が伝えた家宝のような銃でしたけど、弦蔵も新《あだら》しいライフルば持だねんで、辰巳銃一挺で狩ば続げであったみてェです』

繋がった！　黒澤の「幻の殺し屋物語」に筋が通ってきた！

しかし、物語はあくまでも物語であり、その弦蔵の行方と、何よりも日本警察が求める物証性が皆無だった。

『辰巳弦蔵さんの住民票は移されてませんか？』

『もぢろん、新設ダムの立ぢ退ぎ問題がありますから、役所が調べられる事《こど》は全て調べだはずです』

『それにしても、運転免許の書き換え、医者にかかったら、保険証書も使うでしょう……普通の生活をしてれば銀行口座も使うでしょうし、部屋を借りるにも、身分証明が必要でしょう……』

黒澤は当たり前の事を、せっかちに尋ねていた。

『全て手掛がり無しです。役所の見解は、天涯孤独《こどぐ》に耐えがねで、自殺したんでねが、まだは山奥《やまおぐ》でミナクロがミナシロど言わいじゅうヒグマの神様さ殺さいだんでねが……。ま、どっちがど言えば、ミナクロど勝負するタイプだはんで、そっちの説《せづ》が有力《ゆうりょぐ》です』

矢雲は淡々と現実感を持って喋っていた。黒澤はその現実感を心の中で必死に打ち消し、物語の続きを描こうとしていた。

『とにかぐ、地元《じもど》の警察も辰巳《たづみ》弦蔵は白神の森さ消えだどしか考えでません』

矢雲は伝説を語るように、弦蔵を語った。

藍色に光る美山湖の向こう、白神山地が霞み、沈む夕陽の下で、神話の世界が茜色の炎を上げて燃えていた。

『……』

黒澤は辰巳家の末裔が、最後に母、幸の記しを墓石に刻む姿を想像した。天涯孤独になった弦蔵は、やはりミナクロと呼ばれる巨大な熊との最後の闘いを挑み、白神の森に沈んだのだろか？　弦蔵はフッとそちらの物語に引きずられ、霞んだ山並みの彼方を見詰めていた。

しかし、声紋という答えと三十年式歩兵銃が繋がっているのは確かなのだ！

俺が諦めて誰が幻を突き止めるのだ！

黒澤は改めて己に言い聞かせながら、雑草の波間に沈みつつある茅葺の家屋を見詰めた。

『矢雲さん、明日、この家の中を調べたいんですが……。今夜の宿を紹介していただけませんか？』

『はァ？……はァ、宿は「マダギ亭」が民宿《みんしゅぐ》さもなっていますがら、泊るのは構いませんけど……。辰巳家《たづみけ》の家屋《かおぐ》の中《なが》ば調べるんだば、一応《いぢおう》、村の駐在さも声ば掛げでいだだがねば……』

矢雲は砂子瀬マタギのシカリとして、当然の姿勢を示した。

『勿論、県外から来た刑事の僕です。筋はちゃんと通します。矢雲さんの顔を潰すような行動はとりませんから、よろしくご協力下さい』

黒澤は改めて矢雲にキチッと頭を下げた。

『判《わが》りました、たいしたもでなしもできませんが、マダギ料理ば用意しましょう』

矢雲は盛り上がった肩を軽く回しながら、黒澤を促すように雑草の海の中を引き返して行った。

黒澤は何秒かの間、一人、墓石を背に美山湖を見下ろした。

一人マタギの弦蔵が、三十年式歩兵銃を肩に担ぎ、戦場に消えて行く兵士の亡霊のように、霞む湖の上を渡って行く後姿を思い浮かべていた。

七

荏原警察署三階の捜査一課では、『八坂耕作殺人事件』の犯人である君江の裏付けに手を焼いていた。

事件が幼児虐待に絡んだ夫殺しという陰惨な事件だけに、ホシの裏取りも湿りがちの日々が続いていた。

本庁から出張って来た管理官の山城警視に、佐山警部と立川警部補がこれまでの捜査結果を整理して報告していた。

『八坂君江は相変わらずですか？』

山城警視は勿論、キャリアのエリートではあるが、頻発する凶悪犯罪のヌメリが体中に染み込んでしまったのか、月に二度は散髪しているような髪型も、絶えず磨いている眼鏡も、微かに漂わせるオーデコロンの匂いも、絶え間なく浮かび上がる死体の洗礼を受けているのだ。彼の全体像から漂う雰囲気は、墓場そのものだった。

『ええ、急激にクスリを抜いたのがまずかったのか、或いは、元々患っていたのか、統合失調症もきついですな』

一回りは年齢が上の佐山警部は、汗染みが浮かんだワイシャツの襟に指を差し込み、コレステロールの溜まっていそうな太い首を掻きながら、山城警視に書類の束を差し出した。

『子供が未だに行方不明というのが、このヤマを複雑にしてるんですが……。どう考えても、連れがいたとしか考えられんのです』

佐山警部の人懐っこい眼差しは、ホシの取調べにも効果抜群だった。

『現場から第三者の指紋が一切出ていないそうですね。従って、押入れに残されたコンビニの袋と、中にあったレシートが唯一の手掛かりですが……。あの日、あんな時間に君江がコンビニに行けば、はっきり防犯に映ってるはずだし、レシートに記録されていた午前零時三七分前後に、西中延のコンビニを利用した客の中にはホシの君江は映っていなかったのは確かですよね』

管理官の確認に、警部補の立川が、引き締まった顎の筋肉をコリコリ動かしながら歯切れよく答えた。

『はい、当日の午前零時から十二時の間に出入りした客は十二人でして、男八人、女四人です。勿論、君江の姿はありませんでした。

客の大半は裏が取れましたが、三人、はっきりしない人物が残りました。全員男でして、防犯カメラを意識的に避けている行動が見られました。後で警視にもビデオを確認して貰いますが、画像処理した結果を写真に起こしてあります。二人は明らかに万引き常習犯の老人だと思われますが、一人、気になる人物がいます』

立川は書類袋から数枚の写真を取り出し、管理官の前に並べた。

ハンチングを目深に被ったその男は、防犯カメラに顔を晒さないように、注意深く俯き、カメラに背を向けた写真ばかりだったが、選んだ菓子パンやサンドイッチ、牛乳などの商品をレジで精算し、袋を受け取って帰ろうとする瞬間の横顔が半分ほど捉えられてあった。年齢不詳というか、体つきは若いが、首筋から斜め後ろの顎から頬と鼻の一部を捉えた写真は、引き締まってはいるが風雨に晒されたような肌の感じからして、結構、厳しい年齢を重ねているようだった。

『うーん、普通のサラリーマンではないし、さりとて、建築、土木の契約労務者でもないようだし、カタギなのかやくざなのかも見分けがつかんな。やくざなら体の線に何処となく崩れを感じるが、妙に姿勢がいい……』

管理官の山城も不思議とその写真に引き付けられていた。

『それから……これは現場近くの平塚橋交差点から、浅草の山谷に繋がる主要道路のNシステムを徹底調査したんですが、最近、システムを取り付けた入谷の交差点では、ナンバープレートにNキラーを取り付けた車両を六台映し出しています。プレートナンバーを読み取られない為の、赤外線反射キャップを取り付けた違法車ですから、ナンバープレートは読めませんが、運転手の顔写真は撮れています。その六台のうち、個人タクシーが一台、Nキラーを付けて通過してるんです。勿論これは違反行為ですから、運転手の顔を捉えています』

立川警部補が取り出した個人タクシーの運転手の写真は、鮮明とは言わないが年取ったロックンローラーみたいな男が写っていた。

『コンビニの男とは繋がらんな……』

管理官の山城は、もう一度コンビニのハンチングの男の写真を見詰め、ため息混じりに呟いた。

『これは勘というより、レシートの物証から言ってこのコンビニ男が、やはり八坂親子と何かしらの接点があった可能性が強いと思いますね』佐山警部は真冬でも持ち歩いている扇子を使いながら続けた。

『間違いなく、八坂君江の子供はこの男が連れ去ったと考えられるでしょう』佐山警部の答えだった。

『しかし、君江周辺の徹底した聞き込みでは、彼女に男の影は無いし、そんな余裕も無い生活振りだったようです。何より、立花荘の女将が虚偽の証言をする必然性がありませんから、常識的には母親が子供を連れて、宿泊代を踏み倒して出て行ったという話が筋が通っていると思いますが……』

立川警部補は警部の勘より、自分の分析力を信じていた。

『じゃ、子供は何処に消えたんだ!』佐山警部は若造の警部補に詰問した。

『そこがまだ掴めていません』立川警部補は素直に認めた。

『夫婦がヤク中だったそうだが、そっちの線は？』管理官の質問に警部補が答えた。

『ああ、報告が遅れてすみません。ヤクの購入先は判っています。殺された害者が常習でして……そっちのラインは整理がついています。君江にまつわる男の影はまったくありません。第一、夫婦に直接クスリを流していたのは、害者が関係していた風俗の女です』

『するとポイントは子供の行方だな。あの時間帯に中原街道から山谷までの足は車しかないだろう……。当日のその時間帯にNシステムに浮かんだ車は整理できたのかね？』管理官の質問に、立川警部補は曖昧に頷いた。

『中原街道から山谷まで一貫して繋がる車は特定できていません。スピード違反はあの時間帯ですから殆どの車が該当しますが、全車両、乗用車からトラックまで洗い出し、裏を取るという事は、Nシステムという点から点を繋ぎ、縦横に走る道路線上を移動する車両の出発点と終着点を割り出す事ですから、それは絶対に不可能です』

『で、そのNキラーを装着した車両はどのくらい見つかっているのかね？』

管理官の山城警視は、Nシステムは国民の往来の自由を侵すものだ！　国家権力による国民の監視システムに、一台一億円もする機械を際限もなく取り付けるとは何事だ！　と反対する団体がある事も十分承知しているが、車社会の犯罪はグローバル化し、自国民の移動の自由を縛る弊害より、国際的な犯罪者とテロを警戒しなければならない今日この頃であり――まだまだ、日本警察は手ぬるいと感じているのだった。

『中原街道から山谷に至る道筋は幾つもありますが、各設置場所で見つかったNキラーを付けた違反車は数十台ありました。もし、Nシステムの設置場所を無視して車両を走らせていれば、中原街道から浅草山谷までの間で、少なくとも同じ車両が二箇所くらいでキャッチされていなければなりませんが、二回以上キャッチされた車はありません。となると、Nシステムを承知していて巧みに避けながら移動したのか、偶然行き先を定めぬまま、Nシステムに引っ掛からない裏道を走ったのか、どちらかになります。一般にはNシステムの設置場所の地図は、二〇〇一年までのものが、Nシステムに反対する団体によりインターネットで公表されていますが、最近のものは載っていません。従って、いちいち、目で確かめながら走る事になります。深夜の走行ではそれは無理だと思いますから、最近設置した入谷のNシステムに注意を向けたのです。そこで、Nキラーを付けた車両は日野のKC—FS4ダンプと三菱のトラックが二台、トヨタのランドクルーザー80Wが一台、スカイラインクーペ35GTが一台、ホンダのS2000が一台、それに個人タクシーのトヨタクラウンです。普通、タクシーが取り付けている事は滅多にありませんが、時たま個人タクシーにあるんです』

管理官は静かに頷いた。

『この親子が移動した足は常識的に言えばタクシーという事になり、しかも二箇所以上のNシステムに引掛かったタクシーが、中原街道から山谷までの間に一台も無いとすると、そのNキラーを付けた個人タクシーが一番疑わしい事になるわな……。この運転手とコンビニのハンチング男が同一人物なら、ピッタシ繋がるが……これが繋がらないとすると、タクシー以外の車両か、または、単にその個人タクシーが親子を乗せただけだとしても、今度は手掛かりとして殺人事件とNキラーの違反を天秤に掛けて、その個人タクシーの運転手が名乗り出ないのが疑わしい事になる。やはり、ハンチング男と個人タクシーの男を徹底的に調べる必要はあるな』

管理官の結論だった。

『後は子供の行方です』

佐山警部は自分の勘と思考方向が、管理官が下した結論と一致した事にほっとしながらも、立川警部補のNシステムの解析について、やはりコンピューター慣れした世代と自分とのギャップに微かな劣等感を感じていた。

八

一瞬の命を燃え立たせるような、激しい蝉の響きは夏の孤独感を一層深める。

黒澤は、蝉達の葬送曲に包まれた辰巳家を前にして、開けてはいけない棺をこじ開けるような痛みを感じていた。

西目屋の若い駐在官が、玄関に打ち付けられた腐った板戸を剥がし、黒澤を振り返った。

『どんぞ、後《あど》はお一人でご自由に調べで下さい』

制服を着た駐在は気を利かしたのか、黒澤のお礼の言葉も待たずしてそそくさと立ち去って行った。

黒澤は道端で拾った棒切れで入口の蜘蛛の巣を払い落として、崩れかかった辰巳家に一歩足を踏み入れた。

土間がかなり広く、右側の大きな流しに調理台、錆びたプロパンガスのタンクの横に洗濯機、山から水を引いた竹筒、破れた窓、竹箒、鍬、干からびた鷹の爪が流しの上に布巾掛けと並んでぶら下がっている。

時間が止まって十年……。左側の上がり縁は黒くくすんだ栗の木か樫の木か……。しっかりした枠組みの向こうに、囲炉裏《いろり》を中心に十畳ほどの畳が波立つように膨れ上がっていた。

部屋全体は、整然と主人の帰りを待ったまま、霊気と共に姿勢を崩さず死んでいた。

弦蔵はこの家を去るに当たって、辰巳家そのものの葬式を済ませ、後は土に帰るに任せたような感じだった。

囲炉裏の奥の壁には、欅か松で作られた膳棚と言われる大きな食器箪笥が黒ずんだまま、まだ息を引き取らずに実在感を漂わせていた。

黒澤は靴を履いたまま、腐食して柔らかくなった畳を踏みしめた。

囲炉裏部屋の隣は部屋が二つに分かれているが、戸障子は全て外されていた。左が恐らく寝室なのだろう、外れかかった雨戸から陽の光が差し込んでいる。押入れも開け放たれたままで、布団は処分されていた。

隣が仏間なのか、立派な仏壇がまだしっかり扉を閉めたまま残されていた。

黒澤は軽く手を合わせて、仏壇の扉を開けた。恐らく、曹洞宗なのだろう、中央に釈迦本尊の掛軸と左右に常済大師、承陽大師の掛軸がかかっていたが、位牌は無かった。位牌のあった場所には、山神様の小さな神棚が置かれてあった。まさに神仏複合のまま仏壇に納めて、扉を閉じてあったのだ。弦蔵の覚悟の出奔《しゅっぽん》であった。黒澤は弦蔵の手掛かりを探そうと仏壇の引き出しを全部開けてみたが、写真はおろか過去帳すら残っていなかった。

黒澤は辺りを見回し、あのどっしりと、まだ息を引き取らずにいる膳棚と呼ばれる食器箪笥の前に立った。恐らく松であろう、厚い材質で作られた食器箪笥は、他人が手を掛ける事を拒むような気迫を漂わせていた。

黒澤は上段の立格子の引き戸を引いた。意外とスーッと抵抗感も無く戸は開けられた。

素朴な夫婦茶碗が二組ずつ伏せた状態で並んでいた。祖父母と両親の夫婦茶碗であろう。その二組の夫婦茶碗の間に、一つの飯茶碗が飯を盛られるのを待ってるが如く、伏せられずに上向きのまま置かれてあった。

恐らく弦蔵は、消えた一家団欒の姿を胸の奥に仕舞い込むように、食器箪笥の中に一家の温もりを仕舞い込んだのであろう……。

囲炉裏端で熊鍋を囲む一家……暖かく笑い、語る一家……。黒澤はそれでも、その伏せられていない茶碗を刑事として、手袋をした手で思わず取り上げていた。指紋という現実を掴みたかったのか？

常識的には、当時いくらはっきり付着した指紋でも、陶器の表面に付いた脂肪脂質は、密閉された場所に保管されていても時間と共に消滅するし、体内から出たアミノ酸も脂肪よりは分解が遅いが、やはり十年の年月に残留しているのは無理な話だった。それでも、黒澤は弦蔵の茶碗を元に戻さなかった。

一家の素朴な団欒を、物語の一編として掴みたかったのか……、それとも、この暗闇に閉じ込められた弦蔵の思いを、無理やり陽の当たる所に晒したかったのかー

黒澤は、用意してきたビニール袋に弦蔵の飯茶碗を入れ、次に仏間から奥の部屋に足を踏み入れた。

六畳ほどの畳部屋が二つ続いていたが、押入れには古い衣類が入った行李《こうり》が四つ残されていた。

弦蔵も、両親や祖父母の衣類を全部焼き捨てるのは忍びなかったのか、行李の中には、びっしりと野良着や狩着が黴の臭いを漂わせながら詰まっていた。

黒澤は一枚一枚、丹念に衣類を広げて行った。日本カモシカの毛皮で作られたチョッキ、刺し子風の野良着……がっしりと仕立てられ、日々の生活に耐え、擦り切れ、縫い合わせた衣類が多かった。

そんな中で、恐らく母親・幸の行李であろう、丁寧に積み上げた衣類には、唯一、花柄の着物が二枚大切そうに仕舞われていた。その下に袋帯が辛うじて黴にも侵されず、真新しいまま、キチッとたたまれて何年も使われずに、ジッと行李の底に沈んでいたようだった。

黒澤は、白い椿の花が朝靄の中に浮かび上がっているような、頼りない色彩の帯を手に取り、弦蔵が母親に抱いていた深い情愛に思いを馳せていた。最後に残った母親を看取り、天涯孤独となり、全てを整理している弦蔵の姿が浮かび、自分も母一人子一人で育った環境を思い出していた。

幾つになっても、母親の面影は何かにつけて、ちらつくものだった。

特に子供の頃の母の温もりと匂いは、深い意識の中に生き続けているのだ。

手に取った袋帯をたたみ直そうとした時、ヒラリと一枚の写真が帯の間から舞い降りた。

誰かの結婚式の時の写真であろう、黒の質素な留袖を着た女性と十四、五歳の男の子が、何処かの会館の廊下で嬉しそうに写真に納まっていた。

男の子は逞しく屈託の無い笑顔だった、母親の笑顔は万物を包み込むような、おおらかな笑顔であった。

間違いなく自然児・弦蔵と白神の森の如き母親であろう……。矢雲から借りた小学校のクラス写真の弦蔵と同じ笑顔であった。

しかし、今、黒澤が手にしている、母と弦蔵の写真は愛に満ち溢れ、遥かに鮮明だった。

黒澤の前に、幻の殺し屋が確実に浮かび上がり、無邪気に笑っているのだ。

黒澤はまるで己の子供時代の写真を見るように見詰めていた。

マタギという過酷な生活も考慮に入れ、科学捜査研究所でコンピューター処理を繰り返せば、四十年後の弦蔵の顔が浮かび上がってくる可能性は大であった。

その為にも黒澤は、同じマタギである矢雲の写真も、参考資料として借りなければならないと思った。白骨化した頭蓋骨からでも、その人間が生きている時のモンタージュ写真を作り出せる技術も完成しているのだ。

黒澤は、幻が現実になって行く事に、何故か一抹の淋しさを感じながら……母親・幸の衣類を丁寧にたたみ、行李に収め、立ち上がった。

九

お盆を過ぎた八月の暑さは、何処にいても……墓石の前にポツンと立ったような淋しさがある。

天涯孤独の殺し屋は、川根温泉笹間渡《ささまど》の撮影ポイントを見下ろしていた。

JR東海道本線金谷駅を十一時四八分に出発したSL、C１１９０は、豪快に煙を吐き大井川の谷間を引き裂くように鋭い警笛を鳴らし、第一橋梁を驀進し、カーブを切りながら下り八パーセントの勾配を笹間渡駅に向かい、この駅をそのまま通過すると、北に向かって踏み切りを渡り、一気に２０％の急勾配に挑むのだった。

当然機関車は激しく煙を吐きながらその先の笹間トンネルに突っ込んで行くのである。そのトンネルに向かう途中に、大井川の支流である笹間川を渡る笹間橋梁がある。その橋梁を驀進してくるSLを、真正面から捉える撮影ポイントは、SLファンにとってたまらない場所なのだった。

鉄橋を渡る蒸気機関車の響きが、線路淵の築堤に集う六人のＳＬ愛好家達の胸に迫ってきた。それぞれカメラを構えた姿は年齢に関係なく、全員、少年の眼差しだった。

その中で、細身にサファリスタイルの福井憲治は一人、撮影ポイントを決めかね、落ち着き無く動き回っていた。経済産業省の福井とは思えないはしゃぎようだった。

『兄上、窯業課の福井には子供はいません、それ故かも知れませんが、家庭内では、休日にはミニチュア鉄道を作るのに没頭してるそうです。それに「霞ヶ関ＳＬの会」というグループに参加し、年に何回か休みが取れると、グループでＳＬの撮影会に出掛けます』

堅太郎からのメールは、今日の撮影会に参加する一人から、日取りと場所を聞き出して、弦蔵に知らせてきたのだった。

弦蔵は二日前に一度、四輪駆動のジープで現地を訪れ、綿密に地どりを偵察してあった。

今、弦蔵が座っている山林の中腹から、百二十メートルほど下に吊橋が見え、茶畑の広がる向こう側の築堤に六人のＳＬマニアが集まっているのだった。

当日の弦蔵の変装は、久しぶりに念入りだった。老婆に変身する為の白髪の乱れたカツラ、野良仕事に穿くもんぺに絣地で仕立てた野良着、山菜採りにしては深い筒状の竹籠、古びたステッキに長靴、白髪の頭に紺手ぬぐい、円い眼鏡……。

弦蔵は東京を立つ時は、チリチリにパーマがかかった長髪のカツラを被り、特製のマウスピースを咥え、小さな眼鏡を掛け、気持ちとしてはバイオリン奏者のつもりでワンボックスカーを運転した。

殺し屋は始めは必要に駆られ、ただ仕事を全うする為の変装であったが、いつの間にか変装そのものを楽しみ、変身する事自体、プロの俳優以上に情熱を傾けていた。まさに命懸けの変身なのだ。カメレオンが、生きる為に天敵から身を守り、獲物を捕らえる本能的な変身と同じレベルであった。

弦蔵は、大井川鉄道の発着駅金谷まで車で行くのには東名高速の牧の原インターを降りるのが一番近いのだが、途中島田市中河にNシステムが設置されている事と、インターでの監視カメラも意識して、手前の焼津インターで東名高速を降り、藤枝バイバスに乗り換え、金谷に出るコースを選んだ。

東海道本線金谷駅近くの寺の裏に、目立たぬように駐車し、暫くじっと辺りの静寂に身を任せ、舞台に立つ俳優のように気持ちを集中させた。

殺し屋の舞台は、心臓の鼓動と同じテンポで進行する筋立ての中で、現実に人間の命を消してしまう演劇なのだ。これ以上のリアリズムはあるまい。

スモークガラスのワンボックスカーの中で、殺し屋は一部の隙も無い変装に専念した。

生活感の溢れる田舎の老婆に見事に変身した殺し屋は、銃身と台座を切り離した辰巳銃を丁寧に麻布で包み、鎌や小型のシャベルと一緒に籠の中に入れた。

ワンボックスカーから降り立った弦蔵は背丈まで縮み、何処から見ても田舎の老婆そのままだった。筒状の籠を肩に掛け、腰を屈めて歩く姿は、田んぼの畦道を歩くのが一番似合いそうな感じだった。

大井川鉄道の金谷駅を特別仕立てのSLは、曜日によっても違うが土日は大体午前十時二分、十一時四八分、十二時四七分の時刻に金谷駅を発車して、終点の千頭駅まで一時間二十分程かけて観光用に煙を上げて走っている。弦蔵はSLには乗らず、七時十四分の普通の電車に乗って、川根温泉笹間渡駅で下車した。

笹間渡駅を出た老婆は、国道63号線を左にのんびり歩き、国道の大きな橋の袂を鋭角に下り、笹間川を跨ぐ吊橋を渡った。そこから先は、二日前に下見しておいた細い道を掻き分けるようにしてのんびり登って行った。

白神の森も遠い記憶になりつつあったが、こんな浅い山間部でも、久しぶりに入ると本来のマタギの血が騒いだ。勿論イタズもアオシシもいる訳もないが、つい耳を凝らし、茂みの気配に神経を集中してしまうのだった。

弦蔵は思わず苦笑いを浮かべ、被っている手ぬぐいで首の汗を拭った。ほつれたカツラの白髪が首にへばり付いて不快だった。

山の中には人っ子一人、人間の気配は無かったが、弦蔵は老婆の姿勢を崩そうとはしなかった。

もはや己の幸せも安泰も考えなくなって久しい……。ただ、『縄文解放同盟』のメールが弦蔵の神経回路と結ばれ、弦蔵を生かしているだけだった。

ただ、浩太という孫のような男の子の出現が、人間としての弦蔵の心を乱していた。

『愛』——一瞬の愛！ 人間が存在している唯一の理由はこの『愛』という、一瞬の無償の行為の中にしかないのだ。殺し屋の愛……追い詰められた一瞬の愛！

ここまで人間に絶望した男が、まだ愛の一瞬にこだわっていた。

愛の行方、命の行方……弦蔵もまた無明の道をさ迷っているのだ。

弦蔵は山林の隙間を縫うようにして歩き、予め見つけておいた絶好な場所に辿り着いた。二畳程の草地と野生の桑の木が生い茂げる殺し屋の居場所だった。

蝉の合唱とヤマガラの独特な羽音以外に、人工的な音は皆無だった。

今、弦蔵は、その自然の静けさを破って、山間の谷間を揺さぶるような雄叫びを上げ、C１１９０の黒々とした怪物が近付いてくる気配を感じていた。

弦蔵はまだ銃に取り付けていないスコープで、下の六人のマニアの動きを観察した。十時二分に金谷駅を出発したＳＬがこの撮影ポイントを通過するのは、十時五十分というところだった。弦蔵はこの一台目のＳＬは始めから見物するつもりだった。彼等マニアも今日一日、ＳＬ撮影に興じ、その晩は川根温泉に泊る予定なのだ。

端正な顔にフィットした眼鏡と、額にパラパラと垂れ下がる前髪を掻き上げる福井は、巨大な組織から一時抜けて、その罪の大きさもその矛盾もけろりと忘れ、決して途切れない報酬と安定した地位に裏付けられた休日を、子供のように楽しんでいた。この痛みの無い表情が、弦蔵にとってなおさら、空恐ろしい生き物に見えた。間接的に、遠くでボタンを押して多くの人を殺しても実感は無く、その押したボタンの結果を想像すらしない官僚のノッペリした面が許せなかった。

霞ヶ関から始まって、全国津々浦々の役人共の頽廃は、組織という衣の中で、どんな犯罪もオブラートに包まれ、飲み込みやすくされて、時間の中に消えて行くのだ。決して犯人は出てこない仕組みなのだ。

弦蔵が見下ろす鉄橋に、圧倒的な存在感を漲らせて、黒い機関車が蒸気を吐き散らしながら進入して来た。怪物が吐く煙は、幻の龍の如く流れ、踊り、そのまま天に昇るが如く驀進していた。

下の六人は夢中になってシャッターを切っている。弦蔵はスコープの中の福井のこめかみをしっかり覗いていた。

しばらく六人はSLの余韻にボーッと立っていたが、それぞれの感慨を語らいながら、その場の草地に座り、弁当を広げた。弦蔵も竹籠の底からお茶と握り飯を取り出して、のんびりと食べ始めた。

青大将が一匹、しばらく弦蔵を窺っていたが、茂みの中にゆっくりと消えて行った。

食べ終わると、弦蔵は始めて籠の中から麻布で包んだ三十年式を取り出し、台座と銃身をドッキングさせた。照準値に狂いは無かった。飴色に艶が乗った辰巳銃は、小屋から出された猟犬のように生き生きと輝いていた。

弦蔵は眼鏡のレンズを拭くように、六・五ミリの銃弾を紺手ぬぐいで丁寧に磨いた。いつものように一発しか装填しなかった。

次のSLがこのポイントを通過するのは、十二時四十分くらいであろう。この間に、普通列車が一回通過していた。

弦蔵はおもむろに立ち上がって、桑の枝の張り具合を調べ、銃身を安定させる木股を選んだ。桑の茂みの中に体をすっぽり入れ、迫り来る機関車の響きを感じながら、辰巳銃を百二十メートル下の標的に向けた。

福井の内部に何が詰まり、何が蠢き、どんな判断基準で呼吸し、生きているやら……。殆どの人間は己を掴み切れていないし、理解できないままである。

信念やら価値観やらも、その時、その時の欲望の変化に簡単に揺らいでいるのだ。人間、人間、人間、もう喋るな！　もう動くな！　二十一世紀の地球の惨状を見よ！

弦蔵の一発の銃弾も何も解決はしないだろう！

しかしこの一発の銃弾を撃つ事が、弦蔵が今生きてる証なのだ。弦蔵もまた人間が犯す大きな矛盾の渦に巻き込まれて生きているのだ。自滅への川の流れに乗っているのだ。

黒い怪物がやって来る！　何を叫んで、何を喘いで、驀進するのか……。その前時代的な力の表現に、ＳＬマニアは興奮しているのだ。理解可能な力に共感しているのだ！　かつては馬一頭の力を一馬力といい、その力を人間は現実感を持って把握していたが、今や人間が造り出した核爆弾の力は、現実感を持って把握できなくなったのだ。ボタン一つで一瞬に多数の人間を肉片にする力を、バーチャルとして見るだけなのだ。

百メートル下のエイリアン達が興奮して蠢いている。

轟音を立て、煙を吐き、命ある物の如く驀進するＳＬに、己達が失った生命のほとばしりを疑似体験しているのだ。

お前達はかつて同じ人間が造った、ただの蒸気機関車に命を感じ、己達が作り上げたバーチャルな組織の中で、どんどん他人の命を溶かしている事には気が付いていないのだ。

福井のノッペリしたエイリアン面が殺し屋のスコープの中でズームインした。お前達、優秀なエイリアンは、なんの痛みも感じず味気ないビルの中で、パソコンのキーを叩くように幾千幾万の人間達を殺してきたのだ！

殺し屋の人差し指がゆっくりと引き金を引いた。スコープの中の福井の顔が、何か嫌なものを見たように一瞬歪んだ。画面からスローモーに消えて行くように、福井の顔がスコープの中から消えた。

激しい車両の通過が画面を満たしていた。

殺し屋は茂みから出ると、落ち着いた動作で辰巳銃の台座と銃身を二つに切り離し、麻布に丁寧に包んだ。

老婆は川根温泉笹間渡駅、十五時三七分の金谷行きのSLに乗る為に立ち上がった。細い山道を下り、大井川沿いの六三号線に出ると、畑仕事か山菜取りを終え少々疲れたという風情で駅に向かった。老婆は完全に田舎の風景に溶け込んでいた。

遠くで救急車のサイレンの音が微かに聞こえたような気がしたが、老婆は振り返りもしなかった。金谷行きの切符を買うと、観光用のSLに乗るのも、普通の電車に乗るのも、日常の営み……というような仕草で、行き交う観光客のカメラを避け、車両の片隅に座った。SLの乗客の中で誰よりもSLが似合う老婆だった。

老婆は窓の外も見ずに、体を座席に沈めると、たちまちこっくりこっくりと居眠りを始めた。

十

警視庁捜査一課の会議室に立ち込める空気は重かった。

ホシが撃ち込む六・五ミリの執拗なメッセージを、警視庁捜査一課は、遅まきながら真剣に受け止めたのだった。これまでのばらばらの捜査態勢を根底から改め、今この会議室に関係者一同が召集されたのだ。

刑事部長の鷺山警視監が一同を見渡し、軽く咳払いをした。総勢三十名ほどの出席者は、その咳払いに一斉に口をつぐんだ。

鷺山部長は、夏用の略式の制服に階級章の金筋バッチを付け、銀髪をキチッと七三に分けてあらゆる権力の虚しさを知り尽くした道化師のような眼差しで、今日の出席者の顔を一人ずつ確認するように見渡した。

『吉田課長、察庁には連絡済みですね』

『はいー』吉田警視は、ストレス性マバタキ症、とでもいうのか、しきりに目をシバタカセながら姿勢を正して返事をした。

『今日は静岡県警から山崎部長にもお越し願いましたが、広域重要犯罪として、合同捜査本部を本庁に設置する事にしました。従って碑文谷署、四谷署の捜査本部も本庁の直轄に入ります』

静岡県警の山崎部長は、一課長と三島署の署長を同行して来ていたが、ＳＬ愛好家のグループが全員、霞ヶ関の高級官僚であった事に、何か事件の根深さを本能的に感じていた。川根温泉笹間渡の所轄は三島署であるから、三島署からの現場報告だけは丁寧に目を通してきていた。

最初の鷹森神社狙撃事件は、碑文谷署としてはなんの手掛かりも掴んでいないまま、署長を筆頭に一課の警部、警部補が気まずく座っていたが、碑文谷署の北川署長としては縄張り意識どころか、この雲を掴むようなヤマに見通しが立っていない現実を考えると、捜査本部が本庁に統合される事を内心喜んでいた。

一方、四谷署の日高署長は、このホシは、何かしらの意図を持って、権力機構に銃弾を撃ち込んでいる様に感じ、捜査に相当な意欲を隠し持っていた。

『黒澤警部――君は幻の殺し屋という物語的な犯人像を創り出し、一課の顰蹙《ひんしゅく》を買っていたそうですが、今になってみれば、君が追っているホシは、幻ではなくはっきり現実化したようです。所轄でもない君に、今日、出席を願ったのは、君に合同捜査本部の特別捜査官として参加して貰うためです』

鷺山部長はチラッと目の奥で笑っていた。

黒澤は喉に痰が絡んだような声で、『はい……』と返事をした。

『規則により、刑事部長の自分が総指揮を取る事になるが、実質的には吉田課長が実務を担当する。それに、鑑識の責任者を一人配置する事になるが、後は吉田課長に主任官、広報、運営、捜査班を規則に従って設置して貰う。とにかくこの事件は相当根深い動機が隠れていると思われるので、慎重に素早い対応を心がけて貰いたい。後は順次捜査過程の報告を期待する』

鷺山部長が席を立つと、会議室では各所轄の刑事達のやり取りが始まった。

黒澤は余分な質問をされる前に、会議室を抜け出した。捜査一課が陣を構える本庁の六階は、隣の警察総合庁舎と通路で繋がっており、黒澤は、科研（科学捜査研究所）に依頼してあった、辰巳弦蔵の写真の解析と修復作業の進行状態を確かめるつもりで連絡通路に向かった。

『黒澤さん！』

振り返ると、商社マンのような日高署長が立っていた。ダブルの背広に、油気の無い白髪交じりの髪を無造作に掻き上げ、温和な顔で笑いかけていた。

『何か？』黒澤は今、同じ捜査本部の者と口を利きたくなかった。

『ちょっと、時間を貰えませんか？』日高警視正は偉ぶらず、真摯な態度で黒澤に近寄ってきた。

『少し、情報交換に乗っていただけませんかね？』

『はあ……』黒澤は明らかに乗りたくない顔だった。

『ホシに関しては黒澤警部が一歩も二歩も先に行っていると思いますが、害者二名の共通点でちょっと気に掛かっている事があるんです……』

『……』黒澤の沈黙を了承と受け取ったのか、

『十七階の喫茶でいかがです?』

と日高署長は先に歩きかけた。

『あの、本庁の中じゃない方がいいと思うんですが……』

黒澤は急に、この馬鹿でかい建物から抜け出したくなった。

『ああ、そうですな……私もそう思います。新橋にでも出ますか』日高署長は腕時計に目をやりながら、

『もう、五時を過ぎましたな。一杯やりながらいかがです?』まさに商社の営業部長のような態度だった。

黒澤もつい、防御態勢を崩し、

『いいですねー』と、頷いていた。

二人はエレベーターから下りると正面玄関から表に出て、タクシーを拾った。

烏森《からすもり》の飲み屋街では、まだ明るいうちから既にあちこちのこぢんまりとした店に、残業無しのサラリーマン達がカウンターに納まっていた。

黒澤は、日高署長の案内で、「夕月」という小粋な暖簾をくぐった。

『いらっしゃい』カウンターの中から、真っ白な割烹着を掛けた五十柄の女将がにこやかに迎えた。

『早いわね、ひーちゃん』

『窓際族には残業が無いんだ。今日はちょっと取引の話があるから、奥の小部屋を借りるよ』

日高署長は勝手知ったる我が家の如く、黒澤を促し、右奥の小部屋の障子を開け靴を脱いだ。

『ああ、そう、そう。こちら取引先の黒澤さん』と、取って付けたように、黒澤を女将に紹介した。

『ようこそ』女将は中途半端な紹介に戸惑いも見せず、にっこり笑って黒澤に頭を下げた。

黒澤も半分靴を脱ぎながら、

『よろしく』と、穏やかに答えた。

『とりあえず、生二つ。ツマミは任せるよ』

二人は、東南アジア系の女の子が運んできたオシボリで顔を拭い、ビールのジョッキを持ち上げた。一気に飲み干したビールが、腹の中でシュワーッと分解し、血管に流れ込むのは早かった。

二人はしばらく黙ったまま、運ばれてきた刺身や枝豆をツマミながらビールを呑んだ。

『アスベスト……ご存知ですよね』日高署長は食い物の話でもするかのように、突然切り出した。

黒澤は一瞬壁に貼ってあるメニューにその名を捜そうと一瞬目を泳がせたが、危うく止まった。

『はあ……たしか、問題になってる悪性中皮腫ですか……』

『そう、そのアスベストが絡んでいるんです……』

『ヤマにですか？』

『そう、二体のホトケがアスベストがらみなんです』

『ほう』

『外苑の仏、佐倉崎教授は、アスベスト協会の特別委員をしてました。つまり、アスベスト業界の代弁者です。その上、一方では、中央労働災害防止協会の所長もしてたんです。こっちは労働者の健康を守る方の協会です。言っている意味が判りますか？　ホシがデカか、デカがホシか、要するに両方兼ねていやがったんです……。

そして、先日笹間渡でホトケになった福井憲治は、経済産業省窯業課の課長です。アスベスト業界を戦後から通産省時代を通して、ずーっと支え続けてきたセクションです。

日本の経済成長と共に歩んだ石綿業界は、アスベストの輸入に携わった商社と共に、笑いが止まらないほどの利益を上げ続け、それを行政が支え続けてきた訳です。

ところが、１９６０年頃から既に、アスベストが発癌性の有害物質である事は明らかになっていたし、海外ではアスベスト労働者本人だけではなく、衣服に付いたアスベストの粉塵を持ち込まれた家族にまで悪性中皮腫が発生した死亡記録が多数出ていたのです。即ちその毒性は、半世紀以上も前から知られていた訳です。それらを知りながら、のらりくらりと一部修正で誤魔化し、隠蔽し続けてきたのが、アスベスト協会なんです。アスベストは高層建築の耐火用、電線の被膜、学校、造船、発電所などのあらゆる建材に使われ、その上、食糧増産の為の肥料に欠かせない硫安（硫酸アンモニウム）の生産にも使われたんです。

従って、あまりに広範囲にばら撒かれたアスベストによる死亡者の数は、実際には掴み切れてはいないんです。何しろ、中皮腫なんて癌の名前が一般に知られたのも最近の事ですから……。とにかくその恐ろしさを知らせず押さえ込んできたのが、アスベスト協会とそれを支えた行政と大学の似非博士の三つ巴のカラクリです。

そこで――、黒澤さん、似非博士と行政のエリートが、このひと夏に立て続けに六・五ミリに撃ち抜かれました……この秋には、次があるとは思いませんか？』

黒澤はアスベストの説明を感心して聞いていたが、日高の最後の言葉に思わず身を乗り出していた。

『次……と、言いますと？』

『そうです。次のターゲットです』

『誰です？！』

黒澤は真剣に日高の目を見詰めた。

『どう考えても……アスベストの業界を牛耳っているドンです。即ち、アスベスト協会の会長です』

『……なるほど……』黒澤は一瞬、自分の喉仏が上下したのが感じられた。

『憶測ではありますが、殺し屋が一番の大物を見逃す訳がないでしょう……』

『うーん』

黒澤は思いもかけない日高の情報に圧倒された。

『ところで、黒澤さん、青森の弘前署を訪ねたそうですが、何かホシの手掛かりを掴みましたか？』

『えっ、これもまた地獄耳ですなァ』

黒澤は、一見おっとりした日高署長に、一本、二本と立て続けに素早い面を取られていた。

『なんといっても、新宿署はお隣ですから……』

日高署長は二杯目の生ビールを気持ち良さそうに飲み干した。

黒澤も二杯目のビールを流し込み、口元の泡を拭うと、昔話を語るかのように口を開いた。

『自己流の殺し屋物語ですよ、僕のは……。しかも多分に想像の域を超えてはいません。それでも、青森で掴んだ情報から僕の物語に付け加えたのは、幻の殺し屋は、白神山地のマタギの出身であるという事です』

『それは、また！』今度は日高が驚く番だった。

黒澤は青森の西目屋村で得た情報を少しずつ話し出した。

日高は黒澤の話を聞きながら、焼酎のボトルを取り寄せ、喋っている黒澤に芋焼酎のオンザロックをタイミング良く注いだ。口当たりの良い芋焼酎に、黒澤は喋りながらついつい杯を重ねていた。

気が付いた時は、憶測も交えて、殺し屋物語を洗いざらい話していた。幻の殺し屋に対する思いを、同僚に判って欲しい気持ちもあったのであろう。春蛇以外の他人に初めて、今までの思い入れを話していた。

『ロマンですなぁー。追っている殺し屋に命を助けられたところなんぞ、鳥肌が立ちましたよ！　凄い！　確かに物証主義の日本警察には通じない話ですな。しかし、やっぱりこの殺し屋は半端な動機では動いていませんなぁ……』日高も結構酔いが回っていた。

『アスベスト協会の会長に一回会ってみませんか』日高の申し入れに、黒澤も乗った。

『面白い！　死神に見込まれたドンに会ってみたいですなぁ』

『しかし、会見を申し込む理由はなんとします？』

黒澤は殺し屋物語のセリフを考えた。

『そう……、お盆は過ぎたが、あの世でお前の迎火が焚かれている、死神がお前に手を振っているのだ……我々の鉄の棺に身柄を預けなさい――。判りやすく言えば、お前は殺し屋の三番目のターゲットなのだ！　とでも言いますか』

黒澤は酔ってるとは言え、春蛇の影響なのか、かなり妙なセリフ回しになっていた。

日高は三秒ほどポカンとしていたが、応援団の乱れ打ちのような拍手をしながら笑い出した。

しばらく笑いながら焼酎を飲み交わしていた二人は、我に返って考えてみると、このアスベストのドンを徹底的にマークする事が、逆に殺し屋に近付く一番の近道ではないかと思い始めていた。

黒澤の酩酊した脳髄に、何処か遠くから合図のように振動が伝わってきた。それが携帯の振動だと気付くのに数秒かかった。黒澤はおぼつかない手で、背広の内ポケットから携帯を取り出し、プッシュボタンを押した。

「黒澤さん？」

『はい』

「科研の清水です」電波の状態が悪く擦れた声だったが、明らかに興奮しているのがその息使いで感じられた。

『ああ、清水か、ちょっと待ってくれ、電波の具合が悪いから、外に出るから―』

黒澤は日高に断って、よろける足で靴を履き、暖簾をくぐって路地裏に出た。

『写真、できたのか?!』

「あれだけはっきりした写真があれば、百歳の写真だってできますよ、それより、面白い写真がお隣の佐竹さんのパソコンから出たんですよ！　今から来ますか?」清水の声は高かった。

『ああ、少し酒臭いけど、いいかな?』

「二階の鑑識の方にいますから、エレベーターに乗る必要もありません。ガムでも噛んで来れば大丈夫でしょう、待ってますよ！」

『判った！』

黒澤は日高に、明日、もう一度会う約束をして本庁に引き返した。

十一

かつて、国分寺から成城学園、二子玉川、等々力方面に続く武蔵野の段丘と、その南斜面に連なる緑のラインを、国分寺崖線《がいせん》と言った。

この崖線の下を流れている川を野川といい、世田谷区玉川で、本流の多摩川に合流するのである。

それ故、この辺り一帯は江戸時代から豊かな湧き水に恵まれ、旧今川家の家臣が徳川家康の命を受けて、十五年の歳月をかけ完成した用水を、次太夫用水と呼んでいた。即ち、豊かな水源を生かした田園地帯だったのである。

この長閑《のどか》な地に、明治の終わりになって渋谷から玉川に玉川電車が開通した。この文明の開発と共に、昭和に入ると岡本から上野毛に至る崖線周辺に、政治家や事業家の邸宅や別荘が多く建てられたのである。

その中でも、自然をそのまま傷めずに引き継がれた、旧三菱財閥の岩崎家の屋敷後が、静嘉堂緑地として現在も残っているのである。その周辺には静嘉堂文庫美術館、聖ドミニコ学園、松本記念音楽迎賓館、玉川病院、北側には大きな砧公園……要するに戦前戦後を通して、高級住宅街としてはこの上ない条件が揃っている地域なのである。

アスベストのドン・音無は、そんな高級住宅街に、六百坪程の敷地に平屋建ての邸宅を構えていた。

その日、音無俊介は、パリのリッツホテルから取り寄せたガウンを羽織って、書斎のソファに座っていた。妻と娘は新国立劇場に「サロメ」だか「サロメチール」だか知らないが、オペラ観劇に行って留守だった。お手伝いの菊江さんに氷とミネラルウオーターを運ばせ、キャビネットからコニャックを選び、ブランデーグラスに重量感のある液体を注いだ。

手の動きは自動的だが、頭脳は否定しながらも、心は予感と不安に怯えていた。音無は無意識にコニャックを一口含み、大きく咳き込みながら、これも自動的にテーブルの上に置いたフュミドール（葉巻入れ）から、あのカストロ首相も愛飲しているコイーバを取り出し、キャップの三分の二程を微妙に残し、パンチカッターでスパッと斬首した。分厚い唇に咥えた葉巻を、小型のシガー用ガスバーナーで丁寧に炙り、ゆっくりと口一杯に香りを充満させた。ふわーっと煙と香りを吐き、音無はそのまま、ソファに横になった。

宙に浮かぶような、柔らかななめし皮のソファに体を沈め、音無は天井に煌めくボヘミアンクリスタルのシャンデリアを見上げた。

不安だった。不快だった。

かつて、ロッキード汚職で追い詰められた、小佐野、児玉、田中角栄もこんな感じだったのか……。ブッシュやフセインは……。

別に自分は国民を手玉に取っている訳でもないのに、手を下した覚えの無い死者達の視線を感じている。意識した事も無い良心というのか、見る事も触る事もできないモヤモヤした心という奴が、胃の周辺で暗雲を広げ、苛立たせている。

二人が同じ銃弾で殺された！　偶然なのか？　佐倉崎と福井は偶然に狂気の銃マニアに試し撃ちされたのか？

音無は不安に駆られ、思わずソファから起き上がった。

馬鹿馬鹿しい！　今時……殺し屋とは！　ハリウッド映画じゃあるまいし！

音無はブランデーグラスを掬い上げ、一気にコニャックを飲み干した。

そう、日本石綿協会が国際石綿協会（ＡＩＡ）に加盟したのは一九七七年、今から二九年前だった。それから四年後には、アメリカのジョン・マンビル社が製造物責任法で高額の懲罰的賠償を命ぜられたのだ。マンビル社は、アスベストの危険性を何十年も前から知りながら、それを無視して製造を続け、労働者や消費者の健康を危険に晒した事が、高額な懲罰的賠償の理由だった。一九八二年、マンズビル社は計画倒産をしている。

太陽鉱業株式会社の創業者、音無俊二朗の長男でもある音無俊介は、その頃はまだ歳も若く、協会の役員でもなかったが、アスベスト製品の営業責任者として、日本のアスベスト産業をどんな事をしても守らなければならないと使命感に燃え、その危険性を否定し、アスベスト協会にも積極的に働きかけたのだった。

それ以来、毎年のようにブスブスと燃え上がるアスベストの危険性の事実と報道の火種を消す事に追われているうちに、いつの間にかアスベスト協会の会長にまで就任し、同時に太陽鉱業株式会社の社長を引き継いで、かれこれ十五年になっていた。

そう！　会社を守り、アスベスト業界を代表し、アスベスト一筋で日本の経済成長を支えてきたのだ！　無我夢中だった！　仕事とはそういうものなのだ！

音無は三十畳ほどの書斎を、動物園の檻の中を歩き回る白熊のように、厚い絨毯を踏みしめていた。この期に及んで弱気は禁物なのだ！　このまま突っ走るのが自分に与えられた運命なのだ！　築き上げたアベストの城を明け渡す訳には行かない！　戦国の世は変わらないのだ！

電話が鳴っていた、地獄から響くようなベルの音だった。

音無は、普段は決して肺の中までは吸い込まない葉巻の煙を、思わず胸一杯に吸い込んだまま、じっと白い電話機を見詰めていた。受話器が妙に重かった。

『はい』名乗る気もしないまま、受話器を耳にあてがった。

「音無俊介さんですね」

『はい』

「お盆は過ぎましたが、あの世で貴方の迎え火を焚いている者がいます……。俗にその者の名前を死神と言ってます」

『……な、何！』

「お体にお気をつけ下さい……」電話は一方的に切られた。

思わず叫びそうになった音無俊介はパニックを起こし、ソファの後ろに身を隠した。な、なんなんだ！　誰だ！け、警察を呼べ！　声にならないまま、会長はソファの裏で口をパクつかせていた。

日高署長は酔ってはいたが、呂律《ろれつ》ははっきりしていた。

新橋のショッピングセンターの公衆電話から、音無俊介の自宅の電話番号をプッシュしたのだ。電話番号を調べるくらい署長にとってたやすい事だった。

電話を切った後、数秒してから笑いが込み上げてきて抑えられなかった。

傍から見れば、酔っ払いのおじさんが千鳥足で笑っているだけの風景だった。

日高署長の悪戯電話は、後日、音無俊介に面会する下ごしらえでもあったのだ。

日高は一人で笑いながら、今夜のうちにも黒澤にこの話をしたいと思いつつ、次の店に梯子を掛けた。

十二

警視庁鑑識課は、警視庁本部庁舎と並列して建つ、警察総合庁舎の一階に陣を取っていた。

黒澤は皇居側の総合庁舎玄関から入り、鑑識に向かった。一階は交通捜査課、交通執行課……。酒気帯び運転じゃないが、酒気帯び歩行を気にしながら、黒澤は鑑識課に入って行った。

パソコンが数十台並ぶ一角に、三人ほどの男が一台のパソコンの前に群がっていた。その中に科研の清水の姿があった。黒澤は無言で、小柄な清水の背中に覆いかぶさるようにしてパソコンを覗き込もうとした。

『黒澤さん！』いかにもパソコンオタクの少年のような清水が、顔を背けるようにして、黒澤の顔を横目で見上げた。息子が酔っ払った父親を見るような目付きだった。

『結構、臭ってますよ……』と小声で呟くと、清水は黒澤を促し、隣のパソコンエリアに連れて行った。

こましゃくれた餓鬼が得意げにピアノを弾くように、清水はパソコンのキーを叩いた。

いきなり画像が立ち上がった。

引き締まった体、鋭く澄んだ目、目尻を刻む無数の皺、敏感そうな鼻筋、引き結んだ唇、顎から首筋に走る筋張った皺、そう、黒澤も知っている顔だった。クリント・イーストウッド……アメリカのスターの顔が浮かび上がったのだ。

『遊んでるのか？』黒澤は、勉強もせずにゲームに夢中になっている息子を咎めるように、呟いた。

『パソコンに対するおじさんの理解度はそんなもんでしょうけど……。あの少年の顔から創り出した、四十年後の辰巳弦蔵の顔です。簡単なようで手間が掛かっているんですよ。なんなら、逆に十年ずつ若返らせて見せましょうか？　頭蓋表筋、皮筋、浅頭筋、眼瞼筋、鼻筋、口腔周囲筋、広頚筋、等々の筋肉の衰え方をパターン化し、生活条件も考慮しますが、人間の細胞の衰え方は同じですから、大体間違いのない顔の変化を創り出せるんです。それに今回は同世代で、マタギという特殊な生活環境を共有している、矢雲さんの写真も大いに参考になりました』清水は喋りながら、素早い指の動きでキーを叩いていた。

目まぐるしく変わる画像に黒澤は思わず目をこすった。

いつの間にか、白神の自然に晒された日本人のマタギの顔が現れ、青年の顔から少年の顔に変化して行った。

そして最後に、あの白神の自然児、辰巳弦蔵の少年時代の顔が画面に浮かび上がった。

『わ、判った、四十年後の顔に戻してくれ！』

黒澤は酒臭い息を吐きながら、清水の厚みの無い撫で肩に顔を寄せた。清水はあから様に嫌な顔をして、『僕、酒を呑まないんです』と言った。

『判った、後で一杯やろう』

会話は通じていなかった。

清水は黒澤の顔からできるだけ自分の顔を遠ざけようと、亀が首を伸ばすように、パソコンに額をくっつけんばかりにして、キーを叩いた。

黒澤は改めて浮かび上がったクリント・イーストウッドの顔を見詰めた。

『うーん、いい顔してるなあ……』黒澤は長年捜していた恋人を見つけたように、清水を椅子から追い出し、自分がパソコンの前にどっかり座り画面を見詰めた。

『感心してどうするんですか?!』

清水は椅子からはじき出され、なおさら世代と感性の違いに腹を立てながら、黒澤を見下ろした。

『その写真だけに感心してる場合じゃないと思いますよ』

清水は坊ちゃん刈りの髪の毛を、軽く爪で払いながら、平手で殴っても跡もつかないような、黒澤の横っ面を眺めた。清水はそんな事を考えながら、黒澤をその席に置いたまま、人だかりがしている隣のパソコンに移動した。

『清水！　この写真……なぁ』黒澤が振り返った時は、既に清水はいなかった。

黒澤は慌てて立ち上がり、隣のパソコンエリアに行き人の肩越しに覗くと、なんと、そこには、ハンチングを被ったクリント・イーストウッドの横顔が浮かんでいた。

黒澤は思わず目の前の男を肘でどかし、パソコンの前に立った。

『黒澤さん』今、黒澤が邪険にどかした男が声を掛けた。

振り返った黒澤の鼻先に、腹を突き出した男が人懐っこい顔で笑っていた。

『あっ！　佐山さん、えっ、いやァ、すみません、気付かずに……どうしてここに?』

黒澤は、佐山の相変わらず汗臭いワイシャツと屈託の無い笑顔につい自分も引き込まれ、笑顔になっていた。

『夫殺しの裏取りで、とんでもない写真が浮かび上がったんです！　黒澤さんが追っている、かの有名な幻が姿を現したんですよ！』

『なんですって?!』黒澤はパソコンの前で肩を寄せ合って座る、清水ともう一人の若者の背中を見詰めた。

まさに、ゲーム機の前で嬉々として遊ぶ、二人の餓鬼んちょのようだった。

画面が少しずつ変化し、タクシーを運転している、年取ったロックンローラーのような長髪の男の顔が鮮明に浮かび上がったと思うと、長髪が取っ払われ髪の形が何回か変化し、頬の膨らみを何通りか修正されると、やはり、クリントイーストウッドにそっくりな顔が現れた。

『最近のコンピューター処理は凄いと思いませんか。髪の形をどう変えても基本の顔を炙り出し、そこに肉付けしたり削いだり、顔をどうにでも変化させられるんですよ』佐竹は扇子をバタつかせながら、画面を見詰めていた。

黒澤は呆然として、パソコンという奇怪な世界を見詰めた。

なんで夫殺しに関係して幻が浮かび上がって来たのだ？

黒澤はせわしなく扇子を使う佐竹の垂れ目を、横から盗み見ていた。

荏原署が扱っている、夫殺しのホシに至急会わなければならないと思った。

十三

弦蔵は、分厚い杉板の机に向かって、ノートパソコンを開いていた。

囲炉裏部屋から五郎の吠え声が一声響いた。浩太があまりに無体なじゃれ方をすると、堪りかねてたしなめるのだ。

『兄上、ついに、我々の意図をマスコミも感知し始めました。仕留めた二人の標的は、アスベストに絡んでいる事を察知したのです。勿論、警察もその線に気付いたでしょう。兄上の意図通り、アスベストのドンを最後の標的にした事は、大変な危険が伴いますが、メッセージとしては凄い効果にはなります。

さて、この最後の標的は僕にとっても、一つのけじめです。警察もマスコミも必死に三人目の犠牲者を予測し、日本国中が見守る中で、兄上の銃弾は標的を捉える事になります。この最後の祭りのリスクを、兄上にだけ負わせる訳にはいきません！　僕も実戦に参加します！　いえ、断られるのは承知ですが、これは『縄文解放同盟』としてではなく、高槻堅太郎として参戦するのです！　ハンセン氏病として、国家に殺された、父と母を背負って参戦するのです。やり方は兄上の邪魔にならないように、黒衣《くろご》に徹します。

追伸

浩太の受け入れ体制は完璧に出来上がっています。戸籍も名前も全て整っています。引き渡し時機は兄上の判断に任せます』

弦蔵の無明の彷徨に導《しるべ》は見えたのか？

地獄をさすらう殺し屋は、存在している事自体が辛い！　ならば、地獄の地平線に微かな美意識を持とうではないか！

最後の祭りは、真冬の花火の如く、鮮烈に弾けようではないか！

弦蔵は囲炉裏部屋から低く響き渡る、獣の咆哮を聴いていた。

幼子《おさなご》もまた、無明の中で愛を探っているのだ。

トーチカの小窓から鋭い月の光が差し込み、銃架に立てかけた「辰巳銃」が青い光の中で脈打っている。半世紀近く使い続けた殺し屋の義手の如き銃は、温かい血の言葉を飲み込んだまま、深い沈黙の中で脈打っている。

下の廃車置場に白い獣が走った！　弦蔵は思わず腰を浮かせて、トーチカの小窓に顔を近付けた。月光が闇を切り裂いていた。白いクーペがベンツの向こうに消えた。闇の狩人が獲物を隠しに来たのだ。廃車の陰から二人の狩人が帰って行く。窃盗団の影だった。娑婆はしたたかに生き続けて行くのだ。

弦蔵の神経は娑婆とあの世の境に浮いている。見えない影が見えている。

死神が弦蔵の後ろに立っている。判っているが振り返る気もしない、死神はなれなれしく、言葉を掛けようとしている。弦蔵は死神に「甘えるな！」と背中で拒否の意思を示している。人間の性は死神より醜い。人間の性は、コンクリートの廃墟のように地球に傷跡を残すが、死神は人間の死体の山を跡形もなく片付ける。樹海を這う苔だらけの根っこのように、歴史という幻想を残す。

月の高い夜、幼子と狼が遊んでいる……。

殺し屋は、己の地獄の果てに、次元を超えた道が厳しい真実の口を開けて待っているのを感じている。

宇宙を轟かせ、龍の如く煙を吐く黒光りした機関車は、無人の駅に停車するのであろうか……。

最果ての駅で、一人ポツンと待つ殺し屋を乗せるのであろうか？

殺し屋は六・五ミリを机の上に並べ、死神の首をツマミ上げるように、鈍色《にびいろ》の銃弾を、月の光に晒した。

さらば、神よ……笑いもせず、泣きもせず、さらば……。まずい生き物を創ったもんだぜ！

十四

夫殺しの君江は、覚せい剤常習者からくる重度の統合失調症として、拘置所から郊外の病院に措置入院させられていた。捜査当局としても、事件解明とその裏付けの為、本人の正確な供述を必要としていたのだ。

荏原署の佐山警部は根気よく病院を訪れ、君江と接触していたが、症状は重く供述を取るには至っていなかった。

佐山は、黒澤とは長い付き合いもあって、無駄とは思いながらも黒澤の要請を受け入れた。

調布の精神病棟、薬物中毒および精神障害者の個室で、八坂君江は立ったまま笑っていた。ベージュ色の無地のTシャツを着、同色の綿パンをはいて簡易ベッドの横に立つ君江は、透き通ったような青い顔と乱れ髪が、日本画の美人幽霊を想像させた。幽霊は笑っていた……底知れぬ絶望の笑いだった。

係官が錠前を外し、佐山と黒澤は中に入った。

佐山は持ち前の笑顔で君江に近付き、

『君江さん、元気そうだね』と、気楽に言葉を掛けた。

君江は笑ったまま、怒っていた。

係官が丸椅子を二脚持ってきて二人の後ろに置くと、再び外に出て錠前を下ろした。

『君江さんも座りませんか？　アイスクリームを買ってきたから――』

佐山はビニール袋から最中風のバニラアイスを取り出し、君江に差し出した。

君江はじっとアイスを見詰めていたが、サッと思わぬ速さでアイスを佐山の手から奪い取ると、パンツのポケットに捻じ込んだ。

『ハッ、ハ、ハ、アイスは沢山あるよ』

佐山はビニール袋からまたアイスを取り出し、君江の前に差し出した。途端に君江の手が伸び、アイスを奪い取った。そして、素早い動作でポケットに捻じ込んだ。佐山は笑いながら、三個目のアイスを差し出した。同じ結果だった。

佐山はまるでマジシャンの如く、次々とアイスを取り出し、君江に差し出した。君江のパンツのポケットは、捻じ込まれたアイスで膨れ上がっていた。その上、両手にアイスを持つと、ようやく安心したようにベッドに座った。ポケットのアイスが潰れ、クリームがはみ出していた。

まさに人間の業《ごう》は灰になるまで消えないものなのか、母の愛も一歩間違えると、女の業そのものなのだ。

黒澤は、途中のコンビニで佐山が大量のアイスを買ったのは、病院の看護婦や職員へのお土産だとばかり思っていたが……君江だけへの手土産だったのだ。佐山は、君江との交流の仕方を学んでいたのだ。

『今日は、浩太君を迎えに行ったのかい?』佐山はさり気なく君江に質問した。

君江は、一瞬考えるようにして初めは頷き、次は首を横に振った。

『そうか、迎えにいったけど、いなかったんだ』

君江は頷いた。

『何処へ迎えに行ったの?』

佐山は落語家が扇子を取り出すようなタイミングで、背広の内ポケットから扇子を取り出した。

『鏑木が隠した! 浩太を隠した! カブラギは悪い奴!』

『鏑木に預けたのは、姉の夏子ちゃんの方じゃなかったかな?』佐山はすかさず尋ね返した。

『鏑木は悪い奴!』君江は震えるように呟いた。

『だから、刺したんだろう?』佐山の質問に君江はキョトンとしている。

黒澤が横から尋ねた。

『浩太君は誰か他の人に預けたんじゃないかな?』

君江はもう一人、男がいた事に気付き、ドキッとして身を引いた。

『大丈夫、この人は僕のお友達、黒澤という刑事さん。浩太君を一緒に探してくれているんだ』

佐山は扇子を使いながら、のんびりした口調で話しかけている。

君江はじっと黒澤を見詰めた。

『刑事……』君江は食い入るように黒澤を見詰めた。

『耕作が浩太を殺した！　耕作が浩太を殺した！』君江は黒澤刑事に激しく訴えていた。

『耕作って、この君江が殺した亭主だったよな……』黒沢は佐山刑事に小声で確認した。

佐山は軽く頷いて、せわしく扇いでいた扇子の動きを止めて体を乗り出した。

『……浩太君は殺されたの？』始めて聞いたセリフなのだろう、佐山は真剣な目付きで君江に迫った。

『浩太君は殺されたの？　殺したの？』佐山の扇子を動かす手は止まったままだった。

『まさか、君江さん、貴方、浩太君を何処かに捨ててはいないだろうね？』

佐山は君江の狂気に巻き込まれまいと、再び激しく扇子を動かした。

『捨てた！　浩太を捨てた！　浩太を――』

君江はいきなりに立ち上がった。

『チクショウ！　あいつ、チクショウ！　お前、チクショウ、チクショウ』

君江は腹の底から叫びながら、自分の髪の毛を掻きむしった。係官が慌てて入ってきて、君江を抱え込んだ。

佐山と黒澤は係官の合図で、これ以上質問は無理と判断して表に出た。


黒澤は佐山を誘って、京王線の調布駅前の居酒屋に入った。

兄さん方の威勢のいい声に案内され、囲いのある四人掛けのテーブルに着くと、二人は、酒飲みの性なのだろう、何よりも先に生ビールを頼み、それからおもむろに、食い物のメニューを開いた。

生ビールが来るまで二人は無言でツマミを選択した。運ばれたビールのジョッキを持ち上げ、二人ともこの時ばかりは、殺しもタタキ(強盗)も忘れて、泡もろともジョッキを傾けた。二人は同時に大きくため息を吐き、ジョッキをドスンと置いた。

佐山は皺深い目尻を一層下げ、よれたネクタイを弛めると、人懐っこい眼差しで黒澤に笑いかけた。

『重症でしょう、彼女……パクッた当初はあれほどでもなかったんですがね──』

『そうでしょう、山谷の立花荘の事もすっかり忘れてますよね』

黒澤は辰巳弦蔵の顔写真を君江に確認させる暇も無かった。佐山警部は、大学で陽の当たらない研究室に閉じこもっている、運動不足の万年助教授のような感じで喋り出した。

『クスリの禁断症状というより、殺しの後遺症がだんだん己を蝕むんですなァ──元々、病歴はあったんでしょうけど、殺しという稀有な体験は、誰彼無く収拾が取れない精神状態になるらしいですよ……。マスコミは、殺人者のその後の精神状態を丁寧に追っかけた事はありませんが、本当はそれをやって貰いたいですなあ……。人を殺してしまったという現実は、バシャンと鉄の扉を閉めるように他人の命の扉を閉めてしまった後、己の一部も鉄の扉の向こうに取り残され、取り返しのつかない孤独感となって日に日に心を切り裂いて行くそうです。心の痛みという奴は、全身を腐らせて行くもんらしいですな。後から、後から、毒性の痛みが襲い掛かり、眠れない夜が続くと言います。そんな殺人者の姿をマスコミはドキュメンタリーで見せて欲しいもんですなあ』

佐山は稀に見る温情デカで、自分が逮捕した容疑者を検察に送った後も、小まめに面会するタイプだった。それに対して黒澤は、徹底したハンターデカだった。ホシを徹底的に追い詰め、自信を持って検察に送った後は、もう次のヤマを追っかけていた。

『ところで、佐山さんとこは、辰巳弦蔵の写真を夫殺しの共犯者として、公表するつもりですか?』

黒澤の質問に佐山は、難しい顔をしてしばらく考えていたが、首を曖昧に振りながら、苦労人らしく言葉を選んで答えた。

『うちは本ボシを確保してますから——黒澤さんの立場と、それに……。そっちは本庁が組んでる捜査本部ですから、うちの方としては独自の判断は難しいですなァ……。黒澤さんは、十年来追い続けて来た「幻の」の肩書きは外せないでしょう。うちは、子供の行方だけですから……それも共犯と決まった訳じゃありませんし。本庁の判断に任せる事になるでしょうな。それにしても、もし、辰巳弦蔵をパクれたら……こりゃ、華やかな捕り物ですなァ。一般公開となると、うちの方も考慮して貰えば、子供連れの殺し屋を追う事になりますからね？まさに「子連れ狼」という事になりますなあ。マスコミは、はしゃぐでしょうなァ……』

佐山はおよそ、華やかな捕り物とは縁の無い、地域の犯罪ばかりを手がけてきた刑事だった。実際、窃盗やひき逃げの合間に起こる殺しは、救われない痴情の縺れとか、看護疲れの年寄りの殺しとか、短時間で犯人は上げられるが、その後の惨めな人間模様にデカとしてつい巻き込まれてしまうのが現実だった。

黒澤は、半分佐山の答えを聞いていなかった。無論、辰巳弦蔵が「幻」と決まった訳ではないが、黒澤の命を救った男の「気」というか、白神山地から発するマタギの「気」が黒澤を呼んでいるのだ。

デカの勘とか臭いではなく、血が騒ぐのだった。幻の殺し屋は辰巳弦蔵である！　と黒澤は密かに確信していた。

ならば、弦蔵にどう迫って行くのか？

やはり、日高署長とアスベストのドンをマークする事、これが殺し屋に迫る唯一の方法かもしれなかった。

弦蔵の写真は音無俊介に張り付くメンバーに、内密に配布するしかないだろう。

黒澤はなんとなく気が高ぶってきた。

『佐山さん、弦蔵の写真は佐山さんが機会を捉えて、君江に見せて反応を窺って下さい。やはり、君江は佐山さんの優しさに心を開くと思います。僕の方は、もっと荒っぽく幻に迫ってみる事にします』
黒澤はハンターの目で、ジョッキを持ち上げた。

十五

音無家のダイニングルームはシンと静まり返っていた。

長男は三山商事のアメリカ支社に勤務し、次男はカリフォルニア大学に留学して、六年経っても帰っていなかった。一人娘の弥生だけは父親の猛烈な反対で、外国に逃げ出すチャンスを失い、日本の音楽学校に通っていた。

この広いダイニングルームで、今、十人は軽く座れるテーブルに着いているのは、主人の音無と今年五二歳になる、妻の美弥子だけだった。娘の弥生は友人と出掛けてまだ帰っていない。

使用人は、先代から全ての雑事を仕切り、音無家の事は全て知り尽くしている、倉田洋三、六十歳と美知子、四八歳の夫妻。それにお手伝いの菊枝、四三歳とフィリピンから働きに来ている二三歳の娘が、それぞれの部屋に住み込んでいた。後は芳川という青年が、二匹の大型犬の世話に通っていた。

二匹は音無が南アフリカに行った折に買い求めてきた、ローデシアン・リッジバックという威厳に満ちた大型犬で、黒人から白人の富を守ってきた理想的な警備犬だった。音無は広い敷地に暮らす解放感を味わう事の代償として、警備には非常に金を掛けていたのだ。無論、警備保障会社ともしっかり契約を結んでいた。

奥のキッチンのガラス扉を開け、キチッと背広を着た倉田洋三が顔を出した。

『俊さん、共同通信からインタビューの依頼で電話がかかってますが、そちらに回しますか?』と俊介の後ろにある、大理石の電話台を指差した。

倉田洋三は未だに、俊介を大学時代のままの呼び方で呼んでいた。俊介も洋三とは兄弟同然に育っていたので、学生時代と同じ呼ばれ方に抵抗感はなかった。

しかし、マスコミからの電話と聞いて途端に不機嫌な顔に変わり、食べかけの牡蠣の蒸し焼きの殻を投げ出した。

『洋さん、判ってるだろうけど新聞もテレビも週刊誌も一切、マスコミはお断りだ！　今は非常に微妙な時でしょ！』俊介はナプキンで口の周りを拭くと、ワイングラスを乱暴に取り上げ、グラスに噛み付くようにしてワインを口に含んだ。

『でも、俊介さん、あまり憶測で色々書かれたり、報道されるのも、マイナスではありませんか？』

洋三は俊介の仕事上の秘書ではないが、私的なトラブル、特に女性関係の全てを、嫌な顔一つ見せずに忠実に仕切ってきた私的秘書でもあった。従って、おのずと裏社会に通じている男でもある。

『そうよ、言われっ放しというのも、あまりにもみっともないわ！　まるで、犯罪者扱いじゃないの。それに、どうして貴方が殺し屋のターゲットになるわけ？！　この法治国家で！　この民主国家で貴方は別に法律を犯した訳でもないのよ！　やくざと取引してる訳でもないでしょう！』妻の美知子は体型こそ変わらないが、美容にこだわり過ぎ、金を掛けるだけ掛けた結果、所々ひび割れした博多人形のようなアンバランスな顔になっていた。

『ただ、マスコミが騒いでるだけだ！　奴らは視聴率や雑誌の売り上げが上がると思えば、天皇家でさえ餌にするハイエナ共だろう！』俊介は自分でワインクーラーからシャトーオーゾンヌのボトルを取り上げ、繊細なグラスに乱暴になみなみと注ぐと、一緒に己の動揺を飲み込むように一気に飲み下した。

『あまり召し上がらない方がよろしいですよ。今夜、八時に来る事になっていますから……』

洋三は、江戸の浮世絵師が黒縁の眼鏡をかけたような顔で、腕時計を見詰めた。

『ウン、警視庁から内密に会いたいと言って来たから会う事にしたが、馬鹿げてるだろう。今時、殺し屋というのも……』俊介は、はっきり否定して貰いたいような眼差しで、洋三を見詰めた。

『しかし、用心に越した事はありません。佐倉崎教授も福井課長も同じ銃弾で殺されたそうですから……』

洋三の細く光る目は、真剣に心配していた。その顔を見ると、俊介も体の奥底から震えが起きてきた。

黒澤が運転する乗用車が二十時ちょうどに音無家の私道にハンドルを切った瞬間、センサーが働き、大使館のような鉄製の門扉の左右から、強烈なライトが警視庁の無個性な車を浮かび上がらせた。

私道から門扉まで五十メートル程のアプローチにはレンガが敷かれ、両側の花壇には、玩具の兵隊のように色とりどりの花が並んでいた。

黒澤は車から降り、インターホンを押し、監視カメラに向かって警察手帳を掲げて見せた。インターホンから男の声で丁寧な応答があり、鉄格子の門扉が内側に開いた。

黒澤は車を音無家の玄関ポーチに向けた。優美な曲線を描いた銅版の屋根の下に、重厚な扉がドシッと閉じられていて、来客を歓迎しているようには見えなかった。木製の厚い扉の両側に、トルコ風のカンテラが色鮮やかに下がり、この光だけは温かな金色の光を放っていた。

今度は日高が先に車を降り、玄関のインターホンを改めて押した。やはり監視カメラが玄関アーチの右上から、日高を狙っていた。

間もなく、扉が内側から開けられ、キチッとネクタイをした古典的な男が、無表情に二人を迎えた。大理石の床に二人の刑事が脱いだ靴は、惨めな感じで置き去りにされた。

ワイン色のカーペットが敷き詰められた廊下を案内され、二人は左側の扉から応接室に入った。正面の壁に、霞んだ仏陀が浮かび上がり、おぼろげな冥界のような世界に流浪の咎人《とがにん》が遠のくように……或いは迫るように描かれている、四十号ほどの絵画が納まっていた。

『高山辰雄だ！』黒澤はソファに座るのも忘れて、しばし、本物の高山辰雄の絵を見詰めていた。

日高警視正に小声で促され、我に返った黒澤は日高と並んで、滑らかなソファにギクシャクと座った。目に入る全ての家具は日常生活からかけ離れていた。左側の壁には、大きな暖炉が恐竜のように口を開け、右側に視線を移すと、植物園の温室にあるような観葉植物が葉を広げ、その陰に隠れるように、白いグランドピアノがひっそり置かれていた。カーテンが引き開けられた一枚ガラスの引き戸が、透明な光の中に何枚か並び、その向こう側は、夜間照明に照らし出された広い芝生の庭が海のように広がっていた。

軽いノックの後、清楚な女性がコーヒーを運び、丁寧に頭を下げ出て行くと、入れ替わるようにアスベストのドンが現れた。シルクのオープンシャツの上に白いサマーセーターを着て、ウエスト九十五センチはありそうなスラックス姿で微かに息を弾ませながら、軽く頭を下げた。

黒澤と日高もすかさず立ち上がり、キチッと頭を下げ、

『夜分おくつろぎのところ、申し訳ありません。私、四谷署の日高といいます』

『新宿署の黒澤です』と名乗り、名刺を差し出した。

音無俊介は高山辰雄の絵画を背景にして、向かいのソファにゆったりと座りながら、二人にも座るように促し、微かに白いものが混じる眉毛を心持ち上げ、視線の奥に漂う疑心暗鬼な怯えを隠すように、ことさらにこやかに二人を見詰めた。

『我々は現在、警視庁が設置いたしました捜査本部で、この一連の狙撃事件の捜査に当たっております』

日高は次を促すように、黒澤に視線を送った。

『率直に申しまして、見当違いもはなはだしいとお思いでしょうが……我々は過去の事実だけを積み重ね、熟慮した結果、確かにこの殺人事件は、ある目的を持ったメッセージだと判断いたしました』

黒澤の言葉に、音無が不快げに口を開いた。

『なんのメッセージだというのかね？　人が殺される事をメッセージだと解釈するのかね。警視庁たるものが、殺人を社会的なメッセージだと認める事自体がおかしいんじゃないのか？　それだったら、毎日そこら中で起きてる殺人事件は、全て社会的なメッセージだと解釈できる訳だ』

黒澤と日高は一瞬口をつぐんだ。音無が内心怯えている事は読めていた。

日高が穏やかに答えた。

『我々といたしましては、これ以上犠牲者を絶対に出さない為にも、不本意ではございましょうが、ターゲットとなる可能性のあるお方を数名選びました。その中のお一人に、音無さんも含まれた訳です』

『どういう根拠で私がターゲットになるのかね』音無の声が微かに上ずった。

『もう、マスコミ等でご存知でしょうが、アスベストです』日高が短く答えた。

『アスベスト？』口を半ば開けたまま、音無は頬に浮かんだ胡桃色の染みを、人差し指で二、三度掻き毟った。

『君ね、今確かに社会問題にはなっておるが、これは国家的な経済問題でもあるんだ。軽々しくアスベスト！なんて口にして貰いたくないね。ましてや君達も国に仕える身であろう……。我々は一種の国家戦略として、骨身を惜しまず国の為に働いてきたんだ。それはひいて言えば、国民の為に働いてきた事なんだ』

音無は本気になって怒っていた。

黒澤はいかにも、ごもっともという顔付きで頷いた。

『勿論、理不尽な事ですし、狙われる理由も無いとお思いでしょうが……。狙撃犯側の方には異常な思い込みがあり、勝手な価値観で人の命を奪うという暴挙に出ている訳ですから、こちらもあらゆる角度から防御し、犯人を追い込んで行かなければなりません。それに、既にアスベストに関連したお二人の方が命を落としているのは厳然たる事実です』音無は軽く息を飲み込んだまま黙ってしまった。

日高が如才無く続けた。

『そこで、少々ご面倒ですが、我々にご協力願えないでしょうか？』

『どういう協力をしろと言うんだね？』音無は一瞬、微かにすがるような眼差しを見せたが、すぐいつもの傲慢な眼差しに変わった。

『警視庁からSPを付けさせていただきます。勿論、傍目には太陽鉱業の社員としか見えないように細心の注意を払います。それから、屋敷周りは玉川署が重点的にパトロールする事になります。他に隠密部隊が絶えず会長の周辺を警戒しますが、これはあくまでも、犯人逮捕の為の行動ですから、会長の目に触れるような事はありません』

日高の説明に、音無は少しこそばゆい気もしたが、急に国家の要人になったような気がしないでもなかった。

『しかし、それじゃ犯人が近寄らず、かえって犯人逮捕に繋がらないのじゃないのかね？』音無は少し余裕を見せた態度で二人の刑事を見詰めた。

『いえ、我々は、そんな事で諦める犯人ではないと読んでいます。というより、世間の注目を浴びたところで犯行に及ぶ事が狙いなのではないかとさえ感じているのです』日高の説明に音無の目が真剣になった。

『すると、私は格好な囮という訳かね』

今度は黒澤も真剣な眼差しで答えた。

『いえ、会長が本当に狙われていると決まった訳ではありませんし、あくまでも用心の為です。もし、会長の周辺で少しでも犯人の動きが見えたら、会長には絶対に近付かせない所で逮捕する事になります。そこのところは、警視庁が総力を挙げ行動しますのでご安心下さい』

今度は日高が刺激的にならないように気使いながら、口を開いた。

『念のため、普段お使いになっている会社のお車ですが、こちらで、防弾ガラスを使用した車を用意させていただきます。それにしばらくの間、護衛を兼ね、運転手も警視庁から派遣いたします。その他細かい点は、警視庁から職員が太陽鉱業の社員として何人かお伺いしますが、その点もご協力をお願いいたします』

日高と黒澤は刑事の体臭を漂わせながら、豪華な応接室の中で、異質の生き物を見るように、アスベストのドンを見詰めた。

その時、庭の奥で低く腹に響くような吠え声がし、青い芝生を二匹の獣が一瞬横切った。

音無はギクッと庭を見詰めた。すると、先ほどの背広の男が庭先に現れ、音無に軽く頭を下げて消えて行った。

黒澤と日高は、今後の打ち合わせを丁寧に頼み立ち上がった。

自動的に開いた門から車を出した途端、数人の男達が駆け寄り、カメラのフラッシュが焚かれた。明らかにマスコミだった。

そんな数人の男達に混じって、カメラを持った高槻堅太郎の姿があった。堅太郎は警視庁の車を無視して、一人だけ音無家の門の中をズームカメラで狙った。胸を逞しく突き出した茶色の洋犬が二匹、刺すような眼差しで堅太郎を見詰めている。

堅太郎は大型犬の後方に立つ男にピントを合わせた。玄関脇のセンサー付の特別照明に浮かび上がったその顔は、黒縁の眼鏡の奥に切り込んだような細い目、その割にはふっくらした頬、一見穏やかな口元……しかし、カメラのレンズを透して見るその男は、年齢と共に筋金入りの忠誠心と冷酷さをうちに秘め、ドンの私生活にとって、最高の司令塔としての自信を漂わせていた。

堅太郎が調査対象にしている男、闇社会で時折り名が出るその男——倉田洋三だった。

十六

弦蔵は廃車置場に最近入れられたジープ、グランドチェルキーをトーチカの小窓から眺めていた。盗難車は捕獲された犬の如く、引き取り手がないと、内臓移植と同じで部品調達として分解されるのを待つだけとなるのだ。この自動車工場は修理するというより、分解する為の工場なのだ。このジープの運命も残すところ、後二、三日というところであろう。

弦蔵はなんとなく、黒くくすんだチェルキーが哀れに思えた。まだまだ、走りたいのだ。走れるのだ。

五郎が新しく入ったジープに、自分のテリトリーの確認の為に、弾丸のような小水を二、三発浴びせていた。

『じいじ』弦蔵の真後ろでいきなり浩太の声がした。弦蔵は後頭部にもはっきり第三のセンサーに近い神経があるはずなのに、浩太の接近にはいつも気付かなかった。浩太の超能力なのか、気配を消す能力を虐待の中で身に着けたのか、不思議な動きにいつも驚かされるのだった。

振り返ると、浩太が崩れかかった鯛焼を弦蔵に差し出した。弦蔵は浩太を身近に置いてから、弦蔵が浩太を癒やすより、浩太の存在そのものが弦蔵を癒やしている事に気付かされていた。

弦蔵は浩太の小さな手から鯛焼を受け取って、口に入れた。浩太も嬉しそうに、鯛焼を頬張っていた。

老人と子供は鯛焼の甘さを噛み締めながら、共犯者の如く無言で見詰め合い、了解し、生きている事の酸っぱさを確認していた。

机の上の置時計は朝の八時を指していた。

突然、弦蔵は、浩太と五郎を連れて、何処でもいい、地の果てに旅立ちたい思いに駆られた。命を背負い、決して逃げ切れない人生の終末を迎え、お前の瞳の奥に生傷のように残る痛々しい愛を、鮮烈な一瞬の記憶として脳裏に焼き付けておきたかったのだ。それがもの皆全て、別れ行く人生の証なのだ。

弦蔵は三十分もかからずに、浩太と五郎をグランドチェルキーに乗せ、第二京浜を横浜に向けて走らせていた。勿論盗難車のプレートナンバーは代わってはいたが、危険な遊びだった。

しかし、弦蔵は人気の無い、冥界のような高原で浩太と五郎を解き放ちたい気持ちに駆られていたのだ。『縄文解放同盟』に浩太を引き渡す時……勿論、五郎も一緒に渡すつもりだったが、淋しさに耐えかねるのはどっちだ！　孤独に耐えかねるのはどっちだ！　殺し屋は心の終末を感じ、防ぎようのない加齢の痛みを感じていた。

愛は時の流れと共には連続しない。一瞬、一瞬の記憶の中に沈み込んで行くのだ。

孫ジコ・五平、オド・周平、そして、母・幸よ、深海を暖める愛の奇跡よ！

一瞬一瞬、不連続に浮かんだり沈んだりしている死者達の笑顔よ！

ハンセン氏病の若き夫婦よ！　命よ！　引き継がれた命よ！　堅太郎！

弦蔵は南へ南へと車を走らせた。横浜新道から藤沢バイパス、新湘南バイパスを、都心に向かう車の流れに逆行し、百キロ以上のスピードでジープを疾走させていた。

太陽の光は水平線から湧き上がるように空を満たし、太古の昔からの神々を浮かび上がらせ、人間の暴挙に両手を広げ、止めようとしたのか？　悲しんだのか？　怒ったのか？　耐えたのか？　結局折り合いはつかないま、地球が反転する日を迎えようとしている。

後ろの座席で浩太と五郎は、まるで同種の生き物の如く、狼の遠吠えのような鳴き声を上げ、はしゃいでいる。

弦蔵は真っ直ぐ湘南の海にダイビングするような感覚で湘南バイパスを下り降り、海辺の134号線に車を突入させた。左手に海を感じながら、白神山地のマタギがジープを走らせている――『ふん！』思わず己自身を鼻で笑ったのか、己の今を笑ったのか、弦蔵は意味も無く笑った自分に冷めていた。

国府津、早川から135号線に入り、伊豆半島に車を向けた。伊豆の一車線道路を海岸沿いにくねくねと走り、長い真鶴トンネルを抜け、熱海ビーチラインに滑り込むと、波飛沫を浴びる程の近さで海を掠め、殺し屋が運転する盗難車は、海上を走るが如く見えない架空の国境を目指していた。

後ろ座席の純粋な生き物達は、窓から顔を覗かせ、間近い海を舐めるように見詰めているが、楽しいのか、怖いのか、決めかねている。

果たしてこの外れた生き物達の行き先はあるのか？

弦蔵はコンビニの駐車場にジープを乗り入れ、牛乳、サンドイッチ、おにぎりにお茶。そして五郎には魚のソーセージを十本、他にチョコレート、紙カップ等、即席のピクニックに弦蔵自身、何やら楽しくなり、やたらと飲み物や食い物を買い込んだ。

ジープは熱海を抜け、かつての自殺の名所である錦ヶ浦を横目に睨み、伊豆半島を形通りに辿る道をひたすら南に向かった。長浜海水浴場に向かって滑るように下り、左に緩いカーブを切った先で、車が渋滞していた。

パトカーの赤色灯が回り、二百メートルほど先で検問をしている様子が見えた。

弦蔵の目がピクリと光り、一キロ先まで見通す視力で警官の動きを見詰めた。

地元の車はそのまま通し、他府県の車だけを検問しているようだった。

事故ではない、事件の検問に間違いなかった。しかし、車を進めるしかなかった。

弦蔵は覚悟を決め、『縄文解放同盟』が作ってくれた運転免許書を取り出した。勿論顔写真は本人の物だが、名前は本宮雄三、生年月日は昭和二十年、七月二十日、大東亜戦争末期の他人の生年月日と本籍、現住所も勿論、他人の住所だった。問題は車検証書まで求めるのか、そしたら、偽のナンバーがかえって仇を成す。弦蔵は検問の五十メートルほど手前で、閉鎖した海の家の駐車場に車を乗り入れた。警官の目をわざと引くように、警笛を鳴らし、三台分ほどの駐車場にジープを止めると、慌ててドアを開け。浩太と五郎を表に出した。

『さあ、小便タイムだ！』と声を張り上げ、浩太と五郎を砂浜に走らせた。

一人の警官がチラッとその様子を見たが、怪しみもせず検問の方に気を向けた。

弦蔵は警官達の視線の中で、長浜海水浴場の砂浜を浩太と五郎を相手に走り回った。太陽は中天に昇り、浩太と五郎は全身に光を浴び、海に溶け込んでいた。

弦蔵は車から食料を持ち出し、流木の上に腰を降ろすと、警官達の耳にも届くような声で、浩太と五郎を大声で呼び寄せた。浩太は握り飯を頬張り、五郎はソーセージに噛み付いた。

弦蔵はゆったりと煙草を吹かし、検問の様子を窺った。検問はピークを過ぎ、撤退の準備に入っていた。

巻き狩からなんとか逃れる事ができそうだった。

一時間後、ジープは伊豆高原から赤沢海岸の淵を軽快に走っていた。

弦蔵の後頭部が疼き、太古の銅鐸を木槌で叩くような鈍い音が、脊髄から後頭部に響いていた。最近時々起きる現象だった。夜中にうなされ、ハッと目を覚ますと、激しい動悸と共に全身に汗をかいているのだ。夢の中で自分が得体の知れない獣になって、白神山地を必死に逃げている夢だった。自分がかつて追い続けた月の輪熊でもなく、アオシシでもなく、日本にいるはずもない獣だった。夢の中で追われているのか、追っているのか定かでなく、次元の違う空間で底知れない孤独に呆然としながら、行く宛てもなく走っていた。

弦蔵ははっきり目覚めているこんな時に、太古の銅鐸を叩く音が、背中で響いたのは初めてだった。止まってしまった心臓を木槌で叩かれるような鈍痛だった。

弦蔵は重苦しい背中を伸ばしながら視線を上げると、遥かな山並みの頂に、三機の風車が回っているのが目に入った。弦蔵の視力はまるでズームレンズを絞り込んだように、はっきりその風車を捉えた。腕を精一杯に伸ばし、必死に助けを求めているかのように、三機の風車は天に向かって腕を回していた。

弦蔵はジープを運転しながら、山並みに立つ風車の叫びが聞こえたように感じ、己も喉の奥から獣のようなうめき声を発していた。

ジープは稲取から細野高原に向かって、石垣に挟まれた細い道を遡っていた。国道から外れ、十分も走っていないが、フッと時代をタイムスリップしたような旧家が、石垣の向こうに静まり返り、一軒ずつ、何百年かの樹齢を感じさせるブナやヒメシャラの大木を背負い、人気も無く、どっしりと軒を連ねていた。

伊豆の不思議は、これだけ観光地として知れ渡っていながら、一歩道をさ迷い込めば、かつて日蓮が伊豆に流され、蓮着寺近くの俎《まないた》岩に置き去りにされた厳しい海の風景があり、頼朝の流刑地と称される蛭ケ《ひるが》小島を発掘すると、弥生古墳の遺物が出てきていた。遥か遡れば、文武天皇（六九九年）の折り、修験者の開祖、役小角が伊豆の離島に流された史実もある。まさに異空間が重なり合い、神々が隠れ漂う伊豆半島の奥の深さが垣間見えるのである。

弦蔵は、檜と杉の林に覆われた山道を迷う事もなく登って行った。突き当たって、ハンドルを右に切り、人気がまったく無い山道を登って行くと、突然、一面にススキに覆われた山並みが銀色に光り、うねりを伴い遥か彼方まで広がっていた。ススキ以外に樹木は無く、この世とあの世の境のような空間を、ススキの穂波が競り上がるように、空に向かって揺れていた。

薄紫の甘皮に覆われたような空は、人間が迷い込んだ事をひとまず許してはいるが、いつ心変わりして、薄皮を突き破り、雷鳴を轟かすか判らないような張り詰めた空気の中、辺りは妙に明るく、銀色に輝く冥界の如く、底知れぬ静けさに沈んでいた。月が昇り、その冷たい空を金色に染めるには、夜がまだ遠い……。

弦蔵はゆっくりブレーキを踏み、ジープのドアを開けた。浩太と五郎は首だけ出して、辺りを窺っている。異次元の匂いを嗅ぎ分けているのだ。

弦蔵は雲を踏むように、草原に降り立った。

しばらく様子を窺っていた浩太が、一メートル足らずの体に力を込め、無邪気な目をしっかり見開き大きく息を吐くと、特別の世界に飛び込むように、弾みを付けて車から飛び降りた。五郎は敏感に耳を前後に動かし、警戒態勢を崩さないまま、のっそりと大地を踏みしめ、浩太の横に身を寄せた。

その時、サァーッと、生暖かい霊体が過ぎるように風が吹き渡り、ススキの穂先が一斉に震えながら頭を下げた。霊風はなんの残像も残さず流れ去った。

すると、薄皮に覆われていた空がドームの天井が開くように、徐々にひび割れ、金色の光が溢れ出し、秩序も無く、狂うが如く、光の洪水となってなだれ込んできた。

木槌を持った死神が、弦蔵の背中を銅鑼を叩くように、叩いている。眩暈《めまい》と頭痛で眼球が膨らみ、広角レンズを透したように風景が広がった。

空が動いた、雲が割れた、風が鳴った、光が走った、空間が捻れた。

老人が一人、子供が一人、狼犬が一匹、神の手に包まれた。

意識が飛んだ、意識が渦巻いた。

ススキの原の只中に、白い衣が一体、黒い衣が一体、揺れながら手招いている。

ジンジンと胸が熱い。白い衣が一体、黒い衣が一体、別れの舞を舞っている。

弦蔵は浩太の手を取り歩き出した。行くのでもなく、帰るのでもなく、留まるのでもなく、この世の果てとあの世の始まりを見る！　見る！

弦蔵はいきなりススキの波間に飛び込んだ。ただ、ただ波を掻き分けるようにススキの海を泳いだ。弦蔵の体はいつの間にか四ッ足で地面を蹴っていた。目の前の二足が爪を立て、地面を掴み、想像もつかない筋肉の躍動が全身を突き破り、後ろ足で跳ね上がった。空間の色が変わり、生命の匂いが強烈に鼻腔になだれ込んで来た。

弦蔵の肉体と精神は倒錯し、肉体が思考し、精神が獣の孤独を踊っている。

後ろで浩太のきゃっきゃっと笑う声が聞こえ、五郎が短く吠え、高く吠え、笑っている。狼犬が笑っている。

弦蔵はただ、ただ、あがいていた。助けを求めるにも声がなく、助けを求める相手も無く。己、己、己、始末せよ！

息が途切れ、心臓が噴火し、筋肉が痙攣していたが、心は空っぽで、妙に清々しかった。

浩太が笑いながら弦蔵の上にのしかかり、五郎が弦蔵の汗まみれの顔をペロペロ舐めていた。

何が起きたのか、考えたくもないほど疲れていた。

浩太と五郎はこの上なく解放され、ススキの原を永遠に向かって走り回っていた。

いつの間にか、北の外れに大きな月が昇っていた。

十七

高槻堅太郎のBMは、深夜の首都高速三号線を百二十キロのスピードで用賀から渋谷方面の直線を飛ばしていた。前方一キロ先を倉田洋三が運転するクラウンのテールランプから目を離さなかった。

倉田が始めて動いたのだ。

ドン・音無はこの三週間近く警視庁が仕立てた車で、京橋にある太陽鉱業の本社と自宅を往復するだけの毎日を過ごしていた。別に束縛されている訳ではないが、刑事の運転で刑事が扮する秘書に付き添われての行動は、おのずと無粋な生活を強いられる事になってしまった。

音無の私生活はこの三週間近く消えたも同然だった。無論、機嫌が良いはずがない。銀座にも出ず、ただ、毎日、ひび割れた博多人形のような古女房と食事するのは三日で限界に来ていた。女房の方も鬱陶しい毎日である。昔のように食事の献立を考え、亭主に食べさせる喜びが失せて、ウン十年になる。

必然、互いに言わなくてもいいセリフを放つ。老いて肩寄せ合う慎ましやかな夫婦と違い、預金高の高さ分、互いに相手を必要としなくなっているのである。

こんな家族はどんな豪邸に住んでいようと、虚しい風が吹き抜けているだけだった。

それより、音無に限らず、金持ちの俗っぽい老紳士は、一時のワンルームでもいいから、熱く燃え上がった若い体と、擬態でもいいから淫らに接する事を望んでいるのだ。

音無は、若い女がいくら金の為と割り切って冷めていても、セクスの現場では、何回か我を忘れる瞬間がある事を豊富な経験の中で知っていた。それは恋などというものではなく、女の打算を逆手に取り、札束で弄ぶ暴力の快感だった。どんな綺麗事を並べようと、大半の人間は金の前にひれ伏しているのだ。

音無は心得ていた。金の暴力を直接表現せず、オブラートで包み、間接的に実弾を撃ち込めば、大概の若い女が手に入るのだ。勿論、ノートルダムのセムシ男に近い醜い男は大変だが、財力でカバーしたそれなりの雰囲気を持っていれば、必ず女は金の前にひれ伏すのだった。

音無は金の暴力を哲学的に信じていた。一部の企業は、今や、なりふり構わず、商品ではなく現金そのもので撃ち合っているではないか！

国家と国家の闘いもそうだ。核兵器を直接使えない今、結局、金の暴力が優先しているのだ。石油が金を生み、食料が実弾となり、安い使い捨ての人件費がその国の力となり、金を得る為に兵力を背景にした国家同士の脅し合いの取引を、外交と言っているのだ。人間の社会は、いくら遠回しに綺麗事を並べても、金という暴力の元で生き長らえているのだ。貧しい国を援助するのも、金の暴力なのだ。

そして最終的にその金を得るのに、弱い国を脅し、詐欺に近い経済活動で迫り、それでも思うようにいかないと、最終的には、正義とか、平和とか、解放とか、自由とか詭弁を並べて、武力を持って強盗するだけなのだ。アスベストが何だと言うのだ！　肺がんで死んだ数と、アスベストで稼いだ金額を考えてみろ！　国家が得た税金と、その財力で恩恵を得た国民の数を考えてみろ！　アスベストがなんだ！　単なる経済活動のリスクではないか！　世界は国家という犯罪集団で成り立っているのだ！

音無は大きなダイニングテーブルに座り、目の前のバカラ風にカットされた皿の食べたくもない食後の林檎にフォークを刺し入れた。目の前で黙って紅茶をすする女房も、今自分が飲んでいる紅茶以上に冷めていた。

音無は飽食に麻痺した唇をナプキンで拭きながら、立ち上がった。

『書斎に入るから、菊枝さんに氷とミネラルを運んで貰ってくれ』女房の美弥子は答える代わりに、音無を横目でじろっと見上げ、

『お腹が出すぎじゃない、運動不足は体も心も毒するそうよ』と冷たく言い放った。

長いガウンを翻した音無の前は、紐がほどけかけ突き出した腹でパジャマのボタンまで一つ外していた。

『婆さんを前にすると、緊張感がなくなるんだ』反射的に答えてテーブルから離れようとした。

『ブルーのビタミン剤がソファに落ちてたわよ。名前はバイアグラっていうんでしょう』美弥子は汚らしい物体を見るように亭主を見上げていた。

『お生憎様、まだそんなものは頼らずとも、ビンビンの現役です。倉田が落としたんじゃないか』ドン・音無は鼻で笑った。

『社会的な心臓と寝床用の心臓は違うのよ。ま、せいぜいお励み下さい』

『ご声援ありがとうございます。清き一票は大切にしないとな』

音無は苛立たしげに、ダイニングルームを後にした。そして書斎のソファに座り、子機を手にして、倉田の部屋の番号を押した。

『はい』電話を予期していたかのように、すかさず受話器から返事が返ってきた。

『部屋に来て貰えますか』

『判りました』菊枝の代わりに、倉田が氷とミネラルを運んできた。倉田は無言で、キャビネットからヘネシーのXOを取り出し、二つのグラスにブランデーを注ぎ、コップに氷と水を注いだ。

二人は同時にブランデーを取り上げ、一口含んだ。

『家からかける電話だけどね……』音無が口の中で呟いた。

『いけません、確実に盗聴されてます。警視庁は音無家を守るというより、犯人探しが最優先なんです。囮の私生活なんか当然無視してます。というより、うちの電話から逆に犯人に辿る道すら考えているはずです』

倉田は自分の判断しか、音無を守れないと確信していた。警察を信じない事にかけては、やくざ以上にやくざだった。

『うん』音無は苦しそうにブランデーを含んだ。

『新宿の松岡組の幹部から、幻という言葉を聞いたんです。いわゆるその世界の殺し屋の噂です。なかなか口を割ろうとしませんが、関西の大手、岸本組も幻を追ってるらしいんです。何か面通というか、裏社会にもこの殺し屋が相当波風を立てているのは間違いありません。勿論、警察とは関係なくやくざ社会のけじめというか、相当不気味な存在としてマークしてるんです』倉田は黒縁の眼鏡の下に人差し指を入れ、細い目をこすった。

音無はいつもの葉巻を取り出し、無意識に火を点けていた。

『警察が追っている殺し屋と同一人物なのかね』

『はっきりはしてませんが、私の勘では間違いなく同一人物だと思いますね。裏社会でのヒットマンは、大概何処かの組に所属しているか、一匹狼でも、各組が何かしらの方法で連絡を取れるのがプロのヒットマンですから——それが、何処の組も手掛かりを持っていない殺し屋などあり得ない事なんです』

『明日、本社から抜けようと思っているんだ——』

音無はそれだけ言うと、後は察しろ、と言いたげに、葉巻の煙をたなびかせた。

『いいですよ、ここしばらく、裏の極秘エレベーターを使っていませんから、私が先に社長室に入って、点検しときましょう』

『たのむ』

『警察の監視がありますから、定時までには本社に戻るようにして下さい。念のため護衛はこちらで付けますからご安心を』

音無はダレきった様子でソファの背にもたれ込み、葉巻の煙を吐き出した。

倉田のクラウンは首都高速三号線から霞ヶ関のトンネルを抜け、高速四号線を新宿方面に向かっていた。高槻堅太郎のＢＭの前に、追い越し車線からスカイラインがスーッと割り込んで、クラウンの後ろに付いた。覆面パトの感じではあるが、スピード違反を捕ろうとする気配もなく、クラウンの後方、百メートル程手前を走っている。堅太郎はスカイラインの後に付いて、様子を窺った。

深夜の高速道路は殆どの車が制限速度を遥かにオーバーしている。覆面パトも捕らえる車を選択しているのか、動く気配は無い。

堅太郎は警察無線を受信する為に、高周波への変調方式、ＰＳＫの復調回路を利用し、絶えず警察無線の防衛網を潜り抜け、しっかり、警察無線を傍受していた。

明らかに、前のスカイラインは覆面パトカーだった。しかし、警視庁とのやり取りにドキッとした。幻の包囲網の一環として覆面が動いていたのだ。その関連で、倉田の車も尾行しているのだ。

堅太郎は覆面からさらに百メートル程距離を置き、慎重に後を追った。

覆面は新宿料金所を降り、倉田のクラウンの後を付けていたが、料金所を出た所で、カローラの覆面とバトンタッチした。カローラはクラウンの後を付けながら、青梅街道を新宿繁華街に向け、ＪＲのガード下をくぐり、区役所通りを左折した。

歌舞伎町の深夜は、原色の光と影が抽象化し、娼婦がセクスを垣間見せる黒いショーツと、毒を含む半開きの唇に誘い込まれるような危ない魅力が漂っていた。

倉田のクラウンが時間決めの駐車場に入って行くと、覆面のカローラはその前を通過した。堅太郎は二台ほどの車の後から、倉田が入った駐車場に車を入れた。

倉田は車から降り立って、腕時計に目をやり、煙草を取り出し火を点けた。待ち合わせの時間調整でもしているのか、クラウンの横に立って、しばらくぼんやり煙草を吹かしていた。

堅太郎は自分の車を止め、様子を窺った。絶えず車が出たり入ったりして、まさに深夜の歌舞伎町はフル回転していた。堅太郎も車の時計に目をやると、ちょうど午前零時だった。

何処から現れたのか、黒服が一人倉田に近付き、丁寧に頭を下げた。倉田は黒服の案内で駐車場を出た。堅太郎はしなやかに引き締まった体に、ジル・サンダーのシンプルな背広を纏い、グッチの黒皮のシューズでそっと駐車場に立った。白神山地で育った野性の血が脈々と流れているが、父親から譲り受けた、知性的なひ弱さも微かに入り混じり、その上母親から受け継いだ美貌も重なり、謎めいた存在感を秘めた中年の美青年という感じだった。

堅太郎は素早い足取りで倉田を追いながら、覆面の刑事の存在も忘れていなかった。駐車場の先の路上に止めたカローラから一人の刑事が降り立ち、やはり倉田の後を付けていた。

股間に鋭く切れ込んだ、使い慣れたセクスという武器を持つ女達、幽霊のように近付いたり離れたりする男達……時折り原色の欲情が浮き上がる、ささくれ立ったビルの谷間……。

現実ではあるが常識は通らない路地裏を幾つか曲がり、『独房に咲く花・ジュネ』という風変わりな店の前に黒服は倉田を案内して行った。

覆面刑事はとてもその場にそぐわない事を己自身も知っているのだろう、店の中には入ろうとはしなかった。刑事は店の所在を確かめ、その場を立ち去って行った。

堅太郎はしばらくその店を、佐伯祐三が描いたパリの裏町の絵を見るようにぼんやり見詰めていた。

反対側の路地から華やかな女達の声がして、数名のホステスに囲まれた和服の中年が「独房の花」に入って行った。堅太郎も二、三分後に鉄格子の扉を開き、竹の綾格子の引き戸を開け、中に入った。

女とオカマの嬌声が入り混じった店内は、花が溢れていた。カウンターの大きな花瓶に季節の花が咲き乱れ、天井から幾つも下がっている竹の籠からも花々がこぼれ咲き、琴の音色が遠くから響き、カウンターに座る女の客達は、ドレスも和服も入り混じって、円く大きな尻、突き出した尻、小さな尻、それぞれ個性豊かに艶めかしく蠢かせていた。

威勢良く立ち働くオカマが三人、アゲハ蝶のようなドレスをたなびかせ、ドスの利いた声で客をからかっている。カウンターの奥にひっそり座るママらしきオカマがぞくっとするような妖艶さで、店全体に目を光らせていた。

堅太郎は花瓶から溢れる花々に半分隠れるように、カウンターの端にそっと座った。倉田はカウンターの反対側のテーブルに座り、いかにもその筋の男と真剣な顔付きで話をしていた。

堅太郎は胸ポケットに手を入れ、背広の内側に手を這わせ、高性能の集音マイクをネクタイの裏に挟んだ。斜め向かいのテーブルまで二メートル、十分倉田の声は拾える。ただ、周りの声も雑音として入るのはやむを得なかった。録音テープは背広の内ポケットで回っている。

『いらっしゃい』

菫色の瞳が光っていた。年齢も無く、性別も無い、ただ、圧倒されそうな美貌に堅太郎は息を飲んだ。元禄の遊女か室町の歌比丘尼《うたびくに》か、色鮮やかな小袖を前帯に結び、髪は兵庫髷に結い、乱れたような着付けの襟元が割れ、襟足のしなり、首のたおやかさ、舞の極地を通らなければとても到達できそうもない、色界天の振る舞い……。

『騙されちゃだめよ。私はオカマ、七変化のオカマよ』春蛇は堅太郎に真っ白な厚いオシボリを差し出した。

『始めてね、うちに来たのは?』

『ええ……なんとなく、店構えに引かれて……』堅太郎は集音マイクを気にしながらも上ずっていた。

『あそこのやくざさんを気にしてるんじゃない？』春蛇の目は鋭かった。

『デカにはこんな垢抜けたタイプはいないし、ブンヤにもなおさらいないわね……と、すると……今はやりのＩＴ関連？』春蛇もさすがに見当外れな読みしかできなかった。

『まあ、そんなところです。金に糸目は付けねえ、お前を身請けする為なら――なんて、言ってみたいですね』

『間違っても、裏でやくざ屋サンと手を結ぶような事をしたらだめよ。結局破滅の道を辿る事になるからね……』

『はい、判ってます』

奥で電話が鳴っていた。

『きや子！　こちらさんのご注文を聞いて！』

『ハーイ』ドスの利いた声が返ってきた。

ママはそのまま奥に消えて行った。

『あーら、危ないタイプじゃない！　惚れても高嶺の花、おっと、高値の剣ね！　お飲み物は？』

『芋焼酎のオンザロック』

『憎いわ！　ドンペリが似合いそうな顔してートン子！　こちらの殿に芋のオンザロックよ。私にはよく冷えたギネスをちょうだい』と、カウンターの男の子に注文すると、きや子は逞しい肩を揺すって、そのまま堅太郎にのしかかるようにして横に座った。

『私めは、キヤコ、鬼やの子と書いて、キヤコ、速く言えば鬼っ子、逞しくて暖かい、鬼や子よ』

鬼や子の太股が堅太郎の太股を圧倒していた。

白木のカウンターに浮かび上がるインドニシキヘビの口元に、オンザロックのグラスがコースターと共に置かれた。

堅太郎はニシキヘビの赤い舌から芋焼酎を奪い取るように、グラスを持ち上げた。ニシキヘビが一瞬動いたように思えて、ドキッとカウンターに描かれた蛇の絵を見詰めた。

『明け方に、この雄の蛇、向こうの牝の蛇と交尾するのよ』

鬼や子が指したカウンターには、もう一匹、ニシキヘビがじっとこちらを見詰めていた。

『見たかったら、朝まで付き合うのね』

鬼や子は自分でギネスの小瓶を取り上げ、コップに注ぐと、歯の間から赤い舌をチラッと覗かせ、軽くウインクすると、堅太郎の持つオンザロックのグラスにカチンと触れ、黒ビールを一気に飲み干した。

堅太郎も釣られて、焼酎をぐいと口に含んだ。鬼や子は汗ばんだ目尻をスッと指で弾き、青いアイシャドーに染まった瞼を引き上げ、獲物を狙う大蛇の如く鎌首を持ち上げた。

『立花さん、珍しいところにお見えなのね』

いつの間にか、鬼や子の向こう側に立つ和服の女は、たった今お茶会を済ませてきたような、場違いな気品を漂わせて堅太郎を見詰めていた。

偽名を呼ばれた堅太郎は一瞬ドキッとして、その女を見上げた。

『あら、お見忘れ？　銀座のクラブ「嬰花」です』

『ああ、萩乃ママ』

『随分とお見限りね。うちの子達、立花さん御一党の噂ばかり……』

『まだまだ、うちの社員はそう度々銀座の高級クラブで呑めるほどの稼ぎはありませんよ』

『今日はお一人？』萩乃はさり気なく、堅太郎を見詰めた。

『ママはお客さんですか?』質問を質問で返した。

『ええ、一番奥のテーブルで若い子に囲まれている和服の紳士、時折り気まぐれを起こして、こういった場所に流れる事があるのよ』

『遅くまで大変ですね』

堅太郎は、ドン・音無の動静を聞きたいと思った。

『いつまで立っているつもりなの。ママも座りなさいな』

鬼や子は立ち上がって、堅太郎の右側に席を移し、萩乃ママを座らせた。

『オカマと女で攻め立てましょうよ。いい男過ぎて、壊してやりたいわ!』鬼や子は半分本気な目付きで堅太郎を横から覗き込んだ。堅太郎は斜め後ろの倉田が本目なのに、変な環境に取り囲まれてしまった。

『鬼や子、ちょっと来てちょうだい』元禄の遊女が奥の暖簾の影から、鬼や子を呼んだ。

『ハーイ』鬼や子はママの呼び声に、ころっと変身して少女のように素直な声を上げて立ち上がって行った。

萩乃がフッと肩の力を抜いて、ハンドバッグから細身の煙草を取り出し、無言で堅太郎に勧めると、自分も一本取り出した。

チラッと堅太郎の目を見詰め、ドキッとするような白い腕を着物の袖から剥き出しにして、ライターの火を堅太郎の顔の前に持ってきた。瞳は堅太郎の目に焦点を合わせたまま、返す手で自分の煙草にも火を点けると、パチンとダンヒルを鳴らし、ハンドバッグに収めた。

萩乃は細い紙巻の先を一瞬妖しく燃やし、滑らかな頬のラインをすぼめ、煙を吸い込むと、濡れた陶器のような唇からフワーッと煙を吐いた。萩乃は切れ長の目元を細め、自ら吐き出した煙草の煙を避けるように、堅太郎の方に顔を傾けた。微かな香水の香りが煙草の煙に混じって堅太郎の鼻腔にやんわりと流れ込んだ。

『そっと、二人で抜け出しませんこと？』

萩乃のほんのり酔いが回った瞳は、座禅中の僧侶をも立ち上がらせるような色気があった。

堅太郎は目の前の芋のオンザロックを一気に飲み干し、

『いいですよ』と、かすれた声で囁いていた。

『私、お手洗いに行くから、先に表に出ていて下さる？』

堅太郎は黙って、頷いた。一万円札をオンザロックのコップに下に挟み、辺りを窺った。

倉田は先ほどの顔付きが和らぎ、仕事の話を切り上げ、遊びの話に移っている風情だった。二人共やくざな雰囲気は拭えなかった。

奥の暖簾から元禄の遊女が倉田達に目をやり、鬼や子に何やら囁いていた。

入口近くの厠《かわや》に姿を消した萩乃を見送ると、堅太郎はそっと立ち上がった。

表に出て、マイクとテープレコードをキチッと上着のポケットに仕舞い直し、萩乃を待った。

堅太郎はドン・音無の情報を得るという目的とは裏腹に、この一ヶ月ほど女と体を接していない欲求が、体の奥から正直に疼き出しているのを感じていた。

十八

赤坂の高層ホテルの一室は和室だった。萩乃がその部屋を選んだのだ。

寝室の手前の部屋から二人の抱擁は始まっていた。温かい萩野の手の平が、微かに伸びかかった堅太郎の顎髭を用心深くなぞるようにして、唇を求めてきた。言葉を交わさない大人の欲情が燃え上がっていた。

堅太郎は和室のテーブルの上に萩乃を座らせ、帯も解かせず、着物から長じゅばん、腰巻と一枚ずつめくり、前を露わにした。

萩乃は挑むように堅太郎を見詰め、コハゼが二つ外れた白い足袋からすんなり伸びた、たおやかな足首、ふくらはぎ、滑らかな白い太股と、順次にくねるようにして開いて行った。下にショーツは穿いていなかった。

堅太郎はネクタイを弛め、上着をもどかしげに脱ぎ捨てると、クチナシの花の匂いを思わせる萩乃の濡れたセクスに顔を埋めた。堅太郎は指先で椿の小さな蕾を剥くようにして、微かに赤みを差したクリトリスを、熱い舌先でニシキヘビの執拗さでチロチロと絡め取っていた。

萩乃は、のけ反らし首を振り、『はァッ、アン』と喉を鳴らす淫靡《いんび》な声を思わず上げ、既に最初のオルガニズムの波に腰を浮かせ、堅太郎の顔を太股で締め上げた。萩乃は堅太郎の顔を挟んだまま立ち上がり、キュッキュッと帯を鳴らしながら、帯を解き始めた。その間も堅太郎の指は萩乃の濡れそぼったセクスを弄んでいた。

二人が裸になるまで、互いに相手の性感帯を求め、激しく舌を使い、指を這わせ、一枚一枚、互いの衣服を取り除いて行った。

二人は、隣の部屋に敷かれたダブルの布団の上に、掛け布団もめくらず、抱き合ったまま崩れるように倒れ込んだ。燃えた裸の体は、ひんやりしたサテンの羽根布団の感触に、なお一層欲情を煽り立てられていた。

堅太郎の唇は、萩乃のグミの実のように勃起した乳首を幼児の如くむさぼり、程よい弾力に揺れる乳房を唾液で濡らした。のけ反った萩乃の白い首に舌を這わせ、濡れそぼったセクスに指を這わせ、堅太郎の怒張したペニスは根元から疼き、ズキン、ズキンと心臓の動悸と共に上下していた。

萩乃が体を反転させ、堅太郎のペニスを両手で包み、柔らかくゆっくりしごきながら、唾液に濡れた唇と舌でペニスを咥え込んだ。堅太郎も徐々に体を反転させ、萩乃の白い太股を左手で持ち上げ、匂い立つセクスに顔を埋めた。

　時間が止まり、音が消え、空間が溶け、二人の肉体は快感のみを頼りに、果てしなく混乱した次元に飛んでいた。萩乃の二度目のオルガニズムの痙攣が下腹部を波打たせたところで、二人は体を戻し、互いにしっかり相手の顔を見詰めた。

　堅太郎は萩乃の瞳を覗き込んだまま、はち切れそうに怒張したペニスを、淫液まみれのセクスに、軋むような抵抗感を感じながら、ゆっくりと滑り込ませて行った。声にならない、激しい快感のうめきが、萩乃の喉の奥で、水中で吹く横笛のように、ヒューと漏れ出した。

　ゆっくり、激しく、欲情のリズムに乗って、堅太郎は萩乃の痙攣するセクスを攻め立てた。

　萩乃は左右に首を振りながら、自分の快感の凄さを相手にもなんとか知らせ、同じ快感を共有したいのか、言葉にならないうめき声を発していた。

　体位を変わると、白いヒップをおしげもなく突き出し、萩乃はオルガニズムの虜になり、『そうよ！　そうよ！　イッチャッテルの、そうよ！　そうよ！　ずーっとよ！』と、初めて声をほとばしらせ、己のオルガニズムの連続の深さを堅太郎に訴えた。

　何回か体位を変え、果てしなく続く萩乃のオルガニズムは、瞳孔が開き、死から生へ、生から死へと繰り返され、肉体の限りを尽くし、宇宙に繋がる一瞬を求め、息、絶え絶えに助けを求めるが如く、宙に腕を伸ばし、『今よ！　今よ！』と、快感の極地を告げた。

　堅太郎のしなやかな筋肉は躍動し、脳髄から脊髄にかけて震えが伝わり、全身を貫き通すような快感が走ったかと思うと、火山の噴火のように、萩乃の子宮の壁を突き破る勢いで精液をほとばしらせた。

　二人は一瞬、宇宙の神秘を垣間見たような絶頂感に飛んだ。

『南無阿弥陀仏、南無阿弥陀仏』何故か堅太郎は萩乃のセクスと繋がったまま、心の中で呟いていた。

二人はペパーミントの香りを口一杯に感じながら、萩乃の細巻きの煙草の煙を楽しんだ。二人は無言だった。完璧なオルガニズムを味わった女の顔は、死んだ後のように、安らいだ菩薩顔になっている。堅太郎は負け残りの力士のように、裸のまま布団の上で腕組みをして、呆然と座っている。時は止まったままだった。

堅太郎は座ったまま、いつの間にか寝入っていた。疲れ果てると決まってみる夢だった。

空中をいつものように神の手で運ばれている。意識は立派に大人なのに、体は五歳の幼児だった。木々のざわめきと川の流れの煌めきが、空に投射され、幻灯機から映し出される白神の風景を見詰めている。何処に行くのか、胸の底が悲しみに溢れ、神の手は残酷にも時を止める事もなく、先へ、先へと幼児の堅太郎を運んで行った。

母よ！　乳色の雲よ、父よ！　千年の杉よ、マゴッチよ！　二千年のブナよ、桂よ、欅よ、流れ続ける一万年の赤石川よ、神の手を洗う追良瀬川よ！　神々の森、白神山地よ！　我が古里、白神よ！

復讐の狼煙を上げ、今、五歳の堅太郎が神の手を離れようとしている。

人間というエイリアンにまみれ、穢れ、傷付き、逞しく、卑怯な振る舞いにも慣れ、人間の正体を知り、今、復讐に燃えている。

隣の部屋に人の気配があり、食器の音が響き、堅太郎は布団の中で目覚めた。

『食べましょう、お腹が減って死にそう』

すっきりお色直しをした萩乃が、いつでも出掛けられる姿で堅太郎を起こした。

『何時になる？』

『十時十分前、いい時間でしょう』

『うん』

堅太郎は浴室に入って勢いよくシャワーを浴びた。

スクランブルエッグが大皿に大量に盛り付けられ、カリカリのベーコンにロースハムが別の皿に二十枚ほど積まれ、大きなクリスタルの器に生野菜が果物と一緒に山積みされ、シーザードレッシングと厚切りのトースト数枚、二リットルは入っていそうなコーヒーのポット……。

『バイキングスタイルかい？　他にも食べる人がいるの？』思わず聞いてしまうほどの量だった。

『こんなに空腹になるなんて、何年も無かった事よ、それだけでも幸せだわ！　食べましょう！』

萩乃は、女子のバレー選手が、たった今、世界選手権の試合を終えてきたような顔付きで、生野菜をバリバリと食べ始めた。堅太郎も急に空腹を覚え、スクランブルエッグを大きなスプーンで掬い上げた。

十九

堅太郎は太陽鉱業本社ビルの真裏の通りをＢＭで軽く流し、数十メートル離れた道路脇に停めた。

車から降りると、太陽鉱業ビルの裏側の歩道に設置されている煙草の自動販売機に向かい、ＮＥＸＴの一ミリを買った。振り返って辺りに目を配り、本社ビルの壁から続く倉庫のシャッターを見詰めながら、車に戻った。ちょうど正午を過ぎて間もない時刻だった。昨夜の録音テープの内容から時間を割り出して、ぎりぎりのタイミングだった。

萩乃から雑談風に聞き出した、ドン・音無の秘密通路がここだったのだ。

八階の社長室の裏側に、社長専用のエレベーターが隠されているのだ。そのエレベーターは、ビルに繋がっている倉庫内の駐車場に出られるようになっているのだそうだ。倉庫には社長用のプライベートの車が絶えず一台置かれている。

三、四年前、ドン・音無は、銀座の十代のホステスをものにしようと、酔った勢いで秘密通路を使った事があった。若い女の子の気を引こうとして、自分の社長室の隣に造らせてある寝室に、秘密カジノに招待すると偽って連れ込んだまではよかったが、カジノで本当に遊べると信じていたその十代は、おじさんに騙されたと知って凄まじいヒステリーを起こし、ドン・音無が襲い掛かろうとした瞬間、蹴り上げたヒールの突端が見事、ドンの股間を直撃し、その場にうずくまったまま動けなくなったという話を、萩乃はおかしそうに話していた。ちなみにその子はテコンドーの選手だったという落ちまで付いていた。

鍛冶橋通りから黒いステーションワゴンが入ってきて、倉庫の前に止まった。サファリ・ルックのがっしりした男が二名、ボルボのワゴンから降り、辺りに目を配って道路脇に立った。さらにもう一人、神経質そうな黒背広が降りて、倉庫側から辺りのビルを見上げ、双眼鏡を取り出し、丹念にビルの窓や屋上を見詰めている。

堅太郎は車の中で思わず体を沈め、目撃されないようにジッと動かないでいた。

待つ事二十分、倉庫のシャッターが上がり、黒のセルシオが出てきた。セルシオはそのまま鍛冶橋通りに向かった。ボルボのワゴンも男達を乗せ、セルシオの後に付いた。

堅太郎がエンジンキイを回すと、自動的に警察無線が入ってきた。ボルボのすぐ後ろの車だった。警視庁も抜かりがない。ドン・音無の抜け駆けを知っていたのだ。

護衛する相手が勝手に警視庁の目を掠めて出歩くのは許さないという事だろうが、この場所の情報をこれほど早く手に入れた訳が判らなかった。昨夜は、覆面パトの刑事は「独房の花——ジュネ」には入らず、所在だけ確かめて引き上げているのだ。倉田とやくざの打ち合わせの情報は、堅太郎しか入手していないはずだった。他に考えられる事は、倉田が付き合っているやくざ組織を警視庁は最初からマークしていたという事か。

堅太郎は気を引き締め、警視庁の車の後を追った。鍛冶橋通りに出ると車は真っ直ぐ鍛冶橋の交差点を突っ切り、ＪＲの全ての線路をくぐり、馬場先門に向かった。

警視庁の覆面カーの後部座席に黒澤が不機嫌そうな顔で座っていた。

助手席の巡査長が、黒澤のご機嫌を取るように声を掛けた。

『警部、ドンぴしゃりですね』

『シャレか』

『いえ、時間といい、あの場所からドン・音無が抜け出すという警部の情報……、一体どういう情報網を持っているんです?』

『馬鹿、シロウトみたいな質問をするな!』

『はい』巡査部長は黙った。

黒澤は箱が潰れたセブンスターをポケットから取り出し火を点けながら顎をこすり上げた。髭を剃るのを忘れている。春蛇が嫌う不精なデカ丸出しだった。

明け方まで春蛇の情報待ちをしていたが、うとうと浅い眠りに入りかけたところで、攻撃的な電話のベルで起こされた。春蛇のテリトリーは全て盗聴盗撮が張り巡らされていた。春蛇はやくざと倉田の会話を再生していたのだ。

コーヒーを切らしていて、代わりに缶ビールを一本呑んだだけの朝だった。何も食いたくはないが、二日酔いの朝のような重たい空腹感が胃の辺りに沈んでいる。

『このままだと、馬場先門から突き当たりは皇居ですね』巡査部長は遠慮がちに呟いた。

黒澤は半分目を瞑り、煙草を吹かしながら、いがらっぽい咳を一つしただけだった。

『警部、松岡組に幻が入り込んでいる可能性はありませんかね？』

『ない』

『すると、我々はやくざに守られているドンを、ただ監視するだけでいいんですか？』

『ドンを監視するんじゃない、周りを監視するんだ。幻の影を見つけるんだ！』

『立場はやくざと一緒ですね』

『馬鹿、向こうは銭を貰ってガードマンやってるんだ。こっちは税金を使ってんだぞ。ただのガードマンをやる訳がねえだろう』

『どうも、実感がないんです。ホシをつけてるんじゃなくて、幻のホシに狙われるであろう被害予定者をガードしているやくざ、その後を付けている……我々って、なんです？』

『テメエで考えろ！』

『はい！』

車は二重橋前を左折して、祝田橋を右折した。

『天下の本庁前に出ますよ！　皇居と本庁の前を、悪の化身が堂々と車を走らせるんですから、日本はいい国ですね』

『面白いね、お前は。警察辞めて吉本興業にでも行くんだな』黒澤は微かに口を歪めて笑った。

『少し機嫌は直りましたか？』

『馬鹿、気が滅入っただけだ』

『今度は国会議事堂を目指していますよ、凄いワル達ですね。皇居、警視庁、国会議事堂、あらゆる官庁、日本の中枢を見物する、ドンとやくざ！　こいつらがテロリストだったら、大変ですね』

『舟木、判った。機嫌は直ったから、無駄なお喋りを止めろ！』

『はい！』

車は国会議事堂裏から山王坂を下り日枝神社を回り込むと、外堀通りを突っ切り赤坂通りに入った。渋滞している。

『舟木、後ろのBMはなんだ。やくざにゃ合わねえ同行車じゃねえか？』

『BM？　どれです？』

『個人タクシーの後ろに付いてる奴だ』

『あ、ハイ』

『倉庫前と本庁前で見掛けている』

巡査部長は慌てて、無線に呼びかけた、

『マル秘三二号車、聞こえますか？　こちら、二四号車……』

「はい、こちら、三二号車」

『個人タクシーの後ろのBMをマークして下さい』

「了解」

『警部、眠ってるようで、起きてるんですね』

『お前は起きてるようで眠ってるんだ』

『すいません』

隣で運転している若い刑事がクスリと笑った。

『三友！　お前が一番バックミラーを覗けるんだ！　前も後ろもしっかり見てろ！』巡査部長は本気に怒った。

『はい！』

『若さは馬鹿さといってな、叱られながら成長するんだ。しかし、叱る奴がいなくなった！』黒澤の声には愛情が滲み出ていた。

『はい！』三友が上ずった声でハンドルを握る手に力を入れて返事をした。

『舟木、お前もだ！』

『はい、自分はもう三十を過ぎました』

『餓鬼だ！』

『はい！』

事故でもあったのか、テレビ局の前辺りから先、車が動いていなかった。

堅太郎は焦った。ＢＭをマークされた。三二号車はＢＭの後方についているのだ。一、三台の車を挟んで二台の覆面の間に入ってしまった。ＢＭのナンバーを照会されても一向に構わないようにはなっているが、こちらの顔を確認されたくはなかった。

右前方にテレビ局の入口があった。堅太郎は咄嗟にダッシュボードから一見台本に見えそうな書類挟みを取り出し、大げさに開きながら、テレビ局にハンドルを切った。

臨時駐車場に車を置き、いかにも時間に遅れたような態度でテレビ局のロビーに入って行った。ロビーに入ると、人との待ち合わせに遅れたかのように、辺りを慌ただしく見回し、扉の外に視線を集中させた。覆面らしき車はテレビ局の敷地内には入って来なかった。覆面は必ず二人以上刑事が乗っているはずだ。

勿論、局のロビーより奥には入れないし、入る必要もないので、三十秒きっかり待って外に出た。ＢＭとは反対側の歩道を行き、物陰から車の渋滞ぶりを眺めた。歩いた方が早そうだった。

堅太郎は素知らぬ顔で車の間を抜け、赤坂通りを渡り、歩道を歩き出した。

三二号車と思しき白の日産シルビアの車内をさり気なく覗くと、明らかに無線のやり取りをしている。先を急ぐと、五、六台先に二四号車のトヨタカリーナも無線を取っていた。

堅太郎は急ぎ足で、渋滞して動かない車を次々と追い抜き、ボルボの前を行くセルシオを盗み見た。運転しているのは倉田だった。後ろ座席の窓はスモークが入っているが、上の部分が十センチほど開けられ、煙草の煙が微かに流れ出ていた。間違いなくドン・音無がイラつきながら煙草を吹かしているのだ。

堅太郎はそのまま先を行き、空車のままのろのろ動いているタクシーに乗り込んだ。前金でいきなり五千円渡し、車を車道の左一杯に寄せさせ、後方車をやり過ごさせた。

間もなくセルシオとボルボが通過し、二四号車、三二号車が通過したところで、タクシーを出発させた。徐々に車が流れ出し、赤坂小学校前の交差点で軽い接触事故の整理が終わろうとしていた。車は乃木坂にかかる手前でコンビニを左折した。

高級なマンションが目立った。裏通りに入った瞬間、嘘のように道は空いていた。

二四号車が左角で停車していた。堅太郎はそれを無視して通り過ぎ、細い交差点の左右を見ると、三二号車は右折した所で止まっている。堅太郎はそのままタクシーを直進させ、先の路地を右折しタクシーを降りた。

小走りに先の路地の右側を覗くと、マンションの客用の駐車場にセルシオが収まり、向かいの他人の駐車場にボルボが勝手にバックしながら停めようとしているところだった。マンションの地下にオーナー用の駐車場があるのは、この規模のマンションとして当然であろう。しかしあえて表の客用の駐車場にセルシオを停めたのは倉田の配慮に違いない。ともかく、ドンが入ったマンションは突き止められた。

「シャルム・赤坂」——ボルボのやくざ達が動き出す前に、堅太郎は素早くそのマンションの裏側に回った。非常階段の上り口はしっかり鉄製の扉が付いていて、外からは開かないシステムになっていた。しかし、扉に続く鉄柵は、飛びついてよじ登れるほどの高さだった。堅太郎はなんの躊躇もなく猛烈なダッシュで二メートルほどの鉄柵に飛びついて裏庭に飛び込んだ。足音を消して、獣のスピードで非常階段を駆け上った。

ドンはどの階でエレベーターを降りたのか。外側からは入れない扉がついた非常階段ではあったが、ありがたい事にただの鉄製の扉ではなく、真ん中に明かり取り用に鉄線が入ったガラス窓がはめ込まれていた。エレベーターを降り廊下を歩く人間がいたら、十分に見える明るさだった。

堅太郎は一階ずつ駆け上がる度に廊下を覗いたが、人影はなかった。

外から差し込む光と廊下の照明が交差し、絨毯が敷き詰められた廊下は真っ直ぐ伸び、贅沢な静けさを湛えていた。

堅太郎は七階の最上階まで駆け上がったが、まるで人の気配を感じられなかった。

最上階で非常階段は途切れていたが、飛びつけば届く高さの鉄梯子が壁に張り付いていて、屋上に登れるようになっていた。

堅太郎は考えるより行動が先だった。鉄梯子に飛びつくと、しなやかな筋肉を躍動させ、鉄梯子をよじ登った。

屋上は人工芝が敷かれ、手前にパター練習場、奥に金網にガードされたテニスコートが一面、人影もなく静まり返っていた。

堅太郎は屋上から下の階に出る扉を押してみた。音もなく開いた。屋上を利用した者が鍵を掛け忘れたのか、常時鍵は掛かっていないのか、高級マンションの油断であろう。

堅太郎は改めて細身の背広の乱れを整え、ゆっくり階段を下りて行った。

最上階の七階のフロアは扉と扉の間隔が長く、一区画が相当な大きさの住居である事は明白だった。長い廊下に木製のどっしりとした扉が三つしかなかった。

ドンが若い女を囲うには広過ぎるであろう。堅太郎は若い女の子一人が快適に暮らし、掃除等を考えて、せいぜい八十平米程の部屋であろうと見当をつけた。

階が下がる順に、扉の数は増えていった。三階から下は扉は同じ間隔の並びになっている。それでも、女の子の住まいとしては贅沢な間取りである事は想像できた。堅太郎はエレベーターを使わず、階段を用心深く下り、一階のフロアをそっと覗いた。玄関は勿論セキュリティ付きの扉になっていて、管理人室の窓口にも管理人が常時座っている感じだった。窓口の前は、観葉植物に仕切られた外来用の応接間になっていて、ソファの三点セットが置かれていた。そのソファで倉田と銀行員風に見える双眼鏡を持ったやくざが話をしている。別に緊張感も無く、ボスの淫乱遊戯を、まるで病院で定期検査が終わるのを待っているかのような事務的な態度で待っていた。

エレベーターは二基あったが、応接間とエレベーター乗り場は衝立で仕切られていて、人の乗り降りが見えないように配慮されていた。

堅太郎はスッと身を引き、階段を上った。

ドンのお遊びのお部屋は三階か二階と見当をつけた。一階は女を囲うには無粋過ぎるであろう。窓側の風景も見通しがない。三階ならば庭に茂る木々を少しは楽しめる高さだった。

たとえ一階分でも階段を使うのは習慣的に拒否しているような派手な女が、二階のエレベーター前に立っていた。豪華な和服に身を包んで、風呂から出たまま化粧もしない顔で洗い髪を無造作に束ね、これから美容院に行き首から上を整える、典型的な銀座のホステスであろう。階段を上がる堅太郎には気が付かない。

三階のエレベーター前には、クスクス、クスクス笑う超ミニの茶髪の子が、五十歳は過ぎていそうなおじさんとちょうど降りてきたエレベーターに乗り込むところだった。

三階の非常扉に煙草の箱を挟み、堅太郎は正規の階段を一気に上り、最上階の階段踊り場でティッシュペーパーを取り出し、こよりを数本作った。

息を整えた堅太郎はエレベーターの前に出ると一度に二基のエレベーターのボタンを押した。勿論七階でエレベーターを待つつもりはない。二基のエレベーターがそれぞれ五階ほどに上昇したところで、また一気に階段を下りた。

各階の廊下の壁に、紫外線検知方式の炎センサーが取り付けられているのは確認済みだった。四階の廊下で、人影を確かめティッシュのこよりをセンサーの隙間に垂らし、ライターで火を点けた。四階についてからこよりに火を点けるのに十秒もかけず、非常口の扉を開け非常階段に飛び出した。紫外線探知方式のセンサーは、十メートル先の七センチの炎を感知し、ベルを鳴らして音声で火災警報をするシステムである事を堅太郎は知っていた。

警報機が鳴り出す前に、堅太郎はまず非常階段を二階まで下り、二階の廊下を窺うようにしゃがみ込んだ。派手な音だった。既にマンション全体が燃え上がっているかのような警報のベルだった。一旦鳴り出すと、原因を突き止め、対処するまで鳴り止まない優れものだった。手前から三番目の扉が開き、中年のおばさんが廊下に出て様子を窺い、非常階段に出ようか、正規な階段を下りて確かめようか迷っているようだったが、煙も臭いもしない廊下を正規の階段の方に向かった。

倉田も銀行員風のやくざも、二階の廊下には現れなかった。堅太郎はすぐに三階に上った。

一番奥の扉から水商売風の女が二人、バスローブのまま廊下に出て、

『何！　嘘でしょう！　これって！』

『何よ！　煙も出ていないじゃない、どうする』

『管理人がいるでしょう！　電話してみて』

別に慌てもせず、一人が部屋に引き返して行った。手前の扉が開き、老人がのっそり廊下に出た。昼間の事もあってか、留守の部屋が多いようだった。

案の定、倉田と銀行やくざが三階の廊下に現れた。

『電話に出ないし、やはり起こした方がいいでしょう』銀行やくざは、律儀な姿勢で手前から二番目の扉の前に立った。

『寝てるとは限らんが……誤作動じゃないだろうな、煙の臭いもしないし……』倉田の方が迷っているようだったが、用心の為にもチャイムを押さない訳にもいかず、十秒ほどボタンを押した。出て来ない。

二人は顔を見合わせて、再びチャイムのボタンを押した。顔を出したのは、二十歳そこそこの可愛い子だった。髪は乱れ、取り合えず羽織った部屋着の下は、透けたネグリジェが破れ、殆ど乳房がこぼれていた。

『なーに、クラちゃん。この音、なんとかして。パパがうるさいって』

倉田は黙って扉を閉めた。

『吉住さん、まず、煙の確認だ。ここは三階で非常口も近いから、万一の時はすぐ逃げ出せるから、先に管理人と若い衆で館内を調べてみてくれ』倉田は三つ揃いのやくざにそう言い残すとスタスタ引き返して行った。

非常階段から窺っていた堅太郎も気が抜けるほどの危機感のなさだった。

その時、非常階段の下から男の足音が響いた。刑事だと気付いた堅太郎は、挟んだ煙草の箱を頼りに非常扉を開け廊下に入り込んだ。

ドンの淫乱相手の部屋番号と名前を確認した堅太郎は、悠然とエレベーターのボタンを押した。正面から出るのが一番安全だった。

二十

堅太郎は『縄文解放同盟』の事務所に戻ると、「シャルム・赤坂」に部屋を借りる算段を考えた。空き室がない場合、誰かに出ていって貰う事になる。できれば四階の部屋が望ましかった。

赤坂の三峰不動産にコネを掴み、同盟の社員に手配させた。

空き室のない場合でも、できる事なら強硬手段をとらずに穏便に部屋を明け渡して貰う事が好ましいと、腹心の社員には釘を刺しておいた。

その後、堅太郎はいささか考え込んでしまった。確かに成功率は高いとしても、ドン・音無が女狂いしている場所を選ぶのが果たしてふさわしいものなのか……。

辰巳弦蔵が白神の神々を背負い、生きた片腕の如き辰巳銃で、最後の六・五ミリを撃ち込むのだ。その場所は、神聖な場所とならなければならない。『縄文解放同盟』にとっても、神話として語り継ぐ事になるのだ。

場所は、弦蔵自身が選ばなければならないのかもしれない……難しい選択だった。

辰巳弦蔵――堅太郎にとって、一番神に近い存在だった。白神山地の神域から堅太郎の命を救い上げた神の手――その手をエイリアン殺しで汚してしまって、十年――。

堅太郎は南青山の十二階の会長室から青山霊園を見下ろし、ジーッと深い思いに沈んでいた。

遠い昔、堅太郎は神の手で運ばれたのだ。幼かった堅太郎は鮮明にその瞬間を覚えている。

あの新潟地震で母親の車と共に落下する岩石に巻き込まれ、何百万分の一の奇跡と言うか、やはり神の手に掬い上げられたとしか思えないあの幼子の命のように、神が一瞬差し出す手が存在するのだ。

堅太郎も白神の神々の森に助けられ、命を貰い、神の手で運ばれたのだった。揺れ、走り、去る、大自然の木々の合間に輝く空を見詰め、神の手から手へと運ばれ、果てしれない山奥で十歳まで育てられたのだった。その場所を大人になって改めて調べ、訪ねるのにどれだけの山を越えた事だったか。驚きの連続だった。

その場所は——熊野の山々の奥の奥、山伏が厳しい修行で入り込む大峯奥駆《おおみねおくが》け一三五キロの道中で、最も険しく危険な急坂を登り、靡《なびき》二九番、「前鬼山」を越え、深く入り込んで見つけた不思議な里であった。

崖が崩れかけ、谷の淵にしがみつくようにして続く細い道、岩石しか見渡せない沢……。それまでに使い果たした体力に追い討ちを掛ける厳しさに耐え、深い谷を渡り森の中に入り込んで行った。

意識が薄れるような疲労感の中に、なんとも言えない陶酔感が現世を忘れさせ、宙を浮いてるような錯覚に陥った瞬間、スーッと体が楽になり、何者かに導かれるようにスタスタと森の中に入って行ったのだ。

すると突然目の前に、高さ十メートル程もある「両童子岩」と呼ばれる、自然が作り上げた奇跡の像が二体立ち上がっていた。根元は一つだが上は二つに分かれて、ごつごつとした二対の岩が、妙に暖かく人間を迎えた。

それが、不動明王の二人の従者である童子の化身像として信仰の対象となり、自然の造形の中に神が浮かび上がるとされる、熊野信仰の根源を表現していた。

坂を下り、水晶が砕け流れるような清流の渓谷を渡ると、突然、人間の営みを感じさせるような石垣が苔むしたまま残り、トチの大木の群れを抜け平地に出ると、水田らしき跡もあり、確かにそこに人間が暮らしていた匂いが残っていた。

この部落には、千年の昔から五軒の不思議な姓を名乗る人間が住んでいたのだ。

その姓は、鬼熊《キクマ》、鬼上《キジョウ》、鬼継鬼助《キツグキジョ》、鬼童《キドウ》と全て鬼の字のついた苗字を名乗り、昔から宗旨もなく、年貢も納める事もなく、京都、聖護院と三宝院の支配の下、大峯修行者の為に峯中を守護し、修行者を誘導する使命を役行者《えんのぎょうじゃ》から命じられ、明治まで六十数代続いていたのである。現在にもその痕跡が、前鬼、小仲坊の行者堂として残っている。その堂には勿論、役行者の像が奉られ、その庫裏《くり》は修験者の宿泊施設として、現在でもありがたく使われているのである。

堅太郎はそんな神秘な里に十歳まで匿《かくま》われ育てられたのだった。

その後、いきなり、大都会である東京の街で学生生活が始まった。

中学から剣道に打ち込み、高校で国体まで進み、組織の庇護の下、なんの不自由もなく高校を卒業すると、アメリカのニューメキシコ大学に留学し、その延長線上で、ネイティブアメリカンのナバホ族が運営するディネ・カレッジでナバホ族の歴史や文化を学んだ。特にシャーマンから学んだ事が多く、自然と精霊との出会い、竹笛が奏でる癒やしの世界……ナバホ族が舐めた辛酸、野蛮人である白人が勝手放題に壊してしまったネイティブアメリカンの世界等を学んでいった。

追い詰められ放置され、アルコール依存症に落ち込む彼らに、なんとかナバホ族の誇りを思い出させようと、シャーマンが伝統にのっとって砂絵を描き、精霊を呼び出し、懸命に部族として生き返らせようと努力していた。

堅太郎は若さに任せて、そんなネイティブアメリカンから古典的なナバホ族の狩を学び、思い切り楽しんだのだった。

二五歳で日本に戻り、サンカの闇の組織から、表の顔に変化した全国的な経済共友会の運営に携わり、三五歳で独立したのだ。

堅太郎はネイティブアメリカンの歴史を通して、支配者側の一方的な歴史から脱皮し、非支配者達の歴史の真実を学んでいった。それは自分の両親の歴史であり、日本の根源の歴史でもあった。

そして今、堅太郎は一つの区切りを迎えようとしていた。

白神権現の如き弦蔵を、老後、心身共に、安らかに生きて貰う環境をいかにして造るか……。堅太郎にとって、自分が縄文の命を感じて生きて行く為の試金石ともなる選択なのだ。

堅太郎は静まり返った会長室を振り返り、屋久杉で作った巨大なデスクを回り込み、パソコンを立ち上げた。

『兄上、兄上が最後に辰巳銃という榊を振り、お祓いする祭壇……銃撃の祭壇を吟味しております。滅び行く醜悪な宴を演じ続けるエイリアン達——世界の殺し合いの全てを、テレビの画面の中の一瞬の余興として楽しみ、次の瞬間は、同類の根深く救いようのない不幸をけろりと忘れ、目先の金と権力の行方を追う事の真摯な態度よ！　それが真面目に生きる事だと思って胸を張っている——せいぜい七、八十年の愚かな人生よ！　バクテリアの一瞬の瞬きの如き人間の命よ！　そのバクテリアの死体の集積が今の地球の状態なのです。

兄上の六・五ミリも、奴等は余興として見るでしょう、しかし、我々にとっては、深くて遠い血の復讐劇なのです。勿論こんな事でこのエイリアンの世界が変わるとは思いません。いずれは地球自身がこの最悪な害虫を退治する事になるでしょう。地球にとっては人間は害虫以外の何者でもないのですから——兄上の六・五ミリの銃弾は、エイリアンの祭壇の前で行うお祓いなのです。矛盾しているようですが、「縄文解放同盟」の復讐劇は、基本的には己の生命を捨ててしか実現できないのだと思っています。

さて、苦しみのエイリアンの子供、浩太ですが、そろそろ、兄上の最後のお祓いの前に我々の手にお渡し下さい。人間の苦しみの象徴として、優しく育てます。私自身がサンカの組織に優しく育てられたように、浩太を立派な成人に育てます。

近々兄上とお会いするつもりです』

堅太郎は白神の弦蔵権現に導かれ、禊《みそぎ》の地を探さなければならないと感じていた。

この穢れ多き生き物の禊の地を探さなければならない！

机の電話機の赤ランプが点滅した。

『うん……四〇二号室、いいね、……で、その男の負債額は？……判った、家賃の滞納だけでも、追い出す理由は十分だ、うん、一ヶ月の猶予だ』堅太郎が電話を切ると同時に、新たなベルが鳴った。

『……岸本組？　受付に来てるのか？……三号応接室に丁重にお通ししておけ』

堅太郎は関西の組織とは結構取引しているが、直接その場面に出た事はなかった。

堅太郎は三号室の隠しカメラからの映像をモニター画面に映し出した。

女性事務員に案内され、二人の男がソファに座るところだった。肩幅、背広、人を威圧する風格、三点セットが揃った筋もんである事は間違いなかった。

堅太郎は筆頭秘書の鬼童を呼んだ。隣の秘書室から鬼童が十秒で姿を現した。身長百七五センチ、体重七十キロ、三七歳で合気道の達人だった。「縄文同盟」のメンバーとして、この鬼童篤宗はエジプトのカイロ大学に留学し、考古学科を卒業していた。かつて、この大学はサダム・フセインやパレスチナ解放機構議長のヤーセル・アラファト、それに日本の才媛、小池百合子が卒業している。まさにイスラムの学生が自由に学び、ガザ地域がエジプト領であった頃はパレスチナからやって来た学生の数も多く、当時、『パレスチナ学生連合』を組織した学生達が、パレスチナ解放を目的にした『ファタハ』を結成していたた。

鬼童は堅太郎が座っているソファに並んで座ると、テレビモニターを見詰めた。

『秘書室で見てましたが、岸本組の幹部に間違いありません、右側の薄いサングラスの男は、枕崎治朗、左の顎髭が満田健、結構な男達です』

鬼童はサッカー選手が対戦相手の選手を観察するような、爽やかな目付で二人のやくざを見詰めた。

『どうします、私が話を聞いて参りましょうか？』鬼童は楽しげに言った。

『本部まで来られては、私が会わない訳にはいかんでしょう。警察に乗り込まれるよりましですからね』

堅太郎は立ち上がった。

一階の三号室のドアを開けると、二人のやくざはキチッと立ち上がって堅太郎を迎えた。

堅太郎と鬼童は二人から視線を外さないまま、穏やかな、それでいて武士が居合いの間合を計るように、裏の看板を背負った二人の男と対峙した。

『突然お邪魔いたしまして恐縮です』薄いサングラスが軽く頭を下げると、顎髭も一緒に頭を下げた。

『私、枕崎といいます』枕崎が名刺を差し出すと、

『私、満田といいます』もう一人も顎髭も厚みのある、何度も修羅場をくぐったであろう無骨な手で名刺を差し出した。

堅太郎も鬼童も名刺を差し出し、四人同時に向かい合って座った。

やくざの名刺はいつもながら、紋章入りの派手な字体の名刺だった。

岸本組・関東代表・枕崎治朗

岸本組・代表代行・満田健

なかなかの肩書きだった。

『うちの組長からも、くれぐれもよろしくとの事です』

『それはご丁寧に。麻生組長とは一度、関西経済同友会の主催するパーティでお会いしております』

『何かと陰ながらお世話になっております』

『いえ、お互い様の事です。で、この度わざわざお越し下さったのはどういうお話ですか』

堅太郎は最後のお祓いを前にして、危険要因はできるだけ排除しておきたかった。

枕崎は、薄いサングラスで隠しているが、隠し切れない目の下の荒っぽい古傷を微かに歪め、確かめるような

口調で話し出した。

『これは、微妙な話なんですが……以前、「振り込め」の頭が鷹森神社前で狙撃されましたが、そのヒットマンにコンタクトした者を捜していまして……。どうも、私等の世界では見当たらない種類のプロなんですわ……。わし等の世界もご存知の通り、相当利害が先行しますが、ある一点を越すと面子《めんつ》にこだわりまして、まあ、率直に言って自分等のテリトリーを最低限、精神的にも守らなければならないんですわ……で、どうもこのヒットマンにコンタクトした者は、政治絡みの団体か、もしくは「縄文同盟」のような特殊な団体から外れたか、外されたかしたはぐれ者ではないかと……。これはあくまでも噂の範囲なんですが……』

枕崎と堅太郎は無言のまま、ぎこちない間を埋めずに見詰め合っていた。

堅太郎が静かに口を開いた。

『確かに微妙ですな、「縄文同盟」もこの二、三年の間に、勝手に同盟を名乗る組織が増えまして、本来の活動から逸脱している組織が多々ある事は確かなんです。私としても、そろそろ整理しなければいけないとは思っているところなんです。ご質問の件ですが、たとえ噂だとしても、裏社会では、結構、信ぴょう性の高い噂が飛び交いますから、勿論しっかり内部調査をしまして、責任ある答えを出したいと思います』

『そう願えればありがたい事です』枕崎はテーブルの灰皿を確認して、煙草に火を点けた。

それまで黙っていた顎髭の満田が、パレスチナのハマスの闘士のような顔で切り出した。

『これは「縄文」さんの系列下にある「日本看守同盟」の一人から聞いたんですが、府東刑務所に入ってる男が、幻の殺し屋の話をしていたそうなんです。その男は一時、「縄文」さんに籍を置いていたという噂なんですが』

満田は「幻」が「縄文解放同盟」に関係あると決め付けているような言い方だった。枕崎が慌てて言葉を挟んだ。

『いや、誤解しないで下さい。我々の稼業は必ず上から下まで懲役というお勤めは通らなければならない道ですし、その際、全国の刑務所では看守さんのお世話にならなけりゃなりません。いつも「縄文」さんの気配りで、身内の幹部は随分と塀の中では助けて貰っています。そんな関係を壊したくありませんので、ここはお互い内密に調べ上げるという事で処理願えませんか』

また、堅太郎と枕崎の視線は静かに間合を計っていた。堅太郎は重い口を開いた。

『私共の組織の観点は、ご存知のように、日本国の一番底辺から物を見詰めているという事です。従って、自然と、どん底に生きる人々と力を合わせる事になるんです。これ以上落ちようのない人々が結束すると、法治国家であるがゆえに、かえって思いもかけない闇の力が生まれるのです。だからこそ表社会の不正と闘う事ができているのです。勿論、裏社会のあなた方とぶつかる事もありますが、共通点は沢山あります』

そこで一旦言葉を切った堅太郎は、数秒沈黙し、改めてもっともらしく結論を下した。

『判りました、岸本組の面子の為にも、また「縄文」の疑いを晴らす為にも徹底的に調べてみましょう』

枕崎は黙って頷いた。

『もう一つ、関連質問ですが、うちの系列に入った松岡組が、今世間を騒がしているアスベスト協会の会長の護衛をしてますが、これには、高槻会長は興味をお持ちですか？』満田はしっかり疑っている。

『何故です？』堅太郎は考えてもいなかったという顔付きで聞き返した。

『いえ、妙な場所で高槻会長をお見掛けしたと聞いたものですから』

『ほう、何処です？』

『新宿のある店なんですが、アスベストの会長の秘書と松岡組の幹部が呑んでいたところ、その店で、偶然かもしれませんが、高槻会長をお見掛けした者がいるんです』

『ほう、偶然でしょう。私もよく遊びますからな』堅太郎は明らかにいやな顔をして見せた。

『満田、高槻会長が徹底的に調べるとおっしゃっているんだ。下世話な話を持ち込むんじゃない！』

枕崎の一喝で満田は引き下がった。

『満田さん』

その時、筆頭秘書の鬼童が口を開いた。

『岸本組とうちは、確かに微妙な関係です。一つ間違えれば取り返しの付かない関係にもなりえます。勿論、大手の岸本組を相手に正面から戦えば、アメリカとイスラムのような泥沼状態にもなりかねません。日本の裏社会が混乱するだけです。ここは一つ、裏社会の平和の為にも、最低限の秩序だけは保ちませんか』

鬼童の甘いマスクの裏に隠れる、闇の冷徹さがキラリとその瞳の奥で光った。

『勿論、うちは菊の御紋を背負っている訳じゃありません。背負っているのは、いつでも斬られる覚悟の代紋です』満田の角ばった顔にも、長い懲役をくぐった凄みが漂った。

『枕崎さん、話はまったく別なんですが、北のルートからのあらゆる水揚げが動かない今、台湾ルートからのマグロの裏取引に協力する気はありませんか。うちのグループでは「家舟」の長い歴史がありまして、まあ、熊野の田辺水軍辺りからはぐれ、長い放浪の末、半分海賊として生き残って来た強力な漁師軍団ですが、海の上の裏家業は全て仕切っているんです。公海上でのマグロの売買は規制の網をくぐれるものですが、東南アジア一帯、オーストラリアも含めて、半養殖のマグロが八割方、日本の市場を目指している以上、どうしても裏ルートの道ができてしまうんです。勿論マグロの腹に薬物も入れられますが、うちはその種類の運びは御法度でして、それさえ守っていただければ、貴金属や原石の密輸は自由です。まあ、マグロだけでも今や宝石並みですから、相当な利益が見込まれます。うちが海上のルートを持ち、陸上のトラック輸送を岸本さんが請け負い、捌きは全国の河岸でうちのグループに所属する請負人が引き受けます』

堅太郎は、岸本組もこれだけの幹部が乗り込んできた以上、税務監査で踏み込まれた時と同じで、ある程度のお土産を持たせて帰さなければ収まらないと踏んでいた。

『ほう、これはまた……うちは所帯が大き過ぎまして、商売には御法度はありませんが、「縄文」さんの商売の仁義は守らせて貰います。その話、喜んで乗らせていただきましょう』

関東代表の枕崎は抜け目なく、一つの成果を上げて帰って行った。

堅太郎はそのまま、応接三号室で鬼童と「シャルム・赤坂」の打ち合わせを続けた。腹心中の腹心である鬼童にも、幻の正体は明かしていなかった。

ただ、「縄文」が究極の殺しに手を染めている事は、鬼童も承知していた。

二十一

『やだぁ切れたわ！』

梨香は「けやきテラス」に出た所で転んだ。手に持った片方のハイヒールの鎖が切れている。

『梨香！　大丈夫？　マジ遅れてる！』

『そうよ、カレシの誕生パーティ、七時から始まってんのにィ！　ヤックンはあたしが行かないと乾杯もしないのよ！』梨香を囲んだ女の一人がマジ切れしている。

『そうよ、いつものコースでしょう。「ヒルズ族」御用達全身エステに腸内洗浄、手足のネイル、もう一時間待ったわよ！　ぜんぜん携帯入んないしィ！』もう一人も、やっかみ半分に怒っている。

『ごめーん、場所、聞いておけばよかったあ。それに、あたし、住んでるのは乃木坂よ』

『同じでしょ。四六時中「ヒルズ」で過ごしてるんだから！　大学には週三回、来たり来なかったりィ』

『そうよ、大学にフリーターしてんのよ！』

『会費、三人分払うからぁ』

『で、どうすんの、そのクロエのセレブ靴！』

『いやだぁ、どうしようー』

『もうー上から下までクロエで決めちゃってー』

二人の同級生が同時にため息を吐いた。

『だからァ、ＴＥＬ番とォ、店の名前メモってくれる。あたし靴履き替えて後から行くからァ。二人とも、ピーなんでしょう。一人五千円会費だからァ、一万円渡すわ』

梨香はクロエのバッグから無造作に札束を出して、一万円を差し出した。

『そっか、いいわ。じゃあ先に行ってるね、梨香もカレシ連れてくれば』

二人は一万円を受け取ると、あっさり気分を直して立ち去った。

梨香は、一ヶ月も早く輝き出した「けやき通り」のイルミネーションを背景に、片方のハイヒールを手に持ったまま、置いてけぼりの間抜けなシンデレラ姫の如く、ぼんやり立ち尽くしていた。

『お嬢さん、靴のサイズはお幾つですか？』鬼童が真摯な態度で立っていた。まさに計算通りの登場だった。

こんな時、こんなカッコイイ紳士が現れるなんて！　梨香は、キュッとオッパイの先が尖った。

さり気なく肩を貸し、鬼童は目の前のカフェバーに梨香を誘導した。椅子を引き、優しく彼女を座らせた鬼童は、

『お嬢さん、リキュールベースのカクテルを一杯召し上がれ。そう、十五分でお誂《あつら》えの靴を手に入れて来ましょう』

甘い笑顔に白い歯並び、ダルビッシュ選手みたい！　空から降りてきたのよキット！　梨香は舞い上がり、返事すらできないまま、頷いた。

立ち去る紳士の後姿を見詰めたまま、

『うそー信じられないィ』と呟いたが、胸は躍っていた。今日は水曜日、ドンから三日分遠い所で、素敵な出会い！　もう、流れに身を任すのよ！　期待ばかりが膨らんだ。

きっかり十五分でカレシは戻ってきた。

黒のシックなスエード、クロエの中でも一番値の張るハイセンスなヒール。謎の紳士は、ディオールオムのスーツをものともせず、軽くひざまずくとなんと！　梨香の足にヒールを優しく履かせてくれたのだ。

起き上がって、またあの笑顔。

『ぴったりです、貴方のサテンのドレスが引き立ちました。クロエは女の子の艶めかしさを浮き立たせるブランドメゾンですね。貴方によくお似合いです。僕は夏木卓也といいます、始めまして——お嬢さんのお名前は？』

梨香はしばらく呆然として、呑みかけのカクテルグラスを宙に浮かしたまま、鬼童の顔を見詰めていた。

『私……井上梨香といいます。聖華学園の三年です』

『ほう、お嬢さん学校ですね。僕はこういう者です』

鬼童はクロコダイルの財布から名刺を取り出して、梨香に手渡した。

「ジュエリー・SKYandOCEAN・代表取締役・夏木卓也」

梨香は心の中で呟いた。「ステキ！　アスベストよりずーっと感じるゥー」

梨香は淡い間接照明の下で……鬼童の嘘話に夢中になっていた。コートダジュールの海岸沿いを、ポルシェ911タルガで走り抜けた時のスリルとサスペンス。ガードレールを掠めてモンテカルロの市街地コースを、助手席にドーベルマンを乗せ、時速百キロの孤独を楽しんだ話。そしてモナコのカジノで七百万円稼ぎ、一度に五人の娼婦と遊んだ話……。凄過ぎる、もう、Mっ気でも、Sッ気でも、手ほどきされちゃう……梨果は三杯目のカクテルでかなり大胆になっていた。

鬼童はこのタイミングを捉えるのに、一週間、このノー天気を付け回していたのだ。

しかし、タイミングさえ合えばこの通り、もうベッドインしたも同然だった。

二軒目は、個室付のフランス料理店で腹ごしらえと気取った。

梨香は既に恋人気取りで、鬼童の腕にぶら下がって歩いた。

鬼童の体からポロのコロンの香りが漂い、梨香の性感帯はますます痺れていた。

ドミニク・ローランのボジョレーヌーボ、オマール海老とモッツアレラチーズのマリネ、牛フィレのトゥルヌドアンリ四世風……。

鬼童は、腹の中でこの馬鹿馬鹿しさに辟易していたが、笑顔で誤魔化しながら今風の似非紳士を演じ続けた。

『今日は神が与えた出会いでした。感謝して貴方を送りましょう』鬼童の言葉に、梨香はドッと気が抜けた。

これで終わりなの?! 嘘でしょう、もう、こっちは受け入れ態勢できちゃってるのに!

「けやき通り」でタクシーを拾った時、梨香はまだチャンスがあるわ、と、思いを巡らした。「シャルム・赤坂」マイルーム、男っ気は消してある。誘い込む事はできちゃいそう——。

タクシーは二人を乗せて、乃木坂から裏路地へ入った。

「シャルム・赤坂」の前で、鬼童こと夏木卓也は、当然の如くタクシーから降りた。

「えっ、最初から私の部屋に来る気でいたんだ!」梨香は内心喜び勇んだ。

『動転です! これこそ二人の出会いを神が仕組んだんだ! 僕もつい最近、このマンションに引っ越してきたんです！』

『ええッ！　チョウ、チョウ、ウルトラスーパー、信じられないィ！』

梨香はもう舞い上がるだけ舞い上がっていた。

二人は腕を組んだまま、暗証番号を押してマンションに入った。エレベーターに乗り込むと、

『何階ですか？』と鬼童は聞いた。

『三階です……』上目使いで訴えるような甘え顔で鬼童を見詰めた。

『僕は四階です……』

梨香はエレベーターが動き出すと、スッと火照った頬を寄せてきた。

『四階まで行って、僕の部屋を覗いてみますか？』

梨香は無言でバストの膨らみを押し付けた。梨香の下半身に、お酒の全てが流れ込んだかのように、子宮が熱く脈打っていた。梨香は部屋を見るどころか、ダブルベッドに転がり込むのが先だった。

若いはち切れそうな体なのに、セクスに対する貪欲さとテクニックはベテランの娼婦に近かった。若い体が老人に執拗に攻められ、いつも中途半端な快感しか味わっていない不満を、今夜は押し隠す事も無く一気にほとばしらせてきた。

『こんなに硬いの！　もう、もう』梨香の口は子供がアイスキャンディを頬張るように、鬼童の怒張したペニスにしゃぶりつき、舌先で確かめるように味わい、咳き込みながら喉の奥までペニスを差し入れ、口淫だけでオルガの世界に達し、乱れれば乱れるほど、幼顔の可愛らしさを浮かび上がらせた。

梨香は恥じらいも我慢もなく、子供が馬に跨がるように自ら鬼童の上に跨がり、弾力のある豊かな尻をくねらせ、反り返ったペニスを濡れに濡れたセクスに差し入れた。

鬼童は二十歳の女の無防備な乱れようを下から見上げ、己のいい仕事振りを楽しんだ。

二十二

雪の中だった。冷たい風に晒されて足を踏み外したのか、カピラ沢の激流を転げ落ちたのか、なんとか体勢を立て直し、なだらかな流れ場から這い上がり、闇雲に雪の中を掻き分け、力尽きたのか……確か追われていた。いや追っていた……巨大なイタズだった。立ち上がった後姿は二メートルはあったかもしれない、見た事もない巨大な姿だった。

辰巳銃を構え、後頭部の首の付け根を狙った。突然、盛り上がった肩を反転させ、グイッと振り返ったイタズと目が合った！　首の下に白い三日月がない！　ミナグロだった！　決してマタギが手を出してはいけないミナグロだった。もしミナグロに手を出したら、タテ（槍）を収めなければならない！　マタギを廃業しなければならない掟だった。

一瞬怯んだ弦蔵は、赤いルビーのような目玉から発する、ミナグロの底知れない視線に射すくめられた！

ミナグロは徐々に、攻撃の姿勢に転じた。ズシッズシッと爪を剥き出しにして、カンジキを履いているような足捌きで、雪にのめり込む事もなくゆっくりと進んできた。

弦蔵は何故か恐怖の中で感動を覚え、快感を伴った電流が背中を走り抜けるのを感じた。

山神様の衛兵を撃ってはいけない！　辰巳銃を構える腕から力が抜けていた。

弦蔵は、少しずつ、少しずつ、後ろに下がりながら、ここは互いに誇りを傷付け合わずに戦いを回避する方法はないのか？！　と考えていた。

ミナグロもすぐには突進せず、この森の狩人を確かめるかのように、じっと弦蔵を見詰めた。弦蔵は初めて味わう凄まじい恐怖の中で、何か理解できないエネルギーが交差し、生き物の周波が神の時空を飛び交っているのを感じた。

気が付くと、ミナグロは目の前に迫っていた。いつの間にか弦蔵は辰巳銃を背負い、ナガサ（山刀）を持っていた。あり得ない！　ミナグロと銃ではなく、ナガサで対等に闘おうとしていたのだ！

もはや、互いに一歩も譲れない獣同士のような睨み合いが続いた。シンと静まり返った雪山に、突然、ワシ（表層雪崩）でも起こったかのような、地鳴りのような吠え声を立て、ミナグロが立ち上がった。弦蔵とほぼ同じ背丈だった。

弦蔵もそれと同時に、体のエネルギーを全て吐き出すような声を上げ、ナガサを振り下ろした。ミナグロの鼻が真っ二つに割れたかに見えた瞬間、それだけで独立して生きているような前足が爪を立てて、弦蔵の首の下から胸をえぐるように薙《な》いだ。

弦蔵は後ろ向きのまま宙に舞い、一瞬静止したかと思うと、カピラ沢の激流の中にスローモーションで落ちて行ったのだ。弦蔵は雪の中でもがき、凍りつくような痛さに頭が痺れ、立ち上がろうとするが立ち上がれない！　月の光が微かに雪の層を通して差し込み、弦蔵をともすれば、冥界に誘い込むような地獄の暖かさの中に引きずり込もうとしていた。起きなければ、起きなければ、月の光は獣の血を沸き立たせる！　俺は、俺は、山神の獣だ！　立つのだ！　四本足で立ち上がるのだ。

死！　これが死だとすればあまりにも実感のない死だった。ひょいと違う次元に入り込んでしまって、あがいていたような気がする……。

弦蔵はあがきながら、息苦しさの余りフッと目を覚ました。囲炉裏の向こう側の障子窓に、さざ波のように赤く点滅する光が、幻想的な影絵のように回転して、チラチラと映っていた。

弦蔵は布団を弾き飛ばして起き上がり、仕事部屋に駆け込んだ。

トーチカの小窓から下の廃車置場を見下ろすと、今まさに、パトカーが二台、ジープが一台、刑事が数名、正面の大きな金網の扉をカッターで切り、中に入り込もうとしているところだった。

一瞬にして弦蔵は悟った。車の窃盗団に足がついたのだ。

弦蔵とは関係なく、窃盗団の組織の摘発なのだ！　しかし、刑事達が盗難車の存在を調べ、修理工場を調べ、裏側の弦蔵の狩小屋に気付くのに十分とかかるまい！

弦蔵の動きは速かった。非常用のリュックサックを取り出して、まずノートパソコンと三台の携帯を入れた。次に六・五ミリの銃弾の入っている箱を二つと、作りかけの銃弾、空薬莢と火薬を布袋に手際よく収め、机の引き出しから、無造作に置かれている百万単位の札束を七つ、まとめて放り込んだ。その間も警察の動きをトーチカから見続けていた。弦蔵は落ち着いた動作で辰巳銃をビロードの袋に収め、リュックを背負うと、辰巳銃を脇に抱え、浩太の布団をめくり、ぐっすり寝ている浩太を抱き上げた。

浩太を担ぎ、狩小屋の扉を開けるまで三分かかっている。扉の二重の鍵を改めて閉めるのに五秒、裏階段を駆け下り、作業所兼車庫に置いてある個人タクシーの扉を開けるのに二十秒、辰巳銃を後部座席の下に納め、浩太を座席に寝かせ、シャッターを開けるまで三十秒。

「五郎！」五郎がいない！　弦蔵は焦ったが、車を裏道に走り込ませた。勿論、自動シャッターはリモコン装置で閉まったはずである。後ろを振り返る余裕はなかった。

何も考えずに五分、裏道ばかりを選んで車を走らせた。

フッとバックミラーを見ると、遠ざかるこの世とあの世の狭間の暗がりに朝陽が差し込む五分前……白茶けた牛乳色の朝靄の膜を突き破って、五郎が耳を立て、狼の瞳を光らせ走っていた！

弦蔵はゆっくりブレーキを踏み、大切な客を乗せるように、後ろのドアを開けた。後ろ座席に飛び込んだ五郎の激しい息遣いと熱気で、車のウインドウは一瞬にして曇ってしまった。

浩太が起き上がって、キョトンと五郎を見詰めた。五郎の分厚い舌が浩太の涎《よだれ》をぺろっと舐め上げた。

緊急避難用の狩小屋は他にも確保してある。しかし、メインの狩小屋が警察の手に落ちたという事は、あのアジトに残された遺留品が様々な物語を語り、車の窃盗団から端を発し、思いもかけなかった主人公が浮かび上がるであろう……。そして、その男「ゾルバ」が、狩小屋に乗り込み、幻が残した現実の生活空間を見る事になるのだ。黒澤警部よ！　これは偶然の賜物だと思え！　最後の公開処刑は、じっくり時間を掛けてお見せする事になるであろう……。

黒澤よ！「幻」と「ゾルバ」は生きている時空が違うのだ。

「幻」はこの世とあの世の狭間、三次元と五次元のハザマに生きているのだ。

特殊相対性理論で考えてみよ！　時間は第四の次元であり、自然の法則は高次元で単純化され、統一されるのだ。従って、時間と空間は本質的に交差しており、相対性によって制御されている。「ゾルバ」が生きている時空と「幻」が生きている時空は微妙にずれているのだ！

空間の運動速度によって、時間の速度も変わるのが相対性理論である。宇宙を飛んでいる人間と、地球に生きている人間とでは、時間の進み方がまるで違うのと同じなのだ。

お前は「幻」が手が届くほどの距離に見えてはいるが、幻には永遠に追いつく事はできないのだ。

「黒澤……」弦蔵は深い意味ありげな笑いを口元に浮かべ、「黒澤……」と、五郎を呼ぶ時のような眼差しで呟いた。

浩太と五郎が後ろの座席で腹が減ったと騒いでいる。

弦蔵は道筋から殆ど消えた電話ボックスを探したが、なかなか見つからなかった。

こういう時は極力携帯を避けていた。電波の発信位置をすぐ捉えられてしまうし、今、この電波は追求されていないだろうが、「縄文解放同盟」という特殊な団体もまた、何処かの筋がマークしているやもしれないのだ。

弦蔵は第二京浜国道から京浜蒲田を通過し、羽田空港に向かった。

空港のエリアほど人目に付かず安全な場所はない。旅立つ者、見送る者、個人に団体、雑多な人種……それでいて適当な秩序は保たれている。

ただ目立つのは、五郎という特殊な大型犬と浩太の組み合わせである。

弦蔵は大駐車場に車を止め、後部座席に五郎と浩太を閉じ込め、食堂の立ち並ぶエリアに急いだ。目に入ったメニューを迷わず選び、ホットドッグとポテトフライを五人前、牛乳の一リットルパックを二本、特別に分けて貰い、紙コップと紙皿を一緒にテイクアウトし、車に戻った。

後ろ座席は汚れ放題になるだろうが、しばらくこれで二匹の生き物は落ち着くはずだった。

弦蔵は空港ロビーの公衆電話から、堅太郎のプライベートの電話に緊急連絡を入れた。

「そこを動かないで下さい！」堅太郎が初めて、弦蔵に緊張感のある鋭い声で命令を下した。

一時間十分で三台の車が到着した。弦蔵の耳は、堅太郎から予め知らされていた車の車種をしっかり聞き分けていた。

最初に現れたのが、ベンツＣＬＳ５００、堅太郎が乗っているはずだ。

二台目がトヨタ・アルファード、八人乗りのワゴン特別仕様。窓のカーテンもスイッチ式になっている。

三台目はベンツのＧＬクラス、４ＷＤ専用の電子制御ＡＩＲマテックサスペンション仕様、乗用車感覚でどんな荒れた道も走破可能な優れものである。

それぞれ三台は適当な距離を置き、弦蔵の個人タクシーを取り囲んだ。

アルファードの横の扉が開いて、ツナギの上にＧＩジャンパーを羽織った老人が一人降りてきた。そっと辺りを見回し、とぼとぼと、弦蔵の車に近付いてきた。まるで故障車を見に来たような態度だった。老人は額の深い皺を上下させながら、運転席側の窓をコツコツと叩いた。

弦蔵がウインドウを下げると、勝手にドアを開け、弦蔵を助手席の方に移るように顎をしゃくった。弦蔵が助手席に移ると、勝手に自分が運転席に座った。

『忘れ物の無いようにして、あのアルファードに移って下さい。この車は跡形もなく消えますから』

弦蔵はリュックを担ぎ、後ろのドアを開けると、浩太と五郎を外に出し、座席の下から「辰巳銃」を取り出し、アルファードに向かった。アルファードの扉は開いたままだった。弦蔵が浩太を抱き上げ、車に乗り込むと、五郎は一瞬警戒して車内を外から窺った。

弦蔵は背もたれを動かし、一番奥の席に浩太を座らせ、五郎を待った。五郎は片足をステップにかけ、じっと中を覗き込み、二、三度鼻を蠢かし、用心深く、五郎の隣の座席に座った。

弦蔵が引き戸を閉め、座席に落ち着くと、助手席の若い男が振り返った。

『三、四時間車を走らせますが、トイレは大丈夫ですか？』

『わしと浩太は済ませた。五郎は空港を出た所で、空地を探してくれ』

『承知しました』

その端正な顔をした男は、胸元に挟んだマイクに向かって「出発します」と小さく囁いた。まずベンツのＧＬがスタートしてから、アルファードがスタートした。堅太郎のメルセデスＣＬはアルファードの後に付いて来た。

空港を出て、八号線に入る手前で、五郎がしばらく外に出た。後は静かに後ろの座席に納まると、五郎は浩太を抱え込むようにして眠ってしまった。

八号線をしっかり走り、用賀から東名に乗った。

カラッと晴れた秋が、舞う枯葉と共に散ろうとしていた。

東名高速道路を、三台の車は富士山に向かってただひたすらに走っているように思えた。

弦蔵も何故かそれが当然のごとく感じられていた。

白神山地から東京に出て来て十年、絶えず心の底で気に掛け、折りある毎に見詰めていた富士山！　汚されたとは言え、日本の中心が、曲りなりにもあそこにまだ聳《そび》え立っているのだ。

富士山よ！　日本一の存在感よ！　なんと健気に、立ち続けている事か！

日本人よ！　なんと破廉恥な事をしたのだ！　新幹線から見た真正面の富士山を見よ！

煙突の煙と悪臭が立ち込めているこの現実を！

お前達！　一遍の詩情も無く、一言の哲学も無く、政財官の破廉恥野郎共！

日本の中心で絶対に動く事のない富士山を前にして、パルプの工場群を造ると決定したお前達！　その結果、富士山は悪臭の立ち込める煙にむせているのだ！　お前達は親殺しの餓鬼と一緒なのだ！　養殖魚として肥え太った日本人の性《サガ》は腐れ果てたが、富士山だけは未だに毅然と聳えている。

背広を着、学歴を旗印に、ビルの中に収まっているお前達！　目先の浅はかな保身と出世の為に、なんとも卑劣なお前達！　恥ずかしいという一文字も忘れ、上役に媚びへつらうお前達！　想像力を失って二十年は経つお前達！　今、やっている事が、日本を壊し、地球を壊している事まで想像すらできないエリート達！　高々、年収一千二、三百万程度の二十年間！　あっという間に終わる、媚びへつらった人生！　お前達になんの記録が残るのだ！

餓鬼を塾に通わせた、ものにならないピアノを習わせた。ディズニーランドに通い、ディズニーランドのような安っぽい家を建てた。車と家のローンに追われ、何を本当にどう生きたかったのだ？！

ではエリートではない者は？　地球の為に、日本の為にではなく、己の強欲の発作の為に人を殺しやがる！

そしてゴミ、ゴミ、ゴミ、ゴミをそこらじゅうに撒き捨て、富士山は今やゴミの上に浮かんでいるのだ！

ほんの一握りの、昔ながらの人間のＤＮＡを受け継いだ者達だけが、崩れて行く地球を殆ど素手に近いやり方で、アフリカに行き、中東に行き、東南アジアに行って、絶望と戦っている。

死神は薄笑いしながら、この世の終わりを見詰めていた。

三台の車は次々と御殿場のインターを下りて行った。

１３８号線から東富士五湖道路に入り、三台の車はなんのお咎《とが》めも無く、富士山の裾野《すその》を走っていた。

浩太と五郎は一体となって、一つの運命に向かう道すがら、ただ無心に眠っている。傷付いた巨大な神山の懐に抱かれ、安心しきって眠っている。恐竜の血管の中に流れ込むように、三台の車は籠坂トンネルに飛び込んで行った。オレンジの光の中、傷んだ富士山の血管、消化管、気管からカテーテルを通して膿を排出できたのか！

ただ血管を傷めただけであろう！

ただ、虚しく、賑やかにトンネルを通過すると、紅葉と光がまだこの世で戯れていた。

山中湖を掠め、五湖道路から１３９号線に入り、色とりどりの紅葉が燃え上がり、舞い上がる河口湖、西湖の周辺を青木ヶ原に向かった。

突然、カーラジオから臨時ニュースが流れた。

「連続狙撃事件の犯人のアジトが発見された模様です！」アナウンサーが興奮気味に伝えている。

銃弾の一つが部屋から見つかったのだ！　アスベストに関わる狙撃事件なのか！　犯人は被害者に関連した人物なのか？！

ラジオは電波障害もなく、簡潔にアジト発見の経緯を伝えていた。助手席の青年がテレビのスイッチを入れた。午後の特別番組が組まれている。当分、ワイドショーと報道は、この幻の殺し屋番組で賑わう事であろう。

弦蔵はまるで他人事のように、テレビから流れる評論家共の声を聞き流していた。

車は精進湖と本栖湖の間に佇む、烏帽子岳の麓に入って行った。公道から離れ、滅多に車が入らないような未舗装の山道を進んだ。

杉と檜が直立する林道は薄暗く、車一台がやっと通れる程の道は、針葉樹の隙間を縫って吹き込む落葉に埋まり、色鮮やかなオブジェの川のような、曲がりくねった道であった。

三十分ほど走り込んだ山道がフッと開け、突然、山門とそれに連なる高い漆喰の塀が現れた。

扉は閉まっていたが、先のベンツＧＬが近付くと同時に大きく開かれた。

山門の上に「熊野権現、五鬼会、修験道場」と看板が掲げられていた。

白い玉石と黒い玉石が波模様に敷き詰められた道を車は三分ほど走って、茅葺の大きな寮社の前に止まった。

白い作務衣《さむえ》を着た若者が三名、迎えに立っていた。

二十三

一週間後、黒澤は一人、閉鎖された殺し屋の館に座っていた。

全ての衣裳は鑑定の為運び出されており、殆ど空っぽの硬い畳部屋で黒澤は囲炉裏を前にして、六・五ミリの銃弾を手の平に載せたままじっと固まっていた。

現実に六・五ミリの銃弾が人を殺しているが、黒澤にとっては、やはり「幻」は神話だった。写真もあり、出身地も判り、名前は辰巳弦蔵、歳は六十歳。身長は推定一メートル七二、三センチ、体重六八キロ前後。指紋も採れた。

しかし、黒澤にとっては、辰巳弦蔵と殺し屋の距離が縮まった訳ではなかった。「幻」の殺し屋としての具体的な資料が揃えば揃うほど、黒澤にとっては逆に辰巳弦蔵と「幻」の距離が遠のくのだった。

辰巳弦蔵という男が殺し屋に変身した事はほぼ間違いなかろうが……、殺し屋はやはり辰巳弦蔵ではない！

黒澤が混乱しているのか、辰巳弦蔵と殺し屋は同じ人間であるが、それぞれ別な次元の人間としか思えなかった。殺し屋には現実の人間としての体臭というか、匂いというか、辰巳弦蔵という男の生身を感じないのだ。

黒澤と「幻」とは、生きている空間に微妙なずれがあるのか。薄い膜一枚を透して互いに見詰め合ってはいるが、決して触れられないもどかしさを感じていた。

一体、なんなのか！　とても理解できない！　宇宙のすれ違いなのか、重なり合いなのか……見えていて遠い、見えなくて近い、あり過ぎて無い、生きてはいるが、すぐ溶け出してしまう知生体。人間であって獣の気配……。

しかし、刑事としては、リアルに殺し屋を追わなければならないのだ。ドン・音無の周辺からは決して目を離していなかったし、潜入する捜査員には全員、「幻」の写真を持たせてあった。

この部屋から得られる情報は全て、捜査の手掛かりとして捜査員達には配布されたが、黒澤自身、手掛かりが増えれば増えるほど、「幻」の影が薄くなっていくような感じがしてならなかった。

そして、子供！　やはり「幻」は子連れだったのだ！

携帯の振動が内ポケットから伝わってきた。

『なんだ？……うん、判った、空港署だな……三十分で着く』

「幻」の個人タクシーが監視カメラで捉えられていたのだ。

黒澤は、恐らく「幻」が辿ったであろう道筋で、羽田空港に向かった。空港署の取調室で黒澤は舟木巡査長と三友刑事の意気込んだ顔に迎えられ、空港署の杉山警部補にパソコンで再生された動画を見せられた。

第一旅客ターミナルに一番近い、パーキング1の入口で捉えた個人タクシーは、確かに辰巳弦蔵が運転していた。変装もせず、別に慌てた様子もなかった。

二時間ほどの時間経過があって、個人タクシーは空港出口でバックナンバーを捉えていた。パーキング1の駐車場で駐車した位置は確認できていなかった。監視カメラを意識したのだろう。しかし、弦蔵らしき男が紙袋を持って、ターミナルから駐車場に戻る姿は捉えられていた。

黒澤はフッと不思議な感覚を覚えた。弦蔵の姿がテープの中で三コマか四コマ飛んでいるのだ。いや飛んでいるというより、弦蔵の姿だけが他の人間達と比べて微妙に映像が薄かったのだ。

『この映像、少しおかしくねえか？』黒澤の問いに杉山警部補が怪訝な顔を黒澤に向けた。

『何処がです？』杉山はテープを無意識に巻き戻しながら尋ねた。

『ほれ、「幻」の姿が消えたり映ったりしてるだろう』

『はァ？』

警部補と巡査長、三友刑事の三人が改めて映像を覗き込んだ。二回ほど巻き返して見ていたが、三人とも単なるテープの再生処理の問題と片付けた。黒澤も、結局は気のせいだと、了承せざるを得なかった。

『問題は空港で二時間以上何をしてたかですー』舟木巡査長は当然の疑問を口に出した。

『あの紙袋は食料だろうな。別にテロリストとして飛行機に乗り込んだ訳でもあるまい。それに、子連れである事も確かだ』

『子連れで空港ターミナルを歩いた気配はありません』

杉山警部補はこの一週間、各部所に据付けられた監視カメラを徹底的に再生していたのだ。

『ホシは飛行機には乗っていません』杉山は確信をもって答えた。

『空港を出て行った個人タクシーの偽ナンバーは入った時と同じですから、当然「幻」は空港を改めて出て行ったんでしょう』舟木もそれに同意した。

『しかしな、同じ奴が運転して出って行ったのかどうかは、この映像では判らんぞ!』黒澤はただ思いつきで喋った。

『では共犯がいるという事ですか?』舟木が信じられないという顔を黒澤に向けた。

『俺も信じられん、痛いような孤独しか感じられんホシだ……』

黒澤は遠くを見詰めるように、顔を上げてその男「ゾルバ」に戻った。何処か遠くの空で「幻」が笑っている。

それも暖かく笑っている……。

とにかく、刑事としては、いや、黒澤としては、定年前に「幻」を捕まえ、しっかりとその正体を見極めなければならないのだ。刑事には定年延長はない。顧問も役員もない。現役の最後の仕事を果たさなければ、自分で自分の選んだ職業を全て否定されたような気持ちになるであろう……。

『言うまでも無い事だが「幻」の足取りを着実に追うしかなかろう』

黒澤はまともな答えを出して、空港署を後にした。

刑事・黒澤は、自分で警視庁の車を運転しながら、考え込んでいた。辰巳弦蔵はあくまで単独で行動しているだろうが、殺しの依頼は何らかの方法で受け取っているはずだ。その連絡方法とは？

日本の三本の指に入るやくざ組織を相当探ったが、そのルートは見つからなかった。というより、やくざの組織もこの「幻」を追っている気配がある。ましてや、やくざの組織がアスベストの患者に成り代わって復讐を遂げる、という感性がある訳も無く……ならば、極左のグループか？ その線も公安に協力して貰い、相当深く当たったが、「幻」と繋がる線は出てこなかった。極左は煎じ詰めれば、大衆の味方ではない！ 単なる幻想の中の革命と勢力争いに明け暮れているだけなのだ。無様にあがき、最後には詰まらん国や組織の走り使いに終わっているのだ。

「幻」の世界は、厳冬の海のようなクールさだ。薄い膜一枚で微妙に張り付いている「命」と「死」の狭間に、鋭利な刃物で一瞬の斬り込みを入れ、「死」と「命」を分け捌くような鮮やかさだ。

そして、その瞬間に無明の井戸に沈み込んで行く「幻」の孤独……いや、落下する「神」の孤独なのだ。

それは、聖なる滝が銀色に光り、激しく落下しながらも静止しているが如く見える姿なのだ。

黒澤は、勝手に深く考え込んでいた。では、この日本にそんな鮮やかな透明な組織や人間が存在するであろうか？ 無い！ かつて「白鯨」の船長が闘ったような純粋さはもはや人間世界から殆ど消えてしまっている。

黒澤は首都高速をあてどもなく走っていた。

東京タワーの上に、真昼の月が霞んでいる。なんとも力のない月であった。

二十四

その年は暮れた。

堅太郎は一人、青山の十二階の部屋から青山墓地を見下ろしていた。

「熊野・五鬼会・修験道場」に入って一週間目に、弦蔵はリュックを背負い、辰巳銃を分解し、楽器入れのケースに銃を収めると、弦蔵本人が気に入った、四駆のベンツGLに乗り、行き先も言わずに一人去って行った。

浩太と五郎は、今「五鬼会・修験道場」で地ならしの最中である。

勿論「解放同盟」が責任を持ち、新しい戸籍と新しい名前、そして始めて取得するパスポートで、一時、海外に出る事になるだろう。

堅太郎は、今、マスコミが騒ぎ立てている「幻の殺し屋物語」を苦々しく感じていたが、それはある意味でこちらの注文通りだった。

最後の仕上げは、婆婆が騒ぎ、日本国中が注目する中で完結する事に意味があるのだ。

幻の殺し屋は謎が謎を呼び、話に尾ひれが付き、評論家達の解釈は、いやが上にも通俗的な神話となって飛び交っていた。

その神話が全ての社会現象に結び付けられて行った。

苛め問題から、親殺し、子殺し、あらゆるエイリアン現象に無理やり結び付けられて語られた。

己の身には起こっていないが、他人の身に起こる悲劇をレンタルビデオで見るように、エイリアン達は日替わりで話の種にしていた。

北極の氷が溶ける事も、瞬間風速百メートルの突風も、レンタルビデオであった。ましてや、イスラムの世界は遠かった。北の異常者にも、やはり鈍感であった。理不尽な誘拐人質犯人には、そんな事をしていると、アメリカから警察官が来ますよ！　と遠慮がちに遠吠えし、決して自分の国の警察官は出しませんと、肥え太った平和面で胸を張っていた。そして、おずおずと、北には贅沢品は出しませんと、油が乗った食べ頃の養殖魚が呟いた。既にお前達自身が食べ頃の贅沢品になっている事にも気付かずに……。

『決して自分は核は持たないけれど、アメリカの核には守っていただきます、それが平和というものです』と、ぬけぬけおっしゃっていた。

ハリウッド映画に洗脳され、アメリカの網の中でぬくぬく養殖魚として肥え太って来た日本人は、網から出て、荒海で餌を取ろうとしてはいけません！　そんな乱暴な事をすると平和を乱します！　と、かつての社会党、共産党、日教組は、アメリカの番犬として厳しく養殖魚を見張っていたのだ。

平和な養殖魚はいずれ餌を与えてくれる者に食べられる運命なのに……。

養殖魚には免疫力すらないのだ！

評論家はぬけぬけと、苛めは動物の本能だ！　などと、のたまうが、馬鹿言っちゃいけない！　自然の中で生きる野生動物は餌をとり、種を残し、生き抜く為に必死に闘うが、苛めるなんて無駄な事をしている暇はないのだ！

養殖魚は荒海で餌を獲る心配がないから、卑劣なつつき合をしているだけなのだ！　親も子も！

生死を賭けた餌の取り合いではない！

養殖魚よ！　外国に謝る前に、終戦の板戸一枚以前に、命を苛め抜かれて死んで行った日本の若者達に何故謝らないのだ！　何故キチッと総括しなかったのだ！

そして原爆を落としたアメリカに何故謝罪を求めなかったのだ！

原爆で死んだ同胞の為に、何故自爆テロの一つもなかったのだ！

戦後七十年経っているのに未だに無条件降伏のままではないか！

本質の魂を失ったまま、ただ小賢しく振る舞って、銭を稼いでいるだけなのだ！

他国でどんなに生きる為の殺し合いをしていようと、銭を稼ぎ、自分の所にロケットが飛んでこなければ、それが平和を保っている事だと思い上がっているのだ！　最新兵器を駆使する殺し屋に銭を払って、殺しを依頼し、ぬくぬくしているのが平和の為に貢献していると思っている恥知らずなのだ！

本質的に、キモイぜ！

堅太郎はかつてネイティブアメリカンが白人の暴挙に追われ、慰留地に押し込まれ、食料は援助しないが、アルコールだけは十分に援助するという卑劣な計略の下、意図的にアルコール依存症にされた若者達の状態を思い出していた。

養殖魚を独り立ちさせるのは難しいのだ！　民族の根源に立ち帰って、誇りを取り戻さなくてはいけない！　ナバホ族のシャーマンは現代医学に頼らず、白人というエイリアンに犯される以前の文化、自然との触れ合い、精霊との語らい、砂絵を通じ、萎えた心を癒やし、全てを自然に同化させ、アルコール依存症から立ち直らせる事に成功していた。

果たして日本の養殖魚はアメリカ依存症から立ち直れるのか？

日本よ！　日本人よ！　惰眠からいつ目を覚ますのだ！

若者の中には、突然変異の如く、凄い奴も現れている！　しかしその若者達は外国に出て初めてその凄さが認められているのだ！　日本人よ！　日本よ！　網から出よ！　網から逃げ出すのだ！

喰われる前に、網を喰い破るのだ！　その為のリスクに立ち向かえ！

堅太郎はフッと我に帰って、腕時計に目をやった。

今日から伊豆の別荘に行き、正月を過ごす事になっていた。

あれ以来堅太郎は独り者の気楽さで、萩乃ママと月に二度ほど会っていた。愛とは言わず、恋とも言わず、体が先の出会いであったが、セクスを通し互いに心の温もりを無意識のうちに探り合っていた。

堅太郎は振り返り、きれいに掃除され磨かれた自分のオフィスを見渡した。

正面の壁に、現代画家の巨匠に特注した「白神の暗門の滝」の絵が輝いていた。父と母が舞い上がり、虹の彼方に消えた滝である！　弦蔵の父が祖父が、お上の銃弾に撃たれ、落ちて行った滝である！　まるでその絵は、現実に飛沫を上げ、ちりばめられた水晶が、ごうごうと流れ輝いているようだった。

「答えを出さなければ」

堅太郎一人を守る為に生贄《いけにえ》にされた愛する人々！

同じように、お上の生贄にされ、何も語らずに死んで行った多くの人々……。

歴史とは何も語らずに理不尽に殺された人々の集積であり、その上を流れる血の氷河なのだ。

唯一、数少ない天才達が、物言わぬ人々に代わって絵を描き、音楽を創り、物言わぬ人々の生きた証を詩として表現したのだ。

国の形と言うが、その形を形成する国人《くにびと》が腐っている！　地球は、腐りかけた林檎となって、無限の宇宙に漂い始めている！　もはや人間の手には負えないだろうが、堅太郎と弦蔵は個人的にも答えを出さなければならないのだ！

ドアがノックされ、筆頭秘書の鬼童篤宗が入ってきた。

『本当に一人でいいんですか？　二人ほど待機させてはいますが』鬼童は心配顔で堅太郎を見詰めた。

『岸本組とはいい付き合いが進行中だし、関東の組織とはなんのトラブルもない。縄文の祭りは年内には起こさないと思うし、久しぶりにのんびり正月を過ごす事にするよ』

『そうですね。乃木坂の彼女の部屋には、しっかり盗聴盗撮を張り巡らしましたし、ドン・音無の岡本町の自宅、京橋の本社の張り込みも抜かりはありません。どちらかというと警視庁よりうちの手勢の方が多いと思います』

鬼童はそれでも堅太郎の身を心配している。過去の修羅場から学んだ警戒心だった。

『それより、浩太と五郎の世話を頼む。慣れない山の中だ。五郎は喜んで走り回っているが、浩太は兄上との別れを引きずっている――』

『浩太には、ジイジイはすぐ戻ってくると言い聞かせてあります……』

『いいや、浩太は判っている。本能的に別れを察している』

堅太郎は我が身を振り返って、浩太の気持ちは痛いほど理解していた。

愛する者との別れは、幼ければ幼いほど、震えるほどの敏感さで傷付くものである。ましてや、あの境遇から救い出してくれたジイジイとの別れであった。

あの夜、修験道場の奥の院は、霧に包まれ、床の間にぼんやり差し込む月の光が、「役小角」の像を浮き上がらせていた。堅太郎がそっと合図を送ると、浩太と布団を並べて寝ていた弦蔵は、真夜中の月明かりの中で、熊野権現のような表情でむっくり起き上がった。浩太は姿勢も崩さず、熟睡していた。弦蔵はじっと浩太の寝顔を見詰め、素早く身支度を調え立ち上がった。

堅太郎と弦蔵は渡り廊下を音も立てずに渡り、母屋の長い廊下を抜け、表玄関に出た。

堅太郎は玄関で持ち物を調える弦蔵を待ち、弦蔵がベンツGLに乗り込むのを見ていた。送ったのは堅太郎一人だった。エンジンが掛かり、霧用のライトにスイッチが入れられると、前方の玉砂利が浮き上がり、目の前に浩太と五郎が立っていた。浩太は裸足だった。

堅太郎は呆然と浩太と五郎を見詰めた。生き物の絆が胸の奥で震えているようだった。

霧のライトで照らし出された二つの生き物は、静止した時間の中でじっと答えを待っていた。

弦蔵はライトを切らず車から降りると、まるで神々しい者の前にひれ伏すようにして、浩太に何やら囁きかけていた。勿論堅太郎には何も聞こえなかったが、しばらくすると、弦蔵は浩太を抱き上げ、堅太郎の腕の中に浩太を抱かせた。大きな赤子のような浩太は、自分の指を口に入れたままじっと弦蔵を見詰めていた。込み上げる感情を見せまいと、弦蔵は荒々しく車に乗り込んだ。

ベンツＧＬのテールランプが霧の中に溶けて消えるまで、浩太も五郎も微動だにしなかった。

シンと静まり返った玄関前の広場に、霊体のような霧が流れ込んでいた。

五郎が堪りかねたように「ウオーウ、ウオーオーウ」と狼の遠吠えを発した。悲しく切ない遠吠えだった。その遠吠えはしばらく厚い霧の層に阻まれていたが、絹のほころびを切り裂くような五郎の泣き声に霧が崩れ、蒸気を振り払うように、冷たい夜が晴れ上がった。

凛とした満月が富士山の中腹を照らし、片側の稜線を北斎の夜景の如く浮き彫りにした。

突然、浩太が正気を取り戻したかのごとく、胸を絞り込むような声で泣き出した。誰も止められない泣き声だった。その泣き声は、苛め抜かれ、泣く事もできなかった幼子が、殺し屋に癒やされ、正気に戻りつつある証拠だった。

泣くがいい！　声を殺さずに泣くがいい！　五郎の遠吠えに合わせて泣く浩太の泣き声は、ようやく人間の子供の声に帰りつつあった。

堅太郎はオフィスの中で、込み上げる涙を見せまいと再び下界の師走を見下ろした。

『会長、一応用心の為に、車のいつもの隠し場所にハジキは入れときました。別荘にも予備の道具は武器庫に入っていますが、途中はくれぐれも用心して下さい。特に女性連れの時は油断がありますから』

鬼童はあくまでもリアリストだった。

『判ってる。伊豆は都会の延長線みたいな所だ。まあゆっくり、日の出を見ながら一杯やるよ』

堅太郎は鬼童に見送られ、防弾ガラスに守られたベンツに乗り込んだ。

二十五

年が明けた。

日本人は一年に一度、詩を口にする。

「明けましておめでとうございますー」と。

大晦日の空気と元日の空気は何かが違うと感じるものだ。

見えない幽霊を信じない人間は沢山いるが、見えない元日の空気は違うと感じる人間は多い。過ぎ行く「時間」も見えないが、確実に在ると信じている。

では、恐怖は見えるか？　嫉妬は見えるか？　愛は？……人間は見えてもいないのに、「ある」と信じている「もの」がどれだけ沢山あるか意識した事があるだろうか？

そしてそれらはどの辺の次元を漂っている事やら……「心」という夢幻は何次元なのだ？

堅太郎は伊豆の山の上から大島を見下ろし、元旦の日の出の眩しさに目を細めていた。

萩乃はまだ布団の中で、深夜に続いたオルガニズムの疼きの中で眠っている。

堅太郎は数奇屋造りのこの別荘が気に入っていた。雪見障子を開け、一人、廊下に出て、遥かな空と海の境目の煌めきを見詰めていた。

兄上・弦蔵は、何処の空間に浮かんでいるのだろう……元旦の朝、何を見詰めているのだろう……。

萩乃が全裸の上に浴衣を羽織って、廊下に出て来た。浴衣の前が割れ、ドキッとするほどの存在感を露わにして、大腿部を堅太郎の下半身に押し付けると、乱れた髪をさっと斜めに振り上げ、無言で堅太郎の唇に自分の唇を重ねた。

『もう、勝手に起きちゃって……』

二人は「初日の出」を浴びながら、互いの性感帯をまさぐり、そのまま布団の中に逆戻りしていた。二人の性感帯は無防備に開花し、脳髄が痺れるような快感に溺れた。

山の中腹を切り開いた一千坪の別荘地で、誰憚る事も無く絡み合い、うめき、オルガの高まりに酔いしれていた。初め、萩乃のうめき声だと思っていた堅太郎は、フッと我に返り枕元に置いた携帯に目をやった。ショパンの「幻想即興曲」が、もう疲れたという感じで鳴っていた。

堅太郎は裸のまま起き上がり、携帯を取り上げた。ボタンを押すと、鬼童の低い声が緊張気味に聞こえてきた。

「元日早々申し分けありません」

『すまん、風呂に入っていたー』咄嗟にいらない嘘をついていた。確かに全裸には違いないが、どっぷり女風呂に浸かっていたのだ。

「ドン・音無が動きます！」

『ほう』堅太郎は携帯を持ったまま、浴衣を羽織りトイレに向かった。トイレの便座に座り、鬼童の説明を聞いていた。

「ドンぴしゃり、場所も伊豆高原の世阿弥荘という最高級の海辺の割烹旅館です。正月の薪能《たきぎ》の公演が準備されています。アスベスト協会の新年会と、極秘裏にアスベスト提訴の対策会議も兼ねているようです」

『日時は？』

「乃木坂の彼女は、七日に世阿弥荘に呼ばれています」

『他はどんなメンバーだ』

「偽装電話でアスベスト協会役員に片っ端から電話して調べましたが、おおよそ判ったところでは、アスベスト協会の副会長の、御嶽建材社長と三杉建材専務の二名、それに専務理事、他、非常勤の理事が七、八名です。繊維強化セメント板協会会長、山下電工外装株式会社社長、伊谷商事株式会社専務、等、アスベストで稼ぎまくっている会社のお偉方ばかりです」

『よく判ったな』

「元旦でかえって良かったんです、みんな御神酒が入って油断してますから、ドン・音無の私設秘書として電話をしまくりましたよ。例の始末屋の倉田秘書の言付けという事で、最高級のコンパニオンを個人的に御用意するに当たって、内密な御相談です、という訊き方をしたんです。みんな結構乗ってきました」

『七日か、勿論警視庁はしっかり張り付くんだろうな』

「はい、それに、ドンには松岡組が総動員して張り付くようです。正月早々、御祝儀賭博の開帳日もずらしたようですから……」

『判った、ここの稲取の別荘を司令部にして、俺はこのまま、ここで指揮を執る事にする。とりあえず、世阿弥荘周辺と世阿弥荘内部、それから板前から下足番まで、徹底的に調査するから、選りすぐりを十名程、至急に送り込んでくれ！』

「既に厳選しております」

『いつもながら、頼りになるな』

「神々の下僕ですから——十七時に伊豆高原のシャレー大室山に集結します」

『向こうが薪能なら、こっちは解放の舞だ。楽しく舞わせて貰おうじゃないか。三ヶ日は無理だろうが、四日に二組ほど、世阿弥荘に部屋が取れたら取ってくれ。金に糸目を付けず、社会的に高貴な人間を偽装しろ。部屋が取れたら、ここの司令部との連絡を密に取ってくれ』

「了解！」

電話は切れた。堅太郎は何事も無かったように、檜の風呂に浸かり、萩乃のセクスと交わりながら、石鹸の泡の中で遊んだ。

昼近くになって、萩乃が用意した山海の珍味を肴に、大吟醸の冷酒を呑み、鴨の雑煮を食べた。

そして、愚図る萩乃をきっちりと拒絶し、一日だけの正月を終えた。萩乃とは改めて、節分にこの別荘で過ごす事を約束して、ハイヤーに乗せた。萩乃は、謎だらけの堅太郎に戸惑いながらも、芯から燃え上がった高熱は下がりそうもなかった。このままハイヤーで実家がある名古屋まで行くわ！　と、淋しそうに手を振って去って行った。

堅太郎の顔ががらりと変わった。全ての欲望をかなぐり捨て、見えない神々の元に回帰する、霊体の兵達を統御《とうぎょ》する顔付きだった。堅太郎は茶室に入って、一人お手前で濃茶を飲み、文机の上で、茶室に不似合いなノートパソコンを開いた。

『兄上、最後の祭りの舞台が決まりました。伊豆高原の世阿弥荘です。お上とやくざの両方の敵を掻い潜って、獲物を仕留める事となります。黒衣の兵隊も手配しました。主役の連絡を待ちます。正確な日時はもう一度確かめますが、一月七日と思って下さい。六日間しかありません。場所と地図の詳細は今日中に送ります』

堅太郎はそれだけのメールを弦蔵に送ると、地下の隠し部屋に下りて行き、武器庫の扉を開けた。棚には、コルトの４５口径が一挺とリボルバーのスミス＆ウエッソン４４口径が一挺。これらはありふれた拳銃だが、それでも日本で手に入れようとすると結構難しいのだ。

堅太郎が取っておきの銃は、１９４３年にイギリスで開発された消音ライフル、デ・リーズルカービンだった。空挺部隊用に銃床を折り畳み式金属ストック付に改造されたタイプが、メーカーで１０６挺だけ造られていた。ベトナム戦争でも、アメリカ軍がこのデ・リーズルの消音性能の良さと、その為にリスクが最小限である事に注目して試作しているのだ。

堅太郎はこのカービン銃を、十五発入りの弾倉五箱と一緒に、ベトナム戦争に従軍したナバホ族の酋長から譲り受けたのだった。

勿論、国内に運び込むのに、同族出身の外交官にその特権を裏から利用させて貰った。

山奥での試射は何回かしたが、確かに素晴らしい性能だった。射程も２５０Ｍまでは正確に射撃が可能であり、ちょいとした雑踏の中なら殆ど銃の発射音と認められないほどの低音だった。

この銃を兄上に使って欲しかったが、頑として、三十年式歩兵銃にこだわり続けている。

最後の祭りも『辰巳銃』で片を付けるつもりなのは確かであろう。

堅太郎は武器庫から取り出した銃を地下室でじっと肩にあてがったまま、見えない敵に照準を合わせた。頭の中はフル回転していた。まずは世阿弥荘の地取りから始め、出入り業者を至急に調べたかった。

鬼童が率いる黒衣部隊が伊豆高原に着くのは五時という事だった。

堅太郎は別荘の私道をベンツで下り、１３５号線を伊豆高原に向かった。昔からの友人である漁師の親方に会う為であった。

この男、海の中から生まれてきたような、根っからの漁師だった。十艘ほどの漁船を持っているが、その数に見合う魚がこの相模灘では捕れなくなって久しい。それでもこの三代目の親方は、地元の漁師達を束ね、よく面倒を見ていた。

　近場の漁師達は、魚市場に大量に卸すほどの水揚げがないので、親方は海辺の自然洞窟の中に漁師小屋のような居酒屋を造り、地魚を選りすぐって仕入れ、知る人ぞ知る穴場としていたのだ。

　堅太郎の職業は食料品の卸し業で、海産物の輸入を手がけている事になっていた。名前は坪川浩、四二歳、独身だった。

　正月は特に元旦からお得意客だけに店を開けてくれているのだ。親方は、正月もお盆も変わらない鉢巻姿で同じ挨拶を送ってきた。

『よっ！　今日は平目と伊勢海老、金目も脂が乗ってるよ！』

　毎度の事だが、三、四人で行っても、びっくりするほどの大皿に、伊勢海老や黒鯛、鮑などの生き造りがどーんと出てくるのだ。赤坂辺りの料亭で食べたら、一皿だけでも十万もしそうな盛り付けを、酒も飲み放題で、伊勢海老の味噌汁、鯛の潮汁、美味い塩辛で飯を食い、二、三万しか取らない親方だった。

　堅太郎は、何十トンもありそうな火山岩が剥き出しになっている壁の座敷の奥に陣取った。

『後から、若いもんが、二人ほど来ます』

『あいよ！　焼酎は芋かい？　それとも麦かい？』

『ウーロンで割るから、麦を一本持ってきて下さい』

『あいよ！　おーい、麦とウーロンを一本持ってきな！』

　親方は船の上で怒鳴る声とまったく同じトーンで調理場に向かって怒鳴り、自分は堅太郎の前にデンと座った。

　女将が当たり前のように、麦焼酎の一升瓶を堅太郎の横にドスンと置き、氷と一・五リットル入りのウーロン茶のボトルと大きなグラスを二つ、テーブルの上に無造作に並べた。

『いつも女っ気無しだね、坪井さんは――たまにはいい子を連れてきな。沢山いるんだろう？』

女将は陽には焼けているが、よく見るとなかなかの美人なのだ。ただ自分でそれに気付いていないところがまたいい味だった。

『女どころじゃないんですよ、忙し過ぎて』

『忙しさの合間を縫って女遊びをするのが、男の甲斐性ってもんだよ！』

女将は二つのグラスに情け容赦なく焼酎を注ぎ、ウーロン茶を申し訳程度に垂らすと、豪快に氷を回し、堅太郎と親方の前にドンと置いた。

『さっ！　一気におやり、今年の呑み初めだよ！』

『はあ、まいったなあ……』

『何言ってるんだい！　若いくせして！』

『そうだ！　じゃー乾杯！』親方のドラ声に釣られて堅太郎も一気に焼酎を飲み干した。

『ホーイ、船出だア！　おめでとうさん！』

『おめでとうございます！　本年もよろしく！』

『あいよ！』

『すぐに刺身を運ぶからね』と、女将は調理場に下がって行った。

堅太郎の血管に白神山地の血が沸き立った。

『夜のイカ釣りはまだやってるんですか？』

『ああ、やってるよ、山から漁火《いさり》が見えるだろう』

『ええ――一度、若いもんがやってみたいって、この正月に七、八名、伊豆に集まるんです。勿論、昼の釣りもやりたがってるんですが――』

『かまわねえよ、船を出すのはたやすい事だ。ただ寒いぜ』

『それはかまいません。冬の海に落ちても死にそうもない奴らばかりですから―』

『道具は貸すけど、人手が足りねぇんだ。船を操れる奴はいるかい？』

『ええ、元漁師もいますから』

『へえ、腕が良ければうちで雇うぜ』

『いえ、最近は丘釣りに夢中になっていやがって』

『だろうな、今時の若いもんはなかなか漁師は勤まらねえ。それに、たいした収入にもならんしな』

『でも随分忙しそうですね』

『まあ、たいしたことはねぇけど、「世阿弥荘」に上客が集まるそうなんだ。なんでも、夜、薪を焚いて、お能を舞うらしいんだ。客だけでなく、その踊りを舞う連中も、なんとか流と言って、結構うるさいという話だ』親方は自分で焼酎を注ぎながら、まったく気が知れねえっていう顔で、鼻をすすった。

『急な話なんですか？』

『そう、先月の十日過ぎに、お偉い大臣秘書からの要請で、他の客を何組か断ったらしいぜ。うちは魚を全面的に入れるんだが、結構、品揃えが大変でな……「世阿弥荘」じゃもっと大変だろう。なんでも警視庁まで内密に下調べに来たそうだから――』

『伊東署じゃなくて、警視庁ですか？』

『そう、相当なお偉さんがお忍びで来るんじゃねえか。花揃えから、舞台の手入れ、仲居の増強、何処も正月は忙しいからな、そうそう人手が余っている訳じゃねえしな……「世阿弥荘」は緊張してるぜ』親方は二杯目の焼酎を飲み干した。

『こちらですよ』女将がまだぴくぴく動く平目と伊勢海老の大皿を運びながら、鬼童と衣川を案内してきた。

『遅くなりました』鬼童と衣川はキチッと親方にも挨拶をして、堅太郎の前に正座した。

『いい若い衆だ！　じゃ、ごゆっくり』と親方は立ち上がった。

『船の件はいつでもいいよ、漁師は足りねえが、船は余ってるんだ』

『ありがとうございます、キチッとお礼はさせて貰いますから』堅太郎は丁寧に頭を下げた。

『気を使わんでいいよ』親方は調理場に去って行った。

料理が運ばれ、ひと通り落ち着いたところで、鬼童の片腕である衣川が口を開いた。

『八名は周辺の地取りと情報集めに散りました』

『うん』

堅太郎はしっかり二人を見詰めた。

戦国の忍びが洞窟で密談しているようであった。

二十六

一月五日、弦蔵は伊豆大島の差木地港にその姿を現した。最近、相模灘一帯から伊豆七島にかけて魚が激減している。収益も三割は落ち込んでいる状態だった。

この時期はキンメは勿論だが、ノドクロといってカサゴの一種やアコウ鯛を狙い、夜間は、槍イカ、スルメイカの漁だが、現実は漁師としての本業より、釣り客の捌きとその収入に頼っているところが多分にあった。

弦蔵は五日間ぶっ通しで、一番大きなエンジンを積んでいる漁船を借り切ったのだ。地元の漁師にとって、中古の小型船なら一艘買える金額を支払った。弦蔵は予め漁港の組合に、東京の精神科の医者を名乗り、鬱病の治療の一環として協力していただきたい、と、電話を入れたのだ。前金で支払いもするし、もしこの方法が適切だという結果が出たら、定期的に鬱病治療に使わせていただく、と、病院名も名乗った。

しかし今は、あくまでも私個人の試みなので、何か不都合が生じたらこの携帯に電話下さい、船を借りる北川さん本人は、元々、自分のクルーザーを持っていた人なので、船の扱いはプロ並みです、と丁寧に頼み込んだのだった。

『お客さん、本当に一人で大丈夫かね。昼間からぶっ通しで、夜間のイカ釣りまでとは長過ぎねぇかい?』

艫綱《ともずな》を引きながら、潮焼けで裏表が判らないような、年齢不詳の漁師が真面目に心配した。

弦蔵は、かつてのアメリカ映画に出てくる素朴な水兵が担いだような、大きなずた袋を船に運び込みながら、現世の顔とは思えないような怖い顔で、黙って頷いた。

漁師は半分身を引きながらも、親切に言葉を投げかけた。

『イカ釣り用のイカズノは三つもあればいいだろう。後、竿と餌はしっかり揃っているから大丈夫だが、漁火は発電機を使うんだからな！　探知機の使い方も判ってるよな?』

弦蔵は、無愛想に頷いただけだった。

「やっぱり病気だ……」人を疑った事の無い漁師は、口を利かない弦蔵を勝手に理解した。

弦蔵はエンジンに点火し、漁船の舵をしっかり操り、振り返る事も無く船出した。

漁師は船を見送りながら呟いた。

「船の操縦は確かだが、後はテメエの操縦を勉強しな！」

深い皺の中にのめり込んだ漁師の瞳は澄んでいた。

大島から伊豆半島までは、漁船のエンジンでも二時間もあれば、楽に行き着く距離なのだ。

弦蔵は双眼鏡を取り出し、伊豆半島沖に浮かぶ釣り船の数を勘定しながら、真っ直ぐ伊豆高原の海岸を目指した。


リアス式海岸は、波に斬り込まれ、聳え立つ岩が様々な形を創り出し、滑らかな岩盤の屏風を背景に、海にそそり立つ墓石の群れであったり、剣《つるぎ》のような塔の乱立だったりしている。崖の上には、土も無い岩場にがっちりと見事な松が根を張って、身を乗り出すように枝を広げていた。

キラキラと冬の陽射しを浴びる海岸線は、神々が精魂込めて描き出した山水画のように、天然の画廊にパノラマとなって並んでいた。

弦蔵は岸から三百メートルほど離れたポイントに碇を下ろし、船を止めた。一応、釣竿は二本ほど海に垂らし、後は運転席でノートパソコンを開いた。パソコンの画面に繊細な地図が送られてきてあった。弦蔵は地図と海岸線を見比べながら、丹念に「世阿弥荘」の地図を見詰めた。

国立公園の森の中に建てられた「世阿弥荘」の庭は、岩が切り立つ海岸線まで広がっており、海と森を織り込んだ借景と、贅沢の限りを尽くした造園であった。

森の中の「世阿弥荘」自体の敷地は二千坪ほどであろうが、国立公園の森の中にある為、何処から何処までが「世阿弥荘」の敷地だか判然としていなかった。

弦蔵は碇を上げ、ゆっくり海岸線に沿って船を流した。簡単に登れそうな岩場は見つからなかった。

しかし、弦蔵の獣のような視線は、リアス式海岸をレーザー光線で射抜くように注がれていた。

冬の陽射しはあっという間にその明るさが衰え、海が淋しげにうねりだし、灰色から菫色に変化し、あてどもなく沈み込んで行くようであった。

何処からともなく、一艘の漁船が弦蔵の船に近付いて来た。舳先に堅太郎が立っていた。

堅太郎は自分の船を静かに弦蔵の船に寄り添わせると、ひょいと弦蔵の船に飛び乗って来た。

弦蔵と堅太郎が二人っきりで会ったのは、何年ぶりであろうか？

しばし二人は船上で見詰め合ったまま、言葉が出なかった。

現世では血の繋がりは無いが、前世からの長い縁が続いていたような二人だった。親子でもなく兄弟でもなく、もっと深く命を賭け合った前世の因縁を感じていた。

まさに無条件で互いを許し合える二人なのだ。

二人は最後の祭りの打ち合わせと、二人にしか通じない深い語らいに入った。


ちょうどその頃、黒澤警部は舟木巡査長と三友刑事を連れ、「世阿弥荘」の庭園を見回り、海岸線まで出ていた。

『警部、気をつけて下さい！　そこから先は断崖絶壁ですから』舟木は黒澤の足元を懐中電灯で照らした。

『大丈夫だ。ちゃんと柵がある』黒澤は茂みの間から相模灘を覗き込んだ。

『あれが漁火という奴か……結構数が出てるなあ。何獲ってんだ？』

『スルメイカです』釣り好きの三友が、馬鹿か！　という顔で答えた。

『イカか……そう言えば、昔はよく齧ったな。スルメを焼いて、コップ酒……近頃は餓鬼共の歯がスルメを齧れなくなったのか、あまり見ないな』黒澤は柵を越え、なお断崖を覗き込もうとした。

『ちょっと、警部！　いい加減にして下さい！　昼間散々見たじゃありませんか！』舟木が慌てて柵を越え黒澤の腕を押さえた。

『いや、すまん――』

舟木も恐る恐る、暗い絶壁を覗き込んだ。

『こんな絶壁を老人が上がって来られる訳もないし、第一、船を着ける場所がありません、まだ調べたかったら、明日明るい時にして下さい』

黒澤は舟木に腕を取られながら柵の内側に戻り、もう一度暗い海に視線を送った。

『しかし、薪能は夜だからな……』

『勿論、その体制は敷いています。日高警視も内密に十名の私服を連れて張り込んでいますし、我々、潜伏隊が八名、当日は135号線から「世阿弥荘」に侵入するルートは全て押さえます』

『警部、どうして、地元警察にも協力させないんです？』三友が素朴な疑問を発した。

今度は舟木が馬鹿かという顔で三友に答えた。

『あのナァ、まだお前は判ってないようだけど、これは囮捜査だ。俺達は全国区で立候補してる訳じゃないんだぞ！　捜査内容はできるだけ知られたくないんだ！』

黒澤がすまなさそうに追加説明した。

『本当のところを言うとな、三友。上には知らせてないんだ。日高警視と、この俺が、独断でこんな体制を敷いたんだ』

『コワイなあ』三友は悪餓鬼に巻き込まれた、優等生みたいな顔をした。

『心配するな、表向きはあくまでも通常捜査だ。それに万が一の時は、俺と日高警視が責任を取る』

黒澤は森の中を引き返し、真新しい桂垣に囲われた「世阿弥荘」の中央庭園に、足を踏み入れた。

『それより警部。松岡組のデコスケ共に、あまりチョロチョロされたくありませんね』

舟木の心配は無理も無かった。極秘で「幻」を追っているのに、代紋背負ったオアニイさん達に目立って動いて貰いたくないのは当然だった。

生い茂る木々の間から見える中央庭園は、煌々と照明灯に照らし出され、別世界のように浮き上がっていた。

黒澤は舟木の声に半分耳を傾けながら、広い芝生に船着場のように突き出た三間四方の能舞台を見ていた。舞台の左手奥の揚幕から橋掛かりという、五、六メートルの廊下を、若い衆が一心に磨いていた。冥界の幕を上げ、演者であるシテが、静々とこの世に向かって滑り出す道なのだ。

しかし黒澤には、縁側から広い芝生の庭に突き出た能舞台そのものが、あの世とこの世の船の発着場のように見えた。

『松岡組のデコスケ共は、表向きは太陽鉱業の社員として、ドン・音無に付いて来るんだ。正面切って取り締る訳にもいかんだろうー』

黒澤は池に架かる橋石を用心深く渡り、三連打ちの飛び石をきっちり踏んで、芝生の庭に降りた。舞台を磨く半被《はっぴ》の若い衆は、刑事達に目もくれなかった。

黒澤は舞台を背景にして、贅を凝らした庭園を振り返った。池の右奥に見事な滝石組が立ち上がっていた。水が流れていないのに、「景石」の積み上げ方によって、いかにも水が流れ落ちているように見えた。確かこれを、枯滝石組と呼んでいるはずだった。西芳寺の枯滝石組が有名であるが、実際に水が流れても見事な風情を醸し出すそうだ。

池の正面には、逆さ富士ではなく、逆さ松が映るように、八層に重なる見事な松ノ木が、生きたまま能舞台の背景となっていた。

黒澤はフッと現実離れした考えに落ち込んだ。

能楽堂の鏡板に描かれた「松」は、生命力の象徴であるが、あの世の者が一時、姿を現す拠り所の木なのだ。即ち、『あの世とこの世の境に立つ木』なのである。

能のシテ（主役）は、殆どあの世の霊体が姿を変えて登場して、物狂い、悲しみ、愛おしみ、鬼と化し、何かを訴え、成仏を願う物語が多かった。

黒澤は「幻」を追えば追うほど、もう一人の自分——読書の世界にのめり込んでいる半分の「ゾルバ」が「幻」と共に宙を飛んでしまうのだった。

殺し屋は現実に存在しているのだろうか？

照明に照らされ、野外に突き出た空の能舞台は、その先がやはり幻の海に繋がっているようだった。

新年の薪能の演目はまだ聞いていなかった。

二十七

その日は快晴だった。

大島も新島も式根島も、全ての伊豆七島は海の上にしっかりとその姿を現し、互いに見えない注連縄で繋がり、新年を寿《ことほ》いでいた。

午後三時頃から、運転手付のリムジンが１３５号線から「世阿弥荘」を目指して、次々と国立公園の整備された砂利道に入ってきた。

アスベスト協会副会長、長谷川一朗、専務理事の小早川仁志、伊谷商事専務、武井久司……。

玄関前に半被姿で迎える、若い衆達。玄関内で正座して向かえる、「世阿弥荘」の女将と番頭。物静かに案内する、仲居達。

特別室にはそれぞれ能の題名が付いている。「高砂」「鶴亀」「翁」「大和舞」「羽衣」、等、各部屋の前には、小さいながら趣向を凝らした個性的な日本庭園が造られていた。

順次、お偉方達は部屋に納まって行った。

最後に、ドン・音無が警視庁仕立てのリムジンに乗って、国立公園の砂利道に浸入して来た。

ひょいひょいと松岡組の若い衆が木陰から顔を出し、そのリムジンを見詰めた。リムジンの後からも、護衛の車が付いていた。まるでイラクの高官の如くの戦時体制だった。

国立公園の森では「縄文」の忍者達は、その影すら感じさせなかった。

お偉方が風呂から上がる頃、シャトルバスに乗った綺麗どころが十名ほど、「世阿弥荘」の玄関に降り立った。

玄関先が一時、芸子衆の色っぽい身のこなしで華やいだ。

その後を追うようにして、ハイヤーが一台到着し、若い女の子が三人降りた。中心には、乃木坂の梨香がブランドずくめで立っていた。後の二人はカモフラージュとして、連れてこられた梨香の友達に違いなかった。

若い子達は「世阿弥荘」には不似合いな華やかさを振りまきながらも、ぎこちない足取りで、臨時雇いの仲居に案内されて奥の廊下を進んで行った。

その仲居は間違いなく、「縄文」から派遣された、くノ一だった。

小柄な下足番のお爺さんに指図されながら履物を整理していたのは、「縄文の」衣川である。

「縄文」は短時間でしっかり「世阿弥荘」に入り込んでいたのだ。

新年の艶やかな宴会が始まっていた。広間に集まったお偉方の前に、新橋から呼んだ芸者衆がしなやかにお銚子を捌き、返杯を繰り返しながら交代でお偉方に酌をして回った。

腹黒き紳士達の洗練されたジョークに、抑制された笑い声、芸者衆の適度なお色気——遊び慣れたつわもの達が弱ったセクスを隠し、腹に一物、背中に荷物——。

紳士同士は視線を合わせなかった。

一段落したところで、会長の挨拶となった。ドン・音無は微かに酒が回った顔をほころばせ、自分がますます大物になった気分で正面の席で立ち上がった。

『えーまずは、明けましておめでとうございます。去年は厳しい年でしたし、今年もまた風当たりは一層強くなると思いますが、ここは一つ、一致団結して、この業界を守り抜いて行きたいと思っております。

今日は、この後、庭先で薪能を見る事になっておりますので、新しい年を寿ぐ意味で、爽やかな年の初めにしたいと思っております。えー演目ですが……、「翁」と「葛城《かぶらぎ》」だそうです。「翁」は観世宗家の一年の舞い初めの出し物でして、神聖なる曲だという事です……。

えー「葛城」の方は、何でも、役行者という凄い方と、女神のロマン、そして、テーマは真っ白な「雪」、穢れ無き厳しさだそうです。

この伊豆の島に、大昔、役行者が島流しになったという伝説もあるので、この出し物を選んだのではないかと思われますが、まあ、そのへんは適当に解釈して下さい。ただ、この「翁」の方は、シテを演ずる能役者は数日前から身を清め、食事も制限され、年の舞い初めに挑むそうですから、見ごたえがあると思います。

まあ、付け焼き刃ですが、この辺で勘弁していただきましょう』

静かな拍手を受けて、ドンは得意げに皆を見回し、席に着いた。

『オーさん素敵ね、能ある鷹は爪を隠すって本当ね！』芸者の一人が膝を進め、ドンにお酌した。

『何、爪が伸び過ぎてナ、今朝方切ったばかりだ』

『いいわ、爪を立てられるより……』芸者は色っぽく斜め下からドンの顔を見上げた。全ての贅沢に慣れきった顔だった。

野外に張り出した能舞台が、四方から勢いよく燃え上がる篝火《かがりび》に、幻想的に照らし出された。庭の霊気が暖められ、池の水に篝火が反射し、松と篝火が池の中でちらちら重なるように揺れ映り、庭全体が幽玄の世界に包まれて行った。

鼓の試し打ち、笛の音の調整、能楽師が席に着き、「翁」独特の重く神聖な曲が始まった。客達はドン・音無を中心に、一段上の座敷に行儀良く座り、八層の生きた松を背景にした、黒光りする舞台を見下ろした。

二十八

弦蔵は漁船を岸から二百メートルほど離れた位置に停泊させていた。潮の流れは南潮といって、下田方面に流れている。弦蔵は上陸地点と潮の流れを計算して、突き出した岩盤の北側に船を停泊させた。そこからだったら、上陸地点から船が見えない利点もあった。

まず弦蔵は、甲板の片隅に置いてある、漁火用の発電機を回転させた。五キロワットまでの規制の範囲で二キロの白熱灯二つと、一キロの白熱灯一つに灯りを入れた。船の中央に立つ柱にバランス良くぶら下がった白熱灯は、底知れない夜の海をスポットライトのように照らし出し、海の踊り子達の登場を待った。勿論、槍イカを獲るつもりはない。

弦蔵は手際よく、着ていた厚いヤッケを脱ぎ、セーターとズボンを脱いだ。堅太郎に用意させた、アクアラング用のウエットスーツの内側にパウダーを叩き込み、裸の体を滑り込ませた。

二日前に、堅太郎に夜の海で特訓を受けたアクアラングの装備を、一つずつ確認しながら身に付けて行った。

弦蔵は、完全防水のゴム袋に収まって息を潜めている「辰巳銃」を取り上げ、すまなそうに担ぐと、水中灯を片手に持って、迷う事もなく海の中に飛び込んだ。

頭上で漁火がゆらゆら揺れていた。一旦暗黒の海底に沈み、方角を定めると、岸に向かって泳ぎ出した。絶え間なく打ち付ける波に翻弄されながら、弦蔵はなんとか岩場に辿り着き、岩石だらけの岸辺に這い上がった。

装備を外し、水中灯で断崖をなぞって行くと、堅太郎が予め打ち込んだ、ハーケンとロープが一本、岩の屏風に垂れ下がっていた。鍛え抜かれた肉体とはいえ、六十歳の肉体にとって、四、五十メートルはある絶壁を登るのはさすがに堪えた。

ようやく辿り着いた岩場に手を掛け、茂みの中から、庭園に続く森の様子を窺った。

フッと気配を感じ、右手の闇を見詰めると、同じように黒いウエットスーツを身に纏った男が、森の中をよぎった。誰かが後を追っている。一人ではない！

声もなく後を追う二人の男が視界から消えると、今度は左手奥の闇から、やはりウエットスーツを着た男が飛び出してきた。

その男は弦蔵の目の前の松ノ木に身を隠すとしばらく様子を窺い、ガサッと微かな音を出し、右手の闇に走り込んだ。数秒もしないうちに、三人の男達がその影を追って行った。

後はシンと静まり返り、黒い木々が息を潜めて闇の中に立っているだけとなった。

弦蔵は迷う事なく中央突破し、庭園を囲む桂垣まで一気に走り、垣根の内側に飛び込んだ。

百メートル程先の庭が篝火に燃え立ち、鼓と笛の曲が天に響いていた。

弦蔵は「辰巳銃」を背負い、匍匐《ほふく》前進で大きな松の裏側の茂みの中を左回りに這って行った。「景石」を積み上げた石組の滝と自然石の間に、辛うじて体を滑り込ませ、「辰巳銃」を背中から体を捻るようにして手元に引き寄せた。

片目ほどの石の隙間から能舞台を覗くと、生き物の如く燃え上がる炎に照らされ、白い翁が両袖を広げ、不思議な舞を踊り舞台から消えると、今度は黒い翁が激しい身振りで鈴を鳴らし、舞台に飛び出してきた。

一段上の奥座敷に、面々は座っている。ドン・音無は中央で、殿様の如く鷹揚に構えていた。

何故かこの世の風景が絵本の一頁のように見えていた。


鬼童はウエットスーツ姿で、サッカー競技に興じるが如くに信じられないスピードで追っ手を翻弄していた。

鬼童の指令で、もう一人「縄文」の忍びがウエットスーツで競技に参加していた。警視庁の潜伏隊の三人の追っ手は、闇のフィールドで敵の選手を見失った。無線で仲間と位置の確認をとっていたが、ホシはその無線すら傍受しているようだった。

松岡組の若い衆も、殺し屋を見つけた！　と、勢い込んで追ったが、敵は時代を錯覚させるような黒装束で、木々の中、闇に紛れて伊賀の忍びの如く消えて行ったのだ。

しかし、動かない男が三人いた。

黒澤警部は能舞台の左端で、じっと、殺し屋を待っていた。篝火の後ろの「沓《くつ》脱ぎ石」に座って、能舞台で舞う役者の足元から、庭の前面を見詰めていた。

しかし、刑事達の無線のやり取りがイヤホンの中で飛び交い、思わず腰を上げたくなるほど落ち着かなかった。

堅太郎は、弦蔵が登ったロープから百メートルほど離れたヤマモモの大木の中に座っていた。仲間の脱出を助ける為であった。ロープも三本、絶壁に垂らしておいた。手元には、サイレンサーを仕込んだデ・リーズルカービンを抱えていた。勿論、暗視スコープも装着してあった。

もう一人、番外の男がいた。岸本組の関東代表代行、満田健だった。満田はたった一人で「縄文」の動きを追っていたのだ。満田が陣を取っている場所は、堅太郎のヤマモモの大木から、南へ百五十メートル程離れた茂みの中だった。この茂みを選んだのは、「世阿弥荘」の敷地と国立公園の敷地を区分けするように伸びている細い遊歩道に目を付けたからだった。車ではなく徒歩で「世阿弥荘」の敷地に侵入するとしたら、この遊歩道がカーブしたまま、茂みの中で曖昧に途切れているこの位置が、絶好な場所だと睨んだからだった。

森全体が硬直状態で数分過ぎた。警察無線だけがひっきりなしに飛び交っていた。

鬼童が遊歩道沿いの茂みの中を、海中を泳ぐように、気配を消したまま移動して来た。

ヤマモモの大木を目指していたのであろう、合言葉もなかった！　満田と鬼童がいきなり闇の中で縺れた！

凄まじい満田の回し蹴りが鬼童の顎を捉えたかと思った瞬間、鬼童のしなやかな手首が返ってその足首を掴むと、捻じりざま、自分から地面に回転した。満田の巨体がもんどりを打って、宙に飛んだ。

二人とも、ルールを無視したプロの動きだった。相手の命に微塵の考慮も払わない非情な攻撃の仕方だった。

無言の闘いが数十秒続いた。満田の肘打ちが鬼童の顔面を捉えた、頬の骨が、ギシッと鳴った、同時に鬼童の関節技が満田の左肩を外していた。だらっと垂れた自分の左腕を無視して、満田は右手で拳銃を抜いていた。

『鬼童さんよ、ややこしい事をしてくれるじゃねえか。裏社会に震度七の揺れが起こるぜ！』

『とりあえず、俺を殺せ。それで、今夜の件は先送りだ！』

鬼童は左頬に軽く手をやりながら、囁いた。

『判った、しかしハジキの音はお互いまずいだろう。その先の断崖を飛び降りて貰おうか』

『いいだろう』

二人は対峙したまま、闇の中を断崖の方に移動した。

鬼童は死ぬ事になんの恐怖も持っていなかった。代々霊界との交信が、熊野の森の中で無国籍者として養われていたからなのか？　国籍は天にある！　と、幼い頃から、神々の空間に漂っていたせいなのか、自分でも理解していなかった。鬼童はなんの躊躇もなく、断崖に向かった。

ヤマモモの大木の中で、堅太郎は暗視スコープを通して、百五十メートル先に立つ満田のテンプルに銃の焦点を合わせていた。

遊歩道の奥から、幾つかの懐中電灯の光が、チラチラせわしげに動いて来た。

断崖ぎりぎりに立った鬼童は、死ぬ事を別に喜んでいる訳ではなかった。ただ、この世のわずらわしさに対して、あまりにも誠実にリアルな反応をしてきた事に疲れてはいた。断崖から夜の海にカモメのように飛び立つのも悪くないー
漁火が呼んでいる……殺し屋の漁火なのか……透明な風が体の中を通り過ぎていく——満田が右手に拳銃を持ち、左肩を不自然に下げたまま、至近距離に近付いてきた。辛そうな満田を道連れにするか——その方がお互いにとっても、裏社会にとっても、一番良い解決法なのだ！

これだけの事を考え、感じていたのに、過ぎた時間は数秒だった。

時間ほど宛にならないものはない！　それなのに、人々は時間を信じている。みんな同じ時間を共有していると思い込んでいるのだ！　人間は、瞬間瞬間、それぞれ、違う時間と空間の交差の中で一瞬出会うだけなのに！

鬼童が撃たれる事を覚悟で満田の懐に飛び込もうと重心を落とした瞬間、髭を蓄えた満田のがっちりした顎が、ガクンとのけ反った！　銃撃の音はその後、響いたような気がした。

『撃ち取ったぞ！』ヤマモモの大木から、堅太郎の鋭い声が、静まった森に響き渡った。

鬼童は瞬時に高槻会長の意図を読み取った。追っ手を一箇所に集める為に叫んだ鶴の一声だった。鬼童の動きは素早かった。断崖ぎりぎりの茂みに飛び込み、ヤマモモの大木まで瞬時に近付き、堅太郎と共に、断崖のロープに取り付いた。

薪能の舞台は黒い翁が絶好調だった。三人の奏者が小鼓を見事な調和で叩き、一音一音の中に天と地の無限を響かせ、地謡が神々の合唱のように地鳴りとなり、三間四方の舞台が夢幻の空間から、異次元への広がりを創り出していた。

弦蔵の「辰巳銃」の筒先が冥界からの蛇口のように、石組の間から覗いていた。

黒澤の耳の中に「押さえたぞ！」「聞こえますか！　黒澤警部！」「いや、よく確かめろ！」雑多な声がイヤホンから響き渡ってきた。

黒澤は立ち上がり、桂垣の囲いを飛び出し、潜伏隊が騒ぎ立てている方角に走った。四方から張り込みの刑事ややくざが駆け付けて行った。

ピーッと、笛の一吹きが幽玄の空間を切り裂き、小鼓、大鼓がポーン、ポポーンと異次元の扉を叩いた！　黒い翁が宙を飛び、篝火が爆《は》ぜた！

ドン・音無の眉間が弾けた。

「アブラウンケンソワカ（これより後の世に生まれ、良い音を聞け！）」

「アブラウンケンソワカ!」弦蔵権現は、イタズを撃ち取った時のケボカイの神事を、石組の中で唱え、異次元の世界に消えた。

数分の後、弦蔵の体は漁火の下に浮かび上がった。

予め船腹に下ろしておいた足がかりから重い体をなんとか船上に持ち上げ、漁火を点けたまま、船を徐々に移動させ、大島に向かった。

第三章

一

黒澤が春蛇の密室に閉じこもって三日になる。ひな祭りの灯りが消えて、五日になる。

定年、二ヶ月前にして、二ヶ月の減給処分が下って、七日になる。

人生そのものが終わったような虚しさに沈んで、一ヶ月が経つ。

しかし、黒澤にとってはそんな事はどうでもよかった。

「幻」が消えた！　「幻」が消えた！　己を見失ったのだ！

黒澤には、はっきり判っていた。「幻」は二度と六・五ミリを弾《はじ》かないだろう、と……。

黒澤は自分自身の存在感が消え、腑抜けた心の底に響く鼓動の痛みだけを抱え、春蛇の穴倉に潜り込んだのだった。

春蛇は黒澤を菩薩の愛で包み込み、「南無地獄大菩薩！　南無地獄大菩薩」と、聞いた事もないお題目を唱え、比丘尼の姿に変身し、白い肌も露わにし、酒と水煙草にドラッグと、官能の全てを開示し、黒澤という一人の男を長い靴下を裏返しにするように、ぐるっと裏返しにしてしまった。

黒澤はハラワタが流れ出るかのように、全ての煩悩がどろどろと流れ出しているような錯覚に陥って行った。ただただ官能の中に無心に漂い、白蛇の赤い舌の囁きと森の香り、魔笛の音と七色のオーラ、黒澤は五感の全てを解放され、この世の地獄を忘れた。

夜は、「独房の花」から聞こえる、オカマの妖しげな声と客の笑い声。

昼は、壁の向こうから微かに聞こえる、娑婆地獄のざわめき。

春蛇は昼は一時も放れず、夜は夜で、客のあしらいの合間を縫って、黒澤が正気に戻るのを防ぐ為に、小まめに顔を出しては官能の火を消さなかった。

五日目の朝、新宿の街が辛うじて浅い眠りに入る、午前八時。黒澤はむっくり起き上がり、表に出た。

これから、生きようとしているのか、死のうとしているのか、それすら曖昧なまま、黒澤はビルの谷間を歩き出した。陽の光が半分欠けながら黒澤の背中に降り注いでいた。

しかし、歩き出してみると、気持ちはすっかり落ち着き、独りである事になんの不安もなくなっていた。この埃臭い娑婆にあっても、独りがすっきりしていた。

春蛇に感謝！　まだ歩ける、しかし、何処へ？

黒澤はラッシュアワーの山手線に乗った。押し合いへし合いする亡者達の中で、自分だけが生きているように感じ、かえって心苦しい思いがした。

五反田で地下鉄に乗り換えた。誰もいない馬込の家に帰ろうとしている。

しかし心の行き先が無い。

形ばかりの門柱を通り、玄関横のポストは新聞と広告ビラで溢れていた。黒澤はそれを無視して、玄関の扉の鍵を開けた。扉の間に挟まっていたメモ用紙がハラリと落ちた。書留速達の知らせだった。黒澤は見当も付かず、靴を脱ぐと真っ直ぐリビングに入り、郵便局に電話を入れた。

週に一回掃除を頼んであるので部屋は片付いているが、まるで生気がなかった。黒澤は台所に立ってコーヒーを入れ、書斎に入った。壁に取り付けた本棚に、読み漁った雑多な本がぎっしり詰まっている。

黒澤は自分の体型通りにへこんだ長椅子に横たわり、読んでしまった本の表紙の題名を眺めた。密かな楽しみだった。およそ、刑事には縁がなさそうな題名ばかりが並んでいる。

やはり疲れていたのだろう、地の果ての原野に、丸裸で置き去りにされたような孤独の中で、黒澤は長椅子と一体となって沈み込んで行った。暖房を入れたまま、ようやく見つけた小船に乗って、果てしない海原に流れ出るように眠ってしまった。

ゆったりとした海流に流され、小船はあてども無く漂い、流れていた。

死ぬって……こんな陽射しの下で、こんな海流に乗って……。死ぬって……深い深い孤独が暖かい……。

死ぬ時は、どんなに苦しくとも、一瞬ガバッと起き上がり、「ガ、ハッハ」と笑って死にたいものだ。

夢の中、死の天使が笑い掛け飛び交っていた。

黒澤は自分のいびきで目を覚ました。

チャイムが鳴っている。長椅子からギクシャク起き上がり、半分よろけながら玄関の扉を開けた。

『黒澤さん、速達書留です。ハンコウをお願いします』やはり定年を迎えたようなオヤジが封筒を突き出した。

『ああ、どうも、サインでいいですか?』

『フルネームでお願いします』バーコードの段だら髪のオヤジは、自らボールペンを取り出し、黒澤に手渡した。

定まらない手付きでサインをして、

『ご苦労様』と小声で呟き、扉を閉めた。手元に残った速達書留――何年もこんな封筒を受け取った事は無かった。

黒澤 隆 様

裏を返したら、幻人代理、不動嗣芳とサインしてあった。住所は練馬区上石神井三丁目六番、金谷ハイツ七号。

意味が判らなかった、いや、ただ混乱していた。

幻人――マボロシニン代理。

黒澤はリビングルームまで五、六歩の距離を、呆然と長い廊下を歩くように進み、震える手で鋏を掴んだ。テーブルの椅子を引いて、無意識に座り込み、封を切った。

『友よ！　かくて、六・五ミリは、死者達に痴呆な笑いをもたらした。笑いの仮面を付けた命が、悲しげに舞っている！（幻の死神）

私、代理人は、「幻」と共に、最後の巡礼を組み立てております。全部で十一人の修験者を集め、全長200キロの熊野大峯奥駈けに挑むつもりなのです。

十人目の招待客は黒澤警部、貴方です。お受けいただけますか？

そして、十一人目の「幻」が、集団の中に漂います。

ただ、警部が持っている写真はなんの役にも立ちません。全員、仮面を付けて参加する事になっております。

後日、仮面も送ります。

勿論、修験者の装束もこちらで用意いたします。また、仮面が万が一外れても、「幻」は絶えず仮面と共に脱皮しているので、見分ける事は不可能です。

十日間、ぶっ通しで大峯山脈の険しい山道を歩き、吉野から逆峰《ぎゃくぶ》で、熊野本宮に至り、小雲取越え、大雲取越えを経て、那智の滝まで、二百キロ以上歩き通す計画ですから、相当の御覚悟を持ってご参加下さい。さすれば、「幻」の本当の姿が貴方の前に現れるはずです。

これは、「幻」から、友情を込めた御招待です。誰にも告げず、独りで御参加下さい。

出発は四月十五日です。仔細は追って連絡いたします』

黒澤はじっと目を瞑ったまま、己に対して、長い沈黙に沈んだ。

そして、己の心の奥から微かに呼びかける声に耳を傾けた。

友よ、友よ。連れてってくれ！　この心の洞窟から連れ出してくれ！

黒澤は立ち上がり、部屋の中をぐるぐると歩き出した。

行こう！　行こう！　何処から来て、何処に行くか？　ではない！

ただ、行くのだ！　己のちゃちな真実も永遠も捨て、全てを託して、行くのだ！

黒澤は無意識にジョキングウエアに着替え、いつものコースである池上本門寺の境内に向かって走り出していた。正面の長い階段を二往復し、右にそれて、墓地の中に走り込んで行った。

墓は死者達の祭り日なのか――賑っていた。

六十歳を目の前にして、黒澤は始めて人生の門出に立ったような気分だった。

二

標高455メートルの吉野山の桜は、四月初旬から、「下千本《しもせんぼん》」、「中千本」、「上千本」、「奥千本」と、一ヶ月の期間を掛けて、順繰りに咲き上がって行くのである。

現実には、桜の原種である白山桜が三万本以上あると言われる。

その日、四月十五日の吉野山は――さくら、さくら、やよいの空は、見渡す限り、かすみか雲か、においぞいずる、であった。

高槻堅太郎が主催する「縄文の会、大峯奥駈」のグループは、吉野川・柳の渡しでの水行《すいぎょう》から始まった。

しかし全員ではなかった、黒澤は、顔半分を覆う烏天狗の仮面の下から参加者を数えたが、ちょうど十名、一名足りない——。

半月以上は自宅で被るように指示された烏天狗の仮面は、裏側に顔の皮膚にまったく違和感を感じさせないシリコンが張られ、表面はアクリルを加工した物だろうが、気持ちが悪いほど精巧にできており、黒澤の顔のサイズにあまりにぴったりとフィットするので、取り外しがかえって面倒になるくらいだった。視界も広いし、仮面自体は、ちょうど鼻の頭を覆う所で切断され、不思議なほど、汗の発汗まで自然だった。

全員、褌一つになり、吉野川の聖水の中で俗世の全ての縁を切り、社会的地位、職業、年齢、性別全てを脱ぎ捨て、山の修行に入る準備をしたのであった。

四月半ばとは言え、吉野川の水は氷のように冷たく、川から上がると、黒澤は慣れない手付きで、修験者の装束を震えながら身に付けた。綿の下着の上に鈴懸《すずかけ》と言って、修験道の入峰修行の法衣を着、野袴を穿いた。六波羅蜜を表した結袈裟を首に掛け、頭には頭巾《ときん》といって、無明から老死に至る苦悩を滅する、十二の仏教の基本思想の一つであり、大日如来の宝冠を表したものをくくりつけ、手と脛には、白地の手甲脚絆《てっこうきゃはん》をつけ、腰には引敷《ひっしき》という鹿革の尻当てをぶら下げた。これは文殊菩薩が獅子に乗って降臨した意があるが、実用として、岩場に腰掛けたりする時に役に立つのだ。

後、錫杖《しゃくじょう》——世の人々を悟りに導く知恵の杖であり、六道（地獄、餓鬼、畜生、修羅、人間、天）を苦しみながら輪廻している人々を悪い夢の中からその音で目覚めさせる短い杖を、ずた袋の中に入れた。

他に、最多角念珠《さいたかねんじゅ》と呼んでいる数珠は手の平に巻き込み、螺紐《かいのう》といって、岩場を登る時や危難の時に解いて使う用具を腰に巻き、そして六角の金剛丈を握り締めた。

足には白い地下足袋を履き、六角棒を突き、すくっと立ち上がると、身なりを整えたせいか、不思議と気持ちも整ってきた。

勿論、烏天狗の面は付けたままだった。

まず、最初に吉野川を見下ろす高台に登り、靡《なびき》七五、「柳の宿」の行者堂からスタートだった。

お堂の中に鎮座する役行者とその従者である、前鬼、後鬼の三対の石像に手を合わせた。

「柳の宿」靡七五番から熊野本宮靡一番まで逆に駆ける事を、「逆峰《ぎゃくぶ》」と言い、役行者は熊野から吉野に来たから、熊野から大峯を駆けるのを「順峰《じゅんぶ》」と言うのである。

どちらにしても、吉野川か熊野川のどちらかで禊《みそぎ》をし、熊野の神々に呼び込まれ、一度死して山に入り、自然の神々に命を洗い直され、生まれ変わるのが目的なのである。

とにもかくにも、歩き出した――。

先頭を切る者が誰なのか、「大宿《おおしゅく》」と呼ばれる総括者は誰なのか――。全員、烏天狗の仮面を被り、山伏の装束に身を固め、金剛杖を片手に、黙々と歩き出したのだった。

吉野川を木々の間から見下ろし、桜の満開の下、微かに汗を滲ませて、黒澤は不安を抱え、期待を込め、肩の高さほどある金剛杖を打ち鳴らしながら、慣れない足捌きで歩き続け、程なく、吉野神宮の参道に入った。

赤いタスキをかけた道中奉行が何人も手分けして、観光客を掻き分けながら我々に隊形を整えるように厳かに指示を与えた。

鳥居をくぐり、広い境内を粛々と歩き、拝殿の前に整列し、勤行した。

復活した神仏習合の妙なのであろう、神社の中で般若心経を合唱したのである。

この吉野神宮は、明治維新における国家戦略の暴挙により、天皇のみを神と仕立て直し、神仏分離令という浅薄な宗教観の下で建てられた物だが、祀られているのは皮肉な事に、神仏集合である密教の祈祷を、自ら熱心に行っていた後醍醐天皇である。

この吉野神宮が吉野丈六平、靡七四「丈六山」である。

靡七三の「吉野山」は花見客でごった返していた。勿論この連中は千本口からロープウエーですんなり上がってきた人々である。

黒門をくぐり、かなりな坂を登ると、奈良の大仏を造った時に余った胴で作られたと言われる「銅の鳥居」が聳え立っていた。重要文化財である。ここが、「発心門」——悟りに向かう出発点なのだ。

門は山上ヶ岳までに、「発心門」から始まり、「修行門」、「等覚門」、「妙覚門」の四門ある。

新客——即ち、初めて奥駆けに参加する初心者は、「銅門」の周囲三・三メートルの鳥居の大きな台座に乗って、「吉野なる、かねの鳥居に手を掛けて、弥陀の浄土に入るぞうれしき」と、一句ごと唱えながら、ぐるっと回る事が定められていた。

儀式ではあるが、山に入るに当たって、峰中修行は一旦死に、阿弥陀の浄土に入る事なのだ。それ故、仏に救っていただく為の、祈りである。

そして、厳しい大峯奥駆けの胎動を通して、蘇るのである。

「銅の鳥居」から二百メートル程登った所に、金峯山寺《きんぷせんじ》の仁王門が大峯山系から熊野に至る壮大な修験道の入口の門として立っている。

その向こうに、東大寺大仏殿に次ぐ、日本第二の木造建築である吉野山の蔵王堂が、圧倒する存在感で重厚な静けさを湛えていた。普段は拝観する事はできないが、この蔵王堂の本尊は、あの役行者が祈り出したと言われる金剛蔵王権現である。

かつて、役行者が金峯山で修行中、末法の世を救い、人間という生き物の暗闇に住む悪魔と対決し、降伏させるような仏の尊像を祈り願っていたところ……。初めに釈迦が現れ、次に千手観音と弥勒菩薩が現れたが、さらに、人間の業が織り成す末法の世に、強い衝撃を与える尊像を祈り続けたところ、磐石から青黒い忿怒《ふんぬ》相の金剛蔵王権現が湧き出したという……。この言い伝えは、千年以上の歳月を経ても脈々と語り継がれているのである。

この金剛蔵王権現は、神と仏が織り成す忿怒像であり、ただの仏の像から想像も付かないような、神仏合体の度肝を抜くような激しい像なのである。

蔵王堂に納まる三体の巨大な蔵王権現像は、向かって左が、五・九二メートル、中央が七・二八メートル、右側が六・一五メートル、それぞれ、弥勒菩薩、釈迦如来、千手観音が神としてその姿を忿怒の像として表しているのだ。

その三体は、巨大な青黒い体躯の背に真っ赤な炎を背負い、太く吊り上がった眉も、逆立つ髪も金色に輝き、牙を剥き、虎の毛皮の前垂れを付け、筋肉に盛り上がった左足で台地を踏ん張り、右足を高く上げ、その指先は怒りに反り返っており、左手は腰に刀印を結び、上げた右手に煩悩を打ち砕く密教法具の三鈷杵《さんこしょ》をむんずと握っているのである。

勿論これは、役小角という山岳修行者が人間社会を見詰め、人間が生み出す悪の様々と闘い、人間が自然を犯し続ける残酷さと、万物全ての生命に対する暴力と向き合った忿怒であり、人間そのものに潜む魔を降伏させようとした決意が、このような蔵王権現という形になったに違いないのだ。

しかし人間は、二一世紀の現在に至るまで……木々を燃やしエネルギーとし、古代文明を滅ぼし、石炭を見つけて黒煙を上げ、石油を見つけ地球そのものを燃やし続け、今、地球という自然の中に存在していない原子力エネルギーを造り出し、爆発させ、燃やし続け、その残骸が人間に害がなくなるまで一万年かかると言って、埋める場所を探しあぐねているのである。その人間文明の行き着く所が、三十年後には北極の氷がなくなり、南極の氷が薄くなり、地球の温暖化現象に伴い、人間の生存自体がはっきり否定されつつあるのだ。

人間は縄文の文化から外れ、自然との共生を進めず、弥生という、自然をねじ伏せ操る文明を押し進めた！

この人間の呪われた文明の発展は地球にとっては害虫の巨大化以外の何物でもなかった！

一万年前の縄文文化を人間が守っていれば良かったものを……最初の間違いを犯した時から、ちょうど原子力エネルギーの害が消えるのに一万年の歳月が掛かるのと同じ期間で、人間の生存の答えが出た事になるのだ！

しかし、地球という生命体は残るであろう。人間という最悪の害虫を殺して、身軽になったガイアは太陽系を軽やかに回るであろう……。

そういう意味で、役行者が聖なる水を生み出す山岳浄土を、一つの生命体と考えていた事も正しいのだ。

二一世紀の我々は、人類の一万年の旅路の終焉に立ち会おうとしているのだ！


その日、宿泊する喜蔵院に総勢十名の烏天狗の一行が入るに当たって、形式的ではあるが、山伏問答が突きつけられた。正式には採灯護摩《さいとうごま》といって、屋外に松の井桁を組み、檜の葉で覆った護摩壇の周りに修験者達が座り、立ち昇る煙の中で、大自然から湧き上がる神々の霊気を感じ、経を読み、礼を正すのだ。

そんな採灯護摩の火入れをする前に、法螺《ほら》貝を吹きながら訪れる旅の山伏の一団が、錫杖を振り、案内を乞うところから始まり、迎える修験者が厳しい質問に入り、山伏問答となるのである。多分に演劇的であり、それでいて、真髄を突く問答なのである。

例えば、

『そもそも山伏の二字、その儀は如何に。修験道の儀は如何に？』

『山伏とは真如法性《しんにょほっしょう》の山に入り、無明煩悩の敵を降伏する儀、修験道とは修行を積みてその験徳を顕す道にて候』

即ち、山そのものが曼荼羅であり、神仏そのものなのだ。その神々の中に深く入り、人間の心の汚れを洗い、人間が本来持っている、生きとし生けるものの根源的な知恵を授かり、超能力でもある霊力を養う！　という意味なのだ。

役行者の百年後に、最澄、空海がやはり山岳修行者から仏教の道を辿っているのだ。

東大寺で具足戒を受け、十九歳で国家公認の僧となった最澄は、あえて官立寺院を飛び出し、太古の昔から神々が集う比叡山に山岳修行者として籠もり、桓武天皇の庇護の下、天台法華宗を作り上げている。

一方、空海も、二十歳の頃から山林修行者の道を辿り、奈良の都から吉野、大峯山麓、高野山、さらに古里の四国を歩き、開眼して行ったのだ。勿論、吉野の山々では、役行者の影響も受けたであろう……空海の湧水伝説は至る所にある。

嵯峨天皇の庇護もあり、修禅の道場として、高野山を下賜《かし》され、神仏習合である、真言密教という曼荼羅の世界を完成したのだ。今も実践されている、比叡山の千日回峰も山岳修行そのものであろう。

日本人の本来の宗教心は、やはり出発点は神々と仏の集合であり、全ての神々を受け入れ、神が仏にすがり、仏が神にすがりながら、五穀豊穣、災害、厄病退散、祈願成立、あらゆる人間の願いを込め、その時々で、仏が浮かび上がったり、神が浮かび上がったりして来たのだ。

それを明治政府が神仏分離令、廃仏毀釈などという暴挙に出た為、日本人の本当の信仰心が消えてしまい、形骸だけになってしまったのである。

かつての東大寺の大仏の建立にしろ、鎌倉の大仏にしろ、当時の貧しい農民達の力で作り上げているのだ。それを考えた時、当時のＧＤＰと現在の経済力を比較してみて、当時の日本人にどれだけの深い信仰心があったか想像できるであろう。そして、大戦、終戦——心の荒廃は持って行く場所がない！

それでも形骸化したとは言え、日本人の心の奥底には、神仏集合の宗教心が残っているのだ。

新幹線が走る現代、神前結婚を行った男女が死ぬと、坊さんを呼び、お経を上げて貰い、戒名を付けていただき、あの世に旅立っているではないか。

ハワイの教会で結婚式を挙げ、子供が生まれると神社にお参りし、七・五・三は、やはり神社で祝って貰うであろう。

お正月には、神社に初参りしようが、お寺に初参りしようが、願っている事は同じなのだ。

この日本人のこだわりのない宗教感覚のおかげで、宗教がらみの殺し合いをしなくて済んで来たのだ。これは図らずも先達の深い知恵であったのであろう。

キリスト、イスラム、ユダヤ、他、一神教は他宗教を認めない為、その狭量さでどれだけ多くの人間を残酷に殺してきた事か。現在も進行形ではないか！

黒澤は奥駆けの初日に、既にカルチャーショックを受けていた。

宿坊の喜蔵院は吉野山の尾根道である表通りに立っている為、玄関から入ると、部屋へは階段を下りて行くようになっていた。これを吉野建といって、下の斜面に向かって建て増しをして行くからこの結果になったそうである。

十人のメンバーは装束を外し、仮面を取り去り、風呂に浸かった。

宿坊の浴衣を着て広間に集まった十人は、黙々と並べられた精進料理の膳の前に座り、ありがたく夕食を頂いた。

黒澤は横目でチラチラ、一同の顔を見渡し、「幻」らしき人物を捜したが、それらしき男はいなかった。三十代の若者が三人、四、五十代と見受けられる壮年が四人、既に六十はゆうに超していると思われる人物が二人……中でも、白髪を後ろに束ね、白い髭を顎に蓄えた老人は眼光も鋭く、枯れてはいるが引き締まった体躯は微塵の衰えも隙も見せない身のこなしだった。恐らく七十歳に手が届くであろう。

茄子の田楽、野草の天婦羅、胡麻豆腐、茶碗蒸し、吸い物、初日は御馳走が許されていた。

一同、音も立てずに食事が終わり、膳が下げられたところで、白髪の老人が初めて言葉を発した。

『明日から、本格的な奥駆けに入ります……今夜のようなありがたい夕食も、広いお風呂も今後期待しないで貰いたい。一日、一刻、一瞬たりといえども、気を抜くような事があると、山神様の谷間に落ちてしまう事を肝に銘じておいて貰いたい。

この奥駆けに当たって、初めての新客は六名ですが、よくよく、経験者の指導に従って間隔を空けず、同じペースで歩いていただきたい。生理的な用をするにも、荷物を目印に置き、同行者に声を掛けてから足すように。その遅れは、後詰《ごづめ》の指導者がキチッと待ってくれますから、心配は無用です。

一瞬の気の緩みで軽い捻挫を起こしても、山道では致命傷になりますから。互いに注意し、「六根清浄」に努めていただきたい。

私がこの一行の「大宿」を勤める、本宮孔明です。よろしく……それから、私の助手を勤め、皆さんを直接指導する、「縄文の会」の高槻堅太郎さんです』

高槻堅太郎が立ち上がって、一堂に頭を下げた。

『初めから勢い込むと、すぐ息切れしますから、無理をせずに、力を抜いた上で、緊張して下さい。初めて東京スタジアムでマウンドに立つ新人投手と同じです。肩の力を抜いて、集中して下さい。見物客はいませんが、命を託して山の神々の懐に入るのです。厳しくも神々が澄んだ目で我々を見続けています。

「縄文の会」からもう一人、皆さんの助けをする、鬼童君を紹介します』

鬼童は宿坊の浴衣を着ているが、道場で乱取り稽古に立ち上がったような敏捷さで、ひょいと立ち上がると、持ち前の甘いマスクに笑顔を湛え、

『よろしく！』と一声叫んでまた何も無かったように座った。

他の人達の紹介はなかった。意図的なのか、交流は自然に任せるのか、翌日の起床は三時、朝食は三時半、出立は四時である事を知らされ、それぞれ、部屋に引き上げた。

黒澤の部屋にはもう一人、黒澤と殆ど同世代と見受けられる男が一緒だった。

『はじめまして、私、堂本法林といいます。よろしく』

堂本は、お見事！　と、思わず叫びたくなるような、光り輝く頭を丁寧に下げ、にっこり笑った。何処かの禅宗のお寺に座っていれば、堂々たる住職という雰囲気だった。

『こちらこそ、よろしくお願いします』黒澤も丁寧に頭を下げた。

堂本は明日の事を考えたのであろう、口数も少なく、敷かれた布団に早速潜り込んでしまった。

黒澤にとって、夜の九時はまるで宵の口だった。夕食に付いた一本の缶ビールの他、酒も無く、とても眠るどころの話ではなかった。部屋に灰皿が無いところを見ると、禁煙は当然なのであろう……。活字中毒を満たす本の一冊も携帯を許されていなかった。

こんな風に濁り果てた心を丸裸にされ、酒も入らず、正気のまま、シンと静まり返った空間に放り出され、ポツンと、敷かれた布団の上に座る己が信じられなかった。時間が止まっている……。

仕方なく布団の中に身を潜め、天井を見上げた。過ぎし、己の軌跡は振り返りたくない、ただ明日からの道を想像してみるが、何も浮かばない、一秒が長い……。

思い浮かべまいと思えば思うほど、過去が走馬灯の如く浮かんでは消える。鳥肌が立つような恥ずかしい過去

の一瞬が、フラッシュカットの如く次から次へと浮かんでは消える……つらい、存在しているのが辛い！

思わず寝返りを打って横を向くと、微かな豆電球の下、ぼんやり照らし出された頭がもぞっと動き、不揃いの長い眉毛の下で光る目が黒澤の苛立った目を捉えた。

『眠れませんか？』堂本の声は、夜中の病室に現れた臨床医のようだった。

『ええ、時間帯のサイクルが違っていましてー、すぐ慣れると思いますが……』

黒澤は目を逸らしながら、また天井を見上げた。

『正気のまま眠るって、結構大変なんですよ、皆さん毎日当たり前のように眠ってはいますが、正気のまま眠る機会は少ないんです……』

『はあ……』

『昼間、活発に動いている時も、己の心を正気に保ち、正確に見詰めていませんから――』

『これも修行のうちですかね……』

『そう、明日から正気でいる事の修行です』

『起きている時も正気、寝る時も正気ですかー』

『それが一番難しいんです』

『そうですね、娑婆は狂気の連続ですから』

『今、眠れない事をありがたくいただきましょう』

『そう思えば眠れるかもしれませんね』

『おやすみー』堂本はくるっと背中を向けた。

三

起きた時に、外がまだ暗いという経験をしたのはいつの事だったか——。

朝の闇は暗闇ではない、何処か奥底に光を帯びている。

十人の烏天狗は先達の掛け声と同時に歩き出した。

人家が途切れ、車が走る道路は幾重にもカーブしながら登っているが、それとは関係なく、奥駆道はその南側を直登している。

黒澤は一ヶ月掛けて、熊野の資料を読み尽くし、現場検証をするが如き、刑事丸出しの目で、出合う風景をいちいち検証していた。

靡七二「水分神社《みくまり》」——厳かな本殿が三棟並んでいた。

「水分神社」が祀られた大元を考えると、かつて山上ヶ岳から金峯山に至る一帯は、大和の人々にとっては水源を抱える特別な聖地だったのだ。水はいつの時代でも生活の根源であり、命の源である。ダムを持たない、昔《むかし》人《びと》にとって、雨と川、それを創り出す大峯山麓は、命に直結していたのだ。従って、大和王朝の人々にとっても、この吉野の山は、水の聖であり、山の聖であり、直接的な信仰の対象になったのは当然であろう。

この吉野水分神社は既に、大宝二年（七〇二）の記録に、『延喜式』の祈雨神祭八五座にも含まれている古社名でもあるのだ。水源の水をいかに分配し、その流れをいかに司うるかを担う神なのである。

役行者は、その水分神《みくまりのかみ》に晴雨、止雨を祈り、統御する力があったのだ。

その上、役行者は、この金峯山一帯で修行しながら、水銀、銅の採鉱の技術を持ち、当時としては奇跡を呼ぶ行者であったのだろう。

黒澤は二一世紀の文明を背負い、今、なんの切実さもなく、ただ、神社の建物が醸し出す荘厳さに手を合わせていた。

水分神社を後にすると、人家は絶え、杉の林道をただ黙々と登り、冷気を吹き飛ばし、汗も滲んだ頃、杉の木立を覆っていた暗闇が遠くから明けてきた。

ただの朝なのだが、夜から未明に、そして徐々に朝を迎える、この微妙な変化を黒澤は初めて意識した。大気の色も留まる事もなく、絶えず変化して行くのだ。

靡七一「金峯神社」。銅の鳥居の「発心門」から始まり、第二の「修業の門」をくぐり、いよいよ、本格的な修行入りという事なのであろう。吉野の山の地主神である金精明神を祀る本殿から下がった所に、有名な「義経隠《かくれ》塔」があり、新客の六名はその中に入るように指示された。

黒澤の他、五名の初心者は、訳も判らず塔の中に入ると、扉が閉められ、真っ暗闇の中、先達の命令通り、何やら歌ともお経ともつかない秘歌を歌わせられながら、堂内を巡った。

『吉野のなる、みやまの奥の隠塔、本来空《くう》の住処《すみか》なりけり、オン・アビラウンケン・ソワカ、南無神変《じんぺん》大菩薩』

何回か口移しで唱えていたが、黒澤は内心馬鹿らしい気持ちも手伝って、何か見えないか、チラチラ辺りを窺ってみたが、まるで光というものがこの世から消え去ったが如く、漆黒の闇だった。真の闇は己の存在感を脅かす。だんだん不安になってきた時、突然、お堂そのものが破裂したようなグァーンという物凄い鐘の大音響に腰を抜かしていた。

これは後で聞くと、「気抜け」の儀式というやつで、新客からあらゆる邪気を抜き去り、真っ白な状態で山に入れという事なのだそうだ。黒澤はただ驚き、腹も立ち、かえって邪気が増したようにしか思えなかった。歌舞伎町で女学生から「二万円でいいよ、おじさん」と言って、カッターナイフを突きつけられた時の方が気が抜けた。

婆婆の修行が凄いか、山の修行が凄いか、とっくり見せて貰おうじゃないか！

黒澤は婆婆っ気を丸出しにして、先達の後から歩き出した。

フッと、黒澤は立ち止まっていた。後ろから来る烏天狗が一名余分だった。

ドキッとして、改めて前を行く烏天狗を数えたら、自分を含め、きっかり十名いるではないか！　すると、後ろの一人はたった今、加わった事になる！

黒澤が呆然と立っていると、

『どうしました、黒澤さん』と後ろの烏天狗が黒澤に話しかけた。夕べ一緒だった、堂本光林に間違いなかった。つるっぱげの頭に大日如来の宝冠を表した山伏の頭巾を付けている。

『いえ、一名、新客が増えたんですか？』

『さあ—』堂本は黒澤に歩くように促しながら、足を速めた。

『義経隠塔に入った時は、新客は僕を入れて六名でした。後は、堂本さんを含めて、「大宿」の本宮さん、「縄文の会」の高槻さん、鬼童さんの四名の指導者を入れて、きっかり十人のはずが、今数えたら十一名になっていますよ！』

『ほう、義経が加わりましたか！　我々の中に紛れ込めば、頼朝の追っ手から逃げられそうですかな？』堂本はまるで気にも掛けない風情で、黒澤の遅れを取り戻させるように足を速めた。

靡七十は、「愛染の宿」という宿跡だった。

明治維新の廃仏毀釈までは吉野山の奥の院として栄えていたそうだ。平安時代末期頃までは吉野山の中心として栄え、かの西行もこの近くに庵を構えていたのだ。

林道は結構整備されていた。この辺りはかつて山伏が踏み固め、山を一つずつ越える古道があったのだ。古道には隠し道というのがその中に隠されていて、その石を辿れば、老人すら厳しい山道を歩き通せる仕組みになっていたそうだ。どんなに厳しくとも、道を歩くしか移動の手段がなかった先人の知恵なのであろう。そんな古道から一人忽然と烏天狗が現れたのであろうか……。

黒澤はデカの根性を捨て、本当の己に出会う為にこの修行に参加したつもりだったが、いつの間にかデカの目付きで、先を行く烏天狗の一行を見詰めていた。

藪の中から見失った古道を見つけ出し、世界遺産にもう一つの価値を付け加えようとしている、律儀なボランティアグループもいるのだ。

古道には修験者達の命の歴史と共に、極限の中から立ち昇る霊気の神話が幾つも語り継がれている。その神話は殆ど煎じ詰めれば、役行者に行き着く事になるのだ。それほど役行者の修行の凄まじさと、時の権力に媚びない姿勢が、個々の人間の心に突き刺さり、後ろめたさも加わり、口から口へと語り継がれてきたのであろう。全国の霊山には殆ど役行者の像があり、弘法大師が表舞台なら裏舞台には必ず役行者の像が控えているのだ。

黒澤は疑心暗鬼のまま、ただ前を見詰め歩き続けた。

「南無山上大権現、南無神変大菩薩、南無大峯満山護法善人」

ただ唱え、ただ歩き、自然と神仏との一体感を味わえ！

黒澤よ！　隆よ！　素直になれ！　と神々が伝えているが、黒澤はただ息苦しい。山道が厳しい！　渓流が光り、己の汗の飛沫なのか、渓流の飛沫なのか、女人結界、即ち女人禁制の「五番関」の茶屋跡に着いた。質素な弁当を開き、握り飯にカブリ付いた。一粒の飯も見逃さない！

『幻』は誰だ！　この十一人の烏天狗の中の一人に違いないのだ！　一人一人、仮面を無理やり剥ぎ取る訳にも行かない。

女人結界門をくぐり、男達は一体と成って、山道を登った。

誰がこんな所に大きな鍋を木につり下げたのか……「鍋かつぎ行者堂」だそうだ。祠の中には、鍋らしき物を頭に被った役行者の像が座っていた。

役行者が修行中、突然頭上に火の雨が降って来たのだそうだ。その時咄嗟に鍋を頭に載せたという話だが、都会でやれば子供が囃《はや》し、大人は笑い、病院で診て貰えという段階だろう——

しかし極限の修行は、魂が肉体から離れ、宙を舞い、残された肉体に魔性の蛇や火の雨が降りかかると言われる。まだまだ人間が判らない……判らないまま、人間が消えようとしている！

尾根道を歩き、森の優しさに包まれ、木々の一本一本に動かぬ命の個性を感じ、一本の木を切るのは、人の腕一本を斬るに等しいのだ！　と、この森の中では感じるが、丸の内ビル街に細々立っている街路樹を見れば、クリスマスケーキの上に立てた蝋燭のような物で、一瞬灯りを灯し、土台を美味しく食べるとすぐ捨てられる。

大峯奥駆けは、なんと人間の生活からかけ離れている事か……。ならば、ならば、何故このように苦しみながら山道を登り、生命の不思議を見ようとしているのだ？

一時の慰めなのか？　自己満足なのか？　違う！　君もすぐ死ぬ身ではないか！　丸の内ビルに働く君達は、リアルに己の死を実感した事もなく、今日の金の行方を追っている。

本当に心底リアルに、己の死を考えた事があるのだろうか？　君が払っているローンの返済より、死が近付いている事はリアルな事なのだ！

だからこそ、肉体を苛め、息を切らし、森の中を歩くのだ！　命を見詰める為に！

黒澤はデカとして、他人の死を数え切れないほど直視してきたが、だからと言って己の死を直視した訳ではない！

日常茶飯事の殺人事件で、殺人者は己自身の死を見詰めているだろうか？！　もし見詰めたら、そうそう安易な人殺しは起きていないはずである！

ならば医者は？　世俗の坊さんは？　みんなお仕事の範疇でしか死を見詰めていないのだ！

役行者のように、己の肉体から魂が抜け出すほどの境地まで己を追い込み、己の肉体に注がれる雨を炎と感じ、吹きすさぶ風を無数の槍の襲来と感じ、初めて、己の命も他人の命も、万物の命も、全て生きとし生きるものは、同じ死を共有しているのだと悟るのかもしれない。

その上、その死の先に何が見えたのだ？　死が終わりではなかろう、ただそう願っただけではなく、その先の世界が見えたのか？　ただ極楽浄土を願うだけでは、ただの信心ではないか？　本当に苦しみ抜き、宇宙の真理を彼等なりに見つけ出し、あの世の姿が見えたのか？

役行者に続き、吉野金峰山の修験道場に集まってきた修験者達よ！

真言宗の聖宝《しょうほう》！（八三二〜九〇九）

金峯山浄土の他界遍歴記である「冥土記」を著した道賢！

比叡山回峰行の始祖とされる相応《そうおう》！

空海が唐に渡る前に「求聞持法」を授けたと言う、勤操《ごんぞう》！（七五四〜八二七）

これら先達の優れた修験者達——。彼等天才達は究極の修行の結果、それぞれの宇宙の形が見えたのだ！

勿論その後に続く、最澄、空海！　鎌倉期に比叡山から出た、法然、親鸞、栄西、道元、日蓮、これら想像を絶する天才達はそれぞれの形は違っても、宇宙の原理が見えていたのだ。

これもまた、黒澤が歩く事の苦しさを告発する思いで、頭の中で考えているだけの事なのか？！

いきなり行く手を阻むように、岩場が立ちはだかった。見上げると、大蛇が這い登っているような岩盤の襞が遥か上まで続いていた。ロープが一本、大蛇に沿って備え付けられている。

烏天狗達は大蛇の背に取り付き、登り出した。先頭は恐らく「縄文」の高槻堅太郎であろう、そのすぐ後ろを「大宿」の本宮老と思しき修験者が、ふわりふわりと宙に浮くようにし、サラミソーセージのような腕でロープを手繰り寄せている。その後を続く山伏達は、誰が誰だか判らない、みんな、神話に出てくる白猿の如く、蛇の岩場を登って行く。

黒澤の後ろは「後詰」の堂本法林であるのは確かだ。黒澤は流れる汗が目に入り、耳鳴りがするが、休む事もできない岩場でただゼイゼイと、吸う息より吐く息の方が多いような錯覚に陥っていた。呼吸する事など意識した事もないのに、息を吸う事、吐く事を妙に意識すると、なおさら混乱した。何回か人の臨終にも立ち会ったが、死にかけている者の喘ぎは、確かに、ただ苦しげに息を吐くだけだった。

前を登る者の法衣の尻に下がる引敷を見詰め、ただ、無心に登り出すと、引敷の素材が鹿の毛皮でできているせいか、自分も獣になり、獣の移動にただ付き従っているような気になってきた。

なんとか、かんとか登り切り、自然林の尾根に出ると、休む間もなく歩き続け、ひょいと、不動明王の像が我々を迎えた。「洞辻茶屋」である。道一杯に立ち塞がるように建つ茶屋で、縁台に座り、砂糖をまぶした、温かい葛湯が振る舞われた。黒澤は子供の頃、風邪を引いて寝込んだ時に飲んだ覚えがあるが、こんな美味い葛湯は初めての経験だし、今こうやって、この縁台に座っている己が他人のようだった。

しかし、洞辻の役行者像に出会い、黒澤は何かホッとさせられた。よその像と比べて、珍しく優しく穏やかな顔をしていたのだ。

黒澤が今まで見てきた役行者像は、いつもぎょろりと目を剥き、永遠を見詰めているような怖い顔に長い髭、短い法衣から脛を剥き出しにし、高下駄を履き、金剛杖を振り上げ、山々の尾根から尾根へ、岩場から岩場へ、前鬼、後鬼を引き連れ、天空に飛び立つような厳しい姿ばかりだった。それに引き換え、洞辻の役行者像は、しばらくここに留まってよいと、修験者達を優しく迎えているような顔だった。

次の「陀羅尼助《だらにすけ》茶屋」は、薬を売る茶屋である。役行者が黄檗《きはだ》の木の皮を原料にして作り出した、万病に効く苦い薬だそうだ。役行者は生薬の製法にも優れていた。

当時、典薬頭《てんやくがしら》であった、韓国蓮広足《からくにのむらひろたり》が、薬の秘法を探ろうと、役行者に入門し、その挙句、己の地位を守る為に朝廷に諌言《かんげん》し、役行者を伊豆の島に追いやったのだ。

いよいよ、靡六七「山上ヶ岳」（一七一九・五メートル）――大峯山系の主峰に登る為に装束を改め、新客達は覚悟を決め出立した。

「大峯登山三十三度供養」と彫られた供養碑が立ち並ぶ山道を歩き続け、木の階段を必死の思いで登ると、目の前は、鎖のかかった岩場だった。小鐘掛の岩場である。慣れない手付きで鎖にすがりなんとか登ると、折り重なる屏風のような巨大な鐘掛岩の真下に出た。噴き出す汗も忘れ、今まで歩いてきた山々を振り返り、暫くその景観を眺めた。

『さて、新客達よ！』「大宿」が息も乱さず、涼やかな顔で新客達を見渡した。

還暦の黒澤は、新客と言われる度に何かおも痒い思いをしたが、新客は新客、要するに未熟者なのだ。烏天狗の仮面の下で、他の新客は六人か七人か？ 気になるのはその中の一人だ！ 三十代は「縄文の会」の高槻堅太郎と鬼童の二人、すると一人は新客である。四・五十代が四人、新客である。後は黒澤と法林と大宿の本宮老……『幻』は黒澤と同じ歳なのだ。

仮面の山伏姿から年齢を見分ける事ができない。ただ、山に挑む姿勢は新客とベテランではっきり違うはずだが、指導者の高槻も鬼童も仮面をつけると見分けがつかない。二人は初心者のように新客の中に紛れ込み、無言で指導しているようだ。見分けが付くのは、大宿の本宮老と堂本法林だけなのだ。

本宮翁が口を開いた。

『鐘掛岩を登るに当たって一言申し上げる。怖いと思うと、初心者は必ず岩にへばり付くのじゃ。そしてますます身動きが取れなくなり、パニック状態になり、それこそ、金縛りならぬ、岩縛りになってしまうのじゃ。岩とは微妙な距離を置き、足をしっかり岩に乗せ、岩の亀裂を掴み、足を掛ける順序を間違わず、鎖にだけ頼らずバランスをとり、楽しみながら登るのじゃ、では参る！』本宮翁はひらりと岩場に取り付いた。

早い、七十歳の老人とはどうしても思えない、まさに役行者ではないかと思わせる一瞬がある。

後に続く仮面の山伏達は、言われた通り、二メートル程の間隔を空け、岩場を登り出した。

黒澤は『幻』を詮索しているどころではなかった、第一、山に登った経験は、東京の高尾山くらいしか覚えがないのだ。ましてや岩場なんぞを登った経験は皆無だ！　落ちる！　落ちる！　と、怯えながら、両手に汗を滲ませ、「南無、蔵王権現様、南無、蔵王権現様」と、無意識に呟きながら、必死に岩場を攀《よ》じ登っていた。

辛うじて登り切った目の前に、役行者の石像が優しい顔で迎えてくれた。所々苔が張り付き、風雨に耐え、深い優しさを湛えた視線は、岩場を懸命に登ってくる修験者達を見下ろしていた。

なおも、岩の荒削りの道を進むと、柵に囲まれた「お亀石」が黒い岩肌を晒している。

「お亀石、踏むな叩くな杖つくな、避けて通れよ、旅の新客」

法林の声に唱和して、新客達は、訳も判らず声に出した。

役行者の母親が女人禁制ゆえに、自ら亀に変身してここで役行者に会ったという摩訶不思議な言い伝えだが、大きく天から俯瞰してみれば、この岩は亀の頭であり、尻尾は遥か先の熊野川流域、熊野本宮大斎原《おおゆのはら》の対岸にあり、奥駆けなどと大層な修行のつもりかもしれないが、所詮亀の甲羅の上を歩いたにすぎないのだ、と、修行の増上慢を戒めているのだそうだ。

まあ言ってみれば、孫悟空がいくら空を飛んでも、仏の手の平の上だ！　と、戒めているのと同じだろう。しかし、辛い！　自分は孫悟空じゃござんせんぜ、と開き直ってみたい気持ちもした。

要するに二日目にして、黒澤は疲れ果てて来たのだ。

お亀石を避けてさらに登ると、冠木門《かぶきもん》と行者堂があった。銅の鳥居の「発心門」、金峯神社の「修行門」、そしてここの第三の「等覚門」である。等覚とは、仏に限りなく近付き、仏の悟りを得た境地の事だそうだが、黒澤は悟るどころか、逃げ出したい心境だった。

思わず『辰巳弦蔵はいるか？！』と叫び出したくなるのを辛うじて押さえ、足を引きずりながら、法林に急かされるようにして歩き出した。朦朧状態のまま、誰かに背中を押されるようにして、黒澤はふらつきながらもなんとか歩き続けた。

いつの間にか、烏天狗に囲まれて、不動明王の石仏が立つ岩盤の上に立っていた。かの有名な「西の覗き」の行場である。両肩にロープを掛け、岩の上に腹ばいになり、二人の先達に両足首を持たれ、体を断崖絶壁に差し出されるのだ。

先達の厳しい声で、「親孝行するか！」とか「この修行を忘れず、下界に帰っても、精進するか！」とか、「人に優しく、自分に厳しく、利他の精神を忘れないか！」とか、昔の親が子供を押入れに入れて叱り諭しているような、ごもっともです、従います、ハイ！　ハイ！　と答えるしかないような質問なのだが、晒されている状態がなんと、押入れではなく目もくらみ足の裏から電流がむずがゆく波を打って走るような、断崖絶壁に吊るされているのである。

疲れて朦朧としていた意識も仰天し、バッチリ目覚めるが、他人任せで絶壁に体を晒している事の恐怖もあり、なかなか平静ではいられず、思わず、「ハイ！」と言ったつもりが「ヒイー」と叫び、身をすくめ、目を瞑ってしまうのが新客なのだ。

黒澤は、己が絶壁に吊るされた時、目は瞑らなかったがやはり冷静ではいられなかった。ほんの二、三分の間に、娑婆で味わった捜査上の様々な危険な一瞬が頭の中を駆け巡った。チャイナマフィアに青龍刀を振り上げられた一瞬――「幻」の銃弾がその男の眉間を撃ち抜いた、あの一瞬！　本当に怖い思いをするのはやはり娑婆なのだ！　黒澤は強がったまま、何百メートルか下の谷底を見詰めた。こんな滑稽な儀式は、十代の餓鬼が車を暴走させ、命の鬩《せめ》ぎ合いをしている遊びと同じではないか――と、素直でないデカ根性が谷底を見詰めていた。

しかし、澄み渡った大空の下、大自然の容赦ない厳しさに晒され、吹き上がる谷底からの風を体一杯に感じていると、何か得体の知れない清々しさが体全体を覆い、このまま身を捨ててしまいたいような衝動にも駆られた。引き上げられた時、目の前に痩身の本宮翁が黒澤を見詰めていた。烏天狗の仮面の下から、黒澤の心を射抜くような鋭い目だった。

「大宿」である本宮老は、ゆっくりと全員の烏天狗を見渡し、低く静かに、それでいて大空に響き渡るような透き通った声で語り出した。

『捨身飼虎《しゃしんしこ》、と言ってな、己の身を捨て、人々の救済を図る！　仏教から来た思想だが、生易しい行為ではないのじゃ！　この思想は、仏教がわが国に渡ってくる前から、山岳修行者や海を見詰める修行者の間で行われていた行為なのじゃ。

断崖から、或いは滝の上から自らの身を捨て、人々の救済を願う――、他人の為に、他人の不幸を救う為に、己の身を捨てる！　自分が救われる為ではなく、自分から逃げ出す為でもなく、冷静に何日も何日も経を唱え、他人の為に身を捨てる！　できるか！

決してお遊びではないのじゃ！　こんな行為もやはり、役行者の伝説から来ているのじゃ。

役行者は十七歳にして、「全ての人々の将来が、この山と共にある自分の修行を通して救われるならば、己の身を投げ出す事を厭いませぬ」と誓願し、深い谷に身を投げ出したのだ、しかし命は失われず、深い悟りを得たという伝説が残っている。

修験ではこれを「捨身求菩提《しゃしんくぼてい》」といい、自殺により菩提を得る、即ち悟りの知恵を得る所行なのじゃ。この行場でも、過去において、何人も修行者が実際に身を投げている厳然とした事実があるのじゃ。だからこの行場の怖い儀式は、人々の為に、本当に身を投げた修験者の崇高なる気持ちの一部でも感じ、他人の為に何ができるか、帰った娑婆で自分は一体何ができるか、考えるきっかけにするのじゃ。参る！』

本宮翁は風のように身を翻した。

誰かが、そっと、黒澤の肩に手を掛け去って行った。ハッとして振り返った時は、烏天狗の新客数名が通り過ぎて行った。一瞬、温かい気を感じ、呆然と一人遅れを取った黒澤は、またもや後詰の法林に急かされた。

山上ヶ岳山頂の大峯山寺を目指し、ガクガク笑う膝に怯えながら、登拝供養碑が並ぶ石段を登り、第四の「妙覚門」をくぐった。吉野からこれだけ苦しい思いで歩いたのだから、もう、仏と一体の境地になったであろう——この山頂は菩薩の頂点であるぞえ！　という「妙覚」、即ち、深淵なる悟りの境地に達したであろうという事なのだが……。黒澤はなんのなんの、これしきの事で、悟ってたまるか！　と、逆峯ならず、逆説で己の煩悩の深さを笑っていた。

「山上大権現大峯山寺本堂」は、江戸時代の元禄元年（一六八八）に再建され、正面が約二三メートル、奥行き二〇メートル、棟高一三メートル、平面積四五八平方メートル、寄棟造、銅板葺の大建造物である。いやはや、驚かされる事ばかりであった。こんな山の上に、こんな建造物を建てるとは——信仰心なのか？！　逆に深い煩悩がなせる業なのか？！

それにしても思わず襟を正し、暗い本道の内陣に上がった。円空仏の微笑にホッとし、特別に拝観を許された、「秘密行者像」を見詰めた。

境内の護摩道場では法螺貝の音《ね》と共に整列し、彩灯護摩を修めた。

滝木の森の中では、役行者が蔵王権現を祈り出したと言われる湧出の岩も見せられた。

もうここまで来ると、全てが役行者の世界の中に溶け込み、山の中なのか、行者が創り出した曼荼羅の中なのか、区別もつかないような気持ちにさせられていた。

実在したお方なのか？　修行のシンボルとしての幻の行者なのか？　そんな事はどうでもよくなり、何か役行者の巨大な霊体の中に包み込まれてしまったようだった。

山上ヶ岳の宿坊、喜蔵院の部屋にくつろいだ時は、もう食欲もないほど疲れ果て、装束も外さないうちに、気を失っていた。眠ったのだ。

また、誰かの温かい手で揺り起こされ、ハッと目を覚まして、薄暗い畳部屋で改めて座りなおし、装束を外し、体をお湯で流すだけのお風呂を使わせていただき、我に返った。

一階、土間のテーブルで質素な膳を前にすると、このささやかな精進料理がなんとありがたかった事か。高野豆腐、菜っ葉の御浸し、椎茸の煮物、じゃが芋と油揚の煮付け、薄い汁に御飯――グルメであった。その上、自前で缶ビールを買う事も許された。

一本の缶ビールを一気に飲み干し、二本目を半分ほど呑んだ時、考えられない現象が起きた。まるで始めてアルコールを呑んだ時の如く、いきなり頭がぐらつき、目が回ったのだ。

黒澤にとっては、壮烈な二日目であった。

二階の廊下を挟んで、十畳ほどの部屋が幾つか並んでおり、その一つに三人ずつ布団を並べて横たわった。堂本法林ともう一人、四十代と思われる新客が一緒だった。三人共無言のまま、ひんやりとした木綿布団の中に滑り込んだ。

正気でい続ける……黒澤は一日中狂気の連続だったような気がする。目を瞑ると、今日歩いた山々がうねりを伴いながら襲い掛かってくるように、瞼の淵に浮かんだり消えたりした。

自分が眠ったのか、まだ山を歩いている最中なのか、その境目すら判然とせず、夢の中をさ迷い続けていた。

落ちる！　落ちる！　黒澤は地獄の底に落ちて行った、闇の中に黒澤の山伏姿が浮かび、限りなく落ち続ける闇の肌触りにもがいていると、ひょいと、誰が差し出したのか、金剛杖に法衣ごとからめ獲られ、断崖の上にポツンと立たされた。

辰巳弦蔵が立っていた。厳しい顔だった。

『何処まで落ちた？　修羅界か畜生界か、餓鬼界から地獄界までか？』

『お前こそ、何処まで落ちた？！』

『地獄の先はないから、十界を輪廻し、人間、天道、声聞、菩薩を通過し、いきなり仏界まで登り詰めたわい』

『勝手な事をほざくな！　殺し屋が！』

『ハッハハー、お前は惑わされているのだ！　所詮、神も仏も人間の煩悩が生み出したものなのだ！　死にたくない、病気にかかりたくない、贅沢したい、権力の座を奪われたくない！　水が欲しい、食い物が欲しい、あの世では極楽に行きたい、朝廷から農民まで、願いは同じ、身勝手な煩悩から浮き上がる欲望を、願い、乞い、すがる相手が、修験者や僧侶だったのだ！

今風に言えば、身勝手な癒やしを求めたのだ！　それらの願いを巧みにかわし、信じさせた修験者や僧侶が成功したのだ！　それも権力者と結び付けた者が成功しただけなのだ！』

『違う！　この世に生まれた限り、望む事は生きる事だろう！　生きる事は願う事だろう！　まだ、まだ、人間が知り得ない宇宙の不思議が、人間を取り巻いているはずだ！』

『人間そのものが、宇宙の失敗作だ！』

『違う！　宇宙の原理に無駄はない！　失敗作と思われる人間をこの地球に放った理由があるはずだ！』

『おう！　そこじゃ、その理由を知りたいものじゃ！』

『宇宙にとって人間は、バクテリアの瞬きほどの生き物だろう。その生き物が、宇宙の果てを見ようとしているのだ！　意味がない訳がなかろう！』

『確かに宇宙の果てに飛んで行く霊気はある！　霊界もある！　ハッハハー』

『ならばそれを見せてくれ！』

辰巳弦蔵はいきなり断崖からひらりと飛び立った。

『待て！　逃げるな！　殺し屋！』

黒澤は夢の中でもがいていた。

四

闇の中で朝だと言われ、天水で顔を洗い、大峯山寺本堂の前で整列し、判らぬ経を読み、出立となった。

「大宿」が闇の中で微かに浮き立つ白い髭を撫ぜ上げ、静かに諭した。

『三日目が一番辛い、道も昨日より厳しくなる。しかし、歩いているうちに気付くはずじゃ、とても歩ける体力ではない、自分の限界を通り越していると思っても、やはり歩かされている自分を見つけるはずじゃ。苦しい事を素直に受け入れ歩く事じゃ、出立！』

一同、懐中電灯を頼りに、暗闇の朝を歩き出した。

確かに昨日より、道も細く歩きづらい。しかしまだ道は平坦である。

間もなく暗闇の中に、黒々とした石垣が覆いかぶさるように現れた。

靡六六「小篠の宿」である。「南無聖宝尊師」「南無聖宝尊師」と大宿の先導で勤行した。この行者堂は理源大師聖宝という、修験道中興の祖と言われる真言宗の修験者が祀られている。役行者が切り開いた大峯の道が絶えていたのを、開拓し直したお方なのだそうだ。その像は大岩の下で、山伏姿ではあるが、金剛杖を右手に高々と上げ、左手に錫杖を持ち、切り裂かれたような眼光も鋭く、積み上げられた石の上で、微動だにしないという厳しい存在感で座っていた。

この湿気の激しい場所もかつては、数十棟の宿坊で賑わっていたそうだ。

豊かな湧き水もあり、近隣の修行の場の中継地点でもあったそうだ。

昔の人はただ奥駆け道を一気に歩くのではなく、途中途中、裏行場にも行き、修行を重ねながら何十日も掛けて修行したのだ。今より数倍、激しい修行を積んでいたのである。

オリンピック選手がいくら記録を伸ばしても、命はかかっていなかろう。

戦国の忍びが高く飛び、水に潜り、闇を走るのは、命がかかっていたのだ。

剣道も竹刀でいくら叩き合っても、斬り殺される事はない。本身、即ち真刀で立ち会う事の厳しさを、今の剣道家達は絶対に理解できないはずだ。学ぶという事と修行するという事、全て命懸けであった当時の修験者達の精神は今の我々には理解できない。

小篠の宿を出立し、ぐんぐんと森の深さというか、原生森の重みを感じ始めてきた頃、ブナやもみの木、水楢《みずなら》の、混然とした高い木々を浮き上がらせるように朝陽が天から差し込んできた。

靡六五「阿弥陀森《あみだがもり》」は、その名の通り、阿弥陀様の懐そのもののような優しい森であった。

靡六四「脇の宿」の平地には、周りの木々を束ね、総轄《そうかつ》するが如く、一本大きなもみの木が真っ直ぐ天に向かって枝を広げていた。その根元には、碑伝といって、峯入りの時に、靡やお堂に納める板の標識が沢山納められていた。

修験者が手を合わせるのは、仏だけではない、山や森、川や滝、岩や大木、全てに神々が宿り、仏が宿っているのだ。従って、森羅万象ことごとく神聖なる現象として手を合わせているのだ。この大峯山中全体が神仏の集合体なのである。修験者はその神仏の懐の中を歩かせていただいているという発想なのだ。

森全体を創り上げている神々の手は、とても人間には創り出せない、超芸術の世界であろう。何処の一片を切り取ってみても、かつて人間の天才達が描いた絵画は足元にも及ばない色彩の深さがあり、その一片は決して一箇所には留まらず、絶えず変化しながら、美しさの真髄を表現しているのである。

さていよいよ、普賢岳に向かって激しい登りが始まる。

黒澤は正気を保とう、正気を保とうと思いながら、「サーンゲサンゲ、ロッコンショージョー（懺悔、懺悔、六根清浄）」という掛け声を唱和しながら歩き続けた。ただただ、苦しさのあまり、一心不乱に「懺悔懺悔、六根清浄」と唱えていると、自然と呼吸が楽になってくるから不思議だった。

マラソン選手が激しい呼吸と共に走り続けていると、有酸素運動の効果により、脳に大量の酸素が送り込まれ、セロトニンという脳内ホルモンが大量に分泌され、中でも「ベータ・エンドロフィン」という、麻薬のような快感ホルモンが分泌され始めると、軽い陶酔感と共に、苦しさも痛さもさほど感じなくなる。これを俗に、「ランニング・ハイ」というそうだが、「六根清浄」の呼吸法が「ランニング・ハイ」を起こしているのかもしれない。

それを軽はずみに神がかりだと思い込むのも早計かもしれないのだ。

しかし、そんな化学的反応を起こす人間が、既に神がかりな存在なのではないのか？

黒澤は正気を保とう、正気を保とうと、リアリストのデカ根性を意地になって持ち続けていた。

この装束で神聖なる山に挑んでいる時、「十秒遅れだ、ペースを上げろ！」とマラソンランナーに檄を飛ばすような掛け声は似合わないだろう――だからあえて、「懺悔懺悔、六根清浄」なのだ、と、勝手な理屈をつけて、「懺悔懺悔」と唱えていた。

靡六三「普賢岳」――一行は大普賢岳（一七七九メートル）の山頂に立ち、勤行を終えると、今まで歩き通して来た山々を振り返った。

黒澤は、今歩き通して来た山上ヶ岳から、遥か彼方を見渡し、歩いたなァー、よく歩いて来たなァーと実感し、一瞬、素直な己を垣間見たような気がした。

烏天狗の一行もそれぞれ、無言で霞む山々をしばし見詰めていた。

『新客達よ！』本宮翁の叱責が飛んだ。

『これしきの道のりを振り返って、己に酔いしれている場合ではない！　今までは、ただありがたく歩かされただけじゃ。これからが、歩くという事、登るという事に、全て神々の力を身をもって実感するのじゃ。ただ苦しんでいるだけでは、神々の隙間に転げ落ちると思え！　感謝を込め、心して歩めよ！』

翁は、大鳥が羽ばたき、一瞬、宙に浮いたかのような軽い足取りで歩き出した。

見透かされ、叱責され、リアリストもデカの誇りも、ゴミのように吹き飛ばされ、ただ、へこんだままの六十歳は、腹も立たず、呆然と立ち遅れていた。

ドン！　と誰かが背中を押した。ムカッとして振り返ったが、山頂の突風が吹き過ぎただけなのか、誰も居らず、五メートルほど先で、堂本の禿げ頭がこちらを見詰めていた。

『遅れますよ！』法林の呼び声に黒澤は、ストンと、気が抜けたまま歩き出した。

靡六二「笙《しょう》の窟《いわや》」――。この大峯奥駆けを歩いていると、まさに地球という星が本音を剥き出しにしているような、荒々しい岩場というか断崖によく出くわす事がある。そんな岩壁にぽっかり空いた窟に出会う度に、己が吸い込まれるような気持ちになり、やはりそこには神が宿っているのだ！と、感じてしまうのだ。

断崖にかかる鉄の梯子をよじ登り、出くわしたのが、「笙の窟」だった。標高一四五〇メートルの大普賢岳から伸びる尾根伝いに、途方にくれるような断崖絶壁が連なり、その一つの岩場に、「笙の窟」があの世への入口のように、巨大な口を広げていたのだ。幅十二メートル、高さ三・一メートル、奥行き七メートル、内部は約七〇平方メートルはある巨大な窟だった。

法林の話では、この断崖の窟で冬を越し、修行した僧は平安時代からいたそうである。それも百日、三百日、千日とか、命に関わる修行だったそうだ。江戸時代では、木彫りの作仏師であり、修験者の円空などもこの厳しい、窟籠りをしたという話だ。

法林がこっそり教えてくれたところによると、「大宿」の本宮翁も、この窟で越冬の修行をしたという事だった。想像もつかない苦行であったろう……。黒澤は改めて、仮面の本宮翁を盗み見た。地球の本音を口にしそうな厳しい口元には、深い皺が刻まれていた。一言も発せず、窟を見詰めていた翁は、突然錫杖を振り上げ念仏を唱えた。まるで、目覚めぬ修行者が、まだその窟に座っているかのようだった。

座っているのは誰だ！？「幻」なのか？

黒澤は翁の後ろから覗き込むように、窟の奥を覗き込んだ。

黒い影が浮かんでいた。嘘だろうと思いながら、暗闇を透かし見たが、やはり黒い影は動かなかった。眩暈を感じた黒澤は思わず、金剛杖にすがっていた。

法林が黒澤の肩に手を掛け、振り向かせた。一同は本宮翁に敬意を表するように、何歩か離れた所で翁を見詰めていた。

黒澤は行儀の悪さを咎められた子供のように、慌ててみんなの中に引き下がった。

それからの奥駆け道は一層険しさを増した。鎖を頼り、梯子にへばり付き、這い上がり、這い上がり、やっと登ったかと思えば、今度はとても道とは思えないような坂をずり落ちるように下り、靡六一「弥勒岳」の「薩摩転び」と呼ばれる急坂は、木の枝にすがり、根っこにすがり、泥だらけになりながら、尻でずり落ちるようにして下りて行った。

次は、これが道かい?! と思わず見上げたが、先達がやるのを見よう見まねで、ヤモリの如く岩壁に張り付いて横向きに進んだ。

ハリウッド映画じゃあるまいし、六十の親父にやらせる事か！ と悲鳴も上げられず、なんとか尾根に辿り着いた所が、靡六〇「稚児泊《ちごどまり》」だった。見るのも疲れる大岩の下で、へたり込むように座り、弁当を開いた。ただの御飯が甘かった。梅干の種まで割って食べていた。

立ち上がり、また歩く、ただ歩く。尾根から森の中に突入し、本宮翁が指差し、

『あれが「七つ池」といってな、聖宝尊師が大蛇を退治したところじゃ』と説明していたが、黒澤はそんなお伽話は聞きたくもないほど疲れていた。不機嫌に「大宿」の話を無視して、大木に寄りかかって目を瞑っていた。

バサッと背中に衝撃を感じ、ハッと目を開けたら、蛇が肩に絡み付いていた。

『ギャー』と、一間ほど飛び跳ねた。烏天狗達がその声に一斉に振り向いた。背中から首筋にかけて、水気を含み、苔がびっしり付着した、太い蔦《つた》が絡まっていた。もう笑う元気も無かった。

烏天狗の一行は、ただじっと黒澤を見詰めている。その微妙な間が耐えられなかった。黒澤は、首に絡み付いた苔だらけの蔦を、不器用に手で毟り取り、テレビのワイドショーなら受けてくれただろうに——と思いながらも、その恥ずかしさは持って行き場がなかった。

『喝！　蛇は己の心の中に住んでいるのじゃ！　インターネットの海に潜り、余分な知識を追い求めて毒蛇になるか！　己の心の大海に潜り、神の知恵を探り、白蛇になるか！　喝！』「大宿」の声はとてつもなく大きかった。

至る所に鎖がかかっており、鎖を見れば、上を見上げる事も無く当たり前のように手を掛け、よじ登っていた。えッ！　と思わず見渡すほどの視界が開け、岩だらけの崖に懸けられた木の橋を渡り、靡五九「七曜岳《しちょうだけ》（一五八四メートル）」の山頂に出た。

少し早いが、二回目の弁当を開き、昆布の佃煮と高野豆腐の煮付け、美味いも何も、ただ、生きる糧をむさぼった。ひょいと箸を止めて眺めると、見渡す山並みは、それぞれ神々の住処なのであろうか、幾重にも幾重にも山が重なり、その懐の深さと、奥行きが霞んでいた。

もう風景を見るというより、風景の中に自分が溶け込んでしまったような気分だった。遥かな峯を、烏かトンビか、それとも、烏天狗か？　しっかり羽を広げて気持ち良さそうに上昇気流に乗っている。

あんな風に空を舞い上がりたい。もう、このグタグタ疲れ、軋む肉体がどうにも邪魔な存在になってきた。危ない！　正気が崩れている。

どちらにしても、吉野から本宮に至る山並みは、人の気配というか、人工の気配を感じさせない聖地である。「行者還岳《ぎょうしゃかえりだけ》（一五四六メートル）」熊野から順峯でやって来た役行者が、あまりに厳しい絶壁を見上げ、他のルートを探したと伝えられている。

今は、曲りなりにも木の根の窪みのように、辛うじて階段らしき物が付いているので、逆峯も順峯も登るなり、下るなりできているのだ。一行はその危ない急な坂を、そろり、そろり、つんのめらないように、尻に体重を掛けて慎重に下った。

絶壁をなんとか下り降りた所に、「行者雫水《しずくみず》」が湧いていた。まさに「お助け水」だ！　泥と汗にまみれた法衣をかえりみる事も無く、両手を合わせ、拝むような姿勢で、雫水を飲んだ。体全体に聖水が染み渡り、内臓が浄化されて行くような気分だった。

靡五八「行者還り」——苔むした岩の割れ目。たった今、神様の子宮から生まれたばかりというような、蔵王権現の小さな石像が祀られていた。何枚もの碑伝（お札）が供えられている。

決して製材される事の無い倒れた老木が、あちらこちらで自然の摂理のまま、土に溶け込むのをじっくり待っている。その下で無数の命が活発に動き回っている事だろう……命を喰い合う、地球の摂理だ。

靡五七「一の多和《たわ》」——山の窪地に当たるところだ。笹を踏み分け、倒木を跨ぎ、地下足袋の下の大地を感じながら、歩く、歩く、歩いている事も意識せずに歩く——。

靡五六「石休宿《いしやすのしゅく》」

靡五五「講婆世宿《こうばせのしゅく》」ここから、最もきつい弥山《みせん》への登り口である。

「大宿」の指令で、この難所は無理に列を作らず、個人個人の体力に合わせてマイペースで登る事になった。道は厳しいが、迷う道ではないそうだ。

黒澤から既に娑婆っ気が消えていた。五日ほど前には新幹線に乗り、車の渋滞に怒り、あれがまずい、これがまずいと言いながら酒を呑み、煙草を吹かし、世の中のニュースに腹を立て、人生の不条理に虚無の穴倉を見つけ、苛々し、腹の底から笑う事も無く、もう人生が終わったと何処かで諦め、存在がただ虚しく、何か見ているようで何も見ていなかった。

周りの同世代を見詰めると、どう焦っても後、十五、六年の人生を、煙草をやめ、ジョギングをし、自分だけは長生きする気で、目の前に来ている死から目を背けようとしている。根本的な生と死を見詰めようともしていない。

しかし、何なんだ？！　人生とそれに伴う、命とは何なんだ？！

何億分の一かの確率で母親の子宮に辿り付き、奇跡的に命の始まりを手に入れ、何兆分の一かの確率で命を育て上げ、辛うじて生き物としてこの地球という星に放たれるが、まだその上に、過酷極まりない生き方を強いられるのだ。なんと哀れな生き物ではないか！

地球そのものが残酷な星なのだ！

「懺悔、懺悔、六根清浄！」何を今さら懺悔するのだ！　懺悔するのはこんな生態系を創り上げた、神々だろう！

空海は「生まれ、生まれ、生きて生きて、生の始めに暗し、死に、死に、死に、死に、死んで、死の終わりに暗し！」と喝破しているが、それは輪廻か、あの世とこの世の残酷な繰り返しか……。

最澄が言う、「この一瞬の永遠を生きよ」——と……。

しかし、現実の人間界は、ただただ己の欲望という底なし沼に、沈んで、沈んで、沈み込んで、電波が明るい二一世紀だ！

殺して殺して、殺して、地球まで殺して、技術が明るい二一世紀だ！

生き物全てが命を喰い合い、人間はそれを生命の循環だとうそぶき、帳尻が合わなくなってしまったのだ。喰う命が消えようとしている。人間の文明はその上、精神まで喰い合ってきたのだ。

さて今、何を語る。弥山の山頂付近まで幽霊の如く歩き続けて来た黒沢は、シラピソの白い枯れ木の群れの中に迷い込んでいた。まるで人間の骨が無数に乱立するような林だった。

黒澤が次元を超えたのか、意識が飛んだのか、立ったまま死に、そのまま何十年と煩悩が風に晒され、白骨化し、互いに骨同士が入り乱れ、絡み合い、死の祭りに気勢を上げているのか、コツコツ、骨同士がぶつかり合い、笑っている。

いた！「幻」がいた！

白い骨の群生の中に、黒い死神が立っている！　あの三十年式歩兵銃で黒澤を狙っている！

ボウとした死神の姿は、何故か暖かいオーラが漂っている。

正気が飛んだ！　黒澤はふらふらと「幻」に迫った。迫った分だけ「幻」は遠のいて行く。骨の林が幾重にも重なって揺れている。

黒澤は、道なき道を走った。走っているつもりだった。自分の動きも、骨の揺らめきもスローモーションな影絵であった。

黒い死神がフワーッと飛び立った。

『黒澤さん！　黒澤さん！』法林の叫ぶ声に黒澤は我に返った。

『よく起きるんですが、疲労が重なり、血糖値が下がり過ぎると、糖尿病の患者が昏睡状態になるのと同じような症状を起こすんです』

法林は黒澤の法衣の袖を掴み、じっと黒澤の目を覗き込んだ。

『道を外してます。迷わないはずの道でも、崖もありますから危なかった』

法林はブドウ糖のカケラを黒沢の口に無理やり押し込んだ。糖分が吸収されると、頭がはっきりした。

『このまま登山道から今日の宿泊所まで参りましょう。「弥山・山の家」といって今夜はちゃんとした山小屋に泊りますよ』法林は先に立って、登山道を先導した。

五十メートルほど先を普通の登山者が三人登って行く。

『かつて、宮様もこの道を結構苦労なされて登った記録があります』

法林はまさに立派な「後詰」のベテランだった。

しかし、山小屋に着いてみると、烏天狗の一行は十名しかいなかった。

黒澤は混乱した。やはりあれは「幻」だったのだ。意図的に姿を消したのだ。

山小屋には自家発電機もあり、部屋には微かながら電灯も点いている。二段式の木製のベッドが二つ、両側に並んでいた。四月半ばとはいえ、夜の寒さは冬と変わらない。薪ストーブの火炎がありがたかった。

黒澤がストーブの傍らで泥まみれの装束を脱いでいると、

『鬼童、入ります』と、小声で挨拶し、「縄文の会」の鬼童が部屋に入って来た。仮面を付けたままだった。

『黒澤さん、今夜は私と高槻が、この部屋にご一緒させていただきます。食事も三人はこの部屋で戴きます。食堂は避けた方がいいでしょう』

黒澤は下着だけの格好で、『えッ』と、デカの顔に戻った。

『らしくない登山者が三名、このロッジに宿泊してます』

『なんですって？　どういう意味です？』

『何処から洩れたのか、関西からと思われるヒットマンが、この奥駆けの修行道に沿って、自動車道をなぞっているという情報が入っていたんです。

「世阿弥荘」の敷地で一名、岸本組の幹部が刈られました。岸本組は「幻」に狩られたと思い込んでいます。

もう一人、音無俊介の私設秘書、倉田洋三も絡んでいます』

『ほう』黒澤は倉田洋三なら知っている。その筋とも結構な繋がりがある男だ。

『しかし、この大峯奥駆けのイベントがどうして「幻」と結び付いたのかね？』

『そこです、「独房の花――ジュネ」――黒澤さん、結構深入りしてたでしょう』

『……』

一瞬頭の中が真っ白になった。春蛇に何かあったのか？！

『恐らく、松岡組が指したんでしょうが、「独房の花」に、お上の手が入ったんです。表向き風俗営業の取り締まりですが、ママは既に姿を消していました。

しかし、サツが踏み込んだ後、松岡組が店の若い衆を相当痛めつけ、「幻」を追い続けていた黒澤さんが、休暇を取り、「独房の花」に潜伏していた後の足取りを追ったんです。自宅も荒らし、黒澤さんの旅の行き先には必ず「幻」が絡んでいると、その足取りを掴んだんだと思います――。ただ、大峯山奥駆けを「縄文の会」が主催している事はまだ知られていません』

黒澤は心底ホッとしている自分が不思議だった。春蛇が無事でさえいれば、ただそれだけで良かった。

『こんな山奥でよくそれだけの情報をキャッチしてますね！』

黒澤はデカの根性は忘れてはいないが、今この時点で完全にお上からは外れ、警察組織に別れを告げていた。

フッと肩の力が抜け、共犯者の目付きで、鬼童の仮面の下の目を覗き込んだ。

鬼童は顔を半分覆った仮面の下で、女性のように滑らかな唇をフッと開いて、白い歯を見せた。

『我々の四輪駆動も、奥駆けに沿って自動車道を併走しています。勿論、あらゆる通信手段を積んでいる最新鋭の車です。それに、この奥駆けのサポートも務めているのです』

『娑婆からは決して離れていない訳だ』

『このイベントは「幻」と黒澤さんの退職祝いを兼ねたイベントです。後の者はその為のスタッフみたいなものです』

『それにしては、皆さん本気で修行をしていなさる』

『勿論それは真剣です。「幻」の蘇りの儀式ですから―』

コツコツ、と、ドアがノックされ、二人の男が食事を運んできた。その後ろから、やはり仮面を被った縄文の責任者が入って来た。

即席のテーブルに器を並べ、二人の男は無言で下がって行った。テーブルには大振りの缶ビールが三本添えられていた。

高槻堅太郎と鬼童は、同時に仮面を取り外した。

『三人の登山者のうち、一人は間違いなく倉田洋三です。後の二人は、その筋のプロでしょう。倉田は音無俊介とは兄弟同然に育っています。面子も潰されました。復讐心に燃えてるでしょう。とにかく、予想外の事が起こりまして、「幻」も少し神経質になっているようです。

そこで、黒澤さんのお気持ちを伺っておきたいのですが――』

堅太郎は引き締まった顎の線をぐっと引き寄せるようにして、黒澤の顔を見詰めた。

『どういう事です?』

黒澤は、下着の上に宿のガウンを引っ掛けてテーブルの前に座った。

『まあ、食事をしながら話しますか』

三人はそれぞれ、尊いものでも持ち上げるようにして、缶ビールの蓋を開けた。

もう何年も口にしていないような思いで、器に盛られた、鳥のから揚げにかぶりついた。塩味とニンニクの香りがたまらなかった。

『黒澤さん、今でも、警官ですか？　いや、警察組織への忠誠を守りますか？』

堅太郎は直線的に質問してきた。

『……』

黒澤はゴクリとから揚げを飲み込み、じっと考え込んだ。そして、缶ビールを一気に空けた。

『三日間、無我夢中で歩きました。初めての経験です。本当の己を見つけるには、まだまだでしょうが、警察組織と自分の心との間に距離ができた事は確かです』

黒澤も真っ直ぐ堅太郎の目を見詰めて答えた。

堅太郎はゆっくり頷いた。

『本当の事を申し上げると、私も「幻」の正体を確実には把握していないのです。現実にはメールのやり取りはありましたが、どうも、その正体が非現実的なのです……。私自身と「幻」との特別な関係を知っている者は、この世には居りません。それ以上の事は申し上げられませんが……。「幻」と私との間の交信は、リアルに次元を超えて飛び交った事も事実です。――という事を、第三者に白状したのは、身内の鬼童、ただ一人でした。聞いてもいない黒澤さんに、こちらにとって、命取りになる事を打ち明けた意味が判りますか？』

『僕の命が懸かったという事ですね』黒澤から自然と出た言葉だった。

堅太郎はしっかり頷いた。それぞれ三人の沈黙は深かった。

『裏社会のプロはこちらが把握します。しかし、これから先の道中、万が一ですが……各宿坊での警察の待ち伏せの危険性も考えておかなければなりません――。

黒澤さん、何かお気付になったら、我々に協力していただけますか？

勿論、自動車道の監視はこちらで抜かりなくいたしますが』

『警察を裏切れ、という事ですか？』

部屋の薪ストーブの煙突がミシッと鳴った。山の突風が煙突の煙を逆流させたのだ。

『黒澤さんの心に問いかけているのです。「幻」がどう蘇るか判りませんが、とにかくこの儀式は貫徹させたいのです』

『自分はまだはっきりしてませんが、己の心は、警察組織に支配されてはいないつもりです。そのくらいはこの三日間で学びましたよ。「幻」は僕の心の中にもいるんです』

黒澤は初めて「幻」が己の心の中で二重写しに存在している事を自ら認めた。

『しかし、私はまだ警察官を辞めた訳ではありません、その上、私個人としての「幻の殺し屋」に対する執念がありますし、警察官として、犯人を追い続けるハンターとしての意地もあります。警察組織には協力しませんが、私個人として、「幻」と決着をつけなければならんでしょう』

黒澤はその一点は命を賭けても譲れないところであった。一人の男として、一瞬の揺らぎも無い「気迫」をもって「縄文」の高槻堅太郎と鬼童を見詰めた。

「縄文」の二人の男には、卑劣なエリート面は微塵も無く、クールな男臭さとスクッと立つ欅の大木のような潔さが漂い、その瞳にはなんの陰りもなかった。

定年を迎える刑事もやはり、桜田門の常識を捨て、正義面した混沌とした裏切りの社会常識を捨て、丸裸の囚人のように沈黙した。

男達の沈黙には不思議な美学が漂った。

『いいでしょう、「幻」の蘇りの旅が終わったら、後は、黒澤さんと「幻」の間だけで決着をつけて下さい』堅太郎は明快に答えた。

『もう一本ずつ、缶ビールを調達してきましょう』鬼童が仮面を被って立ち上がった。

黒澤は、正気を失うほど疲労していた体が、フッと軽くなった。一本の缶ビールがこれほどピュアに体に浸透したのは初めてだった。得体の知れない高揚感が体の底から湧き上がってきた。

明日からは修行の仕方が違ってくる。逃れられぬ娑婆とのしがらみと、次元が異なる神々の透明な世界との狭間で物語を紡ぐ事になるのだ。

その夜、黒澤は夢を見なかった。

五

靡五一「八経ヶ岳」——山頂には朝日の気配が無い。しかし爽快な冷気が体を洗うように吹き過ぎている。寒さに身が軋む。

暗闇に獣の目が幾つか光っている。懐中電灯を差し向けるが、光る目は微動だにしない。殺し屋の目か——倒木につまずかないように、人間達は不器用に暗闇を歩く。山は深い。

靡四九「菊の窟」——一日入ったら二度と戻れない、魔窟なのだ。「幻」が潜んでいてもおかしくない。

靡四六「舟の多和」船の形をしている窪地だそうだ。誰が名付けたのか、行く先々の靡には、修験者の思いが込められている。

靡四五「七面山」——昔人が恐れるような大岩の壁が聳え、いかにも神話が生まれそうな景色である。一行はその岩壁にも手を合わせ、ただひたすら歩いた。

靡四四「楊枝の宿」。大木の下に幾つかの墓石らしき物や、お供え物のように菓子やお酒が雑然と置かれ、掃除が行き届いていないお墓のようであった。この深山の回向《えこう》塔は修験者が途中で死んだり、鹿が死んだり、他の峯中の生き物が死ぬと、その霊がここに帰り、鎮まる場所なのだそうだ。ここを尋ねた者達がそれぞれの思いを込め、身内の霊を回向したのであろう。

確かに、霊が漂っていそうな雰囲気はあった。

四国八十八ヶ所を身内の霊を背負って巡る人もいるが、それと同じであろう。

信じない、信じない、と言いながら、霊や魂をどうしてもないがしろにはできないでいるのだ。

自分の先祖にすら手を合わせない若者が、何故か正月には神社に手を合わせ、お寺に手を合わせているのだ。

それは、やはり何かそこにすがるものがあると、おぼろげには感じているからであろう。

こんな深山に泥だらけになって、霊場を喘ぎ喘ぎ訪ねると、死者達の魂の霊気を、嘘偽り無く身近に感じるのは確かである。

黒澤は生と死の狭間で己が蒸発しているような気分になって、思わずあたりを見渡した。

正気のまま、見えないはずのものが一瞬、チラッチラッと木々を掠めて走ったような気がする。

歩こう、歩こう、ただ無心に歩こう。なんだこんな坂！　なんだこんな坂！　坂ではない！　まさに断崖だ！

厳しい山水画の中の点のような人物——それが今の自分だ。

靡四三「仏性ヶ岳（一八〇四・七メートル）」、大峯山系第二の高峰である。

靡四二「孔雀岳（一七七九メートル）」、頂上から暫く回り込むように下ると、「孔雀覗き」といって、前鬼川の渓谷を見下ろす断崖に、羅漢像の如く林立している五百羅漢と呼ばれる自然の岩が見えた。

この世のものとは思えない激しさで、それぞれ、神々が思いを込め、手彫りしたような奇岩像である。なんと自然は凄い事をする。またそれを見詰める修験者が羅漢像と見立てる感性が面白い。

なんでこんな所を下りるのか、岩盤が裂けており、その裂け目にわざわざ鎖を取り付け、そろりそろりと下るのだ。「両部分け」というところだそうだ。

吉野からここまでが、金鋼界の峯、これから先、熊野までが胎蔵界の峯となるそうだ。突き出した大岩を超え絶壁を下り、こんな所にさえ、蔵王権現が祀られている。そのありがたい像を横目で拝み、巨大な岩又岩、その下を恐る恐る下りると、靡四一「空鉢岳」。

次に、さて……と、考え込んでしまいそうな、靡四〇「釈迦ヶ岳」が立ち塞がり、覆いかぶさるようにそそり立っている。殆ど芋虫の如く急な坂を這い上るのだ。前を登るのは誰なのか、もう、十人が一匹の芋虫みたいになって這い上がっている。

一体、「大宿」の本宮翁は本当にこの世の生き物なのだろうか？　あの年齢は、娑婆では、下手をすれば介護保険の世話になって、オムツをしている年齢なのだ。

考えられない、想像がつかない、だから考えず、想像せず、ただ、ただ、己の体の軋みをバネに、痺れる足を蹴り上げ、麻痺した腕を振り上げ、もう、この体、要らない！　何故か笑ってしまう。誰か、撃ってくれ、「幻」よ、三十年式で撃ち殺してくれ！

頂上になんと！　三メートルはあるブロンズの釈迦像が台座の上にきりっと立っていた。

考えられない！　台座には大正一二年、大阪の講の連合体、仏立会が建立したと刻んである。

ヘリコプターは無かった時代だ。人間の手でここまで運び上げたのだ！　やはり、エジプトのピラミットも人間の手で造った事が信じられそうになる。

とにかく、全員、合掌。

もう、山という言葉では言い表せない、脈打つ地球の心臓の中を歩いているような気分だった。地球が呼吸し、鼓動を打ち、吐く息が霧となって辺りを覆い、吸い込むように晴れ渡り、人間という固体の小ささを思い知らされ、人間の思考の虚しさを思い知り、霧の中に思考らしき澱みが溶け込み、地球の肺の中に吸い込まれて行くようだった。

靡三八「深仙宿《じんぜんのしゅく》」神仙、深禅、深山ともいい、大峯では最も神聖な儀礼を行う場所である。お堂には「中台八葉深仙灌頂堂」と書かれた額がかかっている。

岩峰の下に「香精水《こうじょうすい》」という金が含んでいると言われる聖水が湧く場所があり、そこに下りて行き、小枝に伝わり落ちる聖水をありがたく戴いた。確かに気のせいばかりではなく美味い水である。

近くに、役行者が七度生まれ変わった時に造られたといわれる、三重の窟がある。

黒澤はふらっと、窟の方に一人で近寄って行った。役行者の像が座っているとばかり思っていた。ぼやけている像をしっかり見ようと、衰えている視力に喝を入れ、焦点を合わせると、なんと巌谷の外れに、辰巳弦蔵が座っていたのだ。じっと目を瞑り、座禅を組んでいた。近寄りがたいオーラが周りを包んでいる。黒澤は全身が硬直し、動けなかった。

辰巳弦蔵だ！「幻」ではなく、辰巳弦蔵が白装束で座っていたのだ。正気を保て、正気を保て、と心の中で念じながら、黒澤はその場に立ち尽くしていた。

どれだけの時間だったか、意識が朦朧とし、気が遠くなり始めた時、

『黒澤さん、お堂の前で彩灯護摩が始まります』法林の声に我に返った黒澤は、改めて窟を見ると、そこにはぼんやり霧が立ち込めているだけだった。

お堂の前で護摩が焚かれ、「大宿」が上げる、法華経の低い唸り声を聞きながら、黒澤は半分無我の境地に漂っていた。観世音菩薩の影を感じ、過去の罪を懺悔し、悟りを目指すお経が護摩の煙と共に、黒澤の心を溶かしていた。

靡三七「聖天の森」、靡三六「五角仙」を過ぎ、靡三五「大日岳（一五四〇メートル）」見上げただけで凄かった。年配の新客は下で待たされた。

怪獣の鱗のような岩が重なり合い、とても登れそうもない岩の甲羅が二五メートルほど連なっている。その真ん中に、先っぽに鉄の輪がついた鎖が垂れているだけである。その一本の鉄のロープを手繰りながら登るのである。

この辺りが、大峯の中心部なのだ。

黒澤は迷ったが、法林の説得で止めておいた。

若者達だけが猿のように登って行った。

落ちたら、地獄の亡者の如く我々が若者達を食い散らしてやるわ！

黒澤は本当に自分が地獄の亡者になったような気分で、登って行く若者達を見上げていた。

高槻堅太郎は、靡三三「二つ石」——通称「太古辻《たいこのつじ》」から、「前鬼山」へ向かう森の中に入り込むと、さすがに落ち着きを失くしていた。

幼年期から少年期にかけて、深いトラウマを封じ込めた、靡二九「前鬼山」である。

ブナの新緑の中に溶け込み、気を静めながら、堅太郎は何回か大きく深呼吸をしていた。

ブナの森から前鬼への道は、自然の要塞の如く、よそ者が近付くのを拒んでいるかのような険しい道が続くのだ。崖の淵を人一人が辛うじて通れるような危なげな道。足を踏み外せば枯れ果てた沢に落ちる、地獄谷を渡るような頼りない橋。上り下り、辛うじて前鬼の森の中に入ると、そこに、巨大な仁王のような、二つの大岩がよそ者の侵入を拒んでいる。「両童子岩」である。根元が一緒の、二つのごつごつした岩が、U字型に十メートル程の高さで、ガ、ガーンという感じで立っているのだ。両童子は不動明王の従者だが、昔人は、この二つの大岩を仰ぎ見て、畏怖の念も込め、そのように見立てたのだ。

堅太郎は大人になった今、改めて見詰めても、子供の頃に恐れおののいて見上げた記憶がはっきりと蘇って来た。自然なる技に畏怖し、そこに神や仏が宿っていると、思わず手を合わせた昔の人々の気持ちは純粋に理解できるのだった。

そう、この前鬼の里は、治外法権なる場所でもあったのだ。

かの役行者がこの世を去るに当たって、従者であった前鬼後鬼の夫婦に、

『お前達は、この後、幾世代に渡ろうと、大峯修行者達の為にこの地に留まり、代々子孫を残し、この大峯を守り、修行者の手助けをせよ！』と、命じて昇天したのだ。

その言い伝えの下で、現実には聖護院と三宝院の両御門主の管理下で、この前鬼の里に宗旨、年貢、地頭の全てから解放され、千年の間、ひっそりと住み続けた種族がいたのだ。

その種族の姓は五鬼と言われ、鬼熊、鬼上、鬼継、鬼助、鬼童の五家族が明治の御世まで続いていたのだ。従って、この隠れ里は水田も畑もあり、鬼の姓、五家族がしっかりとこの峯中を守り、生活していたのだ。

今現在も、その姓を継ぎ、この里を守り続けている鬼上喜助《きじょうきすけ》さんは、五鬼の一人として貴重な存在だった。

堅太郎の片腕である鬼童も、その姓を継いだ稀な一人でもある。

そんな隠れ里に、堅太郎は「縄文解放同盟」の庇護の下、幼年期から少年期までを過ごしたのだった。今現在も修行者を宿泊させる、「小仲坊《こなかぼう》」がしっかり残っている。

一行は霧に巻かれ、鬼気迫る夕暮れに、前鬼・行者堂の前に整列し、「大宿」の声と共に、手を合わせ、今日一日の無事を心から感謝した。

鬼上喜助さんは、疲れ切った一行を温かく迎え入れてくれた。その上、お接待の為、下の里からわざわざ前鬼まで登って来てくれた数人の縁ある人々にも、にこやかに迎えられたのだ。

堅太郎は感無量であった。

黒澤は宿坊に近付くと、修行者からデカの目付きに変わっていた。千年の歴史を持つ、修験道の建物は、小まめに修繕されつつ、その面影を残しているようだ。

一行はお接待の若い衆に導かれ、薪ストーブが盛んに焚かれている土間から、各部屋に上がり装束を外した。

黒澤は一人、仮面を付けたまま、勢いよく燃える薪ストーブに手を翳して各部屋の様子を窺った。

烏天狗一行の各部屋は、ストーブの暖を取り入れる為に、障子が開け放たれたままだった。歩き続けてきた疲労の塊が、ストーブの暖かさに溶け、脱いだ法衣からも湯気が立ち昇っている。手足を伸ばす一行には、清々しい解放感が漂っていた。

しかし、一番奥の一部屋だけ、障子が固く閉ざされ、妙に冷たい霊気が冷凍庫の扉を開けたかのように、障子の向こうから霧となって流れ出ていた。

「大宿」も法林も、そして無論、堅太郎と鬼童も仮面は付けたままであった。

お接待の若者達は心底誠実に一行の面倒を見てくれた。

高槻堅太郎は庫裏の奥で、喜助さんと何やら真剣に話し込んでいるようだった。

心尽くしの食事の後、お汁粉が振る舞われたが、黒澤にとって脅威の美味だった。娑婆でお汁粉を食べた記憶がない。甘い物がこれほど美味いのは、やはり相当疲れが溜まっているせいであろう。

食後、堅太郎の合図で鬼童と黒澤は庫裏の奥に集まった。三畳ほどの小部屋に、三人の烏天狗が無言で座った。

『今現在、この奥駆けに入っている修行者の一行は、我々の他に、二組いるそうです。と言っても、全行程を走破するグループは我々だけです。他のグループは、途中、車での移動も含め、所々はしょった歩きですから、修行者というより登山者のグループでしょう』鬼童が最新の情報を語った。

『喜助さんの話では、警察らしき聞き込みは、下の里では聞いていないそうです。従って、今のところは、警察の動きは無いものと考えていいでしょう。倉田と岸本組、即ち、裏社会が面子を賭けて「幻」を追っているという事です。他の二つのグループというのが、恐らく、まるで似合いませんが、厳しい奥駆けを所々歩いているやくざの一行だと思います。笑っちゃいますなー』堅太郎は仮面の下で本当におかしそうに笑った。

『やくざ道も修行ですからね』鬼童も綺麗な歯並びを浮き立たせ、にっこり笑った。

『一つ聞いていいですか？』黒澤だけが笑わずに、ボソッと口を開いた。

仮面の二つが黒澤を見た。

『一番奥の部屋には誰が入っているんですか？』黒澤の問いに、堅太郎の仮面がスッと天井を見上げた。数十秒、そのまま天井を見上げていた。

『本宮翁がよくおっしゃっているでしょう、在って、無い。無くて、在る。いて、いない。いなくて、いる——です』

堅太郎は天井を見上げたまま独り言の如く答えた。

『やはり、「幻」の部屋ですか？』黒澤はなおもリアルに聞き返した。

『この大峯奥駆けに入峯した時に、全員が死んだのです。今、死体が歩いているのです。死体が汗をかき、死体が喘ぎ、死体が祈り、苦しんでいるのです。そして神々の力で清められ、洗われた死体が改めて蘇るのです。

それが、大峯奥駆けの全行程

から引き出す答えなのです』
黒澤は、自分より遥かに若い堅太郎が、何年も上の先輩のように思えた。若い世界チャンピオンや横綱を見る時、いつも自分より先輩であるような気がしているのと同じだった。
『やくざ達は死体を殺しに来たという訳ですか――』黒澤の精一杯の皮肉であった。

六

いよいよ、南奥駆道に入り込んだ。

今まで、南奥駆は道も整備されておらず、行者達は概ね、靡二九「前鬼山」で終えていたのだ。

烏天狗の一行は、前鬼の「小仲坊」の宿を早朝出立し、一旦、靡三三「二つ石」、通称「太古辻」に戻り、南奥駆道を熊野へと歩き出したのだった。

靡三二「蘇莫岳《そばくだけ》」辺りの風景から荒々しさが消え、道も緩やかになった。そのせいなのか、それとも、黒澤の体に変化が起きたのか、足は軽やかに進んでいた。体も軽い。自然と辺りの景色も目に入ってくる。

山頂には、役行者の笛に合わせて、仙人が雅楽を舞ったと伝えられる「仙人舞台石」の大岩が、デンと納まっていた。透明にして夢幻の風が吹き抜ける大自然のホリゾントを背景に、ファンタジックな神話の舞人《まいびと》の登場を、遥か縄文の昔から待ち続けているような石舞台であった。

黒澤は、フッと春蛇の姿を思い浮かべ、足を止めた。この大自然を背景にこの石の舞台で、今、春蛇が、錦織の能衣裳を纏い、艶然と踊ったら……。森の神々も一斉に顔を出すのではないだろうか!?

『黒澤さん、小便一町、糞八町って言いましてな。小便をしていると、百メートル置いて行かれ、大便をしていると八百メートル遅れるっていうくらい、修験者の足は止まらないんです』

法林が禿げ頭を掻きながら、下品な言葉を嬉しそうに語った。

『置いて行かれっ放しの行者は、石コロになって転がっているという訳ですか』

『夢中に歩いていても、景色がしっかり目に入るようになったのは結構です。次は景色が自分を見ていると感じ、自分自身が景色の中に溶け込み、己が景色そのものになったら本物でしょう』

『やれやれー雪舟じゃあるまいし』

黒澤は一行の後姿が霞んでいるのを見詰め、歩き出した。

『法林さん、ひょっとして、新客は僕一人じゃないんですか？』

法林は黙って、黒澤を後ろから煽るように歩かせた。

『遅れるのはいつも僕ですし……他の新客はまるでブレずに歩き続けていますよ』

法林は口を開かなかった。

『それとも、生身の人間は僕一人で、後の人達は……？』

黒澤の背中が急に温かい気に包まれ、背中を押されるように、前へ前へと体が自然と進んでいた。振り返る事は許されないような気持ちで、黒澤は歩き続けた。

体が軽い、息切れもしない。

前方から、「ザーンゲザンゲ・ロッコンショウジョウ」と山念仏が聞こえて来た。

異空間を歩いているような気分だった。

靡二六「子守岳」の頂上で黒澤は我に返った。ウワァーッという感じで、空間が広がり、遥か遠くに熊野灘が空との境目も無く霞んでいた。

海だ！　まだまだ遠いけれど、海だ！　山ではなく、海だ！

黒澤は一人、生身の高揚感に浸った。

意識が飛ぶ！　相対性理論を無視して、意識は飛ぶ！　意識は時間も空間も無視して、無重量の思念の全てを満載し、一瞬にして宇宙の果てに飛ぶ！　これを霊気と言わば言え！　飛び立つ感動も、恐怖の叫びも！

肉体という、精緻な箱物を飛び出し、心の叫びが飛ぶ！　魂という透明なエネルギー体が飛ぶ！

靡二五「般若岳」、靡二四「涅槃岳」——そう、黒澤は肉体を離れて飛んでいる。

道は直登に次ぐ直登である。苦しくない。

靡二三「乾光門《けんこうもん》」北の大峯を振り返る、「拝み返しの宿」である。

熊笹の荒海を掻い潜り、「トサカ尾」と呼ばれている岩場を鎖にぶら下がるようにして下り、阿須迦利岳《あすかりだけ》を登る。

要するに、迂回せずに、馬鹿正直に幾つもの峠を登ったり降りたりしている道なのだ。この愚かにして真っ直ぐな苦労に耐えよ！　という事なのであろう。

黒澤は空《くう》をさ迷うようにして、とても真っ直ぐには定まらず、ふらふらと歩き続け、いつの間にか今日の宿、——「持経宿《じきょうのしゅく》」まで導かれていた。

一行は素朴な切り株の上に祀られた自然そのままの石に手を合わせた。石には金剛童子の文字が刻まれていた。

役行者が持つ力の一つに孔雀経呪法《くじゃくきょうじゅほう》がある。

当時の人々に様々な恵みと驚異を与えたのだ。雨を降らし、病を治し、未来を予知し、災害を止め、自然の脅威を身をもって教え、己が自然と化し、風となって空を飛んだ。

そんな、孔雀王呪経を役行者がこの地に埋納したという事だ。

現代人は決して信じないだろうが、ともかく、昔人は信じたのだ。それだけ余計な知識も無く、愚かにして真っ直ぐであったのだ。その真っ直ぐな心に、しっかりと真正面から取り組んだ修験者達の苦行も、また、愚かにして真っ直ぐであった。だからこそ、自然の奥深くに潜む神々を、表舞台に立たせる事ができたのであろう。五鬼家の末裔か、それに連なる縁者からなる人々が数名で、自動車道から物資を運び上げ、山小屋ではとても望めないような豪華な食事を用意してくれていた。

一行は装束を脱ぎ、仮面を外し、無償で接待に励んでくれる人々に、心から礼を述べ、ありがたく戴いた。久しぶりの玉子焼き、豆腐と油揚の味噌汁、小松菜の御浸し、椎茸と筍の煮付け、美味しかった！

黒澤は知らず知らずのうちに、心の中の澱みが流れ出し、生きている事自体の胸苦しさが少し軽くなったような感じがしていた。食事が済むと、たちまち、赤子のように眠くなっていた。

無論、山小屋には幾つも部屋がある訳でもなく、一同はその場に雑魚寝する事になるのであろう、と思いつつ、黒澤は知らず知らずのうちに横になっていた。

ほんの数分眠り込んだと思ったら、薪ストーブの炎が激しく弾けるような音でドキッと目を覚ました。目をこすろうと手の甲を持っていくと、仮面を被っていた。誰かが寝ている間に黒澤の顔に仮面を着けたのだ。寝たままの姿勢で辺りを見回すと、一同全員が仮面を着け、部屋の片隅に座っている。お接待の人々は既に山を降りたのだろう、姿が無かった。部屋の真ん中に、三人の登山者が仁王立ちに立っている。その中の一人が猟銃を天井に向けていた。

ズドン！　と天井が裂けるような音を立て、猟銃が発射された。

黒澤はたちまち、デカの敏捷さに戻って飛び起きた。

『気楽な烏天狗がもう一羽起きたところで、全員の仮面を取って貰おうか！』

真ん中の男、そう、倉田洋三が低い声で命令した。

『なんの為に、この神聖な仮面を取れと言うのじゃ！？』

「大宿」の本宮翁が、深い窟で経を上げているような声で質問した。

『この中に、殺人鬼が紛れ込んでいると、確かな情報を掴みましてなー』

倉田も爬虫類のような細い目を眼鏡の奥で光らせ、冷たい声で囁いた。

『ほう、殺人鬼が……ほう、これはまた――そういう迷い人は、奥駆修行では歓迎ですな……』

まったく動ぜず、本宮翁は笑った。

倉田は登山用のチョッキのポケットから一枚の写真を取り出した。

『この写真は警視庁が極秘で捜査員に配布した、殺し屋のモンタージュ写真でしてな。仮面を取っていただければ、簡単に判る事なんです』

倉田は別に凄みも効かさず、淡々と冷酷に事を運ぼうとしている。

『倉田さん、さすが裏にも表にも通じているだけあって、よくその写真を手に入れましたな』

黒澤はしっかり張り付いた鳥天狗の仮面を剥ぎ取った。

倉田は黒澤警部の顔を確認しても、始めから予測していたと見えて驚きもせず、黒澤を見詰めた。

『倉田さん、今やっている行為だけでも、三、四年の懲役は喰らいますよ』

『もとより、懲役どころか、命も賭けてます。前立腺癌から始まって、内蔵は癌細胞に大分食い荒らされてますから……』倉田は微かに口を歪めて笑った。

『私が十年「幻」を追っている事は既に承知しているでしょう。勿論あなた方は、私の足取りを追って、ここまで到達したんでしょうが、このグループの中に「幻」はいませんよ、倉田さん！　復讐するならもっとスマートにやってくれませんか。「幻」の殺しは後世に残るような芸術でした』

猟銃を持ったトカゲのようなやくざが黒澤に猟銃を向けた。

『幻が芸術なら、追っていた間抜けなデカは漫画だろうが！　私らここで全員撃ち殺してもいいんですぜ。そうすりゃ、どれほどすっきりする事か！　こんな化け物共の跡を付けるのは、もううんざりでね』

『プロの言うセリフじゃないでしょう。最後まで冷静に事を運びなさいな』黒澤はそのヒットマンに軽蔑の目を向けた。

『ハッ、ハッ、ハッ』本宮翁の高笑いが暫く続いた。

猟銃が本宮翁の頭上に発射された。本宮翁は微動だにしなかった。

『どうだね、我々と一緒に残りの奥駆けに参加したら』翁は魚釣りにでも誘っているような口ぶりだった。

『とにかく全員の素顔を見せていただきましょうー』倉田はあくまで冷静だった。

もう一人の、兄貴分に当たるらしい耳のつぶれた男が、一歩前に出た。

猟銃を構えた細身のヒットマンは、全員に向かって銃口をゆっくり移動させた。まずいのは、「縄文解放同盟」が絡んでいる事を、裏社会に知られる事だ！

堅太郎と鬼童は微かに身構えた。ここで行動を起こして、三人を倒す事は倒せるだろうが、殺す訳にはいかない。今回の儀式と相反する事だ。しかし、殺さない限り、裏社会に大きな混乱が起きる。

微かな地鳴りだった。山小屋の窓ガラスがガタガタ揺れ出した。天井から下がるランプが大きく揺れ、座っている床が上下した。咄嗟に、誰しも地震だと考えただろう――。

小屋の揺れ方は激しかった。棚から物が落ち、薪ストーブが踊った。どういう力が働いたのか、一枚の窓ガラスが爆発したように木っ端微塵となって飛び散った。

『ザーンゲザンゲ、ロッコンショウジョウ、ザーンゲザンゲ、ロッコンショウジョウー』

壊れた窓の向こうの闇から冷たい霊気が流れ込み、地響きのような声が響いてきた。

烏天狗の一行は座ったままだった。三人のやくざは慌てふためいて、表に飛び出した。

風が鳴っているのか、獣の叫びか、『ザーンゲザンゲ、ロッコンショウジョウ』の地鳴りに乗って、「持経の宿」が生き物のように揺れている。

やくざ達は何処から差し込んでくるのか青白い光の中で、大木にすがり、呆然としていた。

『でかい地震だ！　下の自動車道が崩れる可能性があるな！』倉田は動揺しながらも冷静に事態を判断した。

三人は這うようにして懐中電灯を頼りに、道を下って行った。

檜の大木がゆさゆさ揺れている。こんな時に、月の光が妙に明るい。

三人の外れ者達は、舞台上の役者のように、何処かコミカルに山道をよたよたと歩いているが、どうもまともには進んでいない。

檜の樹林の間道で、笹竹の海が波打っている。

揺れているのは三人の周辺だけである。後はシンと静まり返った山林が月光を浴び、冷たく三人の愚かな舞を見詰めている。観客はいない。

青白い光の中で、白装束の烏天狗が樹齢千年の檜の枝に止まっている。

幻影には違いないが、霧と月光が作り出す影絵が、樹林を背景に不思議な形を次々と作り出し、流れては消える。

三人は恐怖より、闘志に燃えて、猟銃を幻影に向け発射した。檜の枝が手を叩く、愚かな人間の振る舞いを笑っている。

『落ち着け！　車に戻って、先回りするしかないだろう！』倉田は辛うじて正気を取り戻して、山道を歩き出した。

七

檜やブナの大木は厳然と悠久の時の流れを見詰め、苔にまみれ、微動だにせず、人間という小賢しい生き物を見詰めている。

どうにも抗いようのない生命の時間差に、黒澤は呆然と巨木を見上げていた。都会では想像もつかない巨木である。地上に浮き上がった根っこは大蛇の如くうねり、また地面の中に潜り込んでいる。蛇の死骸のような朽ちた枝々がそこらじゅうに散らばり、道を覆っている。

黒澤は、地下足袋の上に滑り止めに履いたワラジで、蛇の死骸を踏みつけるように、サクサクと朽ちかけた枝を踏みしめながら歩いた。

数分と歩かぬうちに、またもや、神の創造物で、これほど巨大な生物が存在するものなのか！　と、思わず見上げてしまう巨木に出合った。

恐る恐る、巨木の木肌に両手を添え、生命の力を読み取ろうと、耳をあてがってみた。巨木の中から、ゴーという川の流れのような音が響いてきた。巨木が大地から吸い上げている水流の音なのだ。凄い！　巨木の血液の流れの音ではないか！　それは大地から続く血液の流れなのだ。

またまた、一町、二町、遅れを取った。振り返ると、後詰の法林さんがいない。えっと我に返り辺りを見回したが、誰もいない！　シンと静まり返った森の只中で、黒澤は巨木に圧倒され、初めて自然に恐怖を感じ、圧倒的な大自然の只中でうろたえていた。

急に全身に怯えが走り、逃げ出したい衝動に駆られ、金剛杖にすがりながらヒメシャラやミズナラの大木に追われるように走り出していた。

木々の枝をくぐり、追われる老鹿のようにけつまずきながら、ただ恐怖に駆られ走っていた。何が怖いのか、恐怖の意味も判らず、ただこの大自然の中から突然逃げ出したくなったのだ。

「やはり、木は木の中、人は人の中——ですよ！」誰かが山の独り暮らしから逃げ出して来て、思わず吐いた言葉だ！　黒澤も悟りからは一億光年程遠かろう。

方角も定めず、ただ盲滅法《めくらめっぽう》に走る黒澤は、ものの見事にもんどりうって、笹薮の中に転げ込んだ。何処を打ったのか、暫く息も継げず、天を仰いでゼイゼイ咳き込んでいた。咳き込み方は、やはり六十歳の爺であった。疲れが溜まっているのだろう、ちょっとした事で精神のバランスが崩れ、パニックに陥り、体を横たえると、フーッと睡魔が襲う。これを都会では老人性痴呆症と言う——。

関節という関節がばらばらになったような疲れが、笹薮の中で噴出した。眠ってはいけない、眠ったら石コロになる！　と思いつつ、瞼が重くのしかかってきた。極楽浄土に吸い込まれるような気持ちの良い睡魔だった。フーッと体が浮き上がるような酩酊感のまま、誰かに優しく起こされた。ファーッと立ち上がると、烏天狗の一人が黒澤の手を取り、歩かせた。

『ああ、法林さん！　クソ八町、遅れたみたいだ！』黒澤は照れ隠しに、冗談を飛ばした。

烏天狗は黒澤を起こすと、スタスタ先に歩き出した。

『怒ってるんですか？　法林さん！』黒澤はなんとか歩きながら、先に行く法林に呼びかけた。

笹薮の枝道に迷い込んでいたのだ。なんとか頭を正常に働かせ本道に出ると、法林の姿が消えていた。

『黒澤さん！　どうしました？　いつ、我々を追い越したんです？』

振り返ると、本宮翁を先頭に、烏天狗の一行が後ろから歩いてきた。黒澤はまさに狐につままれた気分だった。

本宮翁は黒澤の肩をポンと叩き、

『よくある事ですー』と一言投げかけて先に歩いて行った。

黒澤は一同が通り過ぎるまでポカンとしていた。法林がその後、暫くしてから遅れてやって来た。

『ショウベン一町、クソ八町って言ったでしょう。用を足す時は「後詰」に断ってから脇道に入るのが鉄則ですよ！　私も見失って焦りましたよ。よくこの本道を見つけましたねー』

法林は笑いながら、黒澤を追い立てた。

「では、一体、誰が俺を起こしてくれたんだ?!」考えている暇は無かった。

靡二〇「怒田宿《ぬたのしゅく》」明治時代の初めに、林実利《じつかが》という凄い修験者がいた。明治政府による修験道弾圧にもめげず、お上や、ただ愚かな神道一辺倒の輩《やから》から迫害されながら、ここ、「怒田宿」を基点に、南奥駆けの修験の道の復興に心血を注いだ人物である。この人物にも、五鬼の子孫が協力しているのである。

堅太郎はこの林実利には特に惹かれる思いがあった。あらゆる苦行の後、那智の滝の上で幾日も座禅を組み、その姿勢のまま、人々の安泰を願い、一三三メートルの滝の落下に身を任せ、滝壺めがけて身を投げたのだ。捨身である。

引き上げられた時も、座禅の姿は寸分も崩れていなかったそうである。

今、何処の世界に他人の安泰を願って、苦行し、捨身までする人物がいようか?!

笑うな！　笑わずに人間の崇高な行為を見詰め直せ！

数少ないとは言え、人間の中には失敗作どころか、神に近い人物もいたのだ！

世界の国々の指導者、権力者と称する、人殺し共よ！　この捨身の凄さを見よ！

経済だけを追い続けて来た愚か者達の軌跡が、今、人間の生存の基本を壊そうとしている！　もう間に合わなかろう——。

靡一九「行仙岳《ぎょうせんだけ》」黒澤にとって、この峠は、ただきつかった。どうも後押ししてくれる霊が、着いたり離れたりしているようなのだ。霊の気まぐれなのか、本当に助けを必要とした時だけ力を貸すのか……。黒澤はもはや、霊の存在を否定できなくなっていた。

山頂から暫く下った佐田ノ辻に「行仙岳小屋」があるが、この小屋を建てるに当たって、林実利が修行した窟の周辺から、水場を探し始めた。ただただ、実利の霊力を頼りに探し続けた結果、水場が見つかり、この場所に小屋を建てたそうである。

この南奥駆の修験の道の復興に掛けた人々の苦労は、真っ直ぐ愚かな苦行を幾重にも重ね、神仏に一歩も二歩も近付いた人々である。

日本人の精神の源を辿り、日ノ本の精神を築き直そうとした、前田勇一（一九一三〜一九八一）。深仙《じんぜん》に籠もり、六十日の断食修行で命を落とした、伊富喜秀明《いぶきひであき》（一九四五〜一九九五）。

神仏に限りなく近付く苦行とは——今盛んに言われている、臨死体験を自ら作り出し、体外離脱の状態まで持って行く事なのであろう。

やはり、死の先に魂の進む道が永遠と続いているのだ！　その事を先達は実践して見せてくれたのだ！　黒澤はおぼろげながらも理解し出した。

さて、烏天狗一行に控えし次の苦行は、身に着けているものはたとえ頭に載せている笠だろうと、全てかなぐり捨てたくなるほどのきつい坂であった。

もう、もう、身心共に——と言うが、身《み》は何処かに捨て去り、心だけで登り詰めた。

靡一八「笠捨山」仙人の居所とも言われている。せっかく登ったのに、またまた、酷い坂道を下るのだ。順峰を辿って熊野側から来ても、逆峯で吉野側から来ても、この道はあまりにも酷い！——と誰に訴える事もできず、泥まみれになって粘土に埋もれる木の根っ子を掴み、石コロに足を取られ、なりふり構わず下りに下り、またもや岩場の鎖にすがり、登りに登ったのが、靡一七「槍ヶ岳」だった。

それでも許して貰えず、鎖と岩の責め苦に合いながら、「地蔵ヶ岳」を過ぎ、靡、靡を一つずつ制覇して行くより仕方がないのだった。

靡一三「香精山《こうしょうざん》」きつい坂を下り続け、今夜の宿を目指して、膝が笑い、股関節がギシギシ鳴るが、痛みも無く、これが当たり前の己の体だと麻痺したのか、仏が入ったのか、黙々と歩み続ける。

「大宿」の合図で、縄文の会の堅太郎、鬼童、それから、「後詰」の法林の五人が、岩場を背景にして整列すると、一斉に法螺貝を吹き出した。山伏の到来を里人に知らせる合図だそうだ。

今夜の宿は、山の集落、人里である。法螺貝の音色が響き渡った上葛川の里にようよう辿り着いた。

山里の民宿には、かの三人組の姿は見えなかった。

八

人里を歩くと、やはり里心が湧いて来る。山の集落の周辺には、細かく仕切られた田んぼに菜の花が咲き、昨日の山の凄さを一時でも忘れさせる——。

このまま、奥駆道には戻らずに、人間社会に帰ってしまいたいという気持ちも微かに湧いたが、黒澤はこの七日間の修行が体の内部に染み渡り、体内時計も体のリズムも変わり、すっかり禁煙もでき、不純な食品の味にも敏感になったような気がした。夕べ出された漬物に振りかけたグルタミン酸ナトリウムが、舌に与えた感覚が異様だった。やはり人間も本《もと》を正せば、自然そのものなのだ——。

いつの時代か、何万年前か知らないが、宇宙からやって来たエイリアンが、地球を自由に動き回っていた自然そのものの動物に手を加え、染色体移植でもして、不自然な生き物を実験的に創ったのではないのか？　猿は今でも猿なのだ。ダーウィンの進化論はどうも信じられない。

人間が百パーセント、地球の生き物なら、地球の自然を壊さないで優れた文明を発展させたのではないだろうか？　不自然な実験動物が増え過ぎ、地球を破壊的に支配してしまったのだ。

何故なら、この実験動物である人間という生き物は、半分は自然の山を愛し、海を愛し、自然の崩壊を嘆きながら、後の半分で、破壊的な街を造り、ダムを造り、ロケットに乗って、鷹や鷲の子供のようによたよたと、地球から外へ飛び立ちたがっている。エイリアン星への帰省本能なのではないのか？

「大宿」の合図で山里に別れを告げ、烏天狗一行は、直線的に天を指すような枝打ちされた杉の隊列の中を縫うようにして、「玉置山」に向かった。

靡一二「古屋宿《ふるやのしゅく》」靡十一「如意珠岳《にょいじゅがたけ》」

「千眺之森《せんぼうのもり》」、「蜘蛛の口」「稚児の森」――。

何々一丁目一番、という都会の地名がいかに人間の感性から遠のき、人間の生活と歴史を無視してしまったか――。この奥駆道の地名の数々を振り返ると、今さらながら、都会はエイリアンの世界にどっぷり浸かってしまっている事に気付くであろう。

熊野が近付いてきた。道も易しくなり、林道も目立つ。

「花折塚」――。南朝の大塔宮護良親王《もりながしんのう》が熊野へ落ち延びる時、その従者を務めた武士、片岡八郎の墓である。数十人の追っ手に向かい、太刀が歪むほど果敢に戦い、敵を押し止め、矢に撃たれながらも、大塔宮を逃がした逸話の持ち主である。その話が伝わり、通る人々が山の花を折って手向けた塚なのだ。一行は、檜や杉の木立の中、石の台座の上に三角形の石碑がひっそり立つ、「花折の塚」に合掌した。

ズキーン！　と、森を揺るがす銃弾の音に、一同は天を仰いだ。

ダーン！　と、二発目は、「大宿」の頭上の枝を撃ち払った。

堅太郎と鬼童が素早く本宮翁を石碑の裏に座らせた。他の者達は、各々、身近の木に身を寄せた。

堅太郎と鬼童は銃弾が発射された方角に向かって、体を晒したまま歩き出した。撃たれる事を覚悟の行動である。

「大宿」も立ち上がり、「南無山上大権現、南無山上大権現」と念仏を唱えながら、敵の方角に向かって歩き出した。

法林が続き、他の者達全員が「南無山上大権現、南無金剛蔵王権現」と唱えながら歩き出した。

黒澤は仮面を取り、堅太郎と鬼童の前に回り込んだ。

『ちょっと待って下さい！　僕が話します』

黒澤は一人で、倉田達の隠れる茂みに向かって歩き出した。

『止まれ！　他の者の命を助けたかったら、殺人鬼一人が仮面を取って、前に出ろ！』

倉田の声には、元気が無かった。山に負け、疲れ果てているのは明らかだ。

仮面をかぶった全員が、錫杖を振り、念仏を唱えながら前に進みだした。

ズダーン！　三発目が木の葉を散らした。

猪の群れだった。銃弾の音に仰天した猪の群れが、横合いから茂みに向かって猛進している。先頭は子牛ほどもある大きな猪で、牙を剥き息を荒げていた。

三人は茂みから飛び出し、ばらばらに逃げ出したが間に合わなかった。

銃を持った細身のヒットマンが宙に飛ばされ、がっちりしたやくざは一瞬、猪と向かい合ったが、太股を牙でグサリと突き刺され転がった。その上を踏み潰すように、数頭の猪が走り抜けた。

倉田は走る事もできずに猪の群れにただもみくちゃにされ、意識を失った。

一瞬の竜巻のような、荒行だった。

猪の群れが走り抜けた「花折の森」に、フワーッと霧が立ち込め、辺りが夕暮れの如く霞み、何処か、異次元から聞こえるように――、

「ザーンゲザンゲ、ロッコンショウジョウ」の念仏が、森全体に山彦のように響き、霧と共に遠のいて行った。

森は鎮まった。

『縄文の神じゃ！　狩するものの神じゃ！　南無！　山神の霊気よ！　南無！　海神の霊気よ！』

「大宿」の本宮翁が、山彦と共に走り去った猪の群れに向かって手を合わせた。

他の烏天狗達もそれに倣って手を合わせた。

鬼童の無線機が鳴った。鬼童は皆から離れ、無線機に応答した。

『鬼童だ――うん、来たよ。――ああ、大丈夫だ――お前達の位置は？――判った、玉置神社の駐車場だな――まあ、手違いはよくある事だ。遅れてかえって良かったのかもしれない――神々の森が始末してくれたよ。――ウン？　説明は後だ、後始末はお前達がやってくれー』

鬼童は森の狩人のような顔で無線機を切った。

堅太郎と他の面々は、やくざの血止めやら、倉田の介抱やらで結構忙しかった。

黒澤は蜥蜴顔のヒットマンが持っていたライフルを手に取り、森の奥に消えた。

銃を始末するつもりだったのだ。あの三人はあくまでもただの登山者であり、突然、猪の被害にあった事にし

ておきたかったのだ。奴等もそれしか道は無いはずである。

登山姿の五人の若者達が間もなく現れた。後始末は、やはり裏社会のプロに託し、烏天狗の一行は、何事も無かったように出発した。

玉置山展望台には、「世界遺産」と彫られた大きな石碑が台座の上に納まっていた。どうも、泥まみれになって歩き続けてきた修験者達にとっては、何か、綺麗事のような石碑であった。

山頂への道はブナやミズナラの自然林に包まれ、先ほどの銃撃事件を忘れさせる爽やかな道であった。

靡一〇「玉置山」山頂。遠く、霧に霞んでいる熊野灘が、空と海の境も無く、冥界の如く見えている。あの「ザーンゲザンゲ、ロッコンショウジョウ」「懺悔、懺悔、六根清浄」の念仏が霊気と共に消えて行ったのは、熊野灘の果てなのか？　黒澤は暫く、己の命の行方を見詰めるように、ぼんやりと霞む海を見詰めていた。

「南無熊野大権現」「南無熊野大権現」と、勤行の響きに、黒澤は我に返った。

この玉置山は、熊野本宮の奥宮なのだ。

玉置神社に近付くと、杉の巨木が千年の重みを持って整然と並んでいた。

植林にしては凄過ぎる。しかし、植林が千年の月日と共に、自然林に変化したかのような――厳かな聖なる巨木の群れの中に、柵に囲われ、苔むした石が三つ並んでいる。ただそれだけの「三石社《やしろ》」である。

もう一箇所――枯れる事も、倒れる事も許されず、台地が崩れぬ限り、そこに立ち続けているような巨大な老杉の根元に、白い石に囲まれた黒い石が不思議なコントラストで地表に顕われている。「玉石社」だ。

何千、何万年の間に現れる自然現象を、昔人は、神々の降臨として敬い、畏れ、手を合わせて来たのだ。

烏天狗の一行も、巨木と石が創り出す神の遊び場に手を合わせた。

その日、烏天狗の一行は、平和だったとは言わないが、玉置神社の宿坊に粛々と落ち着く事ができた。

九

大森山（一〇七九メートル）の山頂を目指し、コツコツと登る。

下りは、奥駆道の厳しさも、そろそろ終わりに近付いていると感じつつも、思わずため息を漏らしてしまう坂道だった。石コロと木の根っ子のガラガラ道を辛抱強く下った。

靡八番「岸の宿」から靡七番「五大尊岳」への道は、黄楊《つげ》の木に群生している淡黄色の花や、シャクナゲの自然林に励まされ、なんとか歩き続ける事ができた。

そして、「五大尊岳」から紀州国へと、まっしぐらに下って行ったのだ。

靡六番「金剛多和」六道の辻である。自然の穴倉に飲み込まれそうになっている石室《いしむろ》に、役行者のにこやかな像が祀ってある。よく歩いた！　と役行者が褒めてくれているようだった。

一同は全員が仮面を取り、役行者に頭を下げ合掌した。ここまで大峯を無事に歩かせていただいた事に心から感謝したのだ。

一行の姿は惨憺たるものであった。法衣も破け、袴は泥だらけ、地下足袋からは、足の親指が飛び出している。

しかし、凜とした一同の顔に揺るぎは無い！　重なり合う山々の峯を這い、龍の如くうねる道を、振り落とされる事もなく、高く登り、深く沈み、霧に包まれ、神々の光に炙り出され、役行者の霊気に導かれ、「懺悔、懺悔、六根清浄」と、歩き続けたのだ。

そして今――熊野本宮まで、靡五番「大黒岳」、靡四番「吹越山」の二つの「靡き」を残すのみとなった。役行者の法力は、大峯山中の草木すら素直に靡き、自然の調和を創り上げたという伝説なのだ。

勿論、熊野三山のうち熊野本宮が一番靡であり中心点であるが、靡三番の新宮は本宮から、熊野川を下り、熊野灘に流れ込む河口にあり、一方、本宮から小雲取、大雲取の厳しい山を超え、激しい山道を下った所に、靡二番の那智大社があるのだ。

即ち、熊野三山は、熊野本宮を頂点とし下の熊野灘を背景に新宮の速玉大社《はやたまたいしゃ》と那智大社が三角形に配置されているのである。

従って、逆峯を靡四番「吹越山」から降りると、靡一番、熊野本宮——三山の中心点に先に参る事になるのだ。

靡五番の「大黒岳」の山頂は、様々な羊歯《シダ》植物に覆われていた。

尾根から見下ろすと遥か左下に北山川が流れ、右下には、熊野川が、断崖を縫うようにして滔滔《とうとう》と流れている。左下の北山川と熊野川は、宮井の辺りで合流し、紀伊山地のエネルギーを全て溶かし込み、熊野灘の河口に向かって、悠々と流れて行くのである。

急坂をどんどん下り、鉄塔の横の道を進み、迷いそうな迂回路から、山在峠に登る。熊野川がパノラマの如く見渡せる、絶景である。

休む事もなく熊野本宮を目指して下ると、役行者と聖宝尊が祀られている慎ましやかなお堂がある。靡四番「吹越山」である。ここで、明治の廃仏毀釈までは、逆峯では最後の結願護摩を修め、順峯なら、これから奥駆けに入る新客に、様々な掟と注意事項を授ける場所になっていたのだ。

吹越峠を超え、奥駆道、最後の峯である「七越峯」で西行の歌碑を横目に、一・五キロの道のりを一気に下り、最後にコンクリートの階段を下りると熊野川の辺、「備崎《そなえざき》」に到達した。

「山上ヶ岳」の「お亀石」の頭から、ここ、亀の尻尾に当たる「備崎」までようよう辿り着いたという事にもなる。吉野から始まった壮絶な大峯奥駆道がここで終わったのだ！

これから先は、いよいよ熊野古道に入るのである。

夕暮れの熊野川の中洲に、「大斎原《おおゆのはら》」と呼ばれる聖地がボーと浮かび上がっている。本来はこの聖地に熊野本宮社が建っていたのである。この中洲は、熊野川と音無川、それに岩田川が合流する強力な磁界であった。

紀伊半島の山系に連なる巨岩と渓流と滝、森と大地の交合、そして生きとし生きるもの全てのエネルギーがここに集約され、膨張し、エネルギー体となって渦を巻き、フッと、オーロラの輪が安定すると、天から神々が降臨する姿が見えたと言われる神聖なる場所であったのだ。

それがゆえに、この大斎原に熊野本宮社が建てられたのであるが、明治二二年の大洪水で今の対岸の台地に本宮が移されたのである。

黒澤は夕暮れの霞の中に浮かぶ大斎原から、不思議な磁力と暖かい霊気を感じていた。

黒澤の目に何故か突然、泉が湧き出るように、ぶわーっと涙が盛り上がって来た。涙はみるみる膨らみ、ボタボタッと重量感を伴って流れ出した。こんな涙を経験した事がない！　自分でも驚き、うろたえたが、涙の意味が判らない！　ただとめどなく流れる涙は、仮面の下から鼻筋を伝わって、サラサラと粘り気も無く流れ続ける不思議な涙だった。

黒澤は暫く、なすすべも無く「大斎原」を見詰めたまま、立ち尽くしていた。

誰かがそっと背中を押した。振り返ると、一人の修験者が立っていた。法衣も袴も真新しく、我々のように汚れていない……。しかし、烏天狗の仮面は被っていた。

修験者は黒澤を導くように、熊野川の浅瀬に足を踏み入れ、川を渡り出した。

黒澤も何故か、吸い込まれるように、熊野川の浅瀬に足を踏み入れた。昔から「水垢離《みずこり》」といって、この冷たい熊野川の水で穢れを落として、本宮に上がったのだ。

修験者は水の上を滑るように渡って行く。黒澤も澄んだ流れに足を取られる事も無く、膝ほどの深さの流れを苦も無く歩いている。

『ゾルバよ！　その男――許されたであろう』

先を行く修験者の背中から、微かに響く声が黒澤の胸の中にじかに入り込んで来た。

確かに生まれてこの方、経験した事のない種類の涙がとめどなく湧き上がり、流れ出た後は、何か知れず、心の底に澱み込んでいた汚れがきれいに洗い流されたような清々しさだった。

許された！　生きて来た全てを許された！　慈悲を持って許された！

『幻よー』黒澤も心の中で呼びかけていた。

『殺し屋は何処へ行くのだ？』

『霊気の流れに沿って行くまでじゃ――』

『悲し過ぎないのか？』

『生きて、生きて、悲し、死んで、死んで、悲し――』

『一瞬の愛、一瞬の正義――それが殺し屋のテーマではなかったのか？』

『解決にはならぬわ――人間達の心が萎びてしまったのだ――。心は銃弾では撃てぬ、撃てるのは神仏の光だ。だがその光が消えている』

『だから、奥駆道をさすらったのか？』

『ザーンゲ、ザンゲ、ロッコンショウジョウ――』

「幻」は、大斎原の森の中に消えて行った。

黒澤は中洲に足を踏み入れると、後ろを振り返った。烏天狗の一行は賽の河原を渡る亡者の列の如く、何処となく影が薄く、夕暮れの熊野川を渡っている。

大斎原の中央には、茫洋とした空間が広がっていた。左手に、一遍上人の大きな石碑が建っている。「信不信をえらばず、浄不浄をきらはず」と、一遍上人が熊野権現から授かった、厳しくも深い言葉が彫り込まれていた。

いつの間にか、高槻堅太郎が仮面を外して黒澤の横に立っていた。じっと真剣に石碑を見上げている。

『浄不浄をきらはず……浄不浄をきらはず――浄不浄をきらはず！』

堅太郎はぶつぶつと同じ言葉を繰り返した。

『今夜、我々は湯峯《ゆのみね》温泉に泊ります――昔々、偏見の深い時代に、癩病患者をも嫌わず、暖かく迎え入れた熊野本宮お膝元の湯治場です……』

堅太郎は顔を背けるようにして、その場を離れた。突然込み上げてきた嗚咽を必死に抑えながら、広場の真ん中に立ち、夕暮れの天を仰いだ。今ここで叫び出したら、息絶えるまで叫び続けるであろう――。

「母よ！　父よ！　命よ！　愛の魂よ！　今、できる事ならば、この大斎原の聖地に舞い降りたまえ！」

山伏姿の男、堅太郎が、マリア様に祈るが如く両手を合わせ、天を仰いでいた。

烏天狗達は、悲しげに手を合わせる堅太郎を遠巻きにして、同じように天を仰いでいる。

かつて、日本書紀にも、推古天皇の時代には、「天に赤気《せっき》」あり、その形は雉《きじ》の尾に似たり」と記されてあるように、飛鳥・大和の時代に、太陽の風と地球の磁場が織り成す、オーロラを目撃しているのである。

空海が見つけた「大日如来」は、オーロラのブレークアップ現象から、地球の存在の原点を見通したものではなかろうか？　即ち、天が裂け、爆発したかのように、オーロラが色と形を変化させ、空一面に龍が踊るが如く、天そのものが乱舞する状態をブレークアップと天文学者は呼んでいるのである。

現在も、オーロラを追う人々は、このブレークアップに出会いたく、カナダやアラスカまで行っているのだ。地球は、太陽風と呼ばれる、太陽の大気の中に浮いている小さな星である。

この小さな星は、太陽のとてつもない高温気体に直撃されないように、惑星間の奇跡に近い空洞にひっそり浮かび、太陽のとてつもないエネルギーを上手にかわしながら、必要なエネルギーだけを取り入れているのである。オーロラは天からの手紙とも言われ、太陽から放たれたプラズマが、地球の磁界に突入してできる現象なのだ。宇宙の神がオーロラに乗って、この星に降臨する現象なのだ。

大日のエネルギーが注がれ、この星の生命は保たれるが、そのエネルギーは、仏と結ばれてこそ、人間の生死の営みに愛の磁場を造れるのだ。

伝説にあるように、青く光る月もこの磁場には影響したであろう——。

修験者達は堅太郎を遠巻きにし、一心に般若心経を合唱している。

大斎原の森全体が、山伏達の純粋な祈りから発する暖かい「気」を、徐々に受け入れているようであった。

元々、この大斎原は、特別な磁気の周波に囲われており、不思議な暖かさが漂う場所なのだ。

その時、大斎原の上空が揺れ、空の割れ目から流れ出る水流の如く、白い霧が溢れ出て、森全体を包み込むように広がった。夕暮れの森が乳白色の灯りに包まれ、白い霧が次第に収斂され、堅太郎の頭上に光の輪となって浮かび上がったのだ。

十人の修験者達の合唱に一層「気」が込められ、熱を帯びたエネルギー体となって、光の輪の中に吸い込まれて行った。光の輪はゆっくり回転し、乳白色に輝きながら上下していたが、いつの間にか光の輪の中に、夕焼け色に染まった霊体が二つ降りて来た。形は定まらないが、微かに人の形とも思える霊体であった。

二つの霊体は堅太郎の体を両脇から抱きしめるように包み込んだ。堅太郎は夕焼け色の愛に包まれたのだ。森は沈黙し、堅太郎を包み込む暖かい霊気を見守った。

大斎原の広場中央に立つ堅太郎が、突然、森全体に響き渡るような叫び声を上げた。それはまさに幼児そのものの声であった。ハンセン氏病を背負った若い夫婦が、国家が決して許さなかった一粒種の堅太郎を、自らの命と引き換えにこの世に誕生させたのだ。当時五歳になる無国籍の堅太郎が辰巳弦蔵の手に渡されてから四十年、今、堅太郎は母と父の愛に再会している。

いつ現れたのか、山伏姿の「幻」が堅太郎の後ろに立ち、暖かくも頼りなげな霊体の渦を大切に守るかのように、鬼神の如く立っていた。般若心経が地響きのように森全体に流れている。

堅太郎は幼児のまま、手放しで、誰に憚る事も無く無邪気に泣き続けた。

黒澤が入り込む余地は微塵も無かった。しかし、こんな快い泣き声を聞いたのは、黒澤の人生の中で始めてであった。

泣くがよい、もっと、もっと、その泣き声を聞かせてくれ！

そんな風に泣く事は、大人になった人生にはまず無いだろう……。いや、子供の時すら、何かしらの気使いを伴った泣き方しかできなかったような気がするのだ。

愛する者の胸の中で、ただ、手放しで泣く事があっただろうか？　黒澤には無かった。

堅太郎にとって、あの白神山地で過ごした五年間は、神々の愛に育まれ、一生分の親の愛を受け取っていたのだ。

その分、両親を理不尽に追い詰めた人々、国家権力を弄ぶ卑劣な殺人者共を許せないのであろう――。

十

湯ノ峯温泉には、小栗判官《おぐりはんがん》が入湯治療したと言い伝えられている、有名な岩風呂がある。通称「つぼ湯」と呼ばれている小さな岩風呂であるが、今でも多くの観光客が、この川の辺で湯気を立ち昇らせている「つぼ湯」を訪れているのだ。

「小栗判官と照手姫」の物語は、「説経節」といって仏の教えを物語の形式で衆生に説き明かす日本文学の一つの分野である。

特にこの物語は、あの世とこの世の狭間を潜り抜け、煩悩に左右され、修羅と地獄に痛めつけられながらも、哀れにして健気な愛を結晶させるロマンチックな人間ドラマとしても傑作である。歌舞伎にも取り入れられ、何回か上演されているのだ。

小栗判官は京都の名門の御曹司であったが、我が儘を通し、親の薦める女性とは結ばれず、勝手放題な生活の隙を突かれ、洛北《らくほく》の深泥池《ふかどろがいけ》の大蛇の化身と交わってしまうのである。その罪を咎められ、常陸《ひたち》の国へ流罪となるのだ。

大納言の息子であった小栗は、その為に判官という下級職に格下げされたのである。

その流罪先で、武蔵と相模の郡代を務める横山氏の美しい娘と恋に落ちてしまったのだ。

若さと情熱のままにその美しき娘、照手姫を誘い出し、男女の契りを交わし、誰の許しも得ず夫婦となったのである。

怒り狂った父親は手の者を差し向け、美丈夫であった小栗判官を毒殺した。

一方、ふしだらな真似をした娘は家を追い出され、人買いの手で美濃の遊女屋に売られるが、頑として客は取らず、下働きとなって小栗判官に操《みさお》を通していた。

毒殺された小栗判官も、冥土で閻魔大王に詰問されるが、二人は深き恋ゆえに結ばれ、その愛は不変である事を真摯に訴えたのである。

閻魔大王には深い考えがあったのか、小栗判官をもう一度現世に送り返す事にした。

しかし送り返すに当たって、閻魔大王は小栗判官を見るも無残な姿のまま、現世に送り返したのである。それは、髪はバラバラ、手足は今にも折れそうな細い骨に、干からびた皮膚が付着しているだけであり、腹だけ異様に膨らみ、目も見えず、耳も聞こえず、口さえ閉ざされ、歩く事もできず、地を這いずり回るような姿であった。閻魔大王はそんな小栗判官の胸に、「この者を熊野本宮の『湯ノ峯』の温泉に入れ治療させて欲しい」と自筆自判の札を掛け、藤沢の上人に宛て送り返した。

この藤沢の上人とは、あの一遍上人を祖とする時宗《じしゅう》の本山でもある、清浄光寺《しょうじょうこうじ》の住職であった。

時宗は一向宗とも言い、一刻一刻を臨命終時と心得、南無阿弥陀仏の名号を唱えよ——即ち、一瞬一瞬に命の臨終を見よ！　一瞬一瞬に命の生死を見よ！　故に、留まる事のない人生を歩き続け、南無阿弥陀仏と祈り続けよ！　という教えであった。

藤沢の上人は、この小栗判官の頭を剃り、「餓鬼阿弥陀仏」と命名し、閻魔大王の書付にもう一筆、「この者の車を一引、引けば、千僧供養！　二引き、引けば、万僧供養！」と書き加えて、丸太を輪切りにしたものに箱を乗せただけの粗末な土車に小栗判官を乗せると、二本の綱をつけ、上人自ら車を引き出したのである。

一引きで千人分の坊さんの供養ができるとあっては、道端の善男善女は「えいさらえい、えいさらえい」と、先祖の供養と自らの来世の幸せを願って、争うようにしてその車を引き出したのである。小栗判官を毒殺した横山一党の本拠地も通ったが、小栗判官とは気付かず、その一党も、車を引いた。

途中、美濃の青墓まで車は引かれてきたが、引く手が途切れ、遊女屋の軒下にうち捨てられていた。それを偶然に見つけた照手姫は、無論、自分の夫だとは露知らず、たとえあんな姿になったとしても生きていて欲しかった——せめて夫の供養にと五日間の暇を貰い、青墓から関寺（今の大津）まで車を引くのである。

照手姫もそんな惨めな人間を乗せた車を引くのであるから、髪を振り乱し、狂女を装い、「えいさらえい、えいさらえい」と、夫とは知らずに懸命に車を引いたのである。その姿を想像すると、前世を辿ろうが今世を辿ろうが、哀しくも切ない道行ではないか。

照手姫は買われた身、遊女屋に帰らねばならぬ。そこで、この「餓鬼阿弥陀仏」と名付けられた無残な男に、「私は青島から関寺まで車を引いてきた遊女屋の水仕女《みずしめ》ですが、熊野の湯で病が癒やされたら、青島の遊女屋までお尋ね下さい」と書き付けた札を車に添えて別れるのである。

美濃から京都、京都から紀伊路、田辺から中辺路へと——とてつもなく、厳しくも長い道のりを、善男善女がリレー式に小栗判官の車を引いて行ったのだ。

途中、王子に祀られている熊野権現に手を合わせ、山が厳しく、車が引かれなくなると、山伏達に助けられ、籠で背負われ、ようやく熊野本宮で参拝を済ませて、ついに、湯ノ峯に辿り着くのである。

「一七日お入りあれば両目が明き、二七日お入りあれば耳が聞こえ、三七日お入りあれば、はや物申し、七七日経つと、六尺豊かなマスラオ振り、元の小栗殿とおなりある」

小栗は長い夢から覚めた気持ちで熊野信仰の修行を積み、山伏に化身した熊野権現から開運の金剛杖を与えられ、蘇った。故郷に帰り両親とも再会し、勘当も解け、何よりも、青島の遊女屋で照手姫と感激の再会を果たし、めでたしめでたしという事になるのである。

しかし、元々、一遍上人から始まった一向宗は、「信不信を問わず、浄不浄を嫌わず、お札をくばるべし——」と熊野権現から啓示を得、全国を遊行僧として踊念仏で信者を増やし、病む者、飢える者の力になり、特に、顔が崩れ、目も鼻も口も定かでなくなった癩病患者を助け、お供にも、白い布で顔を隠した人物も連れていた。

「餓鬼阿弥陀仏」とは、癩病患者の別名でもあったのだ——。

「餓鬼阿弥陀仏」——と、一向宗の上人から、あえて命名された無残な姿の小栗判官が、七七日間の湯治をしていたのが、この小さな「つぼ湯」なのである。

そんな大昔に「湯の峰」は、癩病患者を快く迎えていた湯治場でもあったのだ。

高槻堅太郎はまだ未明のうちにこっそり一人抜け出し、「つぼ湯」に浸かっていた。

杉皮の小さな屋根には苔が生え、川の流れの飛沫を浴びるような、素朴な岩風呂である。

堅太郎は遠い昔、おぼろげに浮かぶ風景を断片的に思い出していた。白神山地の赤石川、キラキラ光る陽射しの中、母がいた。父がいた。石に囲われ、温かい湯に浸かって、笑っていた。ヒラヒラ泳ぐ自分のチンボコを魚と勘違いして、取ろうとしていたあの小さな手――。

四十年経って、熊野の中心点、「大斎原」の聖地で、母と父の霊体に暖かく包まれた。

今、その温もりの余韻を抱きながら、この「つぼ湯」に浸っている。ハンセン氏病の父と母と一緒に――。堅太郎は湯煙の中で、熊野権現が頭上に降臨したかの如く、心の底から込み上げる無邪気な笑顔で、天を仰ぎ見た。

一方、黒澤は宿の朝湯に浸かり、熊野の温泉に身も心を溶け出すような安らぎを感じていた。

東京を出立してから十日間――己の人生を振り返るなどという、取り澄ました甘えは一瞬たりとも許されない厳しい歩きであった。考えるより先に足で歩くというその事自体が凄過ぎたのだ。

フラッシュカットの如く浮かぶ、大峯奥駆けの、あの一瞬、一瞬が、己を暴き出していたのだ。

今、こうして己の肉体を湯に浸し、手足を伸ばしている己の実態は、明らかに今までの自分ではない――。信じる信じないではなく、神も仏も己自身も、この湯煙の如く一体となって生かされているのが奇跡なのだ！

ただ神々が見えていないだけであるし、見えない事が正常な知識人だと思い上がっているのが、文明の犠牲者であり、翻弄されながら文明に有頂天となっている、愚かな死者達なのだ。

思い上がった現代人は、人間を細胞と捉え、動脈と捉え、心臓、肝臓、等々、いくら分解しても己は浮かび上がってこないうちに、心、心、と、「心」という言葉だけは発するが、肝臓のようにレントゲンでは見えないものだから、本当に見詰める事も無く、見詰め方すら知らず、あっという間の人生を病院のベッドの中で、肝臓として、心臓として、死んで行くのである。

突然、法螺貝の音《ね》が湯ノ峰の谷に響き渡った。「大宿」の集合の合図であろうか、それともまだ気を弛めるなという警告なのであろうか——。

黒澤は湯船の中ですくっと立ち上がった。

今日は、九日分の垢を落とし、靡一番「熊野本宮大社」にお参りし、新たな気持ちで小雲取越、大雲取越と熊野古道を走破し、那智大社に向かう予定なのだ。

一同は、「縄文の会」が車で届けてくれた新しい下着に着替え、法衣は汚れていても中身はすっきりとして、本宮大社に向かった。

朝日がしっかり熊野の森を浮かび上がらせていた。

「縄文の会」主催の大峯奥駆けに挑んだ面々は、熊野本宮大社の鳥居の前に並んだ。

「八タ烏」の大きな幟《のぼり》が朝日に照らされ春風にハタハタとはためき、一行を歓迎している。「ヤタガラス」は熊野権現の使いであり、神武天皇以来の神話に登場する三本足の巨大な鳥である。誰が思い立ったのか、サッカー協会のシンボルマークになっている。

「大宿」を真ん中にして、右側に高槻堅太郎、左側に鬼童篤宗、「大宿」の真後ろに法林、と、この三人が、玄奘三蔵の守護神の如く立っている。

後の者は、その兵隊の如くこの四人の後ろにキチッと整列していた。

黒澤は一人、列から一歩距離を置いて立っていたが、その黒澤から数メートル離れて、超然と立つ烏天狗が一人、朝日の中で浮き上がっていた。

「幻」だ！　仮面を被っているが法衣が汚れていない。

黒澤は眩しげに、じっとその姿を見詰めたが、「幻」は微動だにしない。

「大宿」の無言の合図で一同は鳥居をくぐり、杉木立に覆われた石段を登り出した。一二九段の石段の両脇には、「熊野大権現」と書かれた奉納幟がずらーっと立ち並んでいる。

石段を登り切った所で、宮司と二人の神官が一同を迎えた。宮司は「大宿」の本宮翁に丁寧に頭を下げ、先に立って案内した。

神門をくぐると、檜皮葺《ひわだぶき》の蒼然とした社殿が三棟並んでいる。

一同は、中央、第三殿――本宮《ほんぐう》である所の「証誠殿《しょうじょうでん》」の前に整列した。

本宮に祀られているのは、「家都美御子大神《けつみこのおおかみ》」――判りやすく言えば、熊野にいらっしゃる神様という事だが、本地仏は阿弥陀如来である。

本宮翁の発声に合わせ、誰でも唱和できる般若心経を心を込めて合唱した。

この熊野本宮を平安時代以降、白河上皇、鳥羽上皇、後白河上皇等が、目白押しに参拝しているのである。上皇達による熊野御行は、二百年の間に九八回に及ぶと言われる。勿論そこには、政治的な権力争いの道具として、この熊野三山が利用された事は事実である。いつの世も宗教を政治権力の糧とするのは、権力者の醜い性であるが、それによって、神仏に対する信仰が広まるのも確かなのである。

当時、飢饉が続くと、飢えた人々がこの熊野本宮を目指したのだ。土地を捨て、熊野本宮まで辿り着けば、裕福な参詣人が誰かしら食べ物を恵んでくれたし、よしんばそこで野垂れ死んでも、神仏に包まれ死ねる安心感もあったのだ。だから、病に苦しむ者、飢えている者が熊野を目指したのであろう。

一行は宮司と神官に見送られ、本宮を後にした。

しばらく熊野川沿いに国道を歩き、請川橋から「小雲取越」に登る細い脇道に入った。点在する部落も間もなく消え、整備された熊野古道は歩きやすかった。

これも世界遺産に登録されたおかげであろう。奥駆けから考えるとハイキング程度の道である。

松畑茶屋跡、万才峠、百間倉、石堂茶屋跡……黒澤が振り返ると、「後詰」の法林は居らず、五、六メートル後ろを、「幻」がキチッと歩いていた。

黒澤は背中がおも痒い思いがし、ついつい後ろを振り返ってしまうのだった。

「幻」は一定の距離をキチッと守り、同じペースで歩いている。なんの意思表示も感じさせない。ただ、現実感を漂わせて歩き続けている。

殺し屋として歩いている訳ではなかろう。そんな殺気はまるで感じない。

一度死に、二度死に、三度死に、霊体に苔が生え、現世に半分、あの世に半分――甲羅に苔を蓄えた亀の如く、殺し屋が一歩一歩、歩んでいる。

しかし、黒澤からしてみれば、殺し屋には違いないのだ。

桜峠――山桜が美しい……散る花もあり、咲き出す花もあり――笑う花もあり、泣き出す花もある。

奥深い山の外れに、吉野桜がポツンと一樹《じゅ》立っている。遠い昔に死んだ恋人が、その未練をひっそり咲かせたような、楚々とした哀れさを漂わせている。

黒澤はしばらく立ち止まって、茫《ぼう》とした、吉野桜の佇まいを見詰めていた。しかし、芝居の幕を下ろすように、このまま、この気持ちで立ち尽くしている訳にはいかないのだ。

黒澤はやはり娑婆に帰り、その続きを生きなければならないのだ。

突然、春蛇の紫の闇――その傷口に咲いた徒花《あだばな》のような底知れぬ強さを、新宿の街と共に思い出していた。

振り返ると「幻」は消えていた――もう驚かなかった。

桜茶屋跡を過ぎ、しばらく登り下りを繰り返し、後は石や木材の長い階段をただひたすらに下り続けた。

「湯ノ峯」の湯に浸かった鳥天狗の面々も、さすがに溜まっていた疲れがどっと出たのであろう――足取りに微かな乱れが生じていた。

「小雲取越」は昼下がりに終わった。実弾が飛び交う最前線で戦い抜いてきたような、それでいて、崇高な面構えになっている山伏達にとっては、あまりに平和な里であった。

山菜取りの婆さんがぶらっと降りてきてもいいような、長閑な里だった。

陽が燦々と差す小口の山里を歩いて行くと、「小口自然の家」という、元小学校の校舎を改造した宿泊所があった。一行の疲れに配慮した特別な計らいなのであろう――本宮翁の一言で、この「自然の家」に宿泊する事になった。

「小口自然の家」――黒澤はこの宿泊施設が気に入った。童心に返って、給食を食べるように夕食をいただき、童謡でも歌いたい心境だった。無邪気な気持ちのまま、小学生には許されないビールを三本も呑んでしまった。

激しい修行は、かえって婆婆返りが極端だと言われている。我慢して来た分、余計に婆婆っ気が激しくなるのだ。クワバラ、桑原！　凡人は何処まで行っても救いようがない。捨身とは程遠い話である。

部屋を見渡したが、「幻」の姿は無かった。

十一

よく眠った！　本当によく眠った！　赤ん坊の眠りがどんなだったか勿論覚えていないが――痛み止めにモル

ヒネを打たれて眠った事はある。しかし、あのような人工的な眠りではなかった。心がしっかり起きていて、肉体が深く眠っていたのだ。

そう！　正気に眠っていたのだ。九日間の成果としたら凄い事ではないか！　何十年もの間、ヘドロのように溜まっていた心の澱みが流れ出たのか？　慢性的な心の便秘症状が一時でも改善されたのか？　今朝目覚めると、あのどーんと重苦しい得体の知れない不安が拭い去られていた。

黒澤は思わず口笛を吹きながら、冷たい水で顔を洗った。

こんな爽快感は、「悪性の癌ではありませんでした」と、検査結果を医者から知らされた以上の清々しさではなかろうか。こんな心の状態が少しでも長く続くように――と、祈る思いであった。

何かを悟った訳でもない、ただ、熊野権現に心のマッサージを受けたかのように、心の凝りがほぐれたのかもしれない。

小口郵便局から東川の橋を渡り、熊野古道――「大雲取越」登り口に入った。

三十分ほど登ると、「円座石《わろうだいいし》」と呼ばれる、巨大な円座のような岩が杉木立の中に伏していた。円座とは、植物繊維で渦巻状に編んだ敷物の事だが――この円座のような岩の上で、熊野の神々がお茶を飲み交わし、談笑したと伝えられている。こうやって、熊野にどっぷり浸かると、このような伝説が嘘だとは思われなくなるから不思議である。

黒澤は、石の円座に座る神々を、雛人形の姿として想像していた。

円座から目を離してはいなかったが、現実と空想の狭間で、ぼんやり巨大な岩を眺めていた。

突然、そう突然、円座の真ん中に、空中投影されたかのように「幻」の座禅姿が浮かび上がった！

もうこういう事に驚かなくなってはいたが、SF映画の世界ではなく、熊野の山奥で起きてる事だけに、かえってリアリティを感じてしまうのだった。黒澤は、「幻」の現実の姿を見届けるまでは、どんな事があっても「幻」から目を離すまいと決心した。

霊体だろうが、現体だろうが、一回でもいいからしっかりとこの手で押さえ、「幻」を「現実」として捉えねばならないのだ。

「大宿」は岩の円座に座っている「幻」の姿を確認しているのかいないのか、一向にお構いなく、勤行を終えると一同を促し歩き出した。

烏天狗の一行も「幻」をまるで意識していなかった。見えていないのであろうか？

黒澤は動かなかった。「幻」の動きを待ったのだ。

「ゾルバよ」「幻」の仮面が声を発した。

「この大雲取越から那智の滝まで、一緒に歩こうではないか」

「幻」の声は、イルカが海中で発する電磁波のように、森の空気を震わせた。

「嬉しいね、十年来の望みだ！」

「捉える事はできなかろうが、捉えたつもりにはなれるかもしれない――」

「手錠は持って来ておらんわ」

「フッフフ」「幻」は短く笑って立ち上がった。

黒澤が振り返った時は、もう四、五メートル先を歩いていた。

黒澤は「幻」と肩を並べてやろうと石畳の坂道を急いだ。

しかし、並んだと思ったら、スルッと自分の体が「幻」の前に出ている。慌てて速度を弛めると、「幻」の背中を見る事になる。

この掴みどころの無さに黒澤は苛立ったが、気持ちをなんとか落ち着けて、「幻」の「後詰」を勤める事にした。

「ゾルバよ、洗われたか——軽いではないか」

「殺し屋はますます重そうだな」

「出来るだけ多くの悪鬼共の霊を背負い込んでやろうと努力しておるのだ」

「悪鬼を背負い込んで何処へ行くのだ」

「霊気の流れるままじゃ」

「苦しくないのか、人を殺めた痛みが募らないのか?」

「勘違いするな! 金剛蔵王権現の憤怒の相を見よ! 神は罪の無い者の命には、限りなく優しいが、悪鬼共には、憤怒の形相をもって怒り、情け容赦なく鉄槌を下すのじゃ」

「神は虚しい努力をしている訳だ。悪鬼共を少々殺しても、大病院の耐性菌の如く、神様、仏様という抗生剤が効かなくなって——今のザマだ! 警察は忙しくなるばかりではないか!」

「日本の神仏を侮るな! 悪鬼共を増やしたのは、キリストを担ぐ偽善者共だ! 神は全ての罪人をお許しになる——などと、悪鬼共に都合の良い勝手な解釈が耐性菌を増やしたのだ。江戸時代までは日本の神仏は真実に迫った裁きをしていた。その神仏を明治政府がこの熊野の山奥に閉じ込めてしまったのだ」

「だから、お上が代わって殺菌消毒をしているではないか!」

「お上の消毒剤自体が大量殺人を犯しているのは周知の如くだ! その上、戦後自由の旗の下で、黴菌の温床が広がり、培養され、お上自ら殺しのバラードを歌い、悪鬼共の馴れ合い芝居を演じ続けて来たのだ!」

「ハッハハッ——警官は笑うしかないのか。笑いながら、交通違反の切符でも切っているしかないのか!」

「フッフフ、正義のデカからニヒルのデカに鞍替えか?」

「うるさい！　せっかく清々しい朝を迎えたのに、また元の木阿弥だ！」

「すまん、婆婆で生きて行く限り、悟りは無い！」

「幻」はスッと距離を離した。黒澤は遅れまいと足を速めた。

「幻」の言葉か、森の言葉か、黒澤自身が感じている事なのか……石畳の坂道が語っている。

楠の久保・旅籠跡――かつては十数軒の旅籠が並んでいたそうだ。

宿には畳も無く、焚き火の温もりで寝ていると、猿が紛れ込んで一緒に寝ているような旅籠だったそうだ。昔人の旅は、それだけ素朴で自然体であったのだ。

侘び寂びの原点のような古道の片隅に、苔むした石仏が古色然と佇んでいる。写真家がいかにも好みそうな風情であった。

しかし、昔人は風情を楽しむ為にこの石仏を作ったのではない。この石仏は青面金剛《しょうめんこんごう》――別名、庚申《こうしん》様といって、病魔、病鬼を払い除く大威力がある神様なのだ。昔人にとって、食中毒も疱瘡もすぐ命に関わる病であったであろう、切実な神頼みだったのだ。全ての神仏は生活の中に、リアルに溶け込んでいたのだ。

勿論、霊魂も超常現象も現代人より遥かにはっきり見えていたはずだ。「虫の知らせ」や「胸騒ぎ」といった予知能力が現代人から消えたように、本来持っていた生き物の受信能力が退化し、一匹の生き物としての命力がすっかり衰えてしまったのだ。

まあ、その代わり、便利な携帯電話で、ますます心を空洞化して行けばいいのだ――二、三行の漫画文字で薄っぺらな交信をしていれば、猿やイルカほどにも命が見えず、愛の深さが通じなくなるだろう――。

「胴切り坂」から越前峠に向かって、石畳の長い坂道が続く。先を行く一行は、地下足袋の上に、滑り止めの草鞋を新しく履き替え、一糸乱れず登って行く。

黒澤と「幻」は始めからこのグループにいなかったかのごとく、後ろを振り向く事も無く進んで行く。黒澤と「幻」をしっかり気遣っている遠回しの配慮なのだ。

二人の対決なのか、融合なのか、答えを待つしかないのであろう。

道は小雲取越より遥かに厳しい苔むした坂道が続く。黒澤は喘ぎながら、「幻」に話しかけた。

「殺し屋！　そのあやふやな姿をやめ、辰巳弦蔵に戻ったらどうだ！　マタギであった辰巳弦蔵が懐かしくないのか？　白神山地が懐かしくないのか？！」

「幻」の歩みが止まった。

「アバ（母）もオド（父）も——孫ジコ（祖父）もバサマも——白神山地の全てが、わしの真っ白な原点だ。堅太郎にとってもそうだろう。国の悪鬼共が介在するまではな！

今は背負い切れないほど悪鬼共の霊を背負ってしまった。お前が言う通り重い。だから、はるばる、神々の原点である熊野にやって来たのだ。悪鬼共の霊と一緒に己の捨て場所を探しにな！」

「刑務所には捨てられないのか？」

「フッフフ——悪鬼が悪鬼共を裁く、馴れ合いの茶番であろう！」

「俺も悪鬼の如く、ホシを追いかけ回す人生は終わった。これからは、やはり己の捨て場所探しをしなければならん訳か……」

「お前は基本的には正義だ。細々でいいから、その正義を貫け！」

越前峠までの道のりは、奥駆道とは一味違う厳しさであった。風景から言えば、柔らかな古道であり、苔の生えた大蛇の背中を這い上がって行くような感じだった。歩けども歩けども、大蛇の背中が意地悪く逆方向に移動しているようだった。

明治の終わりに、植物と一体となって生き、植物の呼吸を知り、植物の怒りを知り、植物と一緒に喜び、植物と言葉を交わした南方熊楠《みなかたくまぐす》という変わった天才がこの熊野にいた。植物採取の為に、熊野の山は自分の神聖なテリトリーであった。

こんな男が、この大雲取越、越前峠で「ひだった」のである。

「ひだった」即ち「ひだる神」に憑かれたという事だが、突然意識が遠のいて、失神してしまうのだ。

当時はこれが神がかりと信じられていたし、原因不明で無意識のうちに歩き、無意識のうちに谷に転げ落ちたりしていたのだ。

勿論これは、黒澤が靡五四、「弥山」のシラピソの白骨林で経験した事である。つまり、疲労の深さに気付かず、血糖値が下がり過ぎ失神する状態なのだ。

このように医学的に整理すれば、神がかりなどというものはないのだ、と、街中《まちなか》の知識人はすぐシタリ顔でおっしゃるであろう。

しかし、片や糖尿病という街の贅沢病、片や山の中で己が蓄えている、ぎりぎりのエネルギーすら使い果てての失神である。同じ血糖値が下がるのも、まったく違う次元で起きているのである。

修行というのは、自らをそのような状態に追い込み、幽体離脱までに達する事なのだ。肉体と精神の馴れ合いを突き破り、心のみを浮き上がらせる修験者だからこそ、神を見るのだ！　死の幽玄を見るのだ！　命を見るのだ！

石地蔵が三三体安置されているという、地蔵茶屋跡――「幻」は立ち止まる事もなく、清流沿いを滑るように進む。

『「幻」よ！　霊気の流れは何処を目指している？』

『さあーな、この先に一四〇〇万年の月日をかけ、神々の光を湛え、鮮烈に流れ落ちる那智の滝がある。その下が那智大社、そこから下ると、熊野灘の近くに、補陀洛山寺《ふだらくさんじ》がある。ここに、不思議な船が安置されている。補陀落渡海《ふだらくとかい》といって、補陀洛の浄土を目指した船のレプリカだ』

『知っている。補陀洛とは、遥か海の彼方にある観音菩薩の浄土だ。観世音菩薩がお住みになる聖地の事だ。この観音菩薩こそが、国家には関係なく、個人の霊魂を救う菩薩なのだ。だから昔、修行しても、まだまだ悟り切れない僧や迷い人は、この風変わりな船で、命を捨てる事を覚悟で、観音様がお住まいになると言われる補陀洛を目指して船出したのだ。

船には四本の鳥居が立ち、粗末な小屋をキャビン代わりにし、若干の食料と水を入れ、その中に籠もると、外から釘付けにして貰い、船出したのだ。死を覚悟の船出だ。「幻」はその船に乗る気なのか？』

『さーなア、霊気の流れるままじゃ……ザーンゲザンゲ、ロッコンショウジョウ』「幻」は、肩の辺りに張り付く、黒い雲母《きらら》のような悪鬼共の霊を背負い、ただ、ただ歩き続ける。

「色川辻《いろかわつじ》」から、「死者の山路」、「亡者の山路」そして「亡者の出会い」――幽玄、幽邃《ゆうすい》、幽妖《ゆうよう》――鬱蒼とした不気味な古道を歩く。

ガラッと変わって、「舟見茶屋跡」――遥か妙法山の向こうに、那智の海が広がっている。あの海と空の彼方に補陀洛があると言う……。悲願の補陀落渡海に挑む船は勿論浮かんでいない。

黒澤はまだまだ、「幻」の実態を掴み切れていないのだ。

「登立茶屋跡」から一汗流し、やっと那智高原に出た。

黒澤は暫く、一同と共にぼんやりと広場を眺めていた。なんの変哲もない広場である。木を切り開いて、中途半端なフィールド・アスレチックが作られている。その施設の横を通り、右の細い山道を下りて行くと、靡二番

「那智山」（飛滝《ひろう》神社、青岸渡寺《せいがんとじ》、熊野那智大社）に出るのだ。

鬼童の無線機が鳴った。鬼童は素早い動作で一行から離れ、広場の外れで無線機のスイッチを入れた。

『うん、――うん、……そうか、仕方ないだろう……。警察は止められん……ここまで来たら、成り行き任せだ、腹をくくれ』

堅太郎が鬼童に近付いた。

『お上が大滝の下で我々の到着を待っているそうです。確証を握っている訳ではないんですが、岸本組と倉田からの情報も含め、疑心暗鬼の断片を繋ぎ合わせたんでしょう。どうします？』

堅太郎はなんの動揺も見せず、うっすらと笑った。

『このまま、大滝の下まで行きますか？』

堅太郎は黙って頷いた。

烏天狗の一同は広場で改めて整列し、「大宿」を先頭に一列になって、細い山道を下り出した。

黒澤は一番後ろに着いていたが、「幻」が誰と入れ替わったのか、目の前から消えた。目の前にいるのは、法林である。

『あのー……』黒澤は法林に尋ねようとして、口をつぐんだ。

行列はどんどん樹林の中を下って行く。

左の方から、ごーという大滝の響きが伝わってきた。

大峯山系は一八〇〇万年前から現在に至る地質で成り立っているが、熊野は一四〇〇万年前の地質から成り立っている土壌なのである。古代と現代の差があるのだ。そんな神代以前の土壌から流れ落ちる那智の大滝の凄さには、聖徳太子もひれ伏さねばなるまい。

山道を少し下がった所に、立ち入り禁止の看板があり、そこから先は神域林になっていた。大滝の上を遡れば第二、第三の滝が神域林の中で銀色に輝き、神々の幼子達が人知れず遊んでいるのだ。

黒澤はそちらに入って行く訳にも行かず、仕方なく法林の後を追った。

急な坂道を下り、石段を降りると、青岸渡寺の横に出た。

本堂の前に全員が整列すると、「大宿」の本宮翁がいきなり仮面を外した。

『青岸渡寺本堂と那智大社本殿で勤行を済ませたら、我々は、那智の大滝を拝む事になる。

ここから我々は、大滝に敬意を表し仮面を外す――。那智の大滝こそが那智山神仰の原点なのじゃ。仏像でもない、建物でもない、人間が神格化されたものでもない、

二千万年の太古から湧き出る、エネルギーそのものが体現されている神の姿じゃ！

我々も全てを無にして、滝の前に立つのじゃ！　心せよ！』

全員が次々と烏天狗の仮面を外し、「大宿」の勤行に合わせて唱和した。

野袴は泥にまみれ法衣も裂け、鬼気迫る山伏姿の一行に大勢の観光客達が息を呑み、恐ろしげに立ち止まり、遠巻きにして見詰めている。

アフガンの山岳地帯でゲリラ闘争でもして来たような、鋭い殺気を感じたのか？　それとも、願わくば、修行の厳しさの体現に圧倒されたのか？　後者であって欲しいものだ――と思いながら念仏を唱えていた。

観光客の中には、黙って一同に手を合わせる者が何人かいた。後者である！　黒澤はなんとなくほっとし、無駄な事をした訳ではないのだ！　と、微かに嬉しさが込み上げて来た。

「幻」は消えたままだ――。

青岸渡寺《せいがんとじ》――別名、如意輪観音堂、西国三十三ヶ所観音霊場の第一番札所である。

この那智山そのものは、役行者よりさらに古く、一六〇〇年前、仁徳帝の御代にインドの僧、裸形上人に開基されたものである。

一行は那智大社の宮司の案内で、青岸渡寺に隣接する那智大社本殿の前に出た。主神は夫須美神《ふすみのかみ》であり、本地仏は千手観音である。

一同は、宮司の計らいで、「八タ烏」と「神武天皇」の神話に因んで、全員の烏天狗の仮面を本殿に奉納する事を許していただいた。全員、大峯奥駆けの試練を無事通過して、すっきりと素顔を晒し、観音の導きを願い、神と仏に手を合わせた。

那智大社のお清めの水場で、日高署長がゆっくりと手を洗っていた。

舟木巡査長と三友刑事は、なんの打ち合わせもなくいきなり場違いな舞台に立たされたような顔で、朱色の柱に支えられた本殿の屋根を見上げたり、行き交う人を、まるで別世界の人間を見るように見詰めていた。

『あの山伏の一団だな……間もなく出てくるだろう』日高署長はのんびりと本殿の中の様子を眺めている。

『一団の中に、「幻」がいるのは確かなんですか？』舟木はぜんぜん信じていない。

『情報の断片を総合した判断だ』

『だったら、あの中に、黒澤警部もいるはずでしょう。もし、ホシを見つけたら、当然本庁に知らせが入っているはずですよ』舟木の意見に、三友刑事も頷いた。

『調べたんだが、凄い修行らしいなア……大峯奥駆けというのは……』日高は半分羨むような目付きで、本殿の奥を見詰めた。

『黒澤警部を見つける方が先決じゃないですか？』舟木巡査長も三友刑事も、黒澤警部のシンパであった。

『勿論、黒澤警部も見つけるさ……ただなアーあの大峯奥駆道を共に歩いたら……まさに、ストックホルム症候群になってもおかしくはないよな……』日高署長の独り言に三友刑事がキョトンとして聞き返した。

『何です、ストックホルムって……新しい薬物ですか？』

『馬鹿！　説明もしたくないわ！』舟木が三友の顔から目を背けた。

『もう、こんな山奥に確証もなく連れて来て、その言い方はないでしょうー』三友刑事はふくれっ面で、お清めの水を口に含んだ。

『誘拐犯人に同情し、害者が犯人側の考え方に傾いてしまう事だ』日高署長は優しく説明した。

『じゃぁ、黒澤警部が「幻」に同調してしまったってことですか？　まさか！　警部のライフワークみたいなヤマですよ！』

『出てきました！』舟木が緊張した顔で囁いた。

本殿の正面で宮司の深いねぎらいの言葉に送られ、一同は那智の大滝への道を目指して、二列になって歩き出した。刑事達三人が立つ目の前を、山伏の一団は、物凄いオーラを放ちながら通過して行った。三人の刑事は、ただ呆然と見送った。

山伏姿の一団が鳥居をくぐり、石段を降りて行ってから数秒後——日高署長が脳梗塞の後のように、舌を縺れさせながら、

『いたか？』と、上の空で若い二人に尋ねた。

『どっちが……ですか？』舟木巡査長も、たった今通り過ぎて行った一団の面構えに圧倒され、度肝を抜かれていた。

『みんな同じ顔をしてましたよ！』三友刑事は、幼児が始めてサファリパークで縞馬の群れを目の当たりにし

たような顔で答えた。

『とにかく確かめなければならん！』日高署長がいち早く立ち直って、山伏の一団の後を追った。

結構長い階段を幾つかジグザグと下った。山伏の一団は黙々と列を乱さず歩いている。

観光客は、ドキッと我に返ったような顔で足を止め、一行を振り返っていた。


天から落ちてくるような輝きを放ち、三筋の滝はとめど無く落下している――しかし、静止している――。

一瞬一瞬、永遠を閉じ込め、静止し、間断なく落下している――。

大滝の音は聞こえているが、なかなか近付けない。


一行の後を追って、三人の刑事は下りきった所から、最後は高い杉木立に挟まれた石段を登った。

山伏の一団は石段を登り切り、「飛滝神社」の前に整列し、落差一三三メートルの大滝を仰ぎ見た。

どーウ、どーウと、天の声の如く、大滝が熊野の大自然経を合唱している。

これ以上崇高な響きがあるだろうか！

普通、景色はどんなに美しくとも、見る側の人間の心を透して見詰めるがゆえ、心が乱れていれば、風景も乱れ、心が安定していれば、風景も安定する。

しかし、この那智の大滝は違うのだ！　見る者の心がどうあれ、見た者の心を正す！　神とはそういうものなのだ！　美とはそういうものなのだ！

補陀落渡海はこの那智の滝から始まり、遥かな海に流れ、そのまま、観世音菩薩の浄土へ繋がっているのだ！

山伏姿の一行が大滝に向かって手を合わせると、遠巻きに見ていた観光客達もそれに倣って手を合わせた。

三人の刑事は、山伏姿の一団の中に割り込んで「幻」を確かめるどころか、目に見えない神がかりのバリアを感じ、近付いたら弾き返されるような気がして、とても近付けなかった。三人の刑事も大滝を仰ぎ見て、思わず手を合わせていた。

キラキラ光る滝の頂上に、「飛滝神社」の注連縄《しめなわ》が渡されている。

風も止まり、音も消え——銀色の水晶があるとしたら、滝は銀色の透明感で落下しながら静止していた。

この地球に神の手が入り、原生林のざわめきがおさまり、大雲取から那智に至る神々の道は、聖水となり原生林の四方から水のエネルギーを誘い出し、合流し、溢れ返ったエネルギーとなって流れ、突然、那智山の終点である絶壁に至るのだ。流れる場所を失ったエネルギーは、眼下に広がる海に向かって、神々の歓喜の叫びと共にエネルギーの飛翔を始め、光り輝いているのだ。その姿が、那智の大滝である。

神武天皇も那智の海岸に上陸した折は、那智の山に銀色に輝く龍が踊っていると見ただろう。

まだまだ人間の心が無駄な知識に犯されていなかった昔、この滝を見ただけで、人々は畏敬の念に震え、手を合わせたのだ。

建物も仏像もなく、導く僧も居らず、ただ純粋に自然の力を受け止めたのだ。

観光客と数メートル離れて、浩太と狼犬・五郎がいた！

堅太郎と鬼童の手配であろう。「幻」がどんな結末をつけようが、「幻」の最後の祭りを浩太と五郎に目撃させてやりたかったのだ。

浩太は数ヶ月の間にしっかりとした落ち着きを見せ、五郎を家来の如く横に座らせていた。

浩太も五郎もじっと那智の大滝を見上げている。

流れ落ちる大滝の内側で、神が仏の姿になって、見上げる人々に慈悲と愛のエネルギーを送っているのだ。

突然、五郎が一声、大滝の轟音を制するような吠え声を十秒ほど響き渡らせた。

観光客はチラッと見ただけであった。

山伏の一団の中で、黒澤だけが五郎の存在を不思議な思いで見詰めた。

浩太が一歩前に進み出て、大滝の頂上を指差した。

五郎がまた一声、大滝の頂上に向かって、遠吠えを上げた。

黒澤は子供が指差した大滝の頂上を見詰めた。

太陽の乱反射の中で、山伏姿の人間が立っていた。

滝に祈る修験者達は、一斉に頂上を見上げた。

観光客は誰一人気付きもしていないし、実際に見えてはいないらしかった。

修験者達は頂上の山伏を見上げたまま、一心に祈っている。

大滝の上に立つ山伏は、神山が創り出す熊野の原生林を額縁として、その奥の空洞のような神々の闇を背景に超然と立っていた。

黒澤はもう、この不思議に驚かなかった。霊体も次元のズレも驚かなかった。この三次元の不自由さにも囚われていなかった。

殆ど見えていなかった事にも、おぼろげながら気付いていた。

山伏の足元から、水晶の透明感と銀色の輝きを放つ清流が、白蛇が次々と身を捩《よ》じらせて落下するが如く流れ落ちていた。

時が止まり、空間がスライドし、山伏の姿が、下から見上げる黒澤の目には望遠レンズのフォーカスの如くズームアップしたり、一気に大滝の全景を捉えたり、焦点の混乱を起こしていた。

背景の空洞からなのか、山伏の背中からなのか、背負い続けた悪霊が飛び立つように真っ黒な烏が次々と飛び立った。

一三三メートルという滝の上に立つ山伏は、ゆっくりと両手を広げた。

黒澤は一瞬、己が滝の上に立ったかの如く足元が揺らいだ。

次の瞬間、山伏は大きく飛び立った。

まさに、巨大なヤタガラスのごとく飛び立ったのだ。

浩太が『じいじー！　じいじー！』と、叫んだが、取り乱した風もなく、ただ、呼びかけていた。

五郎の落ち着いた遠吠えも、ただ暖かかった。

大滝の飛沫の中から、鮮やかな虹が浮かび上がり、能舞台の橋掛のように、舞台を引き下がる主役《シテ》の鮮やかな引っ込みの道筋を作った。

飛び立った「幻」の姿が一瞬、虹の上で静止し、白色の光に包まれた。

「幻」は眩しい光体となって、虹の上をすべるように渡っている。

「疲れただろう。辛かっただろう……」

黒澤は声もなく囁いていた。

黒澤は三次元と四次元の狭間で答えを求め、ただあがいていた己に、まだ、呆然としている。

しかし、神と仏をおぼろげながら感じた事は確かであった。

『警部！』
『黒澤さん！』
日高署長と舟木と三友がいきなり黒澤を取り囲んだ。

あれ、なんだっけ！　何してたんだっけ！
黒澤は一気に婆婆の空気に染まった。
修行も宛にならんわ、わし等凡人には。

終わり

白神《しらかみ》の老殺《ろうころ》し屋《や》

亀石征一郎《かめいしせいいちろう》

明窓出版

平成二八年七月一日初刷発行

発行者 —— 麻生 真澄

発行所 —— 明窓出版株式会社

〒一六四—〇〇一二
東京都中野区本町六—二七—一三
電話 （〇三）三三八〇—八三〇三
FAX （〇三）三三八〇—六四二四
振替 〇〇一六〇—一—一九二七六六

印刷所 —— 中央精版印刷株式会社

落丁・乱丁はお取り替えいたします。
定価はカバーに表示してあります。

ISBN978-4-89634-363-2
ホームページ http://meisou.com